Jaci Burton vit dan[illegible]s en plein rush pour rendre à temps son prochain roman, elle tente de convaincre son mari de refaire la décoration de leur maison en suivant scrupuleusement les conseils d'une émission de télévision qu'elle adore. C'est également une inconditionnelle des histoires à l'eau de rose, et surtout des happy ends, que vous trouverez dans tous ses romans. Elle a déjà publié plus d'une soixantaine de titres, figurant régulièrement dans les listes des best-sellers du *New York Times* et de *USA Today*.

Du même auteur, chez Milady :

Les Idoles du stade :
1. *La Courbe parfaite*
2. *Le Coup sûr*
3. *Les Règles de l'engagement*

Jaci Burton

Le Coup sûr

Les Idoles du stade – 2

Traduit de l'anglais (États-Unis) par Louise Malagoli

Milady Romance

Milady est un label des éditions Bragelonne

Titre original : *Changing the Game*

ISBN : 978-2-8112-1178-3

Bragelonne – Milady
60-62, rue d'Hauteville – 75010 Paris

E-mail : info@milady.fr
Site Internet : www.milady.fr

Chapitre premier

Gavin Riley savait qu'Elizabeth Darnell, depuis quelques mois, s'arrangeait pour l'éviter. Il savait aussi pourquoi.

Elle craignait qu'il ne la renvoie, tout comme l'avait fait son frère, Mick.

Oh, bien sûr, Mick jouait pour la ligue nationale de football et Gavin pour la ligue majeure de base-ball, ils avaient donc beaucoup de choses en commun. Et Mick étant le grand frère de Gavin, beaucoup de gens s'imaginaient que Gavin prenait exemple sur lui, surtout d'un point de vue professionnel. Après tout, c'est Mick qui avait engagé Elizabeth le premier, et Gavin l'avait imité.

Mais les gens se trompaient. Gavin était capable de gérer lui-même sa carrière et il ne reproduisait pas jusqu'au moindre geste de son frère. Et ce, même si Liz s'était immiscée dans la vie personnelle de Mick, avait fait souffrir sa petite amie et le fils de cette dernière, et avait mis le frère de Gavin en rogne de toutes les façons possibles et imaginables. Elle s'était excusée platement et avait fait de son mieux pour réparer ses erreurs vis-à-vis de Mick, de Tara et de son fils Nathan…, mais ses efforts étaient arrivés trop tard et n'avaient pas suffi.

Le travail d'un agent sportif était un élément indispensable de la réussite d'un athlète. Mais se mêler de la vie sentimentale de son client signifiait presque toujours le renvoi de l'agent.

Liz n'avait jamais tenté de mettre un frein à la vie amoureuse de Gavin. En fait, elle avait même tendance à jouer les macs et à lui présenter sans cesse de nouvelles compagnes. Des actrices, des mannequins… Bref, des femmes dont la présence le mettait en valeur. Gavin ne s'en plaignait pas. D'ailleurs, Liz avait agi de même avec Mick, jusqu'au jour où celui-ci était tombé amoureux de Tara Lincoln et avait refusé de s'afficher au bras d'une énième starlette à la une du magazine le plus lu du moment. Liz avait alors tenté d'évincer Tara et son fils de la vie de Mick, et ce dernier l'avait renvoyée.

C'est pour cela qu'elle évitait Gavin, pensant sans doute qu'il s'était rangé à l'avis de son frère et s'apprêtait à lui faire subir le même sort. Gavin s'amusait beaucoup de cette situation. Elizabeth surveillait ses clients avec une vigilance de faucon, et un tel silence radio équivalait, pour elle, à baisser les bras et à laisser les vautours fondre sur son territoire.

Gavin n'était peut-être pas le meilleur joueur du pays, mais elle le couvait depuis le jour où il l'avait engagée, et elle n'avait jamais laissé un autre agent s'approcher de lui…, surtout pas avec un contrat à la main.

Peut-être était-ce également lié à ce qui s'était passé le soir où Mick l'avait virée.

Mick était sorti en trombe du vestiaire, laissant Elizabeth seule avec Gavin.

Liz s'était avancée vers lui, les larmes aux yeux, l'air vulnérable… : deux caractéristiques qu'il ne lui connaissait pas.

Elle l'avait embrassé. Et elle était partie.

Il n'avait pas repensé à ce baiser, durant ces quelques mois.

Ou alors juste un peu.

Mais, après cela, elle avait disparu et ne l'avait plus appelé, ni contacté par mail, ni croisé, ni espionné d'aucune manière…, ce qui, encore une fois, ne lui ressemblait absolument pas. Alors, était-ce le baiser qui l'avait poussée à se planquer, ou la peur qu'il la vire à la première occasion ?

Pensait-elle vraiment qu'il n'était pas capable de la retrouver, s'il lui prenait l'envie de mettre fin à leur contrat ?

Il était temps pour elle de se montrer et de regarder la situation en face.

Elle ne pouvait pas l'éviter éternellement, surtout pas à cette réception du monde sportif à laquelle assistaient plusieurs de ses clients. Dont Gavin, même si elle avait fait de son mieux pour se maintenir à bonne distance de lui.

Il avait fait profil bas durant la plus grande partie de la soirée, la laissant papillonner et concentrer son énergie sur ses collègues de base-ball. La vue d'Elizabeth faisant son travail dans une pièce pleine de cracks super costauds lui avait toujours plu. Elizabeth attirait l'attention par sa seule présence. Qu'elle soit entourée de femmes toutes plus canons les unes que les autres n'avait aucune importance : seul un impuissant ou un cadavre ne l'aurait pas remarquée. Ses cheveux avaient la couleur de la décapotable rouge préférée de Gavin, ses yeux étaient d'un bleu surnaturel, sa peau douce et crémeuse, et ses jambes… N'importe quel homme aurait rêvé de les sentir un jour serrées sur ses hanches. Elle se servait de tout cela avec une précision étudiée. Liz était une bombe sexuelle dotée d'un cerveau hors du commun. Une combinaison d'enfer.

Gavin aurait menti s'il avait prétendu ne jamais avoir été attiré par Liz. Mais il ne mélangeait jamais le plaisir et les affaires, et s'arrangeait pour trouver ailleurs ce dont il avait besoin. Liz était un agent talentueux. Elle l'avait fait entrer dans l'équipe des Rivers, de Saint-Louis, dès sa sortie de l'université et n'avait reculé devant aucun effort pour lui faire gagner de l'argent, lui attirer des sponsors et maintenir sa position en première base. Il ne voulait rien faire qui puisse changer tout cela.

De toute façon, il n'était pas sûr qu'Elizabeth soit son type.

Gavin était sacrément difficile lorsqu'il s'agissait des femmes. Et les castratrices comme elle ? Vraiment pas son genre.

Mais il fallait qu'ils se parlent pour mettre les choses au clair entre eux, et elle ne pourrait pas l'éviter plus longtemps.

Le banquet touchait à sa fin, et la plupart des invités s'apprêtaient à partir. Liz, en compagnie de Radell James et de sa femme, se dirigeait vers les portes de la grande salle. Gavin emprunta une autre sortie, sur le côté, et attendit sans se montrer tandis qu'elle leur faisait ses adieux.

Elle était très belle, ce soir, dans l'un de ses tailleurs habituels. Celui-ci était noir, couleur qu'elle semblait apprécier tout particulièrement, et coupé aussi près du corps que possible. La jupe s'arrêtait juste au-dessus du genou, et les chaussures qu'elle portait mettaient en valeur ses mollets musclés. Elle franchit les portes de l'hôtel et fit quelques pas à l'extérieur avec Radell et sa femme, Teesha.

Gavin s'avança sans se faire remarquer pendant que Liz discutait avec Radell. Se tenant à l'écart, il les observa jusqu'à l'arrivée du taxi du couple.

Après leur départ, Liz s'adossa au mur de brique et ferma les yeux. Elle paraissait fatiguée, peut-être même éreintée. Elle avait baissé sa garde.

C'était le moment d'agir. Gavin se planta devant elle.

— Tu essayais de m'éviter, Elizabeth.

Elle ouvrit brusquement les paupières et écarquilla les yeux, surprise. Elle fit mine de s'écarter du mur, mais Gavin lui barra la route en posant une main près de son épaule. Bloquée de l'autre côté par une plante verte, elle ne pouvait plus s'enfuir.

— Gavin… Qu'est-ce que tu fais là ?

— C'est une réception destinée aux professionnels du sport. Tu savais que j'étais présent. En fait, je dirais même que tu as fait de ton mieux pour butiner de table en table sans jamais me croiser, ce soir.

Elle battit des paupières et fit bouger sa bouche soigneusement peinte, mais aucun son n'en sortit avant quelques secondes. Il ne pensait pas l'avoir jamais vue à court de mots auparavant. Elle lançait des regards à droite et à gauche comme un animal aux abois.

Enfin, elle se détendit, et l'ancienne Elizabeth fut de retour, avec son masque de carnassière. Elle tapota du doigt le revers de la veste du joueur.

— Je ne t'évitais pas, mon grand. J'ai un tout nouveau client, il a fallu que je joue les baby-sitters et que je le présente aux gens qui comptent dans le monde des médias. Et puis Radell était là, et on devait discuter de certaines choses importantes. Je suis navrée qu'on n'ait pas eu le temps d'échanger des nouvelles. Tu avais besoin de quelque chose en particulier ?

— Oui. Il faut qu'on parle.

En une fraction de seconde, sa chaleur s'évanouit. Elle plissa les yeux.

— De quoi ?

— De toi et moi.

Un éclair passa dans son regard, une lueur excitante qu'il n'avait encore jamais vue auparavant.

Ou peut-être jamais remarquée. Elle disparut aussi vite qu'elle s'était allumée.

Peut-être se faisait-il des idées. Mais ce n'était pas dans ses habitudes, et ce qu'il avait vu avait provoqué une soudaine tension au niveau de ses testicules. Comme après leur baiser, quelques mois auparavant, il se retrouvait perdu et obligé de remettre en question tout ce qu'il croyait savoir d'elle. Il s'était toujours tenu à distance de Liz, parce qu'ils travaillaient ensemble. D'ailleurs, elle ne lui avait jamais prêté beaucoup d'attention en dehors de cette relation professionnelle. Elle ne le flattait jamais comme il l'avait vue le faire avec bon nombre de ses clients. Il supposait qu'elle ne s'intéressait pas particulièrement à lui, ce qui ne le dérangeait pas : il n'avait aucun mal à rencontrer des femmes, et celles-ci n'avaient aucun mal à le trouver non plus.

Mais ce qu'il venait d'apercevoir dans ses yeux était… intéressant.

— Toi et moi ? C'est-à-dire ? demanda-t-elle.

— Tu as fini ce que tu avais à faire avec tes clients ?

Elle hocha la tête.

— Dans ce cas, j'aimerais qu'on aille quelque part tous les deux, pour…

Il laissa descendre son regard le long de son corps, s'attardant à l'endroit où son chemisier en soie épousait la forme de ses seins. Puis il releva les yeux sur son visage, guettant sa réaction.

Elle avala sa salive, et les muscles de sa gorge se tendirent sous l'effort.

Elizabeth était nerveuse. Gavin ne pensait pas l'avoir jamais vue dans cet état.

C'était parfait.

— … parler, termina-t-il.

— Parler ?

— Oui.

Il s'écarta du mur et fit signe à l'employé du parking. Après avoir donné son ticket, il saisit la main d'Elizabeth et la guida jusqu'au virage pour y attendre sa voiture.

Par chance, la réception avait lieu dans la ville où les Rivers séjournaient durant l'entraînement de printemps. Plutôt pratique, et cela lui évitait un voyage de plus à caser dans son agenda. Il voyageait déjà trop pendant la saison, et se retrouver obligé de prendre l'avion une fois de plus pour un événement mondain aurait été pénible.

Il glissa un pourboire au voiturier, puis Elizabeth et lui s'installèrent à bord de sa voiture. Il fila sur l'autoroute.

— Où est-ce qu'on va ?

— Chez moi.

Elle haussa un sourcil.

— Tu as une maison ici ? Pourquoi ne pas vivre à l'hôtel ?

— Je vois assez d'hôtels pendant la saison. Je préfère avoir un endroit à moi pour l'entraînement de printemps.

Ils voyagèrent en silence. Gavin bifurqua vers le nord, en direction de la plage.

— Une maison… sur la plage ?

— Oui. C'est isolé, et ça me permet de courir le matin.

Elle se retourna à demi sur son siège.

— Bordel, Gavin ! Est-ce que tu t'apprêtes à me virer ? Parce que, si c'est le cas, je préférerais que tu le fasses tout de suite. Pas que tu m'emmènes jusqu'à chez toi, puis que tu m'obliges à retourner à l'hôtel en taxi.

Gavin retint un rire.

— On parlera une fois qu'on sera à l'intérieur.

— Merde ! murmura-t-elle.

Elle croisa alors les bras, appuya la tête contre la vitre et ne bougea plus durant le reste du trajet.

Gavin quitta l'autoroute pour emprunter la route côtière, puis s'engagea dans son garage. Elizabeth sortit de la voiture et le suivit à l'intérieur, avec l'air d'un condamné se rendant à l'échafaud.

Il alluma la lumière et ouvrit la baie vitrée donnant sur le porche, derrière la maison.

— Sympa, commenta la jeune femme.

Gavin haussa les épaules.

— Pour l'instant, ça me convient. Tu veux une bière, ou du vin ?

— Pourquoi ? Tu essaies d'adoucir le choc ?

Il glissa les mains dans les poches de son pantalon. Comme s'il n'avait pas entendu sa question, il répéta :

— Du vin, une bière, autre chose ?

Elle inspira et expira ostensiblement.

— Un verre de vin, pourquoi pas.

Il ouvrit une bouteille, lui servit un verre, puis attrapa une bière dans le frigo.

— Allons dehors.

La maison était dotée d'un joli porche à l'arrière. Quoique ici, on devait appeler ça une « véranda », ou une « galerie », ou un truc du genre. Bref, il ne savait pas comment cela s'appelait, mais ça donnait sur l'océan, et il aimait s'y asseoir la nuit pour écouter les vagues s'écraser sur le sable.

L'endroit était meublé d'une longue balancelle pour deux et de deux chaises. Liz prit place sur l'une des chaises et Gavin sur l'autre.

Elle s'empara du verre de vin qu'il lui offrait et le porta à ses lèvres pour le siroter lentement.

— Est-ce qu'il y a une raison particulière pour que tu m'aies traînée jusqu'à ton sanctuaire secret sur la côte, au lieu de me dire ce que tu avais à me dire à l'hôtel ?

Ouais. Il voulait la désarçonner. Liz avait l'habitude de tout contrôler. D'autre part, il ne voulait pas qu'elle file en douce ou trouve une bonne excuse pour s'enfuir.

Et… bon sang, il ne savait pas pourquoi il l'avait amenée ici, sinon qu'il voulait savoir pourquoi elle jouait les invisibles depuis des mois. Elle était constamment sur son dos avant toute cette histoire avec son frère. Depuis, on aurait dit qu'elle avait disparu de la surface de la terre.

— D'habitude, tu m'appelles deux fois par semaine, et on se voit au moins une fois par mois.

Elle haussa les épaules.

— C'était la fin de ta saison, tu étais occupé. Moi aussi. Et puis il y a eu les fêtes.

— Tu trouves toujours un moyen de me rejoindre quand tu veux dîner avec moi. Et depuis quand est-ce que tu ne viens plus réveillonner avec ma famille ?

Elizabeth eut un rire sans joie.

— Ton frère m'a virée. Sa fiancée me déteste. Je ne pouvais décemment pas venir passer les fêtes avec vous.

— Pour ma mère, ça n'aurait rien changé. Elle t'adore ; pour elle, tu fais partie de la famille. Il y a les affaires d'un côté et les relations personnelles de l'autre.

— Pas pour moi. Et pour Mick et Tara non plus, j'en suis certaine. Je n'aurais pas voulu troubler votre réunion familiale. Je sais que je ne suis plus la bienvenue, là-bas.

Elle détourna les yeux, mais il avait eu le temps d'y surprendre un éclair de souffrance.

Il découvrait une nouvelle facette de sa personnalité. Gavin l'étudia plus attentivement et se demanda si ce n'était pas du cinéma ; après tout, il savait bien qu'elle n'avait pas de sentiments. Elle n'arrivait simplement pas à accepter d'avoir perdu un client.

— Tu aurais pu t'arranger pour me voir à un autre moment.

Elle regarda ses ongles.

— J'ai eu un emploi du temps très chargé.

— Conneries ! Tu te planques depuis que Mick t'a virée.

Elle releva brusquement la tête.

— Je ne me planque pas. Perdre Mick a été un coup dur, financièrement. J'ai dû me dépêcher de signer avec d'autres clients pour compenser.

Gavin s'esclaffa.

— Tu t'es fait un paquet de fric grâce à Mick, à moi et aux autres. Je ne pense pas que tu te sois retrouvée sur la paille.

— Très bien. (Elle posa son verre et se dirigea vers la balustrade pour contempler l'océan.) Crois ce que tu veux, puisque tu t'es déjà fait une opinion. Et si tu t'apprêtes à me virer, alors fais-le, pour que je puisse partir.

Gavin se leva pour la rejoindre.

— Tu penses que je t'ai fait venir ici pour te virer ?

Elle lui fit face.

— Ce n'est pas le cas ?

Il fut frappé par l'expression vulnérable de son visage. C'était la première fois qu'il la voyait ainsi. Elizabeth se montrait toujours dure comme l'acier, pleine d'une assurance qui la faisait briller comme une étoile. En cet instant, il n'en demeurait plus la moindre trace. Elle semblait désarmée, blessée et terrifiée.

Peut-être ne jouait-elle pas la comédie, finalement. Il avait toujours cru qu'elle était incapable d'éprouver la moindre émotion.

En réalité, elle souffrait véritablement, et Gavin ignorait comment réagir.

Le clair de lune jouait sur ses cheveux, lui donnant l'allure d'une déesse baignée d'un feu argenté. Pour la deuxième fois de la soirée, Gavin s'aperçut qu'Elizabeth était une femme magnifique et désirable. Il l'avait toujours considérée comme un requin froid et cruel, notion qui s'intégrait parfaitement à son schéma mental puisqu'elle représentait la dimension professionnelle de sa vie. Oh, bien sûr, elle avait toujours été agréable à regarder, et il devait admettre qu'il avait admiré son corps plus d'une fois, mais il n'avait jamais pensé à elle comme à un être capable de… sentiments, d'émotions.

Tandis que la lumière se reflétait dans ses yeux, il eut l'impression de les voir se remplir de larmes. Et quelque chose d'autre alluma ce regard posé sur lui : une flamme qu'il avait vue embraser les yeux de nombreuses autres femmes au cours de sa vie.

Le désir. La faim. L'envie.

Impossible. Liz était froide comme la glace. Il l'avait vue mettre à terre un footballeur de cent trente kilos en quelques paroles acérées, attraper un propriétaire d'équipe par la cravate et lui arracher sans ciller plusieurs millions de dollars. Liz était sans pitié. Elle n'avait pas d'âme. Elle préférerait arracher le cœur de quelqu'un plutôt que de montrer un signe de faiblesse.

Il avait été témoin de son comportement envers Tara et son fils, Nathan ; il savait qu'elle n'avait pas réfléchi une seule seconde à ce qu'ils ressentiraient. Elle voulait les évincer de la vie de Mick. Leurs sentiments n'avaient eu aucune importance pour elle. Ils n'étaient qu'un détail gênant à éliminer, rien de plus.

Et ce cinéma qu'elle était en train de lui faire… Ce n'était que ça : du cinéma ; un moyen pour elle de s'attirer sa compassion ou de le distraire pour qu'il ne pense plus à la virer. Perdre des clients n'était pas bon pour les affaires. Et Liz n'avait jamais que les affaires en tête, en permanence. À ce qu'il savait, elle n'avait pas de vie privée. Elle mangeait boulot, respirait boulot et dormait boulot, vingt-quatre heures sur vingt-quatre, sept jours par semaine.

Alors… Elizabeth, vulnérable ? C'était à se tordre de rire. Elle lui servait des larmes de crocodile, et il ne marcherait pas dans la combine. Quant à l'idée qu'elle ait eu envie de lui ? Pas possible. Elle avait toujours été très franche avec lui, et il ne comprenait vraiment pas à quoi elle jouait tout d'un coup.

— Liz, qu'est-ce que tu fais ?

Elle fronça les sourcils.

— Pardon ?

— Qu'est-ce que tu essaies de faire, là ?

Elle leva les yeux au ciel.

— Je n'ai aucune idée de ce que tu racontes, Gavin. C'est toi qui m'as amenée ici, tu te rappelles ? (Elle vida son verre de vin et le lui tendit.) Soit tu te décides à m'expliquer ce que je fais ici, soit tu me ressers un verre. Tu vas finir par me rendre folle.

C'était réciproque. Gavin se saisit du verre et l'emporta dans la cuisine, tout en finissant sa bière de l'autre main.

Lorsqu'il ressortit sur le porche, il vit qu'elle avait retiré ses chaussures et sa veste. Le vent avait dérangé la perfection de sa coiffure. Quelques mèches flottaient dans la brise, libres et sauvages.

Il aurait aimé voir Liz dans le même état, mais il avait l'intuition qu'elle donnait aussi des ordres au lit.

Il n'avait pas l'habitude d'associer Elizabeth et le sexe dans une même pensée, préférant séparer clairement les deux domaines.

Alors pourquoi maintenant ? Était-ce le regard qu'elle lui avait lancé, tout à l'heure ?

Bon sang ! Il ne voulait pas penser à elle de cette façon.

Elle frissonna et se frotta les bras.

— Tu veux ta veste ?

— Non. J'ai toujours froid, c'est dans ma nature.

Gavin aurait pu faire une remarque à ce sujet, mais il décida de laisser filer. Il lui offrit son verre de vin et se servit un whisky, de la bouteille qu'il avait apportée avec lui. La bière ne suffisait plus.

Il était temps de passer aux choses sérieuses et de lui expliquer pourquoi il l'avait invitée.

— J'ai fait n'importe quoi avec Mick, avoua-t-elle les yeux rivés sur l'océan, sans regarder Gavin. J'ai cru que je pouvais prendre le contrôle de sa vie, que je savais ce qui était bon pour lui. Il s'avère que je l'ignorais. Je ne l'écoutais pas quand il me disait vouloir rester avec Tara. Je pensais que c'était une passade. Mais il était amoureux d'elle, et je ne voulais pas que ce soit le cas.

Ça, c'était nouveau. Liz, lui ouvrir son cœur ? Ils avaient l'habitude de parler boulot, et parfois de prendre quelques verres en plaisantant, mais ils parlaient surtout de sport. Rien de personnel. Jamais.

— Pourquoi est-ce que tu ne voulais pas qu'il soit amoureux d'elle ?

— Parce qu'alors les choses allaient changer.

— Quel genre de choses ?

— Mick était tellement conciliant. Je pouvais lui demander de poser avec n'importe quelle actrice ou mannequin pour les médias, et il acceptait. Son visage était en une des magazines, son nom était partout. Je l'ai rendu célèbre.

Gavin se rapprocha d'elle.

— Son bras l'a rendu célèbre, Liz.

Elle eut un sourire mélancolique.

— En partie, oui. Mais vous, les gars, vous ne comprenez rien aux relations publiques. Vous pensez que tout le travail se fait sur le terrain, alors que c'est tellement plus vaste que ça. (Elle vida à nouveau son verre, puis le posa sur la table.) Être doué dans votre sport, ce n'est qu'une petite partie du processus qui fait de vous des icônes. Les magazines people, les médias, les photos, les sponsors…, c'est tout ça qui construit une carrière. (Elle se tourna pour le regarder en face.) Tu pourrais être le meilleur joueur en première base de toute l'histoire du base-ball, mais si je n'étais pas là pour t'avoir des contrats de pubs pour tel déodorant, tel rasoir ou tel sous-vêtement, si le public ne savait pas qui tu es, s'il ne voyait pas ton visage huit fois par jour à la télé, dans les journaux et sur Internet, tout au long de ta saison…, tout le monde s'en ficherait, Gavin. Tout le monde se ficherait que tu aies une moyenne à la batte de 0,338 avec quarante et un *home runs*, que tu aies reçu ton sixième Gant d'or consécutif ou que tu aies été sacré Meilleur Joueur par la ligue. Personne ne s'y intéresserait. Les gens ne s'en préoccupent que parce que les médias leur disent de s'en préoccuper. Et les médias le font parce que moi, je le leur demande.

» Tout ce que vous voulez faire, vous, c'est jouer à vos sports, aller à vos fêtes pleines de jolies femmes, acheter vos belles voitures et frimer. Vous voulez faire de la pub à cause de la sécurité financière que ça vous procure, mais vous n'imaginez pas le panier de crabes que c'est, à quel point c'est dur de décrocher ces places. Parce que chacun de vous est en compétition avec quarante autres types pour le même job. C'est pour ça que vous me payez. Pas seulement pour négocier votre contrat de joueur, mais pour obtenir toutes ces pubs, pour mettre votre photo en une de *Sports Illustrated* et entre les pages de *People*. C'est pour ça que vous me payez. C'est pour ça que vous avez besoin de moi.

Elle lâcha la balustrade et partit d'un pas mal assuré vers la cuisine.

La vache ! Il n'avait aucune idée de ce qui avait provoqué ça. Il savait parfaitement tout ce qu'elle faisait pour lui. Elle partait en roue libre, là, non ?

Mais il préférait de loin l'Elizabeth bagarreuse à l'Elizabeth triste et fragile. Il allait simplement laisser la situation évoluer et voir ce qu'elle en ferait.

Merde! Liz s'appuya au bar de la cuisine et prit une longue lampée de vin, en regrettant d'avoir accepté de suivre Gavin jusqu'ici.

Elle avait été stupide de lui déballer tout ce qu'elle avait sur le cœur. Elle ne lui parlait jamais de cette façon. Avec lui, tout restait très superficiel. Elle lui disait qu'il était génial, lui arrangeait des shootings photo. Elle renégociait son contrat et lui obtenait les meilleurs avantages. C'était tout. Ils ne parlaient jamais de rien d'autre.

Elle gardait ses distances avec lui, le retrouvant en général dans des lieux bondés ou à des événements mondains, où elle ne courait aucun risque.

Et elle avait d'excellentes raisons d'agir ainsi.

D'une, elle avait quatre ans de plus que lui. Elle ne sortait jamais avec des mecs plus jeunes qu'elle. Jamais.

De deux, elle était amoureuse de lui et ce, depuis des années.

De trois, il n'en avait strictement, mais strictement, aucune idée, et elle n'avait pas la moindre intention de le mettre sur la piste.

Bien sûr, elle flirtait avec lui, comme avec tous ses clients. Ce n'étaient que des plaisanteries, rien de sérieux là-dedans. Elle ne voulait surtout pas que Gavin pense qu'elle lui réservait un traitement particulier. Et il était loin de se douter de quoi que ce soit, car il ne lui accordait que très peu d'attention en dehors du boulot, heureusement.

Mais, en réalité, elle ne le traitait pas comme ses autres clients, car ses sentiments étaient différents. Elle se tenait à distance en raison de ce qu'il provoquait en elle.

Elle n'aurait pas su dire quand cela avait commencé. Dieu sait qu'elle avait essayé de l'empêcher. Mais il y avait quelque chose chez lui… Peut-être sa beauté ténébreuse, ses yeux d'un vert hypnotique, la façon dont ses cheveux brun sombre tombaient sur son front, ou son bouc délicieusement sexy. Peut-être était-ce le corps svelte qu'il entretenait par des exercices de musculation quotidiens et en jouant à différents sports de loisir, en dehors du base-ball. Peut-être était-ce la manière dont il traitait les jeunes qui venaient le voir jouer, en prenant toujours le temps de signer des autographes ou de discuter avec eux. C'était un champion, et il valait des millions de dollars, mais il n'avait jamais pris la grosse tête comme bon nombre des clients de Liz. C'était un mec super, un vrai.

Mais ce qu'elle préférait chez lui était son sourire. Il avait quelque chose d'ensorcelant, de tentateur. C'était un sourire secret, adulte, le genre de sourire qui donnait aux femmes l'envie de lire dans ses pensées.

Elle avait été frappée par ce sourire la première fois qu'ils s'étaient rencontrés, et qu'il l'avait examinée comme un homme examine une femme, des pieds à la tête. Mais, du jour où il était devenu son client, c'était terminé. Il ne l'avait plus jamais regardée de cette façon. Oh, elle l'avait vu adresser ce sourire à d'autres femmes, et elle avait souvent regretté d'être devenue son agent, même si elle s'était donnée à cent pour cent dans ce rôle.

Elle regrettait tristement, amèrement, qu'il ne l'ait plus jamais gratifiée de ce sourire enjôleur.

Jusqu'à ce soir. Ce soir, devant l'hôtel, il l'avait regardée de cette manière pour la première fois depuis le début de leur collaboration. Il l'avait regardée comme un homme regarde une femme avec qui il a envie de faire l'amour. Sa respiration s'était bloquée et, pendant un bref instant, elle s'était demandé…

— Tu te caches ou quoi ?

Elle se retourna dans un sursaut pour faire face à Gavin, la main serrée sur son verre à pied vide.

— Je remplissais mon verre.

Il baissa les yeux.

— Ton verre est vide.

— En effet, rétorqua-t-elle. (Elle brandit la bouteille de vin.) La bouteille aussi.

Gavin se dirigea vers la réserve de vin et en tira une autre bouteille, attrapa le tire-bouchon et la déboucha. Ses doigts chauds caressèrent ceux, glacés, de Liz lorsqu'il saisit le verre pour le remplir. Son regard demeurait rivé au sien.

— Ta main est encore froide.

Et la même expression naquit à nouveau sur son visage, ce sourire qu'il lui avait adressé devant l'hôtel un peu plus tôt, celui qu'il ne lui offrait jamais, d'habitude.

Liz sentit son ventre se serrer et oh, Seigneur ! ses mamelons se durcir. Elle se demanda si Gavin le verrait à travers son fin soutien-gorge et son chemiser en soie.

— Ça va, assura-t-elle.

— D'accord.

Il ne lâchait pas sa main, et Liz se mordilla la lèvre inférieure.

— Tu vas devoir rester dormir ici.

Elle avala sa salive.

— Quoi ?

— J'ai trop bu pour reprendre le volant ce soir. Je ne peux pas te ramener. Tu vas devoir dormir ici.

— Oh ! Euh… je pourrais appeler un taxi.

Il eut un sourire en coin.

— Tu pourrais, oui. Mais tu n'en as pas envie… Si ?

Quoi ? Mais de quoi parlait-il ? Était-il en train de lui faire des avances ?

Oh non ! Oh, Seigneur, non !

Elle attrapa son sac et en sortit son portable.

— J'appelle un taxi.

Gavin lui prit le poignet et se pencha vers elle.

— On n'a pas fini de parler, Liz.

Ce n'était pas discuter qu'il voulait. Elle le savait, et lui aussi.

— Pourquoi maintenant, Gavin ? Pourquoi, après toutes ces années, est-ce que tu fais ça aujourd'hui ?

— Est-ce qu'on est obligés de disséquer ça ?

Le cœur de Liz battait si fort qu'elle craignait qu'il ne l'entende.

Gavin posa son portable sur le bar et en écarta la main de Liz.

Appelle un taxi. Rentre chez toi. Sors d'ici tout de suite avant de faire quelque chose de profondément stupide, Elizabeth.

— Je ne couche pas avec mes clients, Gavin.

Les lèvres de Gavin tressautèrent légèrement.

— Tu veux que je te vire pour pouvoir te sauter ?

Le corps de Liz s'embrasait. Pourquoi lui faisait-il subir un tel supplice ?

— Pas spécialement, non.

— Tu veux que je te saute ?

Elle ne pouvait plus respirer. Qu'était-elle censée répondre à ça ?

Mens, idiote, comme tu mens depuis cinq ans.

Il se rapprocha du bar à la manière d'un prédateur et l'emprisonna entre lui et le meuble, en plaquant les mains sur ses hanches.

— Tu as le souffle court, Liz. Je te fais peur ?

— Non.

Il s'approcha encore davantage, et son bassin frôla celui de Liz. Elle sentit alors l'arête dure de son sexe et perdit la raison pour de bon.

Il se pencha et pressa les lèvres sur son cou, ses cheveux caressant la joue de la jeune femme. Elle prit une profonde inspiration et savoura son odeur en songeant qu'elle n'avait jamais été si proche de lui. Il sentait le savon et tout ce qu'elle avait rêvé qu'il sentirait. Elle agrippa le comptoir en granit, si fort que ses doigts lui firent mal.

Elle tenta d'avaler sa salive à nouveau, mais sa bouche s'était asséchée. Sa bouche, seulement : sous la ceinture, elle était trempée, prête à le laisser se glisser en elle pour lui donner ce qu'elle désirait depuis cinq longues années. Son sexe palpitait d'impatience, sa poitrine était chaude et gonflée. Son clitoris la picotait, et, si Gavin se frottait contre elle ne serait-ce qu'une seconde, elle savait qu'elle pourrait jouir rien qu'en imaginant combien ce serait bon avec lui.

— Gavin ! gémit-elle.

— Touche-moi, Elizabeth, murmura-t-il en faisant courir sa langue sur son cou. Mets tes mains sur moi et dis-moi que c'est ce que tu veux.

Ce mec allait la tuer. Bordel, bordel, bordel ! Comment aurait-elle pu se refuser à lui ? Comment aurait-elle pu ne pas céder à son propre désir ?

Mais cela changerait tout entre eux. Et cela sonnerait sans aucun doute le glas de leur collaboration.

Gavin pressa ses hanches contre les siennes, et elle fondit. Elle leva les bras pour enfouir ses mains dans les cheveux de Gavin. Tirant sur sa chevelure, elle lui releva la tête ; le désir ardent qu'elle lut dans ses yeux était égal au sien.

Un instant plus tard, il posait sa bouche sur la sienne, allumant le feu qu'elle tentait d'étouffer depuis tant d'années. Il explosa lorsque Gavin glissa sa langue entre ses dents.

Elle avait rêvé de ses lèvres, de sa saveur. Il avait le goût du whisky, et de la promesse d'une nuit torride. Il lécha la lèvre inférieure de Liz, la mordilla. Les doigts de la jeune femme se perdaient dans la douce épaisseur de ses cheveux ; c'était tout ce qui lui restait de doux, tandis qu'il lui dévorait la bouche. Elle savait qu'il n'y aurait rien de facile, avec lui. Il n'était que dureté et douleur, et elle adorait ça. Il lui fourra sa langue dans la bouche, la mêla à la sienne et suça avidement, faisant monter les larmes aux yeux de Liz.

Elle laissa échapper un râle saccadé. Gavin la souleva par les hanches et la posa sur le comptoir. S'installant entre ses jambes, il empoigna ses fesses pour presser le centre de son désir contre lui. Il tira son chemisier hors de sa jupe et le fit passer au-dessus de sa tête d'un seul mouvement brusque.

Il fit descendre sa main sur son cou et entre ses seins. Elizabeth se pencha en arrière pour le regarder poser sa main bronzée sur le bonnet de son soutien-gorge.

— Sexy, Elizabeth.

Il releva les yeux vers elle, puis les reporta sur son soutien-gorge qu'il écarta, révélant un mamelon dur et dressé.

— Et très joli mamelon…

Elle retint son souffle lorsqu'il l'enserra de ses lèvres. Dès l'instant où elle sentit sa bouche tiède sucer son téton, elle hoqueta et passa à nouveau les mains dans ses cheveux. Elle n'arrivait pas à y croire. Tous les fantasmes les plus chauds qu'elle avait emmagasinés sur Gavin devenaient réalité.

Elle n'avait jamais imaginé que ses rêves puissent se réaliser. Elle était sans doute un peu ivre, ce soir, et elle savait qu'il l'était aussi ; tout cela ne se reproduirait probablement pas. Aussi, elle s'efforçait de graver chaque instant dans sa mémoire afin de ne jamais l'oublier. La traction de ses lèvres sur son mamelon tendu, la vue de sa tête sombre contre son sein pâle, son odeur qu'elle aspirait profondément et, tout simplement, ce qu'elle éprouvait : le sentiment de se consumer entièrement pour lui.

Être prise par lui était au cœur de tous ses fantasmes. Elle savait à quel point ce serait bon.

Et elle ne lui dirait jamais, jamais, ce que cela signifiait pour elle. Elle devait conserver une certaine retenue, ne pas lui laisser deviner le pouvoir qu'il détenait sur elle.

« Ne permets jamais à un homme de prendre le pouvoir sur toi, ou il te détruira. »

Elle vivait selon ce principe, et pourtant, en cet instant, elle s'abandonnait à une langoureuse extase.

Elle reprendrait le contrôle plus tard. Pour le moment, elle le cédait volontiers à Gavin. Il écarta le second bonnet et se consacra à son autre mamelon, tout en caressant de ses doigts celui qu'il avait mouillé de sa bouche. Et lorsqu'il releva la tête, les yeux à présent emplis d'une noirceur qui la fit fondre comme neige au soleil, elle agita le drapeau blanc, vaincue.

Il fit remonter sa jupe au-dessus de ses hanches et posa la paume de sa main sur le sexe de Liz, en lui souriant comme elle avait toujours voulu qu'il le fasse : de ce sourire secret qu'il réservait aux autres femmes, jamais à elle.

— Tu portes des sous-vêtements très sexy, Elizabeth. Tu t'habilles toujours comme ça ou tu les as revêtus avec l'intention de séduire quelqu'un ce soir ?

Elle lutta pour retrouver sa voix.

— Je m'habille toujours comme ça.

— Quand est-ce que tu as baisé pour la dernière fois ?

Liz plissa les yeux.

— Pas tes oignons.

Il fit glisser sa paume contre son sexe, et elle hoqueta.

— Réponds-moi.

— Non.

Un éclair de plaisir la parcourut alors qu'il l'excitait de ses doigts. Il s'arrêta.

— Quand est-ce que tu as baisé un homme pour la dernière fois, Elizabeth ?

Elle n'était pas disposée à lui abandonner un tel moyen de contrôle. Elle n'avait déjà que trop cédé.

— Quand est-ce que tu as baisé une femme pour la dernière fois, Gavin ?

Il suivit des doigts l'ourlet de sa culotte, et elle eut l'impression que, s'il s'approchait encore de son clitoris, elle jouirait aussitôt.

— Tu veux que je te lèche, non ? Tu veux que je te fasse jouir ?

Des élancements agitaient son sexe, et son esprit était plein d'images de la tête de Gavin entre ses jambes, de sa langue la parcourant doucement jusqu'à la faire hurler de plaisir.

— Oui. Fais-moi jouir, Gavin…

— Alors réponds-moi.

— Pourquoi est-ce que tu veux savoir ça ?

Il haussa les épaules en triturant le tissu satiné de sa culotte. C'était un contact léger, à peine un murmure contre son sexe. Assez pour qu'elle sente quelque chose, et cependant… trop peu.

— Je veux savoir. Dis-le-moi. Combien de temps ?

— Deux ans.

Il fronça les sourcils.

— C'est vrai ?

— Oui.

— Putain, Liz ! Regarde-moi.

Elle plongea ses yeux dans les siens. Il agrippa les lanières délicates qui recouvraient ses hanches et les déchira. Elle sursauta ; il sourit, puis écarta les restes de sa culotte hors de prix. Les fesses nues de Liz heurtèrent le granit, et elle frissonna.

— Trop froid ?

— Un peu.

Il passa une main sous ses fesses et la souleva, puis plaqua sa bouche sur son sexe.

Oh, mon Dieu, mon Dieu, mon Dieu ! Qu'est-ce que c'était bon ! Elle se redressa pour le regarder lécher lentement son clitoris, puis faire descendre sa langue entre ses lèvres et l'enfoncer en elle.

— Gavin, souffla-t-elle en tremblant au contact de sa langue sur sa chair.

Cela faisait si longtemps qu'un homme ne l'avait pas touchée... Elle ne l'avait pas permis, pour de nombreuses raisons. Le sexe compliquait les choses, et elle n'en retirait pas souvent grand-chose d'intéressant.

Ses pensées s'évanouirent, laissant place aux seules sensations. Elle savoura la magie du moment, se délectant de le sentir sucer son clitoris, faire courir sa langue de haut en bas sur son sexe et la lécher jusqu'à la faire haleter.

Il saisit ses poignets et les immobilisa, enfonçant ses doigts dans sa chair. La douleur ne faisait qu'intensifier les sensations qu'il lui procurait, la poussant jusqu'à l'extrême limite de sa volonté.

Et, pleine de confusion, elle sut qu'elle ne pourrait pas se retenir. Elle le regrettait, car ce plaisir était le plus doux qu'elle ait jamais connu. C'était magique, et cela n'arriverait qu'une fois. Mais la vague déchaînée de l'orgasme refusait d'attendre ; elle se souleva, cria et jouit, dans une onde de choc qui fit vibrer toutes ses terminaisons nerveuses d'une extase insoutenable. Gavin resserra sa prise sur elle en lapant tout ce qu'elle avait à donner.

Les muscles de Liz frissonnèrent, et Gavin l'aida à se redresser, le visage mouillé d'elle. Elle leva une main tremblante et, du pouce, lui essuya le menton. Il saisit son doigt au vol et le suça, le regard toujours noir de désir inassouvi. Il lui tendit ensuite son verre de vin, et elle en prit quelques longues gorgées afin d'étancher la soif qui lui brûlait la gorge..., mais sa soif de lui, en revanche, demeurait intacte.

Elle craignait que cette soif-là ne s'apaise pas de sitôt.

Il la prit dans ses bras et la reposa sur ses pieds devant lui. Elle ne portait plus que sa jupe et son soutien-gorge à demi retiré. Lui était toujours habillé des pieds à la tête, son membre dur gonflant visiblement son pantalon noir.

Il lui prit la main.

— Suis-moi.

Il lui fit traverser le couloir. Sous les pieds nus de Liz, le parquet était lisse et doux. La chambre principale, décorée dans les tons crème et bordeaux était pourvue de grandes fenêtres donnant sur l'océan. Liz aurait aimé qu'il fasse jour, afin de pouvoir admirer la vue. Une porte-fenêtre ouverte menait sur la terrasse, et un ventilateur tournait lentement au plafond au-dessus du…

Oh, mon Dieu !

… du lit où six personnes auraient pu dormir à l'aise.

Désormais, elle comprenait pourquoi Gavin avait choisi cette maison.

C'était le lit. C'était forcément le lit.

Elle se demanda combien de personnes s'y étaient déjà couchées en même temps.

— Tu avais déjà loué cette maison, avant ?

— Elle m'appartient, Elizabeth.

Oui, tout était clair à présent.

— Tu as beaucoup d'orgies de prévues ? demanda-t-elle en s'avançant dans la pièce.

Elle s'arrêta au pied de l'immense baldaquin.

Il fronça les sourcils.

— Hein ?

— Ce lit n'est pas prévu pour une seule personne… ni même deux.

Il conserva un moment son expression perplexe, puis posa un bref regard sur le lit avant de se tourner à nouveau vers elle.

— Oh, je m'étale ! J'aime bien les grands lits.

— Gavin, ce lit est plus que « grand ». C'est le genre de lit dont rêverait un polygame.

— Je n'organise pas d'orgies, Elizabeth.

Il s'empara d'une télécommande posée sur une table de nuit, pressa un bouton, et les rideaux commencèrent à se fermer.

— Oh, s'il te plaît, ne cache pas complètement la nuit ! J'aime bien que ce soit ouvert et aéré. Ce n'est pas comme si tu avais des voyeurs en vis-à-vis.

D'une nouvelle pression sur le bouton, il rouvrit les rideaux.

— Merci.

Il jeta la télécommande sur la table, avant de lancer :

— Déshabille-toi.

Liz mit les mains sur ses hanches.

— Tu aimes donner des ordres.

Gavin marcha jusqu'au pied du lit et s'y appuya d'un air nonchalant.

— Ne m'oblige pas à le répéter.

Elle rejeta la tête en arrière et éclata de rire.

— Sinon quoi ? Tu vas me donner une fessée ? Si tu veux que je sois nue, Gavin, ramène tes fesses par ici et déshabille-moi.

Son regard s'assombrit, et oh, Seigneur ! le voici. Ce sourire à peine visible, celui qui cachait tant de secrets.

Mais le sourire s'enfuit, et il la défia du regard, les yeux pleins de feu. Puis il s'avança.

Pendant une seconde, elle trembla.

Et elle ne tremblait jamais.

Excitation ou désir pur, elle ignorait ce qui la faisait frissonner. Il fut sur elle en un instant, déchira son soutien-gorge et le jeta au sol. Il empoigna sa jupe, et elle sentit la force de ses mains tirant sur la fermeture Éclair.

— Attends. C'est bon, je vais le faire.

Il s'arrêta et recula, un rictus triomphant sur le visage, tandis qu'elle baissait la fermeture et laissait tomber sa jupe à terre.

— Salaud ! maugréa-t-elle en dégageant ses pieds du vêtement. Ces sous-vêtements m'ont coûté une fortune.

Il ne s'excusa pas, préférant balayer son corps nu du regard, et la colère de Liz fondit face à son expression brûlante et affamée.

Il déboutonna sa chemise, l'ôta et l'envoya rejoindre la jupe. Il défit ensuite le bouton de son pantalon et ouvrit la braguette. Il retira ses chaussures et descendit son pantalon ainsi que son boxer. Son érection jaillit, et Liz se passa la langue sur les lèvres, désirant soudain sentir son sexe entre ses mains et dans sa bouche.

Gavin était magnifique, plus qu'elle n'aurait pu l'imaginer. Mince, le ventre musclé, les biceps bien dessinés, bronzé, sexy ; lorsqu'il l'attira brusquement entre ses bras, Liz n'aurait échangé sa place pour rien au monde..., même si elle savait que pour mille raisons ce n'était pas une bonne idée.

Pour un million de raisons, elle en avait envie tout de même.

Chapitre 2

Le souffle d'Elizabeth se bloqua dans sa gorge lorsque Gavin la serra contre lui, puis la retourna, plaquant le dos de la jeune femme contre son torse.

Son cœur tambourinait dans sa poitrine, son corps était en feu, envahi par un désir d'une force telle qu'elle était près de la mettre à genoux.

— Tu es sûre que tu veux faire ça ? Je ne te le redemanderai pas.

Elle tremblait. La pièce était emplie d'une tension presque palpable.

— J'en suis sûre.

En réalité, elle n'était sûre de rien. *Ne perds jamais le contrôle, Elizabeth.*

Elle cligna des yeux plusieurs fois, ignorant l'avertissement.

Son souffle tiède se répandait sur son cou, la faisant frissonner. Il tendit la main vers ses cheveux, en retira la barrette et les épingles soigneusement placées qui les retenaient, puis y enfouit ses doigts pour les étaler sur ses épaules.

— Tu as des cheveux superbes. (Il y posa son nez.) Ils sentent tellement bon. Tu les portes toujours relevés. Tu devrais les relâcher plus souvent.

Il lui passa les mains sur les épaules, puis sur les bras, avant de remonter. La chair de poule lui picota la peau, mais elle n'avait pas froid. Son corps était brûlant, à l'intérieur : elle avait l'impression d'être en feu.

— Tourne-toi, Elizabeth.

Elle pivota et vit le désir rougeoyer dans ses yeux comme une fournaise. Personne ne l'avait jamais regardée comme Gavin en ce moment, comme s'il était si affamé d'elle qu'il ne pouvait attendre de la posséder.

C'était brut, primaire, et elle en frémissait d'impatience.

Il lui frôla la joue du revers de la main, en un geste d'une tendresse telle que ses jambes faillirent se dérober sous elle. Il posa sa paume sur son cou, la laissa glisser le long de sa clavicule jusqu'à ses seins, puis en prit un dans sa main.

— Tu as un corps parfait. Si doux… (Il caressa son mamelon du pouce, et elle tressaillit.) Fait pour être touché. Pourquoi n'as-tu laissé personne le faire depuis si longtemps ?

Il fit tourner son pouce et son index autour de son mamelon, et cette sensation se répercuta jusqu'à son sexe, la remplissant de désir. Elle lui agrippa les bras. Elle tenait à peine sur ses jambes et se sentait près de tomber. Mais Gavin passa un bras dans son dos pour la soutenir, puis il porta les lèvres à son sein pour sucer son mamelon.

— Oh, mon Dieu, oui ! cria-t-elle, son plaisir décuplé par la légère douleur.

Elle enfonça les doigts dans ses cheveux, désirant de plus en plus, au contact de sa bouche et de ses dents sur son corps, le toucher. Il lécha et suça la peau de son sein.

Lorsqu'il s'écarta, elle avait le souffle court et se sentait presque ivre de désir.

Il la souleva et la porta jusqu'à l'étendre au bord du lit gigantesque, laissant ses jambes pendre à l'extérieur. Il sortit un préservatif du tiroir, le mit et se pencha sur elle.

— Regarde-moi, Elizabeth.

Elle obéit, et il surpassait tout ce qu'elle aurait pu imaginer : sa peau dorée par le soleil, ses muscles fins, ses biceps gonflés, tandis qu'il soutenait de ses bras la partie inférieure du corps de Liz.

— Je vais te baiser, sans retenue. Je vais me servir de ton corps jusqu'à jouir en toi. Et ensuite on va jouer. Toute la nuit.

Elle attendit, le sexe trempé d'excitation.

Il plaça son sexe entre ses lèvres et glissa en elle.

Elle s'attendait à ce qu'il l'utilise, qu'il la pénètre brutalement. Elle n'avait pas imaginé une telle tendresse de sa part, et c'était presque plus qu'elle n'en pouvait supporter.

Il posa les mains de chaque côté du corps de Liz et prit son temps jusqu'à s'enfoncer complètement en elle, puis il resta immobile, attendant qu'elle s'adapte à sa présence. Cela faisait si longtemps qu'elle n'avait pas accueilli un homme en elle, qu'elle n'avait pas senti une telle chaleur, une telle épaisseur à l'intérieur de son corps.

Il ferma brièvement les yeux, et elle vit la tension plisser son front lorsque son sexe frémit et se resserra sur son membre. Elle passa les mains sur ses avant-bras musclés et sentit la légère transpiration qui s'y était formée.

Puis il se mit à bouger lentement, doucement, se retirant partiellement avant de replonger. Liz leva les jambes et posa les pieds à plat sur le lit, se soulevant pour l'attirer en elle plus profondément.

Il se dressa pour contempler son sexe tandis qu'il la prenait.

— Tu es si serrée et tellement excitante, Elizabeth, dit-il. J'adore te baiser. J'y ai beaucoup pensé ces dernières années. J'essayais de m'en empêcher, mais j'y pensais quand même.

Sa façon de la regarder transperçait le voile dissimulant tout ce qu'elle tentait si désespérément de lui cacher.

— Et toi, tu t'es imaginée baisant avec moi ?

— Oui. Souvent.

Il sourit, observant l'endroit où leurs deux corps se rejoignaient.

— Je n'avais pas imaginé que ce serait si bon, affirma-t-il en relevant les yeux vers elle. Et maintenant tu es à moi. Tu comprends ça ? Tu ne te donnes à personne d'autre, pendant qu'on joue. Tu es à moi.

Oh, bon sang ! Il plongeait en elle et lui disait qu'elle lui appartenait, qu'elle ne pouvait coucher avec personne d'autre. Si un autre homme lui avait dit la même chose, elle lui aurait répliqué d'aller se faire foutre.

Mais elle voulait Gavin. Elle avait toujours voulu Gavin. Personne d'autre que lui. Ses paroles délicieusement sombres la ravissaient.

Elle était si près de jouir qu'elle dut serrer les dents et se retenir pour faire durer son plaisir. Le regarder la pénétrer était magique. Un fantasme devenu réalité. Et qu'il ait pris ainsi possession d'elle…, elle n'aurait jamais pu l'imaginer.

Gavin fit retomber les jambes de Liz et se pencha sur elle.

— Tu as envie de jouir, pas vrai ?

— Oui.

Il se pressa contre elle, l'écrasa, et les larmes montèrent aux yeux de Liz. Elle était si près. Si près qu'elle mourait d'envie de relâcher la tension, mais elle attendit.

— Ce serait bon si toi et moi, on jouissait ensemble, non ?

— Oui. Bordel, Gavin, oui !

— Tu veux jouir avec moi, Elizabeth ?

— Oui. Mon Dieu, Gavin, oui ! S'il te plaît, fais-moi jouir !

Il lui agrippa les hanches et la laboura, fort, faisant rouler son bassin contre sa chair.

L'orgasme explosa en elle, libérant d'un coup toute l'énergie accumulée. Elle cria. Gavin accompagna la crispation soudaine de son sexe à coups de reins puissants, puis se plaqua sur elle et gronda, jouissant lui-même tandis qu'Elizabeth s'emballait et perdait totalement le contrôle. Il se serra contre elle et l'embrassa tandis que l'orgasme de Liz continuait, semblant ne jamais devoir se terminer. Il n'arrêta de bouger en elle que lorsque cette jouissance volcanique se fut muée en de douces pulsations.

Il se retira, la laissa seule un instant, puis revint et la retourna sur le ventre pour lui caresser les fesses. Il déposa un baiser sur chacune d'elles avant de faire descendre ses mains le long de ses jambes.

— Tu as un cul magnifique, Elizabeth. Et tes jambes…, incroyables. J'ai toujours adoré regarder tes jambes.

Il grimpa sur le lit et s'agenouilla devant elle.

— Mets-toi à quatre pattes.

Elle aimait sa force et son autorité au lit.

Elle contrôlait tout le reste de sa vie. C'était amusant de le laisser commander, ici ; cela l'excitait, la faisait frémir d'impatience.

— Suce-moi, fais-moi durcir à nouveau.

Elle se passa la langue sur les lèvres, puis prit son pénis dans sa main et l'enserra de sa bouche. Le sexe de Liz palpitait encore de l'avoir eu en elle, tremblait encore de son orgasme. Elle fit tourner sa langue autour de son membre, puis l'attira dans sa bouche en le suçant.

Gavin posa la main à l'arrière de sa tête et fit plonger son sexe plus profondément dans sa bouche.

— C'est bon. Bordel, ta bouche m'excite ! Prends-moi profond, Elizabeth. Suce-moi bien.

Elle lécha toute la longueur de son membre, puis se mit à bouger la tête de haut en bas. Gavin se pencha de côté pour attraper ses poignets.

— Oui, comme ça. Putain, c'est bon ! Suce-moi Elizabeth. Prends-moi, mouille-moi, fais-moi durcir. Ensuite, je te baiserai et je te ferai jouir encore une fois. Tu en as envie, pas vrai ?

Il lui tirait les bras, les maintenait derrière son dos afin de l'obliger à n'utiliser que sa bouche. Et elle ne pensait qu'au moment où son membre fantastique pénétrerait son sexe, pour la baiser jusqu'à ce qu'elle jouisse à nouveau. Elle désirait cet orgasme, ne rêvait que de le sentir la labourer une fois encore. Il s'empara de ses seins, faisant rouler ses mamelons entre ses doigts serrés. Cette légère douleur la fit le sucer plus fort.

— Oui, vas-y, plus fort, comme ça… Maintenant, avale.

Il s'enfonça plus profondément, et elle prit toute sa longueur dans sa bouche. Il semblait savoir exactement jusqu'où elle était capable d'aller, car il se retirait, faisant glisser son membre contre sa langue, avant de replonger profondément en elle.

— Lèche-moi les couilles, exigea-t-il.

Il fit sortir son membre de sa bouche et le souleva pour lui donner accès à ses testicules. Elle sortit la langue pour les lécher, regrettant de ne pas pouvoir les prendre dans sa bouche, à cause de la posture dans laquelle il la maintenait. Et, tout du long, il continua d'exciter et de pincer ses mamelons, et la douleur était merveilleuse.

Cela lui avait manqué, un homme pour la toucher, la lécher, la baiser. Le sexe lui avait tellement manqué.

Gavin était un putain de maître en la matière.

Elle balaya ses testicules de la langue, donna des petits coups, le lapa, l'excita.

— Oui, oh oui, j'adore ta langue !

Il laissa retomber les bras de Liz et la redressa à genoux, puis l'attira à lui. Ses lèvres rencontrèrent les siennes en un baiser brûlant qui envoya des fourmillements dans ses mamelons, tandis que Gavin enfonçait sa langue dans sa bouche pour prendre possession d'elle.

— Maintenant, allonge-toi sur le ventre.

Il lança un oreiller au centre du lit, et Liz s'étendit par-dessus.

— Écarte les jambes.

Elle s'exécuta, et il mit un préservatif, puis s'agenouilla entre ses cuisses. Elle sentit son corps la frôler, puis il fut en elle, et, tout comme auparavant, son sexe frémit. Elle empoigna les draps lorsqu'il se mit à bouger lentement en elle, se retirant doucement pour mieux glisser à nouveau à l'intérieur.

Il écarta les cheveux de Liz pour embrasser et mordiller sa nuque.

— Ne viens pas tout de suite, Elizabeth. Tu sais que ce sera meilleur si tu attends.

Elle serra les draps entre ses poings et se retint, sachant qu'elle pouvait jouir immédiatement. Le sucer avait fait grimper la tension, et elle était prête, surexcitée. Son clitoris frottait contre le lit, décuplant ses sensations, la hissant vers le sommet.

Il se redressa et la prit par les hanches, la pénétrant plus fort, plus vite.

— Tu me fais bander. Tu es tellement serrée. Lève tes fesses plus haut.

Elle s'exécuta, et il plongea en elle d'un coup puissant qui la fit s'enfoncer dans le matelas. Son point sensible fut pressé contre l'oreiller, et elle se sentit si proche de l'orgasme qu'elle dut lutter pour y résister. Elle voulait que Gavin jouisse avec elle.

La poigne de celui-ci se resserra sur ses hanches, tandis que ses coups de reins se faisaient de plus en plus impatients.

— Tu es prête, Elizabeth ?

Elle était terrassée de sensations, sur le point de déchirer les draps si elle ne jouissait pas rapidement.

— Oui, Gavin. Oui.

Il passa une main sous elle et trouva son clitoris, puis massa le nœud gonflé de plaisir.

— Lâche-toi. Jouis avec moi.

Lorsqu'il s'enfonça à nouveau, elle explosa, enfouissant son visage contre l'édredon en criant d'extase.

Gavin plaqua son corps contre ses fesses, se balança d'avant en arrière et jouit en frissonnant.

Lorsqu'elle retomba enfin, il était là pour écarter ses cheveux de son visage. Il la fit rouler sur le côté et se débarrassa de l'oreiller. Puis il la quitta juste le temps de leur ramener à chacun un verre. Ensuite, il la prit dans ses bras et l'attira contre son torse, caressant son dos et ses épaules.

Le silence était total. Ni l'un ni l'autre ne prononça une parole. Gavin éteignit les lumières et tira les couvertures sur eux.

Elizabeth contempla, par les fenêtres, les rayons de la lune et écouta la paisible berceuse de l'océan.

Cette soirée tout entière avait été une révélation. Elle en était encore un peu bouleversée. Elle avait cru qu'il l'amenait ici pour la virer. Au lieu de ça, il l'avait baisée, et cela avait été magique, plus qu'elle n'aurait jamais osé en demander.

La question, c'était… : et maintenant ?

Chapitre 3

Et maintenant ?

Gavin, assis dehors, regardait les mouettes fondre sur le rivage à la recherche de leur petit déjeuner. Une tasse de café à la main, il songeait à la rousse nue qui dormait dans son lit.

Pas n'importe quelle rousse nue, d'ailleurs, mais son agent, Elizabeth.

Elle l'avait surpris, la veille, et plutôt deux fois qu'une.

Il n'aurait jamais cru qu'Elizabeth serait son égale au lit. Elle l'avait excité comme il n'aurait jamais imaginé pouvoir l'être.

Certes, elle avait un peu bu hier soir, et il n'avait pas prévu de la sauter. C'était simplement arrivé. Mais, bon sang, qu'est-ce que c'était bon !

Et il en redemandait.

C'était une mauvaise idée à tout point de vue. D'abord, parce que c'était son agent et qu'ils devaient conserver une relation purement professionnelle.

Ensuite, elle avait fait du mal à son frère, et il ne l'avait toujours pas digéré.

Troisièmement, elle n'était pas du tout son type. Il aimait les femmes douces et conciliantes. Les mots « conciliante » et « Elizabeth » n'avaient rien à faire dans la même phrase.

Et cependant il n'était pas rassasié d'elle.

Il pouvait s'amuser un peu avec elle. D'accord, s'amuser beaucoup. Ils n'allaient certainement pas se mettre à sortir ensemble, de toute façon. Gavin ne sortait pas avec les femmes. Il baisait avec elles, faisait la fête, prenait du bon temps, et c'était tout. Il avait une carrière dans le base-ball, un train de vie luxueux, et les femmes aimaient ça. Elles voulaient être vues à son bras, et elles comprenaient les règles du jeu. Encore qu'il s'en trouve toujours pour penser devenir la nouvelle Mme Gavin Riley.

Il ne cherchait pas une « madame », pas pour l'instant. Il était trop occupé à s'amuser.

— Salut.

Il se retourna et découvrit Elizabeth appuyée contre l'embrasure de la porte. Elle s'était approprié un de ses tee-shirts et, Seigneur ! elle ne se ressemblait pas. Elle était habituellement tirée à quatre épingles, en vêtements griffés et talons hauts, les cheveux relevés. Là… elle était spectaculaire. Le tee-shirt, trop long pour elle, lui arrivait au-dessus du genou ; gris et usé, il épousait les courbes de son corps. Sa chevelure s'étalait sur ses épaules, à demi emmêlée, et rebiquait par endroits ; son visage ensommeillé portait la marque de l'oreiller sur la joue gauche, et sa bouche était un peu gonflée.

Dieu, ce qu'elle le faisait bander !

— Salut.

— Je t'ai pris un tee-shirt. Et je me suis servi une tasse de café. J'espère que ça ne t'embête pas, dit-elle en levant sa tasse pour la lui montrer.

— Pas du tout. Viens-là, assieds-toi.

Elle prit place sur la balancelle, cette fois, et prit une gorgée de café en étirant ses jambes sur le siège. Elle inspira et ferma les yeux.

— Je comprends pourquoi tu aimes cet endroit, Gavin. Quelle façon merveilleuse de se réveiller le matin ! C'est tellement relaxant de s'asseoir et d'admirer l'océan, les oiseaux. On n'a pas ce genre de vue à Saint-Louis. Mais bon, je ne passe pas beaucoup de temps au bureau ni chez moi, de toute façon.

Qui était cette personne ? Il en avait appris plus sur Elizabeth durant les douze dernières heures qu'au cours des sept années où il l'avait connue.

— Tu voyages beaucoup. Moi aussi. C'est dommage. Je viens souvent ici en dehors de la saison, pour aller à la pêche et pour échapper à l'hiver.

Elle écarta une mèche de son visage.

— C'est compréhensible. Tu as de la chance d'avoir une maison comme celle-ci.

— Je suis sûr que tu pourrais en acheter une, toi aussi. Tu peux te le permettre.

— Hmm, se contenta-t-elle de répondre avant de porter sa tasse à ses lèvres. Je ferais bien de m'habiller et de partir. Ça t'embête si je prends une douche ici ?

— Tu as besoin d'aller quelque part ?

Elle planta son regard dans le sien.

— Pas vraiment.

— Alors, pourquoi te presser ?

— Mes affaires sont à l'hôtel. Il faut que je libère ma chambre aujourd'hui.

— Où tu vas ?

— Chez moi.

Il eut un petit sourire.

— On est en février. Il fait froid, à Saint-Louis.

— En effet.

— Tu pourrais rester un peu ici, pour profiter du soleil.

Elle posa la tasse sur ses genoux.

— Est-ce que tu m'invites à séjourner ici ?

Était-ce le cas ? Il n'avait aucune idée de ce qu'il était en train de faire. Tout ce qu'il savait, c'est qu'il s'était bien amusé avec Elizabeth la nuit dernière, et son membre en redemandait. C'est tout ce qu'il voulait.

— Tu ne peux pas nier que le sexe était génial, cette nuit.

Elle le fixa du regard.

— Le sexe était vraiment génial, Gavin.

— Alors reste ici avec moi. On le refera.

— Donc, tu ne me vires pas.

Il sourit franchement.

— Pas encore.

— Connard !

Elle quitta la balancelle et fila dans la maison. Il la suivit pour se resservir du café. Elizabeth était dans la cuisine et remplissait sa propre tasse.

— Alors, tu restes ?

— Pour l'instant, je m'apprête à aller prendre une douche. Il faut que j'aille chercher mes bagages et que je libère la chambre.

— Je vais appeler l'hôtel. Ils peuvent s'occuper eux-mêmes de la chambre, et je ferai livrer tes affaires ici.

Elle s'adossa au plan de travail, sa tasse à la main.

— Tu envisages de me retenir prisonnière ici pendant un mois ?

Gavin laissa sa hanche reposer contre le comptoir.

— Je ne sais pas. Tu penses avoir ce qu'il faut pour me distraire pendant tout ce temps ?

Les yeux d'Elizabeth étincelèrent.

— Ça ressemble à un défi, Gavin.

Il prit une gorgée de café.

— Tu sais cuisiner ? questionna-t-il.

— Absolument pas. Et toi ?

— Chez moi, on ne grandit pas sans apprendre à se débrouiller tout seul. Ma mère ne voulait pas envoyer dans le vaste monde des enfants qui ne savaient rien faire.

— Donc maintenant tu m'annonces que je ne sais rien faire ?

— Tu as quoi, Elizabeth…, trente-quatre ans, par là ? On pourrait croire que tu aurais appris à cuisiner, depuis le temps.

— J'ai trente-deux ans, et tu es un sale petit con.

Il rit.

— Ce n'est pas la première fois qu'on me le dit.

— Je ne suis pas souvent chez moi, et puis pour qui je cuisinerais ? Moi-même ?

— Oooh, pauvre Elizabeth ! Célibataire et seule. Je suis censé avoir pitié de toi, là ?

— Tu me provoques pour obtenir une augmentation.

— Ce n'est pas plutôt toi qui devrais m'en demander une ?

Elle fit glisser son regard le long de son corps, s'attarda sur sa braguette, puis revint sur son visage.

— Pourquoi ? Qu'est-ce que j'y gagnerais ?

— Fais-moi bander, et tu as droit à un orgasme. Après deux ans de disette, j'imagine que tu vas vouloir jouir un maximum de fois pendant que tu es là.

Elle eut un rire moqueur.

— Tu te crois si bon que ça, hein ?

Gavin posa sa tasse, s'avança vers elle pour s'emparer de la sienne et la mettre sur le bar. Il passa un bras autour de sa taille, souleva son tee-shirt et plaça sa paume sur le sexe nu d'Elizabeth.

Elle était déjà mouillée. Ses yeux étaient comme deux grands lacs verts lorsqu'il glissa son doigt en elle et y imprima un mouvement langoureux, puis il prit sa bouche en un baiser avide.

Elle fondit contre lui, caressant sa langue de la sienne. Son vagin répandait sur ses doigts son précieux nectar. Il l'étala sur son clitoris et se mit à le masser.

Elle gémit, et il continua, implacable, caressant son sexe de la paume, plongeant ses doigts en elle pour la baiser. Elle se dressa sur la pointe des pieds, impatiente de jouir.

Et il exauça son souhait, sans détacher sa bouche de la sienne, son bras la tenant fermement tandis qu'elle criait et s'agrippait à sa chemise.

Le corps d'Elizabeth frémit contre le sien, et il la laissa retomber tout doucement, puis retira ses doigts. Il aimait la manière dont elle le regardait, un peu surprise et incrédule.

Il la retourna et la pencha sur le plan de travail, remontant son tee-shirt, incapable de résister à l'envie de caresser la peau nue de son dos et de ses fesses. Sa peau était plus douce que la soie, et entre ses cuisses perlait un miel délicieux. Il fit glisser sa main entre ses jambes une nouvelle fois, et elle se cambra, écartant les jambes, les mains à plat sur le comptoir, avec un doux gémissement.

Elle était trempée de son orgasme, et son membre palpitait du désir de la pénétrer. Il sortit un préservatif de sa poche, l'enfila, puis retira son short qu'il écarta d'un coup de pied. Il s'installa ensuite entre ses jambes et plongea en elle. Il avait passé un bras sous son ventre pour l'empêcher de heurter le granit du plan de travail, car il avait besoin de la prendre sans retenue. Ses testicules se tendirent lorsque son sexe moelleux l'enserra dans un étau de plaisir insoutenable, et il sut qu'il ne pourrait pas se retenir longtemps. Rien d'aussi bon ne pouvait durer. Elle était serrée, brûlante, et il allait jouir.

Il glissa les mains sous son tee-shirt et agrippa ses seins, couvrant ses mamelons avec ses paumes et pétrissant sa chair.

— Gavin ! cria-t-elle en se soulevant du comptoir.

Ses cheveux recouvrirent les bras de Gavin.

— Viens sur moi, Elizabeth. Fais-toi jouir.

Elle passa une main entre ses jambes et se caressa, ses doigts frôlant les testicules de Gavin, l'excitant tout en s'excitant elle-même.

Il fit rouler ses mamelons entre ses doigts, pinçant leurs pointes tendues. Elle gémit.

— Je jouis, Gavin ! Je jouis !

Il la tint contre lui et jouit dans un coup de reins puissant, projetant son plaisir en elle alors que l'orgasme le parcourait tout entier, puis le laissait haletant, respirant à grandes goulées.

Après s'être retiré, il la retourna et l'embrassa, pour lui faire comprendre, sans le moindre doute possible, ce dont il était capable. Quand il se détacha d'elle, elle passa la langue sur ses lèvres humides, une expression d'incertitude sur le visage. Du pouce il lui caressa la lèvre inférieure.

— Chérie, je sais ce que tu désires, et je peux te l'offrir. Quand tu veux. Quand je veux. C'est pour ça que tu meurs d'envie de rester ici avec moi.

Il récupéra sa tasse et se resservit du café.

— La douche est à toi. Je vais aller appeler l'hôtel et leur dire d'envoyer tes affaires.

Il s'éloigna, franchement satisfait de la manière dont les choses se déroulaient entre eux.

Elizabeth n'était pas sûre d'avoir fait le bon choix.

Elle essuya la buée sur le miroir de la salle de bains et examina une femme qu'elle ne connaissait pas.

Qu'est-ce qui lui avait pris, hier soir ? Et ce matin ?

Elle avait couché avec Gavin Riley. Violé l'intégralité de ses principes méticuleusement établis concernant les distances à respecter vis-à-vis de ses clients. Gavin en particulier.

Et maintenant ses vêtements et son ordinateur allaient lui être livrés pour qu'elle séjourne ici avec lui ?

Seigneur Dieu ! Tout ce cauchemar avait des allures de fiasco monumental, et les trente minutes qu'elle avait passées dans la douche spacieuse de Gavin n'avaient pas suffi à clarifier la situation.

La femme aux cheveux humides qui lui rendait son regard était une idiote de première classe. Elle ferait mieux de récupérer ses bagages et de prendre ses jambes à son cou. Tout cela allait finir en catastrophe.

— Elizabeth ? appela Gavin en frappant deux fois.

— Oui ?

— Tes affaires sont là, mais je suppose que tu n'avais pas prévu de passer plus d'une nuit loin de chez toi ?

— En effet.

— Tu n'as rien à te mettre, du coup ?

— Pas vraiment, non.

— OK. Habille-toi, et je t'emmène faire du shopping.

Elle darda sur la porte un regard incrédule. Du shopping ? Il allait l'emmener faire du shopping ?

Qu'est-ce que c'était que ce bordel ?

Elle avait l'impression d'être Alice au pays des merveilles, après sa chute dans le terrier du lapin. « De plus en plus très curieux » : c'était peu de le dire.

Elle sortit de la salle de bains vêtue d'une serviette.

— J'ai mis ta valise dans ma chambre.

Elle haussa un sourcil. Gavin aussi.

— Tu ne pensais pas que je t'avais invitée pour que tu dormes dans la chambre d'amis ? Si ?

— Non, c'est vrai.

Elle se rendit dans la chambre de Gavin, où elle découvrit ses bagages posés sur le lit. Elle ouvrit la valise et en tira sa trousse à maquillage ainsi que des vêtements.

Après s'être séché les cheveux et les avoir relevés en torsade, elle se maquilla et enfila un jean et un tee-shirt. Elle se félicita d'avoir emporté, comme toujours, une tenue décontractée au cas où elle se retrouverait bloquée quelque part. Elle chaussa des talons hauts et se mit en quête de Gavin, qu'elle retrouva sur la terrasse. Le débardeur en coton qu'il portait mettait en valeur ses épaules et ses bras superbes. Il avait également revêtu un short, des tennis et une casquette des Rivers, de Saint-Louis.

Encore plus décontracté qu'elle.

— Je suis prête.

Il se tourna et fronça les sourcils en regardant ses pieds.

— Des talons ? On est en Floride. C'est des sandales qu'il te faut.

Elle eut un soupir dédaigneux.

— Chéri, je vis en talons.

— Pas à la plage, non.

— Chiche !

Il haussa les épaules.

— Comme tu veux.

Il la conduisit dans l'un des centres commerciaux chics de Palm Beach, entièrement à ciel ouvert. Le soleil brillait, et d'immenses palmiers bordaient l'allée centrale.

À présent, ils entraient sur son terrain : le shopping. Elle passa rapidement en revue quelques boutiques, sélectionnant quelques corsaires, des chaussures, des sous-vêtements et des robes légères.

Gavin demeura en retrait et porta ses sacs tandis qu'elle accumulait les articles. Elle se connaissait bien, savait ce qu'elle aimait et ce qui lui allait. Elle ne possédait pas beaucoup de vêtements de vacances, puisqu'elle n'en prenait jamais. Tous ces achats comblaient donc un vide dans sa garde-robe.

Gavin apprécia tout particulièrement la boutique de lingerie de luxe, bien sûr. Ses yeux pétillaient tandis qu'Elizabeth examinait les soutiens-gorge et les culottes, sexy et provocateurs. Armée de plusieurs ensembles, elle se planta devant lui à la caisse.

— Je ne dépense pas une fortune en sous-vêtements neufs pour que tu les déchires en me les arrachant.

La vendeuse en resta bouche bée. Elizabeth s'en fichait.

Gavin lui prit les sous-vêtements des mains et les posa sur le comptoir, puis sortit sa carte de crédit.

— Je ne garantis rien. Tu es canon avec ces trucs-là. Si on les déchire tous, on reviendra en acheter.

Elle haussa les épaules.

— C'est tes sous.

La vendeuse aurait son lot de potins à raconter après leur départ.

La température dans le magasin grimpa de quelques degrés, et Elizabeth fit un pas en arrière, irritée que ses mamelons, ces traîtres, se soient tendus. La jeune employée lança à Gavin un regard de pur désir, mais il ne quitta pas Elizabeth des yeux.

OK. Un point pour Gavin.

— Il te faut quelque chose de sexy pour nos sorties, le soir.

— On va sortir ? Où ça ?

Il haussa les épaules.

— Je ne sais pas encore. Peut-être que je t'emmènerai danser.

Elle ignora le petit frisson qui la parcourut à l'idée de tournoyer sur la piste entre les bras de Gavin.

— Je croyais que tout ce que tu voulais, c'était me sauter.

Il marqua un temps d'arrêt et lui caressa la joue du doigt.

— C'est ce que je veux. C'est ce que je vais faire. Mais il faut bien qu'on sorte prendre l'air de temps en temps. Tu veux t'amuser hors de la chambre aussi, non ?

Quelque chose s'agita au fond du ventre de Liz, quelque chose qui ressemblait dangereusement à de l'émotion.

— Gavin, pourquoi tu fais ça ?

— Quoi ?

— Ça. M'inviter ici. M'emmener faire du shopping. Parler de sortir le soir. Je ne comprends pas.

Il l'aiguilla vers une nouvelle boutique.

— Arrête de poser des questions.

Il fit signe à l'une des vendeuses.

— Elle aime le noir. Donc tout, sauf du noir.

Elizabeth leva les yeux au ciel.

— Beaucoup de noir pour moi, s'il vous plaît.

Elle sélectionna plusieurs petites robes noires, mais, lorsqu'elle entra dans la cabine d'essayage, elles avaient disparu, remplacées par une robe rouge, une autre couleur champagne et une troisième d'un bordeaux velouté.

— Ce ne sont pas les bonnes robes, dit-elle à la vendeuse.

— C'est votre ami qui les a choisies. Il a dit que vous deviez vous laisser faire et les essayer.

Elle soupira, mais, les robes étant jolies, elle céda. Elle essaya d'abord la rouge et défila devant lui. Il fit « non » de la tête, et elle revêtit la bordeaux.

— Pas mal, mais peut mieux faire.

Elle posa les poings sur ses hanches.

— Voilà pourquoi je prends des robes noires. Elles sont toujours parfaites.

Il lui sourit.

— Va essayer la dernière.

Elle rentra dans la cabine d'un pas théâtral, déterminée à lui prouver qu'il se trompait. La robe champagne était moulante, avec de fines bretelles, et épousait chacune de ses formes. Elle s'étudia dans le miroir et fut stupéfaite de la manière dont la couleur faisait ressortir ses cheveux et son teint. Elle n'aurait jamais pensé à choisir une telle couleur.

Elle sortit de la cabine, et les yeux de Gavin se braquèrent sur elle.

Il se leva, la rejoignit et la fit se tourner vers le miroir. Il lui effleura les épaules.

— Tu es magnifique, Elizabeth. Avec cette robe, tes cheveux ressemblent à des flammes.

On lui avait déjà dit qu'elle était belle, mais ces compliments étaient superficiels. Gavin parlait avec ses yeux, qui balayaient non seulement son corps, mais aussi sa chevelure, son visage. Leurs regards se croisèrent. La chaleur qu'elle vit briller dans ses yeux…

… était un pur produit de son imagination.

— Merci. Effectivement, elle n'est pas mal.

— Elle est mieux que ça. Elle te donne une allure d'innocence naïve, au lieu de la dureté que te confèrent tes vêtements noirs. Je t'achète cette robe. (Il fit un geste à l'intention de la vendeuse.) Celle-ci.

— Bien, monsieur.

Les hommes ne lui offraient pas de vêtements. Liz était indépendante et elle avait largement assez d'argent pour s'acheter ce qu'elle voulait. Tout ce qu'elle désirait. C'était pour cela qu'elle travaillait si dur depuis dix ans : pour être indépendante.

Plus jamais dépendante.

Elle rejoignit Gavin à la caisse.

— Je peux très bien m'acheter cette robe.

Il se tourna vers elle.

— Oui, je sais. Mais je l'ai choisie parce que je voulais te voir dedans, donc je te l'offre. Tu veux bien ?

— Je suppose que oui.

— Et, pendant que je paie, si tu mettais cette robe jaune à fleurs que tu as achetée ? Il fait chaud dehors, et tu dois cuire dans ce jean.

— Bonne idée.

Elle se changea, secouant la tête tout du long.

Ils terminèrent leur séance de shopping et quittèrent le centre commercial. Gavin l'emmena dans un restaurant de grillades en bord de mer, où ils dégustèrent de délicieux fruits de mer accompagnés d'excellents cocktails.

— Et les fruits de mer, tu sais les cuisiner ? interrogea-t-elle en plantant sa fourchette dans la dernière bouchée de sa salade de homard.

— Oui, très bien. Qu'est-ce que tu voudrais que je te prépare ?

— J'adore tout ce qui vient de la mer. Quoi que tu fasses, je le mangerai.

— Il faudra que je t'emmène pêcher. On verra bien ce qu'on attrapera.

Elle le dévisagea par-dessus son Martini à la grenade.

— Je ne pêche pas.

Il lui rendit son regard au-dessus de son propre verre de whisky.

— Tu as essayé et tu as détesté ?

— Pas exactement.

— Tu n'as jamais pêché ?

— Voilà.

— Alors, je t'apprendrai. Tu vas adorer.

Un défi de plus.

— Si tu veux m'emmener sur un bateau avec toi, d'accord. Je bronzerai pendant que toi, tu pêches. Et, au fait, tu n'es pas censé jouer à… quoi déjà ? au base-ball ?

Il sourit.

— J'ai quand même du temps libre et je profite de chaque minute qui m'est accordée.

— Quand l'entraînement de printemps commencera, tu auras des matchs presque tous les jours.

— Pas tous les jours. Et les matchs ne prennent pas la journée entière. Pourquoi ? Tu essaies de renier notre accord ?

— J'ai dit que je restais, non ?

— Bien. Tu pourras venir à mes matchs. Ou travailler. Faire de la lèche à tes clients. En récupérer des nouveaux. Il y a plein d'équipes dans le coin.

Fais ce que tu veux, du moment que je te retrouve dans mon lit tous les soirs.

Le corps de Liz se réveilla aussitôt. Elle avait rêvé de Gavin depuis le premier instant où elle l'avait vu, lorsqu'il avait vingt-deux ans et elle, presque vingt-six. Elle avait eu l'impression d'être une vieille femme perverse, à l'époque.

À présent, il avait vingt-neuf ans, et elle presque trente-trois.

— Je suis plus vieille que toi, tu sais.

Il rit.

— D'où ça sort, ça ?

— C'est juste que je ne comprends pas cette attirance soudaine. Tu n'as jamais fait attention à moi auparavant.

— Oh, je t'avais remarquée, tu peux me croire !

— N'empêche, on n'a rien en commun. Le truc de la pêche, par exemple. Et puis la différence d'âge.

— Je sais quel âge tu as, Elizabeth, et ça n'a aucune importance. Tu penses que je ne suis pas de taille ? Tu as besoin d'une autre démonstration ?

Elle pouffa et prit une nouvelle gorgée de Martini.

— Non, merci.

Il s'enfonça dans son siège.

— Tu t'es déjà lassée de moi ?

Elle inspira avec difficulté.

— Loin de là. Tu as encore quelques litres dans le réservoir.

Le regard de Gavin s'assombrit.

— Ouais, tu vas voir ce qui me reste. Va aux toilettes et enlève ta culotte.

— Pardon ?

— Tu m'as très bien entendu.

— Non.

— Tu veux que je te l'enlève moi-même ?

— Tu n'oserais pas.

— Ah bon ?

Il vida son verre et glissa une main sous la table pour remonter sa robe.

Elle l'écarta d'une tape sur la main, puis elle comprit d'un coup.

Il lui avait demandé de se changer.

— Tu avais prévu tout ça.

Il esquissa un sourire.

— Peut-être.

Elle jeta un regard circulaire sur le restaurant presque plein. Certes, personne ne les regardait. Ils étaient assis dans une alcôve en demi-lune, ce qui signifiait qu'ils pouvaient se rapprocher et…

Non. Elle ne pouvait pas faire une chose pareille.

— Fais-le, Elizabeth. Tu mouilles déjà rien que d'y penser, pas vrai ?

Elle regarda Gavin, songeant à la façon dont il s'y prendrait. Et si quelqu'un les voyait ? Parviendrait-elle à ne pas faire de bruit ?

L'aspect périlleux de tout cela l'excitait. Elle en avait envie, elle voulait qu'il plonge les doigts en elle et la fasse jouir. Tout de suite.

— Oui.

— Va enlever ta culotte et laisse-moi te donner du plaisir.

Attrapant son sac à main, elle se hâta jusqu'aux toilettes pour dames, entra dans une cabine et ôta sa culotte. Elle la fourra dans son sac. En sortant, elle fit halte devant le miroir. Elle avait les joues roses, les pupilles dilatées par l'excitation. Elle fut de retour à leur table en un instant, le sexe palpitant, les mamelons pointant contre le tissu doux de sa robe.

Elle s'assit tout près de lui et saisit son verre pour en prendre une longue gorgée, étanchant sa soif.

Gavin se pencha vers elle et, tout en faisant remonter sa robe sur ses cuisses, lui murmura à l'oreille :

— La nappe est longue, elle masquera tout ce que je vais faire. Pose ta serviette sur tes genoux et mets des sacs de vêtements sur la banquette de l'autre côté.

Elle tira les sacs à elle, bloquant totalement le champ de vision des autres clients.

— Maintenant, écarte les jambes pour moi, ma belle, et laisse-moi te toucher.

Elle s'exécuta. Gavin promena sa main sur l'intérieur de sa cuisse, jusqu'à son sexe. Elle se pencha contre le dossier, impatiente de le sentir masser son clitoris, la baiser avec ses doigts, la hisser jusqu'au sommet et lui procurer l'orgasme qu'elle sentait déjà monter en elle.

— Installe-toi confortablement. C'est ça. Pose ton coude sur le dossier. Tourne-toi et regarde-moi comme si tu étais absorbée par notre conversation.

Ne me quitte pas du regard, Elizabeth, parce que je veux voir tes yeux au moment où tu jouiras.

Il fit descendre ses doigts sous le bouton gonflé de son clitoris et entre ses lèvres, décrivant un cercle avant de remonter. Il jouait avec elle. Elle appuya sa tête contre sa propre main, prenant un air décontracté et absorbé par sa conversation avec Gavin ; mais, en réalité, elle était prête et tendue.

— Gavin, s'il te plaît…

— Oui, ma belle ? Dis-moi ce que tu veux.

— Une autre boisson, peut-être ?

Elizabeth tressaillit, surprise, mais Gavin se tourna et sourit à la serveuse d'un air nonchalant.

— Nous n'avons besoin de rien pour l'instant, Amanda.

Elizabeth lâcha un soupir saccadé.

— Regarde-moi, Liz.

Elle obéit, et il passa les doigts sur son sexe. Elle était trempée, impatiente, et elle avait envie de lui prendre la main pour l'enfoncer en elle.

— Dis-moi ce que tu veux.

— Je veux que tu me baises avec tes doigts.

Il plongea l'extrémité d'un doigt dans son sexe, le recouvrant de son humidité intime, puis le fit remonter pour taquiner le bouton de son clitoris.

— Arrête de me torturer. Baise-moi. Fais-moi jouir.

— Mais c'est ça, la meilleure partie, Elizabeth. Tu sais à quel point je suis dur, là, maintenant ? Tu sais combien j'ai envie de te pénétrer ou de sentir ta bouche sur mon membre ? Ça me fait mal aux couilles. Et plus tard, quand on sera partis, tu me feras jouir. Mais, pour l'instant, l'important, c'est toi et toi tout entière, et la façon dont je vais te faire prendre ton pied.

Elle se passa la langue sur les lèvres, s'imaginant poser les lèvres sur lui et le sentir s'enfoncer dans sa bouche, ou l'imaginant lui, la pénétrant brutalement jusqu'à la faire hurler de plaisir. Mais, à cet instant, il plongea deux doigts en elle, et elle souleva les fesses pour s'appuyer contre sa main.

— Doucement, ma belle. Pas trop vite.

Du pouce, il caressa tendrement son clitoris, sans cesser de bouger les doigts en elle.

Elizabeth ouvrit la bouche malgré elle et avala une grande goulée d'air, oubliant où elle était. Elle lui attrapa le bras et y enfonça les ongles tandis qu'il continuait à la pénétrer. Les mouvements de Gavin étaient douloureusement lents, la portant jusqu'à l'extrême limite du plaisir, où elle demeura un instant. Elle le regarda, devinant qu'il savait ce qu'elle ressentait.

— Je vais jouir, Gavin.

Il s'immobilisa.

— Pas de bruit, Elizabeth. Rappelle-toi que personne ne doit s'en apercevoir. Tu contrôles la situation.

Elle inspira profondément et acquiesça.

— Maintenant, jouis pour moi. Montre-moi.

Il posa son index sur son point sensible avec une précision calculée et enfonça ses doigts en elle.

Liz écarquilla les yeux et jouit dans une vague soudaine de sensations. Elle voulait se cambrer contre sa main, lâcher prise en criant sans retenue. Au lieu de cela, elle planta ses ongles dans l'avant-bras de Gavin et ne le lâcha plus, tandis qu'un déferlement de plaisir la poussait jusqu'à l'extase.

Gavin sourit et la tint fermement tout du long. Il la protégea en lançant des regards discrets sur la salle du restaurant, jusqu'à ce que le flot déchaîné de son orgasme se soit apaisé. Il retira ses doigts et lissa sa robe sur ses genoux, puis se pencha et effleura ses lèvres des siennes.

— Tu as les joues toutes roses.

Elle sourit.

— J'ai du mal à respirer.

Son cœur battait encore la chamade, lui martelant les côtes. Elle n'avait jamais rien vécu d'aussi grisant.

— Désirez-vous autre chose ?

La serveuse souriait à Elizabeth.

— Oh, je crois que j'ai eu mon compte ! répondit-elle.

Amanda emporta son assiette.

Ce n'est qu'à ce moment qu'Elizabeth retrouva ses repères spatiotemporels. Elle avait totalement perdu conscience d'elle-même, occultant les autres personnes présentes dans le restaurant, dont certaines étaient sans nul doute passées devant leur table. Entièrement concentrée sur Gavin et sur la façon dont il la touchait, elle avait perdu la raison.

Gavin était un homme dangereux.

— Prête à partir ? demanda-t-il en tendant sa carte de crédit à la serveuse.

Elizabeth l'était, en effet.

Prête pour un aller simple vers la folie.

Chapitre 4

Dans la boîte du batteur, Gavin se préparait à l'arrivée de la balle. Il étudiait la posture du lanceur, tentant de deviner l'approche qu'il choisirait. Le joueur se prépara, lança, et Gavin fendit l'air de sa batte. Le bois heurta la balle, et celle-ci fila vers le champ extérieur.

C'était agréable de manier à nouveau la batte, de sentir l'énergie envahir son corps. Il aimait voir la balle disparaître au fond du champ centre.

Ce n'était qu'un entraînement. Mais tandis qu'il frappait quelques balles de plus, sentant ses muscles se détendre sous la chaleur humide de la Floride, il perçut en lui l'impatience familière accompagnant l'approche de la saison.

En octobre, il était éreinté, lassé, et accueillait avec joie le temps du repos. Mais, dès février, il brûlait de recommencer, de jouer. Chaque année, c'était la même chose.

Il adorait le base-ball. Il avait ce sport dans la peau depuis qu'il avait cinq ans, le jour où son père lui avait fourré une batte dans la main et lui avait lancé ses premières balles. Quelque chose, dans l'image de ces balles filant au-dessus du sol pour passer entre les jambes de Mick ou par-dessus la tête de Jenna, lui avait procuré un sentiment de triomphe que rien ne pouvait égaler. Et tandis qu'il jouait dans l'équipe des petits, puis dans la ligue des enfants, et plus tard au lycée et à l'université, il avait toujours su ce qu'il voulait faire de sa vie.

Jouer au base-ball. Parce qu'il était sacrément doué pour ça.

À la fin de son tour au marbre, il attrapa son gant et partit se mettre en position en première base, pour ramasser les balles tombées et travailler sa défense.

Ils jouaient un match amical contre Tampa Bay, aujourd'hui. Les échauffements se terminèrent. Les batteurs de Tampa Bay devant attaquer en premier, Gavin resta en première base. Ce n'était même pas un match officiel de pré-saison, mais c'était un match, et, bon sang, il était prêt.

Pendant que le lanceur se préparait, il jeta un coup d'œil aux gradins et aperçut Elizabeth, assise au deuxième rang, le long de la première ligne des bases. Des lunettes de soleil masquaient son regard. Elle avait les cheveux attachés, comme d'habitude, mais au moins avait-elle revêtu un chemisier sans manches et l'un de ces pantalons qui s'arrêtaient en haut du mollet. Un « corsaire ». Voilà comment elle l'avait appelé lorsqu'elle s'était habillée ce matin.

Et des talons hauts. Il secoua la tête.

Elle parlait au téléphone avec quelqu'un, et son visage était vissé à son ordinateur portable sur lequel elle tapait quelque chose.

En d'autres mots, elle ne faisait pas attention à lui. Même lorsque le commentateur demanda au batteur de s'avancer et que la foule applaudit bruyamment.

Elle aurait aussi bien pu rester à la maison, pour tout l'intérêt qu'elle portait au match.

Gavin se concentra sur le batteur, qui fut retiré après trois strikes. Gavin roula des épaules et se mit en position, penché en avant, se préparant à affronter n'importe quelle situation. Le deuxième batteur envoya la balle au sol en direction de la première base. Gavin la ramassa et toucha la base avant que le coureur ait parcouru la moitié de la ligne qui les séparait.

Deux attaquants de moins.

Le troisième batteur envoya la balle verticalement dans le champ intérieur droit, et fut éliminé.

C'était au tour de l'équipe de Gavin d'attaquer. Ce dernier attendit dans l'abri des joueurs, car il devait passer en troisième. Jose était le premier batteur, en raison de sa moyenne élevée et de sa rapidité qui lui permettait de voler des bases. Il envoya la balle au sol, juste derrière le shortstop et rejoignit la première base. Dave frappa une balle verticale, contraignant Jose à se maintenir à la première base. C'était au tour de Gavin. Il se plaça devant le marbre et ignora le premier lancer, trop haut. Le deuxième lancer lui paraissait mal orienté, mais l'arbitre déclara un strike. Le troisième lancer était orienté bien au milieu, et Gavin frappa.

La balle retomba dans le champ extérieur gauche, et Gavin courut vers la première base. Jose – il courait vite, le salaud – finit en troisième base.

Gavin lança un bref regard sur les gradins. Elizabeth était toujours penchée sur son ordinateur, sans s'intéresser au match.

Gavin fut irrité de constater à quel point cela le dérangeait. Elle ne le regardait pas, et alors ? Quelle différence, cela faisait-il ? Elle était son agent, et ils couchaient ensemble. Ce n'était pas comme s'il tenait vraiment à elle.

Reportant toute son attention sur le match, il se mit en position de course et quitta la base lorsque Dedrick arriva au marbre. Dedrick était leur batteur de fin de manche, un costaud qui détenait le record du plus grand nombre de *home runs* dans l'équipe. Gavin se pencha sur la droite.

Le premier lancer fut un strike. La deuxième balle atterrit au sol, mais le receveur la stoppa, empêchant les Rivers de se mettre à courir. Dedrick frappa la balle au troisième lancer, mais la propulsa derrière lui dans les gradins : fausse. Enfin, le quatrième lancer fut le bon ; Dedrick envoya la balle voler au-dessus de la clôture du champ gauche, leur offrant un *home run*. Voilà le travail ! Gavin n'avait plus qu'à contourner tranquillement les bases.

Tandis qu'il rejoignait le marbre, Elizabeth ne leva pas les yeux une seule fois, en dépit des acclamations assourdissantes des fans.

Bordel !

Finalement, ils gagnèrent le match d'entraînement sept à deux. Gavin se doucha, discuta avec les journalistes et signa quelques autographes. Elizabeth le retrouva sous l'abri des joueurs quand il eut terminé.

— La prochaine fois, il faut que je prévoie un chapeau. Le soleil est brûlant, commenta-t-elle alors qu'ils marchaient vers la voiture de Gavin.

— Le match t'a plu ?

— Oui. C'était super.

Comme si elle en savait quelque chose !

— C'était quoi, le score final ? attaqua-t-il.

Elle fit descendre ses lunettes sur son nez.

— Sept à deux. Vous avez gagné, et tu as marqué deux points. Tu as tendance à te placer un peu trop près du marbre, en revanche. Si tu ne recules pas un peu, un lanceur va finir par t'envoyer la balle droit dans le citron.

Oh ! Peut-être qu'elle avait fait attention, finalement.

Il lui ouvrit la portière, et elle monta dans la voiture. Il balança ses affaires dans le coffre, en se sentant idiot de s'être mis en colère. Il referma brusquement le coffre, s'installa au volant et démarra en direction de sa maison.

Lorsqu'ils furent rentrés, Elizabeth se dirigea vers la cuisine.

— Tu veux boire quelque chose ?

— Une bière, ce serait parfait.

Il sortit et s'assit sur le porche. Elle apporta deux bouteilles de bière, qu'il ouvrit avant de lui en tendre une.

—Je ne te vois pas vraiment comme une buveuse de bière, dit-il alors qu'elle s'asseyait sur la balancelle.

Elle avala une longue lampée.

—Tu ne me connais pas très bien, Gavin.

—Pas faux. Pourquoi ne pas éclairer ma lanterne ?

—Je ne suis pas ici pour te permettre d'explorer mon passé… Si ? Je suis ici parce que tu veux me baiser. Restons-en là.

Il avait touché un point sensible. Une partie d'elle-même qu'elle voulait garder secrète. Mais elle avait raison. Il ne savait pas grand-chose d'elle, sinon qu'elle avait commencé à travailler pour l'une des agences les plus réputées dès sa sortie de l'université, avait été l'apprentie de l'un des meilleurs agents et s'était lancée à son compte à vingt-trois ans à peine. Dès le départ, elle avait signé avec des athlètes de grande valeur. Depuis, elle avait ajouté à son palmarès des champions issus d'un large éventail de sports différents : football, base-ball, hockey, basket, tennis et course automobile. Elle était connue en tant qu'agent et as des relations publiques, et très recherchée. Les athlètes venaient la trouver, et non l'inverse.

Mais perdre un client de l'envergure de Mick lui avait fait du tort ; sa crédibilité en avait pris un coup. Gavin ignorait à quel point.

En fait, il se posait beaucoup de questions à son sujet et se rendait compte qu'il ne connaissait rien de sa vie personnelle. Il ne s'était jamais donné la peine de la questionner.

— Où as-tu grandi, Elizabeth ?

Elle ne répondit pas tout de suite, préférant avaler une longue gorgée de bière.

— Dans l'Arkansas.

Gavin haussa les sourcils.

— Vraiment ? Je ne sais pas pourquoi, je pensais que tu avais été élevée sur la côte Est.

— Tu te trompais.

Il s'assit sur la chaise en face de la balancelle et porta sa bière à ses lèvres.

— Où ça, dans l'Arkansas ?

— Une petite ville. Le nom ne te dirait rien.

— Un petit bled de rien du tout ? Jamais je n'aurais cru ça. À te voir, on jurerait que tu as toujours vécu dans une grande ville.

— Les gens changent, parfois. On se réinvente.

— C'est ce que tu as fait ?

Elle leva les yeux vers lui.

— Oui.

— Pourquoi ?

— Parce que je voulais oublier la campagnarde que j'étais et devenir quelqu'un d'autre.

— Qu'est-ce qu'elle avait de si terrible, cette fille-là ?

— Je n'ai pas envie d'en parler, Gavin.

Elle fit tourner son pouce sur le goulot de la bouteille. Il était évident que discuter de son passé la mettait mal à l'aise. Mais quelque chose le poussa à insister.

— Pourquoi pas ? Tout ce qu'on est aujourd'hui est en partie le produit de ce qu'on était autrefois. J'ai envie d'en savoir plus sur toi.

— Pourquoi ? Quelle importance ça a ? On couche ensemble, c'est tout. Tu n'as pas besoin de me connaître.

— On ne fait pas que baiser. On discute. On passe du temps ensemble.

Elle posa sa bière et s'avança vers lui. En se collant à lui, elle lui caressa le bras.

— Je préférerais baiser.

Il aurait pu la tanner jusqu'à ce qu'elle lui réponde. Elle aurait fini par céder. Mais son parfum était sexy, excitant, et ses seins étaient pressés contre son torse, et d'accord, ils ne faisaient que baiser. Il ignorait pourquoi il ressentait une telle curiosité vis-à-vis de son histoire.

À cet instant, il était curieux de savoir jusqu'où elle était capable d'aller pour lui faire oublier ses questions.

Elle lui passa les mains sur les bras et le torse.

— J'adore te toucher, Gavin, et te sentir.

Elle releva la tête et posa les lèvres sur son cou afin de lui lécher la gorge. Le pouls de Gavin s'accéléra brutalement. Il aimait sa bouche et n'était pas du genre passif, aussi plaça-t-il une main derrière sa tête pour l'embrasser. Elle avait un goût de bière et de menthe.

Le soleil de la fin d'après-midi lui tapait dans le dos. Des gouttes de transpiration coulèrent le long de sa colonne vertébrale, mais il n'avait pas envie de bouger, pas alors qu'une femme magnifique et sexy glissait sa main dans son short et refermait les doigts sur son sexe dur.

Il faisait encore grand jour, mais, sur la terrasse, ils étaient à l'abri des regards, d'autant qu'il avait descendu les stores sur les côtés, ne laissant ouvert que le devant. De plus, son propre corps masquait celui d'Elizabeth, et la plage se trouvait à presque cent mètres de là. Il aurait fallu qu'un passant monte sur le porche pour voir ce qu'ils faisaient.

Il s'en fichait pas mal, cela dit, depuis qu'elle avait enserré son membre dans sa main et le caressait avec vigueur et conviction.

— Tu essaies de me tuer ? demanda-t-il, les yeux rivés sur sa main en mouvement.

— Te tuer, non. (Elle continua en le serrant plus fort, et il dut lutter de toutes ses forces pour ne pas tomber.) Faire de toi mon esclave, peut-être.

Cela marchait. Il aurait fait n'importe quoi pour elle, à cet instant. Il était temps d'équilibrer le match.

Il déboutonna son chemisier et l'écarta, révélant un fin soutien-gorge rose bordé de dentelle. Il suivit la dentelle du doigt, lentement, regardant ses seins se soulever lorsqu'elle inspira et retint son souffle.

— Qui essaie de tuer qui, maintenant ? remarqua-t-elle.

Il passa les pouces sur ses mamelons, le tissu soyeux ne masquant rien des bourgeons qui durcissaient à son contact. Mais ce qu'il désirait vraiment, c'était sentir la douceur de sa chair sous ses mains. Il défit l'attache du soutien-gorge, et les bonnets se relâchèrent, lui permettant d'emplir ses paumes de ses seins. Elle les pressa contre lui, frottant ses mamelons durcis contre sa peau. Quand il les caressa du pouce, elle s'écarta, le souffle court, puis plongea les mains sous sa chemise et les fit courir sur son ventre et son torse.

Il s'agrippa à la balustrade et la contempla. Sa jupe flottait dans le vent. Elle ne semblait pas se soucier que sa poitrine soit exposée. Lui-même n'avait rien à redire à cela, loin de là : il adorait la vue de ses mamelons roses et dressés, de ses seins ronds et fermes.

Elle lui retira sa chemise, qu'elle jeta sur une chaise, et se pencha pour lécher un de ses mamelons. Il prit une brusque inspiration lorsque son sexe tressauta en réponse. Elle lécha alors son autre mamelon, puis lui donna de petits coups de langue jusqu'à le faire pointer. Gavin avait le plus grand mal à ne pas se tortiller sur place. Elle semblait savoir exactement quelles sensations elle lui procurait. Il ne s'en plaignait pas, savourant le contact de sa bouche sur son corps.

Et, quand elle s'accroupit devant lui en baissant son short, il inspira profondément. Il lança un bref regard derrière lui. Il distinguait des baigneurs, au loin, mais personne ne semblait prêter attention à ce qui se passait sur la terrasse.

Tant mieux, car à ce moment Elizabeth se mit à genoux, empoigna son membre et passa la langue sur son gland gonflé.

Il rêvait de sa bouche, brûlant de se sentir glisser entre ses lèvres, mais il aimait voir sa jolie langue rose jouer sur le bout de son sexe. Elle lécha son membre par en-dessous sur toute sa longueur, puis le prit dans sa main et le caressa, le soulevant pour lui lécher les testicules.

Bordel, il aimait la regarder s'amuser avec lui ! D'autant plus lorsqu'elle lécha son sexe d'un bout à l'autre, puis referma les lèvres sur son gland, souleva la tête et le prit dans sa bouche.

La chaleur de sa bouche était fantastique, et, quand elle serra son membre entre sa langue et son palais, il crut qu'il allait exploser sur-le-champ. Elle lapa à nouveau le bout de son sexe, puis fit glisser sa langue jusqu'en bas du membre, le laissant savourer la sensation de sa bouche qui l'avalait, centimètre par centimètre.

Ce jeu languide faisait ruisseler la sueur dans son dos. Il aurait voulu pouvoir filmer sa bouche sur son membre, voir sa langue le lécher avant qu'elle l'engloutisse à nouveau tout entier.

Gavin serra les mains sur la balustrade, se cambrant pour pousser son sexe entre ses lèvres. Elle posa la main à la base de son membre et le tint serré tout en continuant de le sucer vigoureusement, jusqu'à ce qu'il sente monter l'orgasme. Il se retint, sentant les gouttes de sueur dégouliner dans son dos. Il voulait prolonger cette sensation. Mais quand elle caressa son sexe de ses deux mains, le branla dans son poing serré puis avala brusquement son membre tout entier, le prenant jusqu'au fond de sa gorge, il fut incapable de résister.

Il tendit la main pour saisir ses cheveux et lui basculer la tête en arrière.

— Je vais jouir dans ta bouche, Elizabeth.

Elle laissa son membre quitter ses lèvres et lui sourit, lécha le bout large de son sexe, puis le reprit dans sa bouche.

Putain, ce qu'elle était belle, les lèvres gonflées de l'avoir sucé, les yeux embrumés par la passion ! Il plaqua la main à l'arrière de sa tête et poussa son membre dans sa bouche, l'obligeant à le prendre jusqu'à la garde tandis que l'orgasme déferlait en lui. Elle leva les yeux vers lui, soutint son regard et le serra entre ses lèvres pour avaler, lorsqu'il poussa un grognement et explosa en elle. Il resserra sa prise sur ses cheveux et la maintint immobile en donnant tout ce qu'il avait, ses jambes tremblant sans interruption.

Elizabeth lui lécha le gland et s'écarta. Il remonta son short, la releva et l'attira contre lui, collant ses seins à son torse moite. Il la serra, l'embrassa, goûtant sa propre saveur sur ses lèvres et sa langue.

Il l'appuya contre la balustrade et fit courir ses doigts entre ses seins, en regardant ses mamelons se durcir. Le souffle d'Elizabeth s'accéléra lorsqu'il captura un des boutons entre ses lèvres, le suça et le mordilla.

Elle enfonça les doigts dans ses cheveux en gémissant doucement, ce qui l'incita à sucer plus fort et à faire jouer l'autre mamelon entre ses doigts.

Elizabeth se tint à la balustrade tandis qu'il se mettait à genoux sur la terrasse, déboutonnait son pantalon et le faisait glisser jusqu'à ses chevilles, révélant une minuscule culotte de soie rose assortie à son soutien-gorge. Il prit le temps de l'admirer, appréciant sa silhouette à demi dévêtue et les mèches de cheveux que la brise plaquait sur ses joues.

Il fit remonter ses mains sur ses jambes et caressa le tissu humide de sa culotte. Il passa son pouce sur le bouton dur de son clitoris et sentit ses jambes frémir. Elle se cambra pour pousser son sexe contre sa main.

— Tu es chaude ici, et toute mouillée.

Elle lui adressa un regard brûlant.

— C'est à cause de toi. Ça m'excite de te sucer.

Son membre se tendit contre son short, déjà dur à nouveau, prête à se glisser entre ses jambes et à la baiser jusqu'à ce qu'ils jouissent tous les deux. Mais il se maîtrisa, car ce qu'il souhaitait réellement était la goûter, insérer sa langue entre les plis moelleux de son sexe et sentir son corps exploser.

Il se redressa, écarta sa culotte et posa sa bouche sur son sexe.

— Ooooh !

Elizabeth s'arc-bouta contre lui, se pressant contre sa bouche, le nourrissant de douceur. Elle avait un goût de miel acidulé, tiède et sucré. Les sons qu'elle produisait alors qu'il la caressait lentement de sa langue ne faisaient que décupler son envie de lui donner du plaisir, autant qu'elle lui en avait procuré.

Il fourra sa langue en elle, la baisa avec et la sentit frissonner de plus belle.

Oh oui !

— Gavin, cria-t-elle.

Il rejeta la tête en arrière pour contempler sa déesse rousse aux cheveux ébouriffés par le vent, son chemisier qui se soulevait et ses seins offerts à sa vue. Ses jambes étaient écartées, et son sexe luisait de la langue de Gavin et de son propre désir.

Elle était superbe lorsqu'elle s'abandonnait ainsi à lui, qu'elle lui donnait tout, sans retenue.

Il glissa un doigt en elle et la lécha, s'attardant sur son clitoris.

— Oh ! dit-elle en baissant la tête pour le regarder. Oui, baise-moi avec les doigts, Gavin. Fais-moi jouir.

Il adorait la voir se laisser aller, si excitée et si près de l'orgasme qu'elle lui disait exactement ce qu'elle voulait. Ses yeux étaient embués, étincelants de passion, et il savait qu'elle ne pensait qu'à jouir. C'était ainsi qu'il la voulait : au bord de l'abîme, prête à s'envoler.

De la langue, il décrivit des cercles autour de son clitoris, puis il plaqua ses lèvres sur son bouton, glissa deux doigts dans son sexe et leur imprima un mouvement de va-et-vient rapide. Il garda les yeux rivés sur son visage tandis qu'elle jouissait.

Elle était splendide durant l'orgasme. Sur son visage se peignait une sorte de souffrance alors qu'elle se cambrait contre lui et tremblait des pieds à la tête, ses seins se soulevant au rythme de sa respiration haletante. Elle enfouit la main dans ses cheveux, emprisonnant son visage, tandis que le flot la submergeait, vague après vague.

Lorsqu'elle s'apaisa enfin, Gavin se leva et s'empara de sa bouche. Il sortit un préservatif de sa poche et l'enfila, puis il la pénétra. Elle cria lorsqu'il plongea en elle, et il la sentit se resserrer sur lui ; elle l'entoura de ses bras et l'embrassa avec ardeur.

Il empoigna ses cheveux et la tint tandis qu'il la possédait vigoureusement. Les spasmes de son orgasme ne l'avaient pas encore quittée, et ses convulsions enserraient son membre dans un étau de sensations. Elle caressa sa langue de la sienne, et il la suça, impatient d'éjaculer en elle, voulant la faire jouir à nouveau. Quand il l'entendit gémir, il sut qu'elle était prête ; il plongea en elle jusqu'à la garde et y resta, puis se balança contre elle jusqu'à ce qu'elle vole en éclats.

Il l'accompagna, cette fois, s'abandonnant à sa chaleur, l'embrassant alors qu'il jouissait. Lorsqu'ils émergèrent enfin, ils étaient tous deux tremblants, essoufflés et en nage.

— Il fait chaud, dit-il en se retirant. On va se baigner ?

Elle rit en remontant son pantalon.

— Bonne idée.

Ils enfilèrent rapidement leurs maillots de bain et coururent jusqu'à l'océan, dont la fraîcheur parut délicieuse à leurs corps surchauffés. Elizabeth le surprit une fois de plus : elle se fichait que ses cheveux soient mouillés, se souciait comme d'une guigne du maquillage qui ruisselait sur ses joues. Lorsqu'il le lui fit remarquer, elle ne se retourna même pas pour essuyer le fard étalé sous ses yeux. Elle se contenta d'éclater de rire et d'éclabousser Gavin.

Il ne s'attendait pas à cela de sa part. Elle était toujours bien mise, parfaitement coiffée, immaculée des pieds à la tête. Dans l'océan, ses cheveux retombaient dans ses yeux, et elle ressemblait un peu à un chat mouillé.

Cela ne la dérangeait visiblement pas du tout.

Elizabeth était, de bien des manières, imprévisible.

Et elle lui avait taillé une pipe inoubliable pour l'empêcher d'en apprendre davantage sur son compte.

Il se demandait ce qu'elle cachait.

Il était temps pour Gavin d'augmenter la mise. Avant la fin du jeu, il était bien décidé à lui arracher quelques vérités.

Chapitre 5

Ils sortaient danser, ce soir. Gavin ne plaisantait pas lorsqu'il s'était servi de cet argument pour lui faire acheter des robes.

L'idée était franchement bizarre. Elle savait que la mère de Gavin avait enseigné la danse autrefois, mais elle avait du mal à l'imaginer, lui, en train de danser. Il était plutôt du genre gros costaud qui préfère s'asseoir au bar avec un whisky. Un mec viril. Pas un charmeur.

Mais bon, s'il avait envie de se mettre sur son trente et un et d'aller danser, qui était-elle pour s'y opposer ? Elizabeth allait souvent en boîte avec des amis hommes, mais ils étaient tous gays et en général accompagnés de leurs petits amis. Ces soirées-là étaient fabuleuses. Rien de romantique là-dedans, bien sûr, pour elle du moins…, mais elle aimait faire la fête avec ses potes.

Ses potes, au masculin. Elle en avait un certain nombre. Des copines… : non, pas tellement. D'accord : aucune. Elle n'était pas le genre de femme à se faire des amies. Elle ignorait pourquoi. Peut-être parce qu'elle travaillait dans un milieu masculin. Tous ses clients étaient des hommes, et elle ne se liait pas d'amitié avec leurs femmes ou leurs petites amies, à proprement parler. Elle se montrait assez aimable pour leur faire comprendre qu'elle ne s'intéressait pas à leurs hommes, seulement à leurs carrières. Mais de là à faire ami-ami avec elles... : non. Jamais.

Elle savait comment fonctionnaient les hommes, elle était à l'aise avec eux. Les femmes étaient incompréhensibles et perfides, et elle ne se trouvait aucun point commun avec elles. Même à la fac, elle recherchait davantage la compagnie des garçons et avait plus de copains que de copines.

Qu'est-ce que cela révélait sur elle et sa personnalité ? Aucune idée. Peut-être avait-elle loupé quelque chose, durant toutes ces années passées sans bonne copine à qui se confier.

Mais, de toute façon, elle ne révélait pas ses secrets. Elle ne manquait donc rien d'autre que des nuits entières de bavardages ennuyeux et vains, et des engueulades théâtrales qu'elle n'avait ni l'envie ni le temps de supporter. Les hommes ne faisaient pas de scènes, et c'est sans doute pour cela qu'elle les avait toujours préférés.

Elle avait passé la journée à rattraper son boulot en retard, car Gavin avait un match et des interviews à donner ensuite. Ils ne sortiraient que tard dans la soirée.

Elle termina de s'habiller et sortit de la chambre. Gavin portait un pantalon noir, une chemise blanche, une veste et une cravate.

— Tu n'es pas mal quand tu fais un effort, dit-elle.

Il se retourna, l'examina des pieds à la tête d'un air appréciateur et sourit.

— Tu es éblouissante dans cette robe.

Elle releva légèrement le menton et tourna sur elle-même pendant l'inspection. Elle devait avouer qu'il avait un certain flair en termes de vêtements, et c'était une sacrée surprise. Elle-même n'aurait jamais pensé à choisir cet article. Mais elle ne portait presque que du noir. Cette robe couleur champagne faisait effectivement ressortir son teint et le roux de ses cheveux.

Elle détestait donner raison à quelqu'un.

Ils se rendirent dans un restaurant d'un luxe indécent, à Palm Beach. Elizabeth fut étonnée de découvrir que deux autres couples les attendaient : deux coéquipiers de Gavin et leurs épouses.

— Je me suis dit que ça ne te dérangerait pas qu'on retrouve mes amis et leurs femmes, et qu'on dîne avec eux.

Elizabeth afficha un sourire tendu.

— Pas du tout.

En fait, cela la dérangeait. Surtout parce qu'il ne l'avait pas prévenue. Et bon, OK, elle avait cru qu'ils passeraient la soirée en tête à tête.

Elle serra la main de Dedrick Coleman et de Shawnelle, sa femme, puis de Tommy Maloney et de sa femme, Haley.

Shawnelle était très belle, tout comme son mari. Elle avait une superbe peau noire, un regard ambré dont Elizabeth n'avait jamais vu la couleur chez quelqu'un d'autre, une coupe afro moderne et sexy, et un corps plantureux doté d'une poitrine que Gavin s'apprêtait sans doute à lorgner toute la soirée. Mais bon, Dedrick lui-même représentait un mètre quatre-vingt-dix de perfection pure. Donc, si Gavin s'autorisait à mater, Liz n'aurait aucun scrupule à faire de même.

Haley était une petite blonde aux yeux bleus, à laquelle Liz aurait donné environ seize ans. Elle ne pouvait qu'espérer qu'elle était majeure. Tommy était l'un des plus jeunes joueurs des Rivers, cela expliquait pourquoi Haley ressemblait à une ado. Il était fort possible qu'elle ait réellement seize ans.

Génial!

Cela signifiait que les mecs parleraient base-ball entre eux toute la soirée, pendant que Liz serait coincée de l'autre côté de la table, forcée de « papoter entre filles ». L'horreur totale.

Ils s'installèrent, commandèrent des boissons, et, comme Liz l'avait prévu, les hommes se penchèrent les uns vers les autres et se lancèrent dans une conversation sur le match du jour et la saison à venir. Elizabeth attendit que les femmes la sollicitent. Ce ne fut pas long.

— Elizabeth, depuis combien de temps Gavin et toi êtes-vous ensemble ? interrogea Shawnelle.

Oh, on ne sort pas ensemble ! On baise comme des lapins en attendant que l'un de nous se lasse.

Pas terrible, pour briser la glace.

Elle sortit son sourire le plus mielleux.

— Oh, on ne sort pas ensemble ! Je suis l'agent de Gavin, et, comme j'étais de passage en ville pour les affaires, il m'a proposé de m'emmener dîner.

Gavin s'arracha à sa conversation masculine.

— Elle ment. Je l'ai invitée à séjourner chez moi pendant la pré-saison.

— Intéressant, répondit Shawnelle en les étudiant tous deux de son regard ambré.

Si Elizabeth avait pu tuer d'un seul regard, celui qu'elle lança à Gavin l'aurait fait s'écrouler, raide mort.

Il lui prit la main et la porta à ses lèvres pour y déposer un baiser.

— Bon, je ne comprends rien. Vous sortez ensemble ou pas ? insista Haley.

— Grand Dieu, non ! On ne fait que coucher ensemble, chérie, rétorqua Elizabeth.

Elle fut profondément soulagée de voir son Martini arriver.

— Oh ! fit Haley d'une toute petite voix.

Shawnelle se contenta de rire. Après avoir avalé une longue gorgée de son cocktail, elle commenta.

— Profites-en tant que c'est bon, ma fille.

Elizabeth se laissa aller dans son siège. Elle décida d'oublier la présence de Gavin et de s'amuser un peu.

— Oh, pour être bon, c'est bon ! confirma-t-elle.

Shawnelle détailla Gavin du regard en touillant sa boisson.

— Hmmmm, avec lui, ça ne m'étonne pas. (Elle reporta son attention sur Elizabeth.) C'est incroyable, la libido de ces mecs, pas vrai ? Je vous jure, avec Dedrick, j'ai à peine le temps de dormir la nuit !

Haley, les yeux écarquillés, semblait abasourdie de les entendre parler de sexe au beau milieu d'un restaurant.

Cette fille avait deux ou trois choses à apprendre. Elle était bien trop naïve. Tout cela pourrait se révéler distrayant, en fin de compte.

— C'est clair, répondit Elizabeth. On pourrait croire qu'ils seraient épuisés après tous leurs entraînements et leurs matchs. Mais non. Ils seraient capables de tenir toute la nuit. Tout l'après-midi, aussi.

— Et toute la matinée, ajouta Shawnelle.

— Oui. Ils bandent en se réveillant, et ça dure toute la journée.

Shawnelle s'esclaffa et tapota la main d'Elizabeth.

— C'est comme ça qu'on les aime.

Elizabeth jeta un regard en coulisse vers Haley.

Ouep. Elle ressemblait à un lapin dans la lumière des phares. Consternée, sans doute. Pauvre gosse !

Gavin se pencha, et son épaule frôla celle de Liz.

— De quoi vous parlez, toutes les trois ?

— De sexe. On terrifie Haley.

Gavin secoua la tête.

— Tommy, tu devrais voler au secours de ton épouse. Je crois qu'Elizabeth et Shawnelle sont en train de la corrompre.

Tommy rit et caressa les épaules de Haley.

— Elles te corrompent, mon cœur ?

Haley secoua la tête.

— Non. Mais j'apprends des choses intéressantes. (Elle agita la main à l'intention de Tommy.) Continuez à discuter et laissez-nous tranquilles. J'ai encore besoin de quelques leçons.

Elizabeth sirota son Martini. Bon, peut-être que Haley n'était pas aussi scandalisée qu'elle l'avait cru. Ni aussi naïve.

Il se révéla que converser avec des femmes n'était pas aussi terrible qu'Elizabeth l'avait imaginé. Au cours du dîner, elle s'aperçut que Shawnelle était une femme extrêmement drôle, avec un penchant pour les plaisanteries grivoises. Dedrick et elle étaient mariés depuis sept ans. Shawnelle était avocate et travaillait pour le procureur à Saint-Louis. Et Haley, bien qu'âgée de vingt et un ans à peine, n'était pas une oie blanche, loin de là. Elle était naturellement curieuse, ouverte et franche, et elle souhaitait apprendre... tout ce qu'elle pouvait. Sur le sexe, notamment. Tommy et elle n'étaient mariés que depuis six mois, mais la petite Haley adorait le sexe. Elle avait grandi très isolée du reste du monde, et elle aimait Tommy plus que tout. L'épouser lui avait permis de quitter un village qui l'étouffait et où elle ne voulait plus jamais mettre les pieds.

Mais Tommy, découvrit Elizabeth, manquait un peu d'expérience en matière de sexe ; Haley désirait donc en apprendre le plus possible sur l'art de séduire et sur la manière dont elle pouvait encourager son homme à communiquer davantage.

Shawnelle et Elizabeth se regardèrent, hochèrent la tête et décidèrent qu'elles étaient parfaitement en mesure d'aider Haley.

La discothèque où ils se rendirent était située à l'écart de la plage. C'était un établissement privé, mais Gavin s'était vu offrir des invitations par le propriétaire, fan des Rivers. L'atmosphère était sombre et calme, à l'inverse de ces boîtes bruyantes du littoral qui vous agressaient les tympans ; Elizabeth s'en félicita.

Elle adorait danser, autant qu'elle appréciait la musique forte et entraînante, mais elle voulait tout de même pouvoir parler à quelqu'un sans être obligée de s'époumoner. Elle était trop vieille pour ces bêtises.

On les mena à une table VIP, le long d'un mur. Un coin intime, avec une serveuse attentive. Exactement ce qu'aimait Elizabeth. Ils commandèrent des boissons et s'installèrent sur les banquettes confortables.

— Le dîner t'a plu ? demanda Gavin.

— Beaucoup.

— Désolé de m'être laissé accaparer par Dedrick et Tommy. Je te jure que je ne t'ai pas invitée pour t'abandonner à Shawnelle et à Haley.

— Je suis une grande fille, Gavin. Ce que je vais dire va peut-être t'étonner, mais je suis capable de me débrouiller toute seule.

— Oh, j'en suis persuadé ! Tu n'as sûrement jamais eu besoin de personne, dès la naissance, je suppose.

Leurs verres arrivèrent avant qu'elle ait pu contrer son commentaire sarcastique. Dès que la musique retentit, Shawnelle eut envie de danser. Dedrick déclina son offre ; sa femme se leva, lissa les plis de sa robe, puis se tourna vers Elizabeth et Haley.

— Allez, les filles. On va mettre le feu au dance-floor.

— Oh, ça ne me dit rien, répondit Elizabeth en secouant la tête.

Haley sourit.

— OK, je suis partante.

Shawnelle posa les poings sur ses hanches et défia Elizabeth du regard.

— Toi. Debout. Dance-floor. Je ne veux rien savoir.

Elizabeth ouvrit la bouche pour protester, mais le regard d'acier de Shawnelle et la bonne musique qui passait lui firent hausser les épaules.

— Bon, OK. On danse.

— Ouiii !

Shawnelle lui prit la main et la tira hors de son siège en direction de la piste.

Il ne lui fallut pas longtemps pour se laisser entraîner par la musique. De plus, elle était forcée de l'admettre : Shawnelle et Haley lui transmettaient un plaisir contagieux. Visiblement, Shawnelle était bien dans sa peau et ne rechignait pas à bouger son corps. Quant à Haley, elle savourait pleinement sa vie et sa liberté fraîchement acquise. Elles dansèrent donc autour d'Elizabeth tandis que celle-ci ondulait en rythme.

Lorsque Elizabeth se retourna, elle découvrit trois paires d'yeux masculins qui les observaient, captivés.

Et cela lui donna une idée.

Elle pivota et se rapprocha de Shawnelle.

— Je crois qu'on peut donner un coup de pouce à la sexualité de Haley, pendant qu'on y est.

— Ah bon ? Comment ça ?

Elizabeth désigna la table d'un coup de tête, et il ne fallut que quelques secondes à Shawnelle pour comprendre ses intentions.

— Je vois. Haley, chérie, mets-toi en sandwich entre Elizabeth et moi. On va danser un peu collées-serrées.

Haley écarquilla les yeux.

— Quoi ?

Elizabeth se rapprocha d'elle pour lui glisser :

— Tu veux que ton homme ait envie de toi, pas vrai ?

— Oui.

— Pour ça, il faut que tu l'excites, affirma Shawnelle.

— Les hommes adorent voir des femmes ensemble, expliqua Elizabeth.

Haley lui lança un regard perplexe.

— Vraiment ? Pourquoi ?

Elizabeth haussa les épaules et fit cogner sa hanche contre celle de Haley.

— Aucune idée. Le fantasme des filles qui s'envoient en l'air, ça les fait triper.

— Ce qui veut dire que toi, moi et Elizabeth, on va donner à ton mari un peu de grain à moudre.

Et, quand tu te mettras au lit avec lui ce soir, tu lui demanderas s'il a trouvé ça excitant.

Shawnelle passa un bras autour de la taille de Haley, et Elizabeth l'imita.

— Qu'est-ce que je dois faire ? interrogea Haley.

— Regarde-nous comme si tu avais envie de nous manger toutes crues, ordonna Elizabeth.

— Et bouge comme quand tu fais l'amour, ajouta Shawnelle. L'imagination de Tommy fera le reste.

— Oh, d'accord ! C'est facile, en fait.

Haley apprenait vite. Malgré son petit gabarit, elle bougeait bien. Elle rejeta la tête en arrière, prit un air sexy, puis contempla Elizabeth et Shawnelle comme si elles étaient des déesses et qu'elle était prête à accepter la moindre de leurs avances.

Toutes les trois ondulèrent les unes contre les autres au rythme langoureux de la chanson. Elles firent serpenter leurs mains sur leurs bustes, leurs tailles, leurs hanches, pressèrent leurs fesses contre leurs entrejambes et offrirent aux hommes un spectacle convaincant. Lorsque la chanson fut terminée et qu'Elizabeth reprit le chemin de leur table, il était évident que Tommy n'était pas le seul à s'être laissé exciter. Gavin planta son regard sombre dans celui d'Elizabeth. Il se leva et lui tendit la main. Elle aperçut la bosse révélatrice de son érection. En prenant quelques gorgées de sa boisson, elle fit mine de s'asseoir.

— Pas encore. Allons danser.

— D'accord.

Il la conduisit jusqu'à la piste et l'attira contre lui. Comme elle l'avait soupçonné, il était très bon danseur.

— C'est la première fois qu'on danse, tous les deux, fit-elle remarquer tandis qu'il l'emmenait au centre de la piste.

— Vraiment ?

— Oui.

Ils s'étaient déjà rendus à des réceptions où l'on dansait. Soit il avait déjà une partenaire, soit elle avait évité de s'approcher de lui.

— Je n'y avais jamais pensé, je crois, confessa-t-il.

Elle haussa les épaules.

— On n'avait aucune raison de danser ensemble, n'est-ce pas ?

Il lui adressa un regard scrutateur.

— En effet.

Shawnelle et Haley dansaient avec leurs maris. Elizabeth s'enorgueillit de voir les mains de Tommy sur les fesses de Haley. Celle-ci avait l'air au septième ciel. Les yeux fermés, elle avait posé la tête sur le torse de Tommy. Elizabeth ne serait pas surprise que leur nuit se révèle explosive.

— Tu as aimé te donner en spectacle ? demanda Gavin.

Liz reporta son attention sur lui.

— Énormément. Tu as aimé regarder ?

Il fit descendre sa main le long de son dos, jusqu'à la naissance de ses fesses, et la pressa contre lui afin qu'elle sente son érection.

— Beaucoup. J'en conclus que tu t'entends bien avec Shawnelle et Haley.

Elle sourit.

— On peut dire ça, oui.

— J'ignorais totalement que tu étais attirée par les femmes.

Liz rejeta la tête en arrière et rit.

— Ce n'est pas le cas. On faisait ça pour Haley.

Il fronça les sourcils.

— Je ne comprends pas.

Elle se colla à lui pour lui murmurer à l'oreille :

— Elle essaie de stimuler un peu son mari. Leur vie sexuelle n'est pas au beau fixe. On leur a donné un coup de main.

Gavin s'écarta un peu.

— Oh ! Eh bien, cette petite performance a dû régler le problème !

Liz caressa son bouc.

— Ça a marché pour toi, non ?

— Tu trouves que j'ai besoin d'être stimulé ?

Elle plaça sa cuisse entre les jambes de Gavin, massant son érection.

— Chéri, si je te stimule encore davantage, tu risques de me tuer.

Il frôla ses lèvres des siennes.

— Content de savoir que je te satisfais.

Le cœur de Liz s'emballa. Gavin était dangereux pour elle, à plus d'un titre. Elle aurait dû prendre ses jambes à son cou et rentrer à Saint-Louis quand il lui avait proposé de séjourner chez lui.

Mais ce n'était que du sexe. Pour lui, du moins. Il n'avait aucune idée des sentiments de Liz à son égard. Tant qu'elle gardait cela à l'esprit, elle ne risquait rien.

Chapitre 6

Gavin sirotait un verre de whisky sur la terrasse, en écoutant le bruit des vagues. C'était toujours son moment préféré de la soirée. Parfois, il restait assis là des heures, bercé par le son de l'océan.

Mais, ce soir, il avait un plan. Elizabeth avait réussi à le distraire tout à l'heure grâce à un intermède sexuel fabuleux, mais il souhaitait toujours lui arracher des réponses.

Il ignorait pourquoi il se souciait de la personne qu'elle avait été autrefois. Cela n'avait rien à voir avec leur arrangement actuel, mais quelque chose aiguisait sa curiosité. Et il était accro à la compétition, à l'idée de gagner.

Elle était dans la salle de bains, occupée à se changer, à se démaquiller et à défaire sa coiffure.

C'était le moment d'agir.

Gavin posa son verre dans la cuisine et se rendit dans la chambre.

Dans la salle de bains, Elizabeth se brossait les cheveux, vêtue seulement d'un soutien-gorge bandeau couleur crème et d'une culotte assortie. Gavin ouvrit un tiroir et en sortit quatre cravates, en se félicitant d'être obligé de se mettre sur son trente et un de temps en temps pour donner des interviews. Il jeta les cravates sur le siège au pied du lit, puis se glissa dans la salle de bains pour déposer un baiser sur la peau soyeuse d'Elizabeth, entre son cou et son épaule. Elle lui sourit dans le miroir, et la douceur de ses yeux verts l'hypnotisa. Il décela quelque chose dans son regard. Une sorte de vulnérabilité, ou bien quelque chose d'autre qu'il ne parvint pas à identifier. Cela lui donna l'impression de recevoir un coup de poing dans le ventre, assez fort pour le mettre à genoux.

Qu'est-ce que cela lui ferait de voir une femme comme Elizabeth chaque soir dans sa salle de bains ? D'avoir quelqu'un à retrouver en rentrant, plutôt qu'une maison vide ?

Il n'avait jamais désiré faire entrer une femme dans sa vie, n'avait jamais rêvé d'une compagne. Sa vie lui convenait, et il aimait pouvoir voyager, aller et venir comme il le souhaitait sans rendre de comptes à personne. Il n'avait ni responsabilités ni obligations envers quiconque.

Sa vie était parfaite, et il n'avait pas l'intention d'en changer.

Mais il appréciait la présence d'Elizabeth. Il aimait voir tout son petit fatras féminin à côté du lavabo, il aimait la contempler en sous-vêtements, admirer sa peau crémeuse, la sentir à ses côtés le soir dans son lit.

Bordel, il aimait se réveiller à ses côtés !

Mais… Gavin n'était pas du genre à se poser. Elizabeth ne l'était pas non plus, loin de là. Et, si Gavin avait voulu se ranger, se marier et fonder une famille, elle était bien la dernière femme qu'il aurait choisie pour le faire.

Pas le requin froid et sans pitié.

Mais était-elle vraiment froide et sans pitié ? Ou était-ce simplement un rôle qu'elle jouait pour le travail ?

Que savait-il réellement d'Elizabeth Darnell ?

Il était temps de le découvrir.

Elle se retourna vers lui et posa une main sur sa nuque.

— Tu es prêt à te coucher ?

— D'une certaine manière, oui.

Il lui prit les mains et la conduisit près du lit, dégrafa son soutien-gorge, puis lui retira sa culotte.

Il se déshabilla, heureux d'être lui aussi débarrassé de ses vêtements.

Elizabeth posa les mains à plat sur son torse.

— Hmmm, ça commence bien, en tout cas.

— Tu trouves ? On verra. Et si tu t'allongeais au milieu du lit ? Je vais t'allonger et faire ce que je veux de toi, comme tu l'as fait avec moi cet après-midi.

Les yeux d'Elizabeth étincelèrent de désir.

— Tu n'étais pas attaché, cet après-midi.

— Est-ce que tu me fais confiance, Elizabeth ?

Elle haussa un sourcil.

— C'est une question difficile, Gavin.

— Alors, fais-moi suffisamment confiance pour être certaine que je ne te ferai pas de mal. Parce que ça n'arrivera pas. Jamais.

Elle inspira profondément.

— Très bien. Mais tu sais que mes membres ne sont pas assez longs pour ton gigantesque lit à orgies.

Il s'esclaffa.

— Je sais. Je vais m'en occuper. Va t'étendre au milieu du lit.

Elizabeth grimpa sur le lit, offrant à sa vue son postérieur et son sexe magnifiques. Gavin sentit son membre se tendre et durcir tandis qu'Elizabeth roulait sur le dos, puis levait les bras au-dessus de sa tête et écartait les jambes. Il ne put résister à l'envie d'empoigner son membre et ses testicules pour les masser brièvement. Le simple fait de la voir ainsi offerte sur son lit lui donnait beaucoup d'idées.

D'abord, il devait l'attacher. Il attrapa la corde qu'il avait trouvée dans le garage, mesura la longueur dont il avait besoin pour aller des colonnes du lit jusqu'à ses chevilles et ses poignets – en comptant celle des cravates – et en coupa quatre bouts. Il noua chaque morceau de corde à une cravate, puis attacha les jambes et les bras d'Elizabeth, lui laissant assez de liberté pour bouger un peu, mais pas assez pour se lever et partir.

Elle le regarda tout du long sans dire un mot, les mamelons durcis, le sexe visiblement moite. Il passa un doigt le long des plis de ses lèvres, puis le porta à sa bouche et le suça.

— Ça te fait mouiller ? demanda-t-il en se plaçant à genoux entre ses jambes écartées.

— Oui.

— Pourquoi ?

— Parce que je me demande ce que tu vas me faire.

Il empoigna ses chevilles au-dessus des liens et fit remonter ses mains le long de ses jambes. Sa peau était douce et soyeuse, parfaitement lisse. La tenir ainsi à sa merci était tentant, et le faisait bander si fort que c'en était douloureux. Il avait envie d'entrer en elle dès maintenant et de la baiser jusqu'à jouir. Mais cela ne serait pas aussi drôle, et cela leur gâcherait à tous les deux le plaisir de l'attente.

— La réponse est évidente. Je vais te donner du plaisir. Je vais te faire jouir. Tu vas me faire jouir.

Elizabeth inspira profondément, et ses seins se soulevèrent.

Il posa les mains sur ses hanches et lui caressa le ventre. Elle tressaillit et se crispa. Gavin se pencha et déposa un baiser sur son nombril, puis laissa descendre sa langue sur sa peau. Il l'entendit haleter et sourit.

Elle ne pensait tout de même pas qu'il se dirigerait tout droit vers le Saint-Graal ? Si ?

Il s'arrêta à hauteur de son pubis et repartit dans l'autre sens, faisant remonter sa langue jusqu'à son nombril pour l'y plonger.

— Bon sang, Gavin !

Oh, il ne faisait que commencer ! Si elle croyait que ça, c'était de la torture…

Il caressa son buste, se redressa et se plaça à cheval sur elle. Il laissa son membre reposer contre le sexe d'Elizabeth tandis qu'il prenait ses seins dans ses mains, en emplissant ses paumes. Il frotta son membre contre la douceur moelleuse d'Elizabeth.

Elle souleva les fesses, glissant contre son pénis. Il lui sourit, mais ne la laissa pas s'en emparer.

— On est encore très loin de baiser, Elizabeth.

— Salaud ! répondit-elle.

Ses yeux étaient deux fentes vertes, luisantes de frustration et de désir.

Il titilla ses mamelons de ses pouces, puis en prit un dans sa bouche, sans oublier de pincer l'autre entre ses doigts. Les cris de plaisir d'Elizabeth faisaient frémir ses testicules. Il prit ses seins à pleines mains et y fit courir sa langue, les suçant et les léchant, jusqu'à ce qu'Elizabeth se mette à tirer sur les liens de ses poignets.

— Baise-moi, Gavin. Lèche-moi. Fais quelque chose, fais-moi jouir !

À présent, elle était à lui. Il se pencha sur elle et frôla ses lèvres des siennes. Elle leva la tête, et leurs langues se rencontrèrent en un baiser avide. Il enfouit ses doigts dans ses cheveux défaits, appréciant ce doux désordre. Il étala sa chevelure sur l'oreiller, puis lui embrassa la mâchoire et le cou. Il lui lécha ensuite l'épaule, la clavicule, avant de s'attarder paresseusement sur ses seins et son ventre.

— Tu me rends folle.

Elle perdait patience. Bien. Il voulait qu'elle soit prête à faire n'importe quoi.

Il promena sa langue jusqu'en haut de son sexe, laissant flotter sa langue au-dessus de son clitoris.

Il inspira son parfum sucré, l'arôme acidulé de son désir, puis leva la tête pour la voir poser sur lui un regard plein de fièvre et de convoitise.

Oh oui ! Sans la quitter des yeux, il suivit de la langue le pli de sa cuisse, puis les lèvres humides de son sexe, évitant son clitoris mais la léchant tout autour. Il la hissa tout près de l'orgasme et vit les muscles de ses biceps se gonfler, tant elle tirait sur ses liens.

— Gavin !

Et cependant il refusait toujours de la lécher là où elle le souhaitait. Il décrivit des cercles autour du bouton, plaqua sa langue sur ses lèvres, la plongea en elle pour laper sa liqueur, empoignant ses hanches et ses jambes lorsqu'elle se mit à onduler contre lui.

— Bordel, Gavin, ce n'est pas drôle !

Oh, que si !

Car, quand il fit remonter sa langue pour la poser en plein sur son clitoris, elle émit un gémissement long et grave qui fit enfler son membre, le poussa à frotter son bassin contre le matelas, lui donna envie de jouir en elle.

Alors, il s'arrêta et se dressa sur ses genoux.

Elle releva brusquement la tête.

— Tu plaisantes, j'espère. Tu ne vas pas t'arrêter.

— Parle-moi de l'Arkansas, Elizabeth.

Elle écarquilla les yeux.

— Tu es cinglé ou quoi ? Remets ta tête entre mes jambes et lèche-moi. Je refuse de parler de l'Arkansas. Ni aujourd'hui ni jamais.

Il posa une main sur son sexe, enfonça ses doigts en elle et amorça un va-et-vient, une fois, deux fois. Il la sentit frémir puis se resserrer sur ses doigts.

— Va te faire foutre, Gavin. Détache-moi.

Il retira ses doigts, emportant avec lui le jus velouté dont il recouvrit son clitoris. Il le titilla jusqu'à le sentir durcir et s'épanouir sous son doigt.

Elle laissa retomber sa tête et gémit en se cambrant contre sa main.

Il s'immobilisa.

— Parle-moi de l'Arkansas, Elizabeth.

— Compte là-dessus. On est censés s'amuser, tous les deux.

— Je m'amuse.

Elle regarda le plafond.

— Pas moi.

— Vraiment ?

Il caressa à nouveau les plis de son sexe, massant son clitoris jusqu'à la voir serrer les dents, la mâchoire crispée.

— Tu as envie de jouir, Elizabeth. Je sais à quel point c'est bon. (Il enfonça deux doigts en elle et se mit à bouger.) Tu veux que je te baise, que je t'envoie au septième ciel. J'ai envie de jouir en toi, de te sentir te reserrer jusqu'à ce que j'éjacule.

Elle refusait de poser les yeux sur lui.

— Alors pénètre-moi et baise-moi.

— J'ai envie de te connaître, de tout savoir sur toi. Je veux savoir d'où tu viens et qui tu étais autrefois.

Elle leva la tête, et ses yeux se remplirent de larmes.

— Non, c'est faux. Tu ne veux pas savoir ça, Gavin. Je t'en prie.

Il retira ses doigts et s'allongea sur elle.

— Qu'est-ce qui te fait souffrir ? Dis-moi.

— Bordel ! Je ne peux pas. Ne me force pas à en parler. Ce n'est pas un jeu, pour moi.

Était-elle en train de le manipuler ou disait-elle la vérité ? Avec Elizabeth, il n'était jamais sûr de rien.

Et que voulait-elle dire lorsqu'elle parlait d'un jeu ? Le fait d'être attachée, de parler de l'Arkansas, ou bien autre chose ?

Il lui caressa les cheveux et inclina la tête de Liz vers lui.

— Parle-moi.

— Détache-moi, Gavin. S'il te plaît.

Il l'embrassa. Elle gémit doucement contre ses lèvres, luttant d'abord contre lui, puis elle céda. Gavin dénoua les liens de ses poignets, et elle le serra fort dans ses bras. Il posa une main dans son dos, et quelque chose d'élémentaire passa entre eux, quelque chose de primitif et de sauvage, comme il plaçait son membre à l'entrée de son sexe et plongeait en elle.

Elizabeth se souleva, et Gavin passa un bras sous ses fesses pour la plaquer contre lui sans cesser de bouger en elle. Il l'embrassait toujours, lui caressant la langue de la sienne. Ils se fondirent en un noyau de passion incandescente qui prit Gavin par surprise. Il s'en voulait peut-être de lui avoir demandé plus qu'elle n'était prête à donner, mais ses remords furent balayés par le désir qui le possédait, et il la prit langoureusement.

Elizabeth lui griffa les épaules et gémit contre ses lèvres. On aurait dit que ni l'un ni l'autre ne voulait briser le contact. Il aurait aimé lui détacher les jambes, mais il se refusait à la lâcher, préférant onduler contre elle et lui donner la friction qu'elle désirait sur son clitoris. Elle lui mordit la lèvre, et il enfonça les doigts dans la chair de ses fesses, lui soulevant le bassin pour entrer plus profondément en elle.

Le sexe d'Elizabeth se resserra sur lui, et il sentit les premières vagues de son orgasme masser son membre. Elle cria, et il étouffa ses cris de ses grondements lorsque son propre orgasme s'abattit sur lui, le laissant agrippé à elle.

Ce n'est qu'après s'être retiré, en la détachant, qu'il s'aperçut qu'il n'avait pas mis de préservatif.

Les mains tremblantes, il défit ses liens et lui massa les jambes. Il se demandait comment il avait pu perdre le contrôle de cette manière. Il ne perdait jamais le contrôle, jamais.

Il remonta sur le lit et l'attira dans ses bras.

—Mon Dieu, Elizabeth, je suis désolé!

—Ne t'inquiète pas.

—Non, je veux dire… Je n'ai pas mis de préservatif. C'est la première fois que ça m'arrive. Je me protège toujours.

Elle se redressa pour le regarder.

— Gavin, je prends la pilule. Et je n'ai pas eu de rapports sexuels depuis deux ans. Je te l'ai dit. Tu n'as pas à t'inquiéter. Tu ne cours aucun risque.

Seigneur ! Elle croyait… Seigneur !

Il se passa les doigts dans les cheveux.

— Ma chérie, j'ai peur de t'avoir fait du mal, pas l'inverse. Mais je passe des tests régulièrement. Un vrai modèle de santé. Et jamais, jamais je n'ai eu de relations sans préservatif. Jusqu'à ce soir. Je ne sais pas ce qui s'est passé.

Elle reposa sa tête sur le lit.

— Ne t'inquiète pas. Ce n'est pas comme si j'allais tomber enceinte ou essayer de te piéger.

Ce n'était pas du tout ce qu'il craignait.

— Et je suis désolé pour les questions.

Elle se figea.

— Oublions ça, d'accord ? dit-elle.

— D'accord.

Mais il n'était pas près de l'oublier.

Chapitre 7

Le lendemain, Elizabeth l'attendait à la sortie des vestiaires, après le match.

— Je me disais qu'on pourrait aller dîner dans le nouveau restaurant italien, à West Palm Beach.

Elle s'était dérobée, la veille au soir, refusant de discuter de ce qui s'était passé. Gavin aurait aimé en parler, mais, chaque fois qu'il tentait d'aborder le sujet, elle détournait la conversation. Gavin n'était peut-être pas un grand intellectuel, mais il était assez malin pour comprendre son manège.

— Va pour l'italien.

Il saisit son sac, posa un bras sur ses épaules, et ils franchirent ensemble les portes menant au parking.

Gavin s'arrêta net en apercevant son frère, adossé à une voiture.

Le sourire de Mick s'évanouit à l'instant où il vit Gavin et Elizabeth enlacés. Il s'écarta de la voiture et s'avança vers eux.

— Oh, merde ! murmura Elizabeth en se dégageant.

— Salut, dit Gavin à l'approche de Mick. Je ne savais pas que tu étais dans le coin.

Mick lui donna une accolade, mais son visage demeurait fermé.

— Ouais. J'avais un rendez-vous à New York, alors j'ai eu envie de prendre l'avion vite fait et d'assister à l'un de tes matchs.

Il adressa un signe de tête à Elizabeth.

— Liz.

— Bonjour, Mick.

— Alors, qu'est-ce que tu fais ? dit-il en se tournant vers son frère.

Gavin haussa les épaules.

— Bah, c'est la pré-saison. La routine.

— Ce n'est pas ce que je voulais dire et tu le sais. Qu'est-ce que tu fais avec Elizabeth ?

Cette dernière se tourna vers Gavin.

— Je vais rentrer. Je te laisse discuter tranquillement avec ton frère, d'accord ?

Gavin acquiesça.

— Ça marche.

Il la regarda s'éloigner. Elle avait l'air malheureuse comme les pierres.

— Je suis à toi dans une seconde, Mick.

Il rattrapa Elizabeth.

— Hé, je suis navré. Je ne savais pas qu'il était là.

Elle leva le menton. Ses yeux étaient brillants de larmes, mais elle masqua son chagrin d'un grand sourire.

— Ce n'est pas grave. Prends des nouvelles de ton frère. On se voit tout à l'heure.

Sans se soucier du regard de Mick, Gavin prit son visage dans ses mains et déposa un tendre baiser sur ses lèvres.

— Je ne serai pas long.

Elizabeth l'enlaça.

— Prends ton temps et profite de tes retrouvailles avec ton frère. J'ai besoin de travailler sur des contrats, de toute façon.

Il attendit qu'elle monte dans sa voiture et quitte le parking. Lorsqu'il fit demi-tour, Mick avait l'air furieux.

— Tu veux qu'on aille manger un morceau ? proposa Gavin.

— C'est quoi, ce bordel ?

— Écoute, je suis affamé. On va manger et on discutera après. Suis-moi.

C'était une excuse à deux balles, mais Gavin avait besoin de quelques minutes seul dans sa voiture pour rassembler ses idées avant d'affronter son grand frère. Il roula jusqu'à un restaurant situé à plusieurs kilomètres du stade, où ils pourraient déguster des burgers et où Gavin pourrait boire une bière. Mick, alcoolique repenti, choisit un soda.

Une fois que la serveuse eut pris leur commande et apporté leurs boissons, Mick se pencha en avant.

— Putain, Gavin ! Elizabeth ? Tu es cinglé ou quoi ?

Gavin releva le menton. De colère il serrait son verre dans son poing.

— Quoi, Elizabeth ? Et alors ?

— Tu sais ce qu'elle a fait à Tara et à Nathan, à quel point ils ont souffert de sa trahison. À quel point j'en ai souffert.

— Et elle le sait. Elle s'est excusée et a réparé son erreur. Tu l'as virée. Qu'est-ce que tu lui demandes de plus, mec ? Son sang ? Un de ses membres ?

— Je n'arrive pas à croire que tu sortes avec elle. Ça dure depuis combien de temps ?

Gavin esquissa un sourire.

— On croirait entendre maman.

— Ce n'est pas drôle. Je suis sérieux. Ou peut-être devrais-je te demander si toi, tu l'es. Tu ne fais que la baiser ? Ou alors tu te fous carrément d'elle ? J'imagine que tu ne t'es pas attaché à elle, quand même. Tu te rends compte à quel point c'est tordu comme histoire ?

Une fois de plus, tout tournait autour de Mick. Combien de fois Gavin avait-il vu cette situation se répéter ? D'abord, le football, puis son alcoolisme. Leur famille soutenait Mick quoi qu'il arrive. Gavin se disait qu'être l'aîné devait avoir ses avantages. On pouvait tout faire le premier. Mick avait été l'exemple suprême que Gavin était censé suivre pas à pas. Et ensuite, lorsqu'il avait sombré dans l'alcool, il s'était relevé héroïquement, faisant montre de son immense courage, et était devenu une star du football.

Oh, bien sûr, Gavin avait connu ses propres succès en matière de sport. Mais franchement, après tout ce que Mick avait traversé, les prouesses de Gavin en ligue majeure n'avaient plus rien d'inédit.

Et maintenant c'était Elizabeth. Que Mick avait virée en tant qu'agent. Gavin n'était donc pas autorisé à sortir avec Elizabeth parce qu'elle avait fait du mal à la fiancée de Mick ? Même la copine de Gavin n'était pas assez bien pour son frère ?

Qu'il aille se faire foutre !

La serveuse apporta leurs burgers, et la conversation s'arrêta temporairement pendant qu'ils mangeaient. Malheureusement, l'appétit vorace de Gavin s'étiola à la pensée du comportement de Mick envers Elizabeth et de la réaction de celle-ci à la vue de Mick.

— Alors, est-ce que tu vas m'expliquer ce qui se passe ? attaqua Mick dès que Gavin repoussa son assiette.

— Je ne sais pas ce que tu cherches, Mick.

— Toi et Liz, qu'est-ce que vous faites ?

— Ne te mêle pas de ma vie privée. La tienne ne t'occupe pas suffisamment ?

Le regard de Mick s'étrécit.

— Ne la laisse pas s'approcher de notre famille.

— Maman adore Elizabeth.

— Plus maintenant, non.

— Elle te l'a dit ?

— Elle n'en a pas eu besoin. Elle est au courant de ce qui s'est passé avec Tara et Nathan.

— Et elle a dit… quoi, exactement ?

Mick jeta sa serviette sur la table.

— Tu sais qu'elle n'aime pas les gens qui s'immiscent dans la vie des autres. Ni les gens qui font souffrir les enfants.

Ce qui signifiait que leur mère n'avait pas directement exprimé de jugement négatif à l'égard d'Elizabeth.

— Tu ne fais qu'improviser au fur et à mesure. Écoute, Mick, je comprends que tu prennes la défense de Tara. Si c'était ma femme, je ferais la même chose. Et je comprends que tu sois encore en colère contre Liz pour la façon dont elle vous a manipulés. Mais ma relation avec elle n'a rien à voir avec tout ça, et tu n'as pas le droit de me juger ni de la juger, elle. Ce ne sont pas tes affaires.

Mick secoua la tête.

— Navré, mais tu es mon frère, et tu as tendance à prendre de mauvaises décisions en matière de femmes.

— Oh, donc maintenant tu insinues que je suis stupide !

— Je n'ai pas dit ça. Mais tu connais Liz. Du moins, je pensais que c'était le cas. Tu ne vois donc pas ce qu'elle essaie de faire ?

— Elle n'essaie rien du tout. On s'amuse bien ensemble, point barre. Ça n'a rien à voir avec toi. Alors laisse tomber.

Mick le regarda fixement. Cela rappela à Gavin l'époque où, enfants, ils se disputaient pour un jouet. Mais Elizabeth n'était pas un objet. Et Mick voulait forcer Gavin à la jeter à la poubelle.

— Je pense que tu fais une erreur, affirma Mick. Elle ne reste avec toi que pour éviter que tu ne la vires.

— Je ne suis pas idiot à ce point-là, Mick.

Mick s'enfonça dans son siège, termina son verre de soda et attrapa l'addition que leur présentait la serveuse. Il sortit un billet qu'il lui tendit en souriant. Lorsqu'elle fut partie, il se tourna vers Gavin, et son sourire disparut.

— Prends le temps de réfléchir un peu, et pas avec ta queue, si possible. Elle te manipule.

— Merci d'avoir une si haute opinion de moi.

— Je m'inquiète pour toi, Gavin. Je n'ai pas envie de la voir se conduire avec toi comme elle s'est conduite avec Tara et moi.

— Je crois qu'il faut que tu surmontes ta rancœur contre elle et que tu t'occupes de ta vie. Organise ton mariage avec Tara. Oublie ce qu'a fait Elizabeth.

Ils regagnèrent leurs voitures.

— Merci d'être venu assister à mon match.

Mick lui sourit enfin pour la première fois.

— Tu as l'air en forme.

— Merci.

Ils s'étreignirent.

— Essaie de penser à ce que je t'ai dit.

— Dis à Tara que je l'embrasse. Et maman et papa, aussi. Je passerai bientôt les voir.

Mick prit une grande inspiration puis expira.

— Ce n'est pas un jeu, Gavin.

Gavin n'avait jamais vu les choses ainsi.

Alors pourquoi avait-il soudain l'impression de jouer un match ? Un match l'opposant à son frère…, avec Elizabeth en plein milieu.

Chapitre 8

— Dehors !

Gavin jeta la batte au sol et se dirigea vers l'abri, en insultant intérieurement l'arbitre qui l'avait éliminé sur trois strikes.

La dernière balle était trop basse, trop orientée vers l'intérieur et hors de sa zone de strike.

— Cette dernière balle était en plein dans ta zone, Riley.

Gavin leva les yeux vers Manny Magee, le coach des Rivers, un homme corpulent aux cheveux blancs.

— Ouais, ouais. Je les aurai la prochaine fois, Manny.

Gavin se laissa lourdement tomber sur le banc.

— Au premier match, tu frappais comme si c'était un gosse de huit ans qui te lançait des balles. Depuis cinq matchs, t'en frappes plus aucune. C'est quoi ton problème, Riley ?

Elizabeth était partie depuis cinq jours. Cela faisait cinq matchs qu'il jouait comme un manche.

Mais cela n'avait rien à voir. Rien du tout. Gavin ne croyait pas à l'influence – bonne ou mauvaise – des femmes sur le jeu des sportifs.

— Je vais bosser là-dessus, Manny.

— Un peu, que tu vas bosser là-dessus. J'aimerais mieux te voir faire des feux d'artifice la prochaine fois, Riley. Parce que là tu vaux rien.

Super ! Il avait vraiment besoin de perdre ses facultés de frappeur pendant la pré-saison. Ou pas.

— Où est ton porte-bonheur ?

— Hein ? (Gavin se tourna vers Dedrick.) Quel porte-bonheur ?

— Elizabeth. Quand elle était là, tu jouais bien. Shawnelle affirme qu'elle n'a pas assisté aux derniers matchs, et tu as mal joué. Ça veut dire qu'elle te porte chance.

— Oh ! Elle a dû quitter la région quelques jours, pour les affaires. Et ce n'est pas mon porte-bonheur. Je joue au base-ball depuis cinq ans sans son aide, Deed.

Dedrick cracha au sol des coques de graines de tournesol.

— Ça…, c'était avant que tu commences à coucher avec elle. Maintenant, c'est ton porte-bonheur.

Gavin leva les yeux au ciel, heureux que le match en soit à sa neuvième manche, ce qui lui permettrait d'échapper aux regards entendus de Dedrick. Il se doucha, fit son petit show pour les médias et prit ses jambes à son cou. Le calme de sa maison lui manquait.

Il n'y avait pas de lien de causalité entre l'absence d'Elizabeth et sa série d'échecs à la batte. Il était seulement un peu préoccupé depuis son départ, parce qu'il lui semblait qu'elle était partie par sa faute.

Et elle ne reviendrait pas. Il savait qu'il n'aurait pas dû la tanner au sujet de l'Arkansas. Dès le matin suivant, elle avait bouclé sa valise et déclaré qu'un de ses clients allait rejoindre la ligue nationale de football le mois prochain, mais qu'il y avait un hic dont elle devait s'occuper immédiatement. Elle avait prétendu qu'elle serait de retour dès que ce serait réglé.

Gavin savait qu'il y avait autre chose là-dessous.

Pire, elle lui manquait, ce qui lui donnait l'impression d'être le dernier des tocards. Elle n'était pas censée lui manquer. Ils n'avaient été ensemble que quelques jours. Cela ne signifiait rien… Si ?

Alors pourquoi souffrait-il de son absence ? Il avait des matchs presque tous les jours, suivis de réunions, d'entraînements et de conneries médiatiques pour l'occuper.

Mais les nuits passées sur la terrasse à contempler l'océan étaient difficiles. Comme ce soir. Il s'appuya à la balustrade, écouta le flux et le reflux de la mer dans l'obscurité. Naguère, ce son lui procurait un sentiment de paix.

Désormais, il le renvoyait à sa solitude.

Et, bon sang, c'était bien la première fois que cela lui arrivait ! En quelques jours, il s'était habitué à la compagnie d'Elizabeth.

Il était temps de surmonter ça. Ce dont il avait besoin, c'était de trouver une femme, de boire quelques verres et de s'amuser. Il l'oublierait dès l'instant où il pénétrerait une partenaire enthousiaste. Et ses frappes s'amélioreraient probablement du même coup.

Il rentra dans la maison, laissa son verre sur le comptoir et saisit son téléphone. Il contempla l'objet quelques minutes, puis le reposa.

Merde ! Il n'avait pas envie de sortir avec une fille ennuyeuse qui ne représenterait pas le moindre défi.

Elizabeth était agaçante. Grande gueule. Elle avait un avis sur tout. Elle était têtue comme une mule.

Mais elle le stimulait.

Son téléphone sonna, et il s'en empara.

Elizabeth.

— Salut, dit-il aussitôt après avoir décroché.

— Salut à toi aussi. Tu es chez toi ?

— Oui.

— Bien. J'arrive dans dix minutes.

Il raccrocha et ignora son euphorie soudaine. Bon, elle était de retour. Elle lui revenait, elle rentrait chez lui, comme elle l'avait promis.

Mec, faut que tu fasses attention. Était-il encore maître du jeu ? Parce que d'ici on aurait juré qu'elle s'était jouée de lui. S'était-elle enfuie parce qu'il l'avait approchée de trop près, qu'il lui avait demandé trop d'informations ?

Il se servit un autre verre et se mit à ranger la maison, puisqu'il avait passé les cinq derniers jours à jeter ses vêtements n'importe où. Lorsque Elizabeth se gara dans l'allée, l'endroit était redevenu à peu près présentable. Il sortit chercher sa valise dans le coffre de la voiture. Elle lui sourit.

— J'aurais pu la sortir moi-même.

En tirant la valise derrière lui, il l'accompagna jusqu'à la porte d'entrée.

— Mais alors, à quoi je servirais ?

Le sourire d'Elizabeth s'élargit.

— J'ai deux ou trois idées sur les manières dont tu pourrais te rendre utile.

Il lui rendit son sourire.

— Comment c'était, ce voyage ?

Elle se débarrassa de sa veste de tailleur et la posa, pliée, sur le dossier du canapé.

— Épuisant. Génial. Les négociations, c'est à la fois excitant et éprouvant, surtout les préliminaires. On ne sait pas encore si l'équipe va vraiment s'engager pour le joueur, donc il faut faire très attention à tout ce qu'on dit, sous peine de tout faire rater.

Il lui tendit un verre de vin et s'assit près d'elle sur le canapé.

— C'était qui, ton client ?

Elle haussa un sourcil.

— Blane McReynolds. Un joueur de ligne offensive de l'Indiana. Très talentueux, très prometteur. On est presque sûrs que Tampa Bay va le prendre. Pourquoi ?

— Je me demandais juste quel jeune champion tu avais dégotté.

Elle envoya valser ses talons hauts et posa les pieds sur la table basse.

— Chéri, je passe ma vie à dégotter des jeunes champions. Il faut bien que j'assure mes arrières, pour le jour où les vieux de la vieille ne me serviront plus à rien.

— Tu es si dévouée à tes clients.

Elle battit des cils.

— Toujours. Bref, on pense pouvoir compter sur Tampa Bay, et ils ont la deuxième place de la draft. Leur ligne offensive ne vaut rien pour l'instant, et ils ont besoin de très bons joueurs pour la renforcer, surtout au niveau du blocage, ce qui signifie que Blane les intéresse énormément. Il est sur un petit nuage, mais bon, on ne sait jamais. Les équipes peuvent changer d'avis. Rien n'est certain. Ce pauvre gamin est un vrai dingue. Il a bossé toute sa vie pour ça. (Elle se retourna vers lui.) Tu n'as pas oublié ce que c'est.

— Non, en effet. Et tu t'es super bien débrouillée, pour moi.

Elle esquissa un sourire.

— Merci. Moi-même, j'étais presque une débutante, à l'époque.

— Ça ne se voyait pas. Tu y es allée à fond, tu as mis tes couilles sur la table et jamais tu n'aurais accepté de baisser les bras.

Elle éclata de rire.

— Je ne savais même pas tout ce que j'ignorais, en ce temps-là. Ni pour toi ni pour Mick. Bordel, je n'avais peur de rien !

— C'est toujours le cas.

Elle soutint son regard.

— Merci, Gavin. Une petite piqûre de confiance en moi, ça fait du bien. J'en avais besoin.

OK, peut-être avait-elle eu une bonne raison de partir. Et peut-être n'était-elle pas en train de le manipuler.

— Tu as une autre équipe sur les rangs pour ce gamin ?

Elle sourit, et il entendit l'excitation percer dans sa voix.

— Oui. Deux équipes, en fait. Et les deux ont la possibilité de le sélectionner dès le premier round de la draft, mais elles peuvent changer d'avis, elles aussi. (Liz rentra la tête dans les épaules et prit une longue gorgée de vin.) Tout ça me donne la migraine.

— Tourne-toi.

— Pourquoi ?

— Je vais te faire un massage pour te détendre un peu.

Elle lui adressa un sourire coquin.

— En voilà une bonne idée.

Elle se tourna pour lui présenter son dos. Il commença doucement, pressant les pouces sur ses muscles, effectivement durs comme l'acier. Ses doigts ne cessaient de glisser sur la soie de son chemisier.

— Enlève ton haut, que je puisse te toucher directement.

Elle tira le chemisier hors de sa jupe, puis le fit passer par-dessus sa tête. Gavin s'enfonça dans le canapé et admira le mouvement des muscles de son dos, ainsi que ses cheveux qui retombaient en boucles délicates sur sa nuque. Il se pencha et y déposa un baiser.

— Hmmm ! Ça, c'est encore plus relaxant qu'un massage.

— Tu dis ça parce que je n'ai pas encore commencé à te masser les épaules. Je suis passé maître en la matière.

Elle lui lança un regard par-dessus son épaule.

— Tu t'es beaucoup entraîné, j'imagine ?

Il lui effleura les lèvres des siennes, puis lui fit tourner la tête vers l'avant.

— Non, je suis juste très bon. Détends-toi, penche la tête en avant et laisse-moi pratiquer mon art.

Elle pouffa, mais pencha le menton sur sa poitrine, et Gavin se mit à l'œuvre. Doucement d'abord, puis, lorsqu'il sentit son corps s'amollir, il se mit à travailler ses muscles en profondeur. Elizabeth gémit, et il la sentit fondre sous ses doigts.

— Oh, Seigneur, c'est vrai que tu es doué ! Tu dois mettre toutes les femmes à tes pieds, avec ça.

Il rit.

— Je ne crois pas avoir déjà massé une femme de ma vie.

Elle releva la tête et se retourna à demi.

— Vraiment ? Tu mens.

— Non. Je fais juste attention à ce que me font les préparateurs physiques quand mes muscles sont trop crispés. Je me suis dit que ça marcherait aussi pour toi.

— Oh ! Tu me surprends, Gavin.

— Ah ? De quelle manière ?

Elle lui tourna à nouveau le dos et haussa les épaules.

— De bien des manières.

— Tu me fais une liste ?

— Non. Ton ego est assez surdimensionné comme ça.

Il appuya encore une fois sur ses muscles et fit glisser ses pouces jusqu'à sa nuque.

— Ça me blesse beaucoup, ce que tu me dis là.

— Tu n'es pas blessé du tout.

— C'est vrai. Je ne suis pas blessé du tout.

Elle rit, puis se tut lorsqu'il enfouit les doigts dans sa chevelure. Après avoir ôté la barrette et les épingles qui la retenaient, il la secoua pour la répandre sur ses épaules.

— Pourquoi tu ne portes pas tes cheveux détachés ?

— Ils me gêneraient. Attachés, c'est plus professionnel.

Il fit courir ses doigts parmi les mèches soyeuses, puis les porta à son nez. Elle avait un parfum de fleurs.

— Mais détachés, c'est sexy.

— Je n'ai pas besoin d'être sexy pour négocier un contrat.

— Ça ne peut pas faire de mal.

Elle s'esclaffa.

— J'ai besoin d'être prise au sérieux, Gavin.

— Oh, allez, Elizabeth ! Ta sexualité est un outil de négociation, pour toi.

Elle se tourna brusquement face à lui.

— Tu plaisantes ? C'est vraiment ce que tu crois ?

— Oui.

Elle plissa les yeux et s'écarta. Il la prit par le bras pour la retenir.

— Ne te vexe pas. Je ne voulais pas dire que tu accordais tes faveurs sexuelles en échange de quoi que ce soit. Mais tu es une très belle femme. Tu t'habilles de manière professionnelle, mais tu ne peux pas dissimuler ta sexualité. Elle est… là, c'est tout. Mais, bien sûr, tu ne te pavanes pas comme une bombe sexuelle, ce n'est pas ce que je voulais dire.

— Dans ce cas, je n'ai aucune idée de ce que tu veux dire. Je n'offre pas de services sexuels pour attirer des clients ou pour leur obtenir de meilleures offres.

— Je n'ai pas dit ça. Mais tu as une aura excitante. Flirter, c'est naturel pour toi. Et tu ne peux pas nier que les femmes sont rares dans ta branche. Tu emploies le fait d'être une belle femme à ton avantage. Tu attires l'attention des hommes grâce à ta beauté et à ton charisme. Il n'y a aucun mal à ça. Je ne voulais pas dire que tu te servais du sexe à proprement parler.

— Oh ! Je vois. Eh bien, évidemment, je me sers de ça. C'est un outil de marketing, et au début j'ai eu besoin de tous les avantages à ma disposition pour mettre un pied dans le milieu. Aujourd'hui, ma réputation a pris le relais, parce que je suis très douée dans mon domaine. Et, si ton frère ne l'a pas compris, tant pis pour lui.

Gavin leva les mains.

— Hé ! Qu'est-ce que cette discussion a à voir avec Mick ?

Elle se leva et attrapa son chemisier.

— Je ne sais pas. Je suis crevée. Ces derniers jours n'ont pas été faciles. Je vais prendre une douche.

Elle disparut dans la chambre. Gavin reprit son verre et avala une longue gorgée.

Son massage n'avait manifestement pas fonctionné. Il se demanda ce qui avait bien pu se passer, ces derniers jours, pour la mettre dans un état pareil.

Elizabeth laissa l'eau chaude ruisseler sur son visage, dans l'espoir d'effacer ces cinq derniers jours de sa mémoire.

Le contrat de Blane était en bonne voie, mais c'était le seul aspect positif de son voyage. Steve Lincoln la laissait tomber. Steve était un footballeur de très haut calibre, sans contrat pour le moment, et il venait de la lâcher pour l'agence Davis, l'un de ses concurrents les plus redoutables.

Steve Lincoln était également très ami avec Mick, et tout le monde savait que Mick aurait aimé voir ce talentueux centre-arrière rejoindre son équipe, à San Francisco.

Il devenait aussi de plus en plus notoire que Mick avait viré Elizabeth.

Et, tout à coup, Steve la renvoyait lui aussi.

Pas besoin d'être un génie pour comprendre qui se trouvait derrière cette décision subite. Mick avait décidé de la ruiner.

Elle n'allait pas le laisser faire. Et elle allait s'assurer que Gavin ne l'apprenne pas.

Mais il le savait peut-être déjà.

Était-ce pour cette raison qu'il l'avait invitée à séjourner chez lui, afin de garder un œil sur elle pendant que Mick s'affairait en coulisses ? Peut-être Gavin faisait-il la même chose avec ses collègues du base-ball, de son côté. Il savait exactement lesquels faisaient partie des clients de Liz. Peut-être travaillaient-ils en équipe, tous les deux ; peut-être Gavin la sautait-il pour l'empêcher de se défendre correctement.

Un peu parano, non, Liz ?

C'était une idée ridicule.

Cependant, elle refusait d'écarter la moindre piste. Il s'agissait de son gagne-pain, et elle ferait n'importe quoi pour le sauver. Elle avait travaillé bien trop dur pour s'établir dans le métier, se faire un nom. Ce qu'elle ressentait pour Gavin était une autre histoire ; elle ne laisserait personne démolir sa carrière. Certes, son cœur appartenait à Gavin…, mais elle était prête à piétiner son propre cœur pour sauver son avenir professionnel.

Elle attrapa le gel douche et s'en frictionna la peau jusqu'à la rendre rose, puis se rinça les cheveux et sortit de la douche. Après s'être essuyée, elle passa une robe d'été en coton, se peigna et décida de ne pas se donner la peine de se sécher les cheveux. Elle était exténuée.

Elle enfila une paire de tongs et se mit à la recherche de Gavin. Il était sorti sur la terrasse. La brise fraîche qui montait de l'océan caressait ses cheveux trempés, et elle frissonna.

— Hé ! fit Gavin en se levant de son siège. Tu as les cheveux mouillés.

— Je suis trop fatiguée pour les sécher.

— Je reviens tout de suite.

Il rentra dans la maison. Elle haussa les épaules, se laissa tomber dans la balancelle, replia ses genoux contre sa poitrine et scruta l'obscurité.

Gavin revint quelques instants plus tard, muni d'une couverture. Il avait allumé les lumières de l'intérieur, accentuant encore les ténèbres à l'extérieur. C'était une nuit sans lune ; aucune lueur ne faisait étinceler la surface de l'océan. Il n'y avait rien d'autre que le bruit des vagues, et les sombres pensées de Liz.

Gavin la recouvrit de la couverture moelleuse et s'assit à côté d'elle.

— Merci.

— Il fait froid ici, et tu as les cheveux mouillés. Tu veux rentrer ?

— Non. J'aime bien cet endroit.

— Moi aussi.

Il passa un bras autour d'elle, et ils restèrent un moment à se balancer en écoutant la mer, sans dire un mot.

— Quelque chose te tracasse ? demanda-t-il en la serrant plus fort.

Elle ne voulait pas être proche de lui. Elle aurait dû rentrer à Saint-Louis, mais quelque chose l'avait poussée à revenir. Elle ignorait de quoi il s'agissait.

Tu sais exactement ce qui t'a ramenée ici, imbécile. Tu es amoureuse de lui, et il est probablement en train de t'utiliser. Non, il est très certainement en train de t'utiliser. Et de te tendre un piège, aussi.

Elle soupira, se sentant stupide. Cela faisait longtemps qu'elle ne s'était pas sentie aussi bête. Elle avait juré qu'aucun homme ne lui ferait éprouver un tel sentiment. Alors, pourquoi autorisait-elle Gavin à le faire ?

— Ces derniers jours n'ont pas été faciles, c'est tout.

— Tu veux en parler ?

— Pas vraiment.

Il joua avec les pointes de ses cheveux.

— Elizabeth, si on doit s'investir dans une relation tous les deux, il va falloir que tu apprennes à t'ouvrir un peu à moi.

Elle se figea et retint son souffle. Elle n'osait plus bouger.

Il te manipule. Ne lui fais pas confiance.

— Tu crois que c'est ce qu'il y a entre nous, Gavin ? Une relation ?

— Je ne sais pas. Tu m'as manqué, quand tu es partie. Alors peut-être que oui. Peut-être que c'est ce que je veux.

Elle lui avait manqué ? Le gouffre béant de son cœur se remplit de désir et d'espoir. Une partie d'elle-même avait envie de se coller à lui, de le prendre dans ses bras et de lui dire qu'elle l'aimait, et ce, depuis des années. L'autre partie voulait refermer son cœur à double tour et partir en courant.

— Ne dis pas des choses que tu ne penses pas vraiment. Ce n'est que du sexe.

Il lui caressa le bras et promena ses doigts sur son cou.

— Je ne dis jamais rien que je ne pense pas. Pas à ce sujet, en tout cas. Je ne sais pas vraiment ce qu'il y a entre nous. Je ne me mets pas en couple avec les femmes, mais c'est vrai que tu m'as manqué. Alors, à mon avis, ce qu'il y a entre nous – quoi que ce soit – est devenu autre chose que du sexe. En fait, j'ai eu peur que tu ne sois partie pour de bon.

Il avait l'air si sincère… Elle s'écarta pour le dévisager, regrettant que la pénombre rende son expression difficile à décrypter.

— C'est vrai ?

— Oui. J'ai pensé que je t'avais mise en colère en t'attachant et en te demandant de parler de ton passé.

— Oh ! Ça… Non. Le sexe était vraiment très bien.

Il rit.

— Ouais, entre nous, le sexe est fantastique. Mais il nous faut davantage.

Liz laissa errer son regard en direction de l'océan, dont elle distinguait à peine les franges blanches se ruant vers le rivage.

— Davantage de sexe ?

Il émit un grondement sourd.

— Tu essaies de me tuer. Non, pas plus de sexe. Si on doit aller plus loin que ça, alors il nous faut plus que du sexe.

Elle plissa le nez.

— Plus de discussions.

— Oui.

— Les discussions, c'est surfait.

— On croirait entendre un mec.

— C'est pour ça que je te plais.

— Parce que tu es un mec ?

Elle s'esclaffa.

— Non, parce que je ne ressemble pas à la plupart des femmes.

— Tu n'es pas du tout comme la plupart des femmes, Elizabeth. Tu ne ressembles à aucune autre femme que j'aie connue. C'est pour ça que tu me plais. Tu es compliquée. Tu me rends cinglé, la moitié du temps. Tu es affreusement frustrante. Et j'aime ça, chez toi. Mais je ne sais rien de toi, et ça, ça ne me convient pas.

Elle caressa son bouc.

— Le mystère, c'est sexy, tu sais.

Il prit son menton dans sa main et effleura sa bouche de la sienne. Tout le corps de Liz se tendit lorsqu'il prit ses lèvres en un baiser plus profond, et assez long pour qu'elle se demande s'il n'allait pas oublier ses velléités de conversation. Elle se pressa contre lui, posa la main à plat sur son torse et sentit les battements de son cœur s'accélérer sous sa paume. Mais il mit fin à leur baiser.

— Oui, c'est sexy pour un coup d'un soir. Ce que tu n'es pas. Tu es quelqu'un que j'ai envie d'apprendre à connaître. Ce qui signifie que tu vas devoir baisser ta garde et accepter de me parler.

Une fois de plus, il s'engageait sur un chemin qui ne lui plaisait pas beaucoup.

— Tu me connais déjà, Gavin. Ce n'est pas comme si on était de parfaits inconnus l'un pour l'autre. Tu as reçu un bon gros tas d'infos sur moi quand tu m'as engagée.

Il la regarda comme si elle essayait de le baratiner. Ce qui était vrai.

— Tu es sérieuse, bordel ? J'ai l'air con à ce point-là ?

— Quoi ?

— Tu veux me faire croire que lire ton portfolio suffit à te connaître ? Ce n'est pas ton CV qui m'intéresse, Elizabeth. Je sais où tu as obtenu ton diplôme et où tu as fait ton stage. Je sais quelle agence pour sportifs t'a offert ton premier job. Mais tu n'as pas commencé ta vie à l'université. Je veux savoir qui tu étais avant ça. Et si tu ne me fais pas assez confiance pour me le dire…

— OK. D'accord.

Elle tira la couverture jusqu'à ses épaules, fit une torsade de ses cheveux et les attacha en une queue-de-cheval improvisée. Le vent s'était fait plus fort, mais cette atmosphère maussade correspondait à son humeur.

— Qu'est-ce que tu veux savoir ?

Il l'attira vers lui et lui couvrit les jambes de la couverture.

— Tu n'as qu'à commencer par le commencement. Je veux tout savoir de toi. Tu sais déjà tout sur moi.

C'était vrai. La famille de Gavin était devenue la sienne au fil des cinq dernières années, car elle n'en avait pas d'autre.

— Eh bien… Je suis née et j'ai grandi à Harrison, dans l'Arkansas. Ni frère ni sœur. Mon père était ouvrier à la journée ; parfois il travaillait, parfois non. Ma mère était secrétaire, c'était donc elle qui assurait le gros des revenus. Elle bossait tout le temps. À l'école, j'avais d'assez bonnes notes. J'ai eu la chance d'obtenir une bourse pour aller à Brown…

— Attends. On en est déjà à la fac ? Tu n'as rien raconté du tout.

— Mon enfance est plutôt ennuyeuse, Gavin. J'allais à l'école. Pas grand-chose d'autre à dire.

— Tu avais des amis ?

— Oui.

— Parle-moi d'eux.

— J'avais quelques copines. Elles vivaient dans le même pâté de maisons que moi. Je n'avais pas le droit de les voir en dehors des week-ends, alors je n'ai…

— Pourquoi ?

— Quoi ?

— Pourquoi n'avais-tu pas le droit de les voir en dehors des week-ends ?

— Oh ! Mon père ne m'y autorisait pas. Je devais m'occuper des tâches ménagères après l'école et servir le dîner. Et le soir faire mes devoirs.

Gavin fronça les sourcils.

— Mais l'été…

— L'été, je devais faire le ménage pendant la journée. Et j'allais souvent en vacances à la ferme, chez mes grands-parents, pour que mes parents n'aient pas à s'inquiéter de ce que je faisais quand mon père travaillait.

—À la ferme ?

—Ouep.

—Tu devais t'amuser comme une folle, là-bas.

Liz sourit en se remémorant ses séjours à la ferme, qui comptaient parmi les meilleurs…, non, parmi les seuls bons souvenirs de son enfance.

—En fait, oui. Mon grand-père m'avait montré comment conduire un tracteur, et ils avaient des chevaux. Ma grand-mère m'avait appris à faire des tartes…

Il se redressa d'un coup et se tourna pour la regarder.

—Aha ! Donc, tu sais cuisiner.

Elle rit.

—C'était il y a longtemps, Gavin. J'ai oublié.

—Que tu dis. Je suis sûr que ça te reviendrait. Combien d'étés as-tu passés à la ferme de tes grands-parents ?

Elle rejeta la tête en arrière, rassemblant ses souvenirs.

—Je me rappelle y être allée pour la première fois quand j'avais cinq ans. Et la dernière fois j'avais seize ans.

—Onze ans, donc. Ça en fait, des tartes.

Elle sourit.

—Mes seize ans ne datent pas d'hier.

Gavin se laissa aller contre le dossier de la balancelle et se rapprocha d'elle pour enfouir sa tête dans son cou.

— Elizabeth, accepterais-tu de me faire une tarte ?

Elle lui donna un petit coup d'épaule.

— Tu es cinglé. Je ne cuisine pas. C'est toi qui es censé cuisiner pour moi, tu te rappelles ?

— Je te ferai à dîner si tu me fais une tarte.

— Je ne cuisine pour personne.

— Mais tu ferais une tarte ? Pour moi ?

Il se conduisait vraiment comme un gamin, parfois. C'était exaspérant. Mais c'était une des choses qu'elle préférait chez lui.

— On en reparlera plus tard.

— Non, on décide maintenant. C'est toi, la grande négociatrice. Tu m'as appris ce truc-là. On boucle l'affaire pendant qu'elle est sur la table.

— Salaud ! Et dire que je croyais que tu ne m'écoutais jamais. D'accord, je te ferai une tarte. Ou du moins j'essaierai de me rappeler comment on fait. Je ne garantis rien. Il est possible que je ne réussisse qu'à t'empoisonner.

— Je suis prêt à prendre le risque. Donc, revenons à ton enfance. Tu voyais tes amies le week-end, du coup ?

— Oui. J'avais deux meilleures copines, Lindsey et Denise. J'avais le droit de me baigner dans la piscine de Lindsey, l'été.

— Cool !

— En effet. On faisait tout ensemble, toutes les trois. Parfois, j'allais passer la nuit chez elles, mais pas très souvent.

— Pourquoi pas ?

— Mon père n'était pas d'accord. Il disait que ma place était à la maison, avec ma famille.

— Il était très strict ?

Liz eut un petit rire désabusé.

— C'est un euphémisme. Il dirigeait notre foyer d'une main de fer. Ma mère était obligée de lui rendre compte de chaque seconde de sa vie. Où elle allait, ce qu'elle faisait, qui elle voyait. Il avait besoin de tout contrôler. Sa vie entière était basée là-dessus. Contrôler ma mère, me contrôler moi. Le monde se serait arrêté de tourner s'il n'avait pas su exactement ce qu'on faisait à chaque minute de la journée. C'est pour ça qu'il ne travaillait pas beaucoup. Comment aurait-il pu gérer à la fois son boulot et nos vies ?

Gavin resta muet. Liz s'interrompit. Bon sang, pourquoi lui avait-elle cédé autant d'informations ? Elle n'avait voulu parler que de Lindsey et de Denise, et des bons moments passés avec elles. Conserver un ton léger. Mais, oh non, il avait fallu qu'elle se lance sur le sujet de son père !

— Je suis désolé, pour ton père. Ça a dû être dur pour toi.

— Je l'évitais. Quand je le pouvais, je me rebellais.

— Et ta mère ?

Liz pinça les lèvres, déterminée à ne rien dire.

— Elizabeth ? Comment se comportait ta mère ?

— Elle faisait tout ce qu'il lui demandait de faire, comme un petit robot docile. Il lui ordonnait de rentrer à une certaine heure, et elle le faisait. Les conserves devaient être rangées d'une certaine manière dans le garde-manger, et elles l'étaient. Les serviettes de bain devaient être parfaitement pliées, ou bien elle était obligée de recommencer. Elle n'avait pas d'amis ; à quoi bon, puisqu'elle devait s'occuper de lui en priorité… Et Dieu sait que c'était du boulot ! Elle était censée passer tout son temps avec lui.

Gavin glissa la main sous la couverture pour prendre celle de Liz.

— Je suis navré. Ce n'est pas une vie pour un enfant. L'atmosphère devait être tendue à la maison.

Elle haussa les épaules et tenta de retirer sa main, mais il refusa de la lâcher.

— Ce n'était pas si terrible. Je m'en suis tirée.

— Ça ressemble à un cauchemar.

Elle n'avait pas envie de répondre, mais quelque chose l'y poussa.

— C'était l'enfer.

— Mais tu as survécu. Et te connaissant aujourd'hui je parie qu'il n'arriverait pas à te contrôler.

Elle rit.

— Non. Je ne le laisserais pas faire. Il a essayé, et ça a marché quand j'étais jeune, mais, lorsque je suis entrée au lycée, il était trop occupé à régenter chaque seconde de la vie de ma mère. Il a dû choisir entre elle et moi.

— Et il l'a choisie, elle.

— Oui. (Liz soupira.) Quelle veinarde !

— Tu les revois de temps en temps ?

— Jamais de la vie. Je ne retournerai pas là-bas. Du jour où je suis partie étudier à l'université, ça a été la fin. J'avais décidé que je n'y remettrais plus les pieds.

— Tu ne te demandes même pas comment se porte ta mère ?

Les épaules de Liz s'affaissèrent.

— J'ai essayé, Gavin. J'ai essayé de l'éloigner de lui, de la convaincre de venir me rendre visite, parce qu'il n'était pas question que j'aille la voir, moi. Elle a refusé, en disant que papa avait besoin d'elle et qu'elle ne pouvait pas le quitter.

— Alors elle l'a choisi, lui, plutôt que toi. (Gavin lui caressa les cheveux.) Je suis désolé, ma belle.

Elle battit des cils pour retenir les larmes qui menaçaient de couler. Cela faisait des années qu'elle n'avait pas pleuré sur ce qu'elle ne pouvait changer. Plus jamais.

— Elle a choisi de se plier à lui et à ses exigences. Aujourd'hui, elle est obligée de vivre avec ça. Mais moi, non.

— Alors tu n'es jamais rentrée chez toi depuis ton départ pour l'université ?

— Non. Jamais. J'étais libre et je refusais de revenir en arrière. J'avais une bourse complète et je travaillais à côté. Je n'avais aucune raison d'y retourner.

— Et ils ne se sont jamais déplacés pour te voir ?

— Non. À mon avis, mon père avait peur que ma mère ne s'enfuie et ne l'abandonne si elle quittait l'Arkansas. Il était content de l'avoir à lui dans leur petite ville, et elle, bien sûr, n'aurait pas osé le défier.

— Elle ne t'a pas téléphoné ni écrit ?

— Oh si ! Elle appelait pour me proposer de venir passer les fêtes avec eux, ou l'été. Elle répétait ce que papa lui avait dicté. À force d'essuyer des refus, elle a arrêté d'appeler.

Gavin resta muet un moment. Liz savait ce qu'il pensait.

— Tu te dis que je suis une salope avec un cœur de pierre et que j'ai abandonné ma mère.

— Ce n'est pas du tout ce que je pense, Elizabeth. Tu n'étais pas censée t'occuper d'elle. Ce sont tes parents qui étaient censés s'occuper de toi.

— Ils l'ont fait. Ils m'ont nourrie et logée. J'ai reçu une éducation correcte et je n'ai pas été maltraitée.

Elle l'entendit rire doucement et tourna la tête pour le regarder.

— Quoi ?

— Allez. Tu es intelligente, tu l'as sûrement compris.

— Compris quoi ?

— Elizabeth, ce que ton père faisait, c'était de la maltraitance.

Elle secoua la tête.

— Non. C'était un connard dominateur, mais il ne nous a jamais frappées, ni l'une ni l'autre.

Gavin changea de position sur la balancelle pour lui faire face.

— Ma chérie, la maltraitance n'est pas nécessairement physique. Elle peut également être psychologique. Tu ne crois pas que c'est ce que faisait ton père en prenant le contrôle de ta mère, en la forçant à vivre comme une prisonnière ?

En parler donnait l'impression à Elizabeth de revivre cette période, et elle ne voulait pas y retourner, elle l'avait juré, pas même en esprit. Elle y avait déjà passé beaucoup plus de temps qu'elle ne le souhaitait, ce soir. Elle repoussa la couverture et sauta de la balancelle.

— Je suis épuisée, Gavin. J'ai eu une longue journée, j'ai passé des heures dans l'avion et je n'ai qu'une envie : aller au lit.

Elle s'éloigna sans vérifier s'il la suivait, fila droit dans la chambre, ôta sa robe et se coucha sans allumer la lumière.

Il fallait qu'elle se blinde, qu'elle oublie, qu'elle maintienne le passé à distance pour l'empêcher de revenir la hanter.

Quelques minutes plus tard, Gavin la rejoignit. Son corps était imprégné de la fraîcheur du dehors. Il la prit dans ses bras et l'attira contre lui. Elle lui résista d'abord, mais il ne la laissa pas s'écarter, et bientôt elle se détendit.

Il ne lui demanda rien, ne prononça pas le moindre mot, se contentant de lui caresser les cheveux. Le silence environnant et le son de la respiration de Gavin finirent par l'apaiser, et elle put fermer les yeux.

Mais elle était incapable d'effacer ses souvenirs. Jamais elle ne pourrait leur échapper.

Chapitre 9

La pluie et le vent martelaient la terrasse et les fenêtres, si fort que Gavin ne distinguait même plus les sièges d'extérieur.

Le temps les condamnait à rester enfermés. Dommage ! Pas de match aujourd'hui.

Sans soleil, peu de raison de quitter la maison.

Voilà qui pouvait être intéressant.

Pendant qu'Elizabeth faisait la grasse matinée, Gavin fit un saut à l'épicerie. Il avait envie de lui cuisiner quelque chose ; il se sentait coupable de l'avoir incitée à aborder le sujet de son passé, manifestement douloureux.

Elle avait eu une enfance difficile. Un père qui les maltraitait, elle et sa mère. Et cependant elle était parvenue à s'échapper et à devenir une femme forte et indépendante, ce qui en disait long sur son caractère et sa volonté. Il aurait aimé en discuter davantage avec elle, mais il était clair qu'elle n'était pas prête. Peut-être ne le serait-elle jamais, et c'était son droit le plus strict.

Mais ce qu'il avait appris n'avait fait qu'augmenter son admiration pour elle. Elle recélait des facettes qu'il n'avait jamais soupçonnées auparavant et qui lui permettaient d'apprécier d'autant plus la femme qu'elle était devenue. Elle n'avait pu compter que sur elle-même.

Bien que le match ait été annulé pour cause de pluie, il avait tout de même du travail à faire. Musculation avec son préparateur physique et entraînement à la batte en intérieur avec son coach. Il laissa un mot à Elizabeth pour qu'elle sache où il était, en espérant qu'elle serait encore là à son retour.

Il passa l'essentiel de la journée hors de chez lui. Après plusieurs heures de musculation, il se concentra sur l'entraînement à la batte afin de déterminer ce qui clochait dans ce domaine. Verdict : rien ne clochait. Ses frappes étaient parfaites. Comme il le soupçonnait, le problème était psychologique. La mécanique de base était toujours là ; il n'avait plus qu'à faire en sorte que la batte touche la balle. Et il le ferait, dès que la pluie cesserait et qu'il aurait à nouveau l'occasion de se placer devant le marbre.

Il dut donner quelques interviews en fin d'après-midi, puis il fut libéré pour la journée et reprit le chemin de la plage. Sans raison précise, la vue de la voiture d'Elizabeth dans l'allée le surprit, mais il se réjouit de savoir qu'elle était encore là. Lorsqu'il entra, elle était blottie sur le canapé, une tasse fumante posée sur la table devant elle, les jambes croisées en tailleur et son ordinateur portable sur les genoux. Elle était vêtue d'une robe d'été et d'un pull, ses cheveux étaient tirés en queue-de-cheval, et son visage ne portait pas le moindre maquillage. Elle lui parut très jeune, presque adolescente, lorsqu'elle leva la tête et lui sourit.

Dieu, qu'elle était belle !

— Bonjour, chéri. Tu as passé une bonne journée ?

Il sourit et se laissa tomber sur le canapé à côté d'elle.

— Excellente. Et la tienne ?

— Assez productive, en fait. Rien de tel qu'une journée pluvieuse pour rattraper son retard de paperasse et de coups de fil. J'ai bien avancé. Et toi ?

— Muscu, entraînement à la batte, plus quelques interviews. J'ai essayé de comprendre pourquoi j'ai été si nul durant les derniers matchs.

Elle fronça les sourcils.

— Nul ? Pourquoi ?

Il haussa les épaules.

— Aucune idée. Mes frappes sont parfaites. C'était un blocage psychologique, je pense.

Elle se pencha pour l'embrasser.

— Trop de sexe, ça t'affaiblit.

— Je n'ai pas eu de relations sexuelles. Tu étais partie. C'était sans doute ça, le problème.

Elle le regarda, bouche bée.

— Oh ! Je ne savais pas que notre relation était exclusive.

— Il me semble te l'avoir dit, la première fois qu'on a couché ensemble. (Il haussa un sourcil.) Dis-moi que tu n'es pas allée baiser tout ce qui portait un pantalon pendant notre séparation.

Elle pouffa.

— C'est moi, la fille qui est restée abstinente deux ans, je te rappelle. (Elle posa une main sur son cœur.) Je te suis restée totalement fidèle.

— Pareil.

Il l'attrapa par la nuque et pressa sa bouche contre la sienne, en un baiser ardent qui le fit bander instantanément. Seigneur, elle lui avait manqué ! Cela avait été dur de ne pas coucher avec elle la veille au soir. Mais, à ce moment-là, elle avait besoin d'être réconfortée, pas sautée.

Maintenant, en revanche, tandis qu'elle grimpait sur ses genoux et pressait ses seins contre son torse, Gavin sentait sa chaleur, inspirait son parfum et n'avait pas envie d'attendre. Il avait besoin d'elle. Elle mettait le feu dans ses veines et l'obsédait constamment. Elle faisait frémir ses testicules, et il ne pensait à rien d'autre qu'à plonger en elle.

Il la fit basculer sous lui, et ils s'étendirent tous deux sur le canapé, Gavin au-dessus. Il se logea entre ses cuisses et plaqua son membre sur son entrejambe. Il sentit sa chaleur se diffuser à travers sa culotte, et imprégner son jean.

— Cinq jours entiers sans sexe, hmm ? dit-elle en se cambrant contre lui avec un sourire aguicheur.

— Six, maintenant. Ça me tue.

Elle caressa son bouc, puis laissa descendre sa main sur son torse et la glissa entre eux pour empoigner son membre dur.

— Pauvre bébé ! Comme tu dois souffrir… On devrait y remédier le plus vite possible.

— Oui, je confirme. Pourquoi pas maintenant ?

Elle serra doucement son membre dans sa main.

— Je suis là, et j'attends que tu enfonces ça en moi. Je suis prête, Gavin. Je suis trempée d'impatience. Baise-moi.

Gavin inspira brusquement et s'écarta d'elle juste assez longtemps pour soulever sa robe et lui retirer sa culotte, puis se débarrasser de son jean. Un instant plus tard, il revenait entre ses jambes et tombait dans l'étreinte accueillante de ses bras.

Leurs bouches se rencontrèrent au moment précis où il glissait en elle. Sans préservatif, et il la sentit, chaude et moite, se resserrer sur lui lorsqu'il la pénétra.

Il mêla sa langue à la sienne, et elle lui empoigna la nuque, enfouissant les doigts dans ses cheveux. Elle souleva son bassin et le serra plus fort entre ses jambes. Il n'avait jamais rien éprouvé de comparable aux sensations qui l'assaillaient de tous côtés. Ses lèvres sur celles d'Elizabeth, son sexe en elle, et son corps entier contre le sien. Il attrapa le tissu de sa robe et la tira sur son épaule pour révéler un sein.

Pas de soutien-gorge. Il aimait ça. Il se pencha et prit son mamelon dans sa bouche. Il le sentit durcir sous sa langue quand il le suça.

— Gavin ! murmura-t-elle en se cambrant pour lui offrir son sein.

Elle le tenait toujours par la nuque, le maintenant en place. Les mouvements de son corps sous le sien étaient fluides, et Gavin était comme emprisonné dans une boule de tension, prête à exploser en un orgasme qu'il retenait depuis des jours.

Il n'avait fait que penser à elle : sa beauté, son parfum, la douceur de sa peau. Il relâcha son mamelon et le contempla, puis fit courir sa langue jusqu'à son cou et, de ses dents, effleura sa peau. Il la regarda se couvrir de chair de poule.

Elle sentait la vanille, les biscuits sucrés, et il adorait sa saveur. Elle était comme ses bonbons préférés : dure à l'extérieur, mais cachant un cœur fondant.

C'était son Elizabeth, et il ne pensait pas que quiconque la connaisse aussi bien que lui. Il ne pensait pas qu'elle permettrait à quelqu'un d'autre de l'approcher autant. Et cela faisait d'elle un trésor. Son trésor.

Il s'appuya sur ses bras pour se redresser et la regarder. Elle était si belle que cela lui fit mal, sans son maquillage, avec sa coiffure à demi défaite, échevelée et parfaite. Il s'écarta et plongea en elle. Les yeux rivés aux siens, il ondula du bassin pour se frotter contre son clitoris.

Elle lui cachait peut-être encore certaines parties difficiles de sa vie, mais ici, lorsqu'ils étaient unis de cette manière, elle n'avait aucun secret pour lui. Elle s'ouvrait totalement à lui et le laissait voir son plaisir, à quel point elle aimait le sexe, à quel point elle aimait ce qu'il lui faisait.

Elle passa ses deux bras autour de son cou. Il la tira vers le haut. Les jambes toujours serrées autour de sa taille, elle bougea au même rythme que lui, contre lui. Elle appuya ses pieds au bord du canapé pour mieux le chevaucher, s'agrippant à lui, basculant sur lui en cadence, le propulsant vers l'orgasme si vite qu'il voulut se retirer pour tenir.

Mais elle refusa de le laisser partir. Elle raffermit sa prise sur son cou et le monta de plus belle, faisant rouler son sexe contre lui et glissant d'un seul coup sur son membre, frottant ses fesses contre ses testicules, jusqu'à faire perler la sueur sur son visage. Il plaqua alors les mains sur ses fesses et les tint serrées tout en la faisant monter et descendre sur lui.

— Oui, c'est ça, dit-elle en gardant rivés sur lui ses yeux qui viraient au vert sombre. Fais-moi jouir pour toi, Gavin.

Il enfonça les doigts dans la chair de ses fesses et la fit bouger de plus en plus vite.

— Oui, gronda-t-il. Vas-y, ma belle, jouis sur moi.

Lorsqu'il la sentit se resserrer sur lui et vit sa bouche s'ouvrir, il relâcha la tension, plongeant en elle de toute la force de son orgasme. Elle cria et jouit, et ses spasmes sur son membre s'intensifièrent, décuplant son plaisir à l'infini. Il l'entoura de ses bras et laissa l'orgasme parcourir son corps. Tous deux frissonnèrent l'un contre l'autre comme il projetait en elle tout ce qu'il avait, jusqu'à se retrouver pantelant, fourbu et tremblant des pieds à la tête.

Il lui caressa le dos, lui embrassa le cou et la retint contre lui. Il n'avait pas envie de la lâcher.

— Je meurs de faim, annonça-t-elle contre son torse.

Il rit.

— Une chance que je sois allé faire les courses, ce matin.

Ils se séparèrent, firent un brin de toilette et s'habillèrent. Elizabeth ramassa sa tasse abandonnée sur la table basse, avec une grimace.

— Il est froid, maintenant. J'imagine que le café, c'est fini pour aujourd'hui. Pourquoi pas un cocktail ? Ou alors tu veux qu'on se change et qu'on aille manger dehors ?

— C'est moi qui cuisine, ce soir. J'ai acheté du vin blanc. Il ira bien avec le dîner.

Elle fit halte à mi-chemin de la cuisine et tourna les talons, les sourcils levés.

— Vraiment ? Est-ce que ça veut dire qu'il faut que je fasse une tarte ?

— Non. Je blaguais à ce sujet.

Elle lui lança un regard dubitatif.

— OK.

Elle n'avait pas l'air de le croire, mais il se rendit néanmoins dans la cuisine pour commencer son travail. Elizabeth leur servit du vin et s'assit au bar pour le regarder sortir des casseroles et des ingrédients des placards.

— Qu'est-ce que tu cuisines ?

— Des pâtes au saumon grillé et à la crème d'épinards.

Elle s'esclaffa.

— Non, sans rire. Qu'est-ce que tu fais ?

Il lui lança un regard oblique.

— C'est vraiment ce que je fais.

— J'en reste sans voix. Et je serai carrément épatée, si tu ne m'empoisonnes pas.

Il rit.

— Je promets de ne pas t'empoisonner.

Gavin mit de l'eau à bouillir, puis fit chauffer du beurre dans une poêle et y déposa le saumon. En attendant qu'il soit cuit, il sortit les épinards, les rinça et râpa le zeste d'un citron.

— Tu as l'air de savoir ce que tu fais.

Il lui sourit et but une gorgée de vin.

— Je t'avais dit que je savais cuisiner.

— Je dois reconnaître que oui, tu l'avais dit.

Une fois le saumon cuit, Gavin le mit de côté, ajouta du beurre dans la poêle et y jeta les épinards. Lorsqu'ils eurent fini de réduire, il ajouta le zeste de citron et la crème, puis remua le tout en sirotant son vin de l'autre main.

Elizabeth huma l'air.

— Gavin, ça sent délicieusement bon. Que puis-je faire pour t'aider ?

— Tu es sûre que tu en as envie ? Je m'en voudrais d'enfreindre ton boycott de la cuisine.

— Ah, ah ! Que veux-tu que je fasse ?

Il lui expliqua comment faire du pain à l'ail, et elle s'appliqua à trancher le pain et à le préparer. Elle mit la table pendant qu'il enfournait les tranches. À présent, il était temps d'émietter le saumon et de l'ajouter à la poêle avec les épinards et la crème. Il avait déjà versé les pâtes dans l'eau bouillante.

Tout s'enchaînait sur un tempo rapide, exactement comme il l'aimait.

Elizabeth s'approcha de lui par-derrière et l'enlaça.

— Un homme qui sait cuisiner. J'ai bien envie de ne plus te lâcher. Offres-tu tes services pour les fêtes ?

Il posa sa cuillère, se retourna et l'embrassa en prenant son temps, s'assurant qu'elle comprenait à quel point il la désirait encore.

— Ça dépend du paiement.

Elle avait les joues rose vif, et il ne pensait pas que cela ait quelque chose à voir avec la chaleur qui émanait de la cuisinière.

— Oh, je crois que j'ai les moyens de te satisfaire !

Il lui donna une tape sur les fesses, et elle s'écarta pour lui laisser la place d'égoutter les pâtes. Il ajouta du persil sur le saumon et les épinards dans la poêle.

Le temps que le mélange chauffe encore un peu, il sortit le pain du four. Il déposa ensuite des pâtes sur leurs assiettes, y ajouta du saumon et de la crème aux épinards, puis parsema le tout de persil frais. Il apporta les assiettes à table, où Elizabeth avait déjà rempli leurs verres de vin.

Il attendit qu'elle ait pris sa première bouchée. Ses paupières closes et ses murmures approbateurs le firent sourire.

— Bon sang, Gavin ! Tu es sûr que tu ne préférerais pas te reconvertir en chef cuisinier ? C'est succulent.

— Merci. J'aime manger, mais je n'ai pas toujours envie d'aller au restaurant. Je t'ai dit que ma mère était bonne cuisinière. Elle tenait à ce qu'on apprenne à se débrouiller tout seuls.

Elle enfourna une nouvelle fourchette de pâtes et émit de nouveaux râles de plaisir. Il aimait ça.

— Se débrouiller, c'est savoir poser des steaks ou des burgers sur un gril. Ça, c'est de la gastronomie. Les hommes ne savent pas cuisiner comme ça.

Il prit lui-même une bouchée, enchanté de la voir conquise par sa cuisine.

— Celui-là, si, répliqua-t-il.

Elle lui agita sa fourchette sous le nez.

— Tu es un spécimen rarissime, Gavin Riley. Ne raconte pas tes secrets à toutes les femmes, sous peine de les voir faire la queue dans la rue pour t'épouser.

— Tu crois ?

— Oh, que oui ! Tu es super canon ; tu joues dans la ligue majeure de base-ball, ce qui fait de toi un athlète ; tu es millionnaire ; et en plus de tout ça tu cuisines ? Les femmes se pâmeraient devant toi. Je devrais inviter les médias à faire un shooting photo de toi dans ta cuisine.

Il mangea, tout en regardant les engrenages tourner dans l'esprit d'Elizabeth. Elle écarquilla les yeux, et il sut que le déclic venait d'avoir lieu.

Merde !

— Oh, mon Dieu, ce serait génial pour ta visibilité ! On pourrait partir sur l'angle de la cuisine, peut-être te faire inviter dans des émissions spécialisées ou des talk-shows du matin ; ils adorent ce genre de trucs : le sportif qui cuisine.

Elle plongea sa fourchette dans ses pâtes et engloutit une nouvelle bouchée.

— Qu'est-ce que tu sais cuisiner d'autre ?

Il haussa les sourcils.

— Pourquoi ?

— Plutôt des trucs sophistiqués, dans ce genre-là ?

— Ce n'est pas un plat sophistiqué, Elizabeth. Ce n'est pas long à faire du tout.

— Peu importe. Ça fait chic et c'est délicieux. Dis-moi ce que tu sais faire d'autre.

Il l'ignora. Il avait faim ; il termina donc son assiette, but son vin, mangea du pain à l'ail et les resservit. Pendant ce temps, Elizabeth avait attrapé son ordinateur et mangeait tout en prenant des notes.

— Comment s'appelle ce plat, déjà ?

— Les pâtes au saumon grillé et à la crème d'épinards.

Elle tapa, puis le regarda par-dessus son ordinateur.

— Maintenant, dis-moi ce que tu sais faire d'autre.

Il soupira en repoussant son assiette.

— Les pâtes à la carbonara. Le poulet au citron vert et à la mangue. Les fajitas au bœuf et au riz espagnol. Le poulet au parmesan. Je cuisine beaucoup, Elizabeth. Je ne me souviens pas de la moitié de mes recettes.

Elle ouvrait des yeux grands comme des soucoupes.

— Vraiment ? C'est génial. On pourrait faire un livre de recettes. Ou une émission de cuisine rien qu'à toi.

— Non.

— Quoi ? Si.

— Non. Je ne gagne pas ma vie en cuisinant. Je joue au base-ball.

— Tu pourrais faire les deux. Tu plaisantes ou quoi ? Les femmes vont tomber à tes pieds. Ça fera vendre des tonnes et des tonnes de billets pour les matchs. Je vais te rendre célèbre.

— Le fait que je cuisine ne fera pas vendre des billets pour les matchs de base-ball. Ça n'a aucun sens.

— Bien sûr que si. Tu vois, c'est pour ça que je m'occupe de ton image et pas toi. Tu ne vois pas le lien entre les deux.

— Parce qu'il n'y en a pas. Et non, je ne vais pas devenir ton joueur de base-ball cuisinier.

— Mais…

— Non, Elizabeth.

— Gavin…

— Non.

Elle prit une grande inspiration et exhala un soupir théâtral.

— Très bien.

Elle referma l'ordinateur et alla mettre les plats dans l'évier. Gavin s'avachit dans son siège et termina son vin en la regardant reporter sa frustration sur les casseroles.

Elle était mignonne quand elle était contrariée. Il la laissa s'énerver dans la cuisine un moment, puis apporta son assiette et l'aida à finir la vaisselle. Elle ne lui adressa pas un mot ni un regard, ce qui signifiait soit qu'elle était fâchée contre lui, soit qu'elle se préparait à enchaîner sur le deuxième round.

— Qu'est-ce que tu fais en dehors de la saison ?

Deuxième round.

— Je viens ici pour pêcher et me reposer. Je vais voir mes parents. J'assiste aux matchs de Mick. Je me détends.

Elle s'essuya les mains sur un torchon à vaisselle.

— Tu cuisines ?

Il esquissa un sourire.

— Oui. Je cuisine.

— Seul ou avec ta mère ?

Il eut un petit rire.

— Je n'ai plus besoin de ma mère pour cuisiner, Elizabeth. Je suis un grand garçon, maintenant, et je suis capable de me servir du four tout seul.

— Ce n'est pas ce que je voulais dire. Est-ce que tu essaies de nouvelles recettes en compagnie de ta mère ? Est-ce qu'elle t'aide ou est-ce que tu inventes des plats tout seul ?

— Je passe pas mal de temps tout seul en dehors de la saison. Donc oui, je cuisine pour moi seul. Pourquoi ?

Elle plia le torchon et le suspendit à son support.

— Pour rien.

Pour rien, mon cul ! Mais il ne l'interrogea pas davantage, car il ne voulait pas l'encourager à poursuivre son idée ridicule de lui, cuisinant et faisant sa promotion par ce biais. Aucun risque que cela n'arrive.

— Lizzie ?

Elle se tourna vers lui.

— Oui ?

— Laisse tomber cette idée. Je suis sérieux.

Elle haussa une épaule.

— OK. D'accord. Si c'est ce que tu veux.

— C'est ce que je veux. Je cuisine parce que c'est sympa et que ça me détend. Je ne veux pas que tu exploites ça.

Elle hocha la tête.

— Compris, Gavin.

Cependant, il n'était pas sûr qu'elle dise vrai. Quand elle venait d'avoir une idée, Elizabeth était comme un chien ayant déniché un os bien juteux. Une fois qu'elle la tenait, rien n'aurait pu lui faire lâcher prise.

Et cela inquiétait Gavin.

Chapitre 10

Le soleil refit son apparition, et les matchs de base-ball reprirent. Elizabeth était contente de sortir un peu de la maison. Elle avait toujours détesté rester enfermée. Même à Saint-Louis, elle était capable de sortir sous la pluie ou la neige quand il le fallait.

Maintenant que la pré-saison était bien entamée, elle commençait à vraiment apprécier la foule et l'atmosphère du stade. Ces derniers jours, les Rivers avaient joué en dehors de la région, si bien qu'Elizabeth était restée seule à la plage pendant que Gavin voyageait. Cela lui avait permis de souffler un peu et de travailler.

Aujourd'hui, les Rivers étaient de retour sur leur terrain pour la première fois. Gavin était rentré tard la veille au soir. Liz dormait. Il l'avait réveillée en grimpant dans le lit et en lui faisant l'amour. Cela ne l'avait pas dérangée, loin de là. En fait, se réveiller au contact de ses mains tièdes et de sa bouche sur son corps, qui l'avaient fait jouir avant qu'elle ait totalement émergé du sommeil, s'était révélé surprenant et merveilleux. Il s'était glissé en elle avant la fin de son orgasme, et il l'avait prise lentement, paresseusement, en lui embrassant le cou, murmurant qu'elle lui avait manqué, jusqu'à ce qu'ils jouissent tous les deux puis s'endorment, enlacés.

Elle pourrait bien s'habituer à sa présence.

Dangereuse pensée.

Elle était assise aux côtés de Shawnelle et de Haley, et regardait le match. Bien sûr, elle avait la tête penchée sur son ordinateur portable. Mais, en réalité, elle suivait avec attention tout ce qui se passait sur le terrain. Elle souhaitait juste que Gavin ne s'en aperçoive pas. Aucune raison de donner à son ego déjà robuste de quoi enfler davantage. Il détenait déjà son cœur. Elle ne voulait pas lui abandonner son âme.

— C'est super que tu sois là, se réjouit Shawnelle. Gavin joue beaucoup mieux, maintenant que son porte-bonheur est de retour à sa place.

Elizabeth arracha son regard de ses fiches de compte et de Gavin en première base pour tourner les yeux vers Shawnelle en fronçant les sourcils.

— De quoi est-ce que tu parles ?

— Oh, tout le monde sait que tu es le grigri de Gavin ! expliqua Haley en se penchant depuis le siège placé à gauche de Shawnelle. Il a joué n'importe comment quand tu t'es absentée la semaine dernière. Tu reviens, et pouf ! comme par magie, ses frappes s'améliorent.

Elizabeth éclata de rire.

— Je ne pense pas que ma présence ait grand-chose à voir avec sa moyenne à la batte.

— Hmm, hmm ! reprit Shawnelle en abaissant ses lunettes de soleil sur son nez pour regarder Elizabeth. Chérie, tu as tout à voir avec la manière dont ce garçon joue au base-ball. On n'est pas aveugles. On le voit bien lancer des regards par ici pour voir si tu fais attention à lui. Alors lève la tête de cet ordinateur et regarde-le. Montre-lui que tu le soutiens.

— Oh, je le soutiens ! Et je fais très attention à lui. Mais je préfère qu'il ne le sache pas.

— Hein ?

En voyant l'expression perdue de Haley, Elizabeth comprit qu'elle ne connaissait rien aux jeux de pouvoir.

— S'il me voit étudier le moindre de ses gestes, il croira que je suis toute à lui. C'est déjà assez idiot de ma part d'avoir accepté de séjourner ici pendant la pré-saison. Je ne peux pas tout lui donner, non plus.

Shawnelle haussa un sourcil.

— J'ai bien l'impression que c'est déjà le cas. Tu es amoureuse de lui, non ?

Elizabeth regarda autour d'elle, heureuse que personne ne se soit assis à côté d'elles.

— Non.

— Menteuse ! Même moi, je le vois, et je suis loin d'être une flèche, renchérit Haley.

Elizabeth soupira.

— Tu n'es pas bête du tout, Haley. Et Shawnelle, tu es une sacrée chieuse.

Shawnelle eut un sourire railleur.

— Ce n'est pas la première fois qu'on me le dit. J'ai raison, pas vrai ?

— Oui.

Liz baissa les yeux sur son portable.

— Depuis combien de temps ?

— Cinq ans. (Elle releva les yeux vers Shawnelle et Haley.) Il n'est pas au courant.

— Bien sûr que non ! Les hommes sont obtus. Il faut leur taper sur la tête avec une poêle pour qu'ils remarquent quelque chose.

— J'ai demandé Tommy en mariage parce qu'il était trop timide pour le faire, même si je savais qu'il m'aimait et qu'il voulait m'épouser. Il est bête comme ses pieds.

Elizabeth ne put s'empêcher de rire.

— Qu'est-ce qu'il a répondu ?

— Il a dit qu'il se préparait à me le demander. (Haley leva les yeux au ciel.) Je me suis dit que si j'attendais qu'il se décide je serais trop vieille pour faire l'amour. Heureusement que j'ai pris les choses en main.

— Heureusement, acquiesça Shawnelle. Et, en parlant de ça, comment ça va… entre vous ?

Haley écarquilla les yeux, et ses lèvres s'étirèrent en un sourire mutin.

— Super ! Après cette nuit-là sur le dance-floor… waouh ! J'ai eu droit à un sacré rodéo. Et on a parlé, il s'est vraiment ouvert à moi sur ce qu'il aimait et il m'a demandé ce que j'aimais, et… disons juste que ça a ouvert les vannes, et depuis c'est le paradis.

— C'est génial, ça ! s'exclama Elizabeth, sincèrement heureuse pour Haley. Il faut savoir entretenir la flamme de la passion.

— Pour brûler, ça brûle. (Haley s'éventa avec son programme.) Et en ce qui concerne Gavin et toi, chérie, si c'est lui que tu veux, il faut que tu sois honnête avec lui. Dis-lui ce que tu ressens.

— Je ne pense pas que ce soit une bonne idée, dans mon cas.

— Pourquoi pas ? s'étonna Shawnelle.

— Notre situation est compliquée.

— Foutaises ! Tu as peur, c'est tout.

Elizabeth rit.

— Oui, aussi. Mais je vais y réfléchir. Ça risque de me prendre un peu de temps.

Elle se concentra sur le match, et cela dissuada Shawnelle et Haley de continuer à la tanner au sujet de Gavin. Elle examina ses statistiques, et en effet sa moyenne à la batte avait plongé d'un coup durant les quelques jours où elle s'était absentée. Depuis son retour, cependant, il avait frappé presque toutes les balles à la perfection.

Intéressant.

Elle doutait fort que les deux événements soient liés, cependant.

Elizabeth ne croyait pas à la chance. Ses clients accomplissaient des exploits dans leurs disciplines respectives parce qu'ils étaient doués, tout simplement. La chance n'avait rien à voir là-dedans. Si Gavin avait été nul, c'était parce que ses frappes étaient fautives.

S'il s'était remis à bien jouer lorsqu'elle était revenue de Saint-Louis, c'était une pure coïncidence, car elle n'était le porte-bonheur de personne.

— On va se faire faire une manucure et une pédicure après le match. Ça te tente ?

Une activité de filles ? Avec des filles ? Pas le genre d'Elizabeth. D'un autre côté, elle appréciait beaucoup ces deux femmes, et c'était une première pour elle. Elle n'avait pas de copines, n'avait jamais su se lier avec des femmes. Mais il y avait quelque chose chez Shawnelle et Haley, qui la mettait à l'aise.

— Ça marche. J'offre le déjeuner.

— Excellente idée, chérie. On va abandonner les hommes sans un regard en arrière et profiter de notre après-midi entre filles. (Shawnelle sortit son portable.) Je vais envoyer un texto à Dedrick, et il passera le mot à Tommy et à Gavin.

— Je connais un spa génial, ajouta Haley. Je vais appeler pour prendre rendez-vous.

Elizabeth sourit.

— Tout ça me semble parfait.

Elle envoya tout de même un texto à Gavin pour le tenir au courant, bien que Shawnelle ait déclaré que Dedrick préviendrait ses collègues. Elle préférait le lui dire elle-même. Le temps que les trois femmes arrivent au spa, il lui avait déjà renvoyé un message lui disant de bien s'amuser.

C'était tout à fait son intention.

Le spa était divin, intime, et décoré avec goût dans les tons crème et beige. Elles furent accueillies et chouchoutées par des hôtesses personnellement dédiées à chacune d'elles. On les installa côte à côte pour leur prodiguer leurs manucures et pédicures. Haley les fit hurler de rire en leur racontant des anecdotes sur sa vie en pleine cambrousse et sur les filles qu'elle connaissait, pour qui le top du top était de tomber enceinte avant de sortir du lycée.

— Je vous assure, c'était presque une compétition entre elles : c'était à qui se ferait mettre en cloque la première. Ces pauvres gars ne comprenaient rien à ce qui leur arrivait. Les plus malins plaquaient leurs copines dès que possible et leur payaient une pension. Les plus bêtes épousaient ces grognasses.

Elizabeth était atterrée.

— C'était ça, leur projet de vie ? Avoir des enfants et se marier ?

Haley acquiesça.

— Ouep. Et elles se fâchaient contre moi quand je disais que ce n'était pas ce que je voulais. Je sortais avec Tommy, et il était plus vieux que moi. Elles disaient que je devais tomber enceinte pour qu'il m'épouse. Il m'aimait et m'aurait épousée quoi qu'il arrive, mais on ne voulait pas avoir d'enfants pour l'instant. Je suis allée au planning familial et j'ai commencé à prendre la pilule. Pas de bébés pour moi avant un bon bout de temps. Je veux un diplôme d'abord, et je veux être indépendante financièrement. Les enfants, ce n'est pas pour tout de suite.

— Je savais que j'avais raison de t'apprécier, Haley, commenta Shawnelle. Tu as un cerveau. C'est comme ça que j'ai fait. Je suis allée à la fac, je suis tombée amoureuse, je me suis mariée, j'ai bâti ma carrière, et ensuite j'ai eu mes enfants. Et j'ai toujours une carrière.

— Je ne sais pas comment tu fais pour jongler avec tout ça, dit Elizabeth à Shawnelle. Tu es avocate, ton mari joue en ligue majeure de base-ball, tu trouves le temps de venir ici pour le soutenir... et tu as deux enfants de moins de six ans.

Shawnelle sourit.

— J'ai une famille merveilleuse, toujours prête à m'aider. De même que celle de Dedrick. Sa mère garde les enfants en ce moment, pour me permettre de venir ici prendre un peu de vacances. Quand je rentrerai à Saint-Louis, je reprendrai les choses en main. Et, quand Dedrick voyage et que je travaille, sa mère, la mienne et ma tante nous aident en prenant les enfants de temps en temps. Je ne m'en sortirais pas sans elles. Nous avons beaucoup de chance qu'il ait été pris dans l'équipe de la ville d'où viennent nos familles.

— Et d'avoir une famille aussi géniale.

— Crois-moi, je le sais. Ça m'a permis de tout avoir : l'homme, les enfants et le travail.

— La famille de Tommy est super, déclara Haley. La mienne, beaucoup moins. Je ne suis pas sûre de ce qu'on fera quand on aura des enfants. Je sais que la mère de Tommy remuera ciel et terre pour déménager près de chez nous à ce moment-là, donc on pourra compter sur elle. Mais c'est bien loin encore, tout ça, donc je n'y pense même pas.

— Et toi, Elizabeth ? interrogea Shawnelle. Tu as déjà pensé au mariage, aux enfants ?

Elizabeth baissa les yeux sur ses doigts de pied, que l'esthéticienne peignait d'une jolie couleur rose.

— Oh, regardez nos pieds. C'est mignon, cette couleur !

— Hou, l'esquive !

Liz gratifia Shawnelle d'un grand sourire.

— C'est ma spécialité.

Après le spa, Elizabeth les conduisit à un bar-restaurant tendance. Il se faisait tard, et toutes les trois étaient affamées et mortes de soif. Elles commandèrent à manger ainsi que des margaritas, qui se révélèrent bien plus amusantes que la nourriture. Le temps de voir arriver leur déjeuner – qui, vu l'heure, était plutôt un dîner –, elles en étaient à leur deuxième pichet, et Elizabeth les avait toutes senties passer. Sa peau la picotait, ses lèvres étaient comme engourdies, et elle riait à tout ce que disaient ses compagnes.

Son burrito était néanmoins exquis. Elle parvint à en avaler quelques bouchées, même si elle avait un peu perdu l'appétit, maintenant qu'elle avait entrepris de boire son déjeuner. Ou son dîner.

La serveuse apporta un troisième pichet, et Elizabeth se tourna vers Haley.

— OK, raconte-nous ta vie sexuelle, Haley.

Celle-ci écarquilla les yeux avec un large sourire.

— C'est tellement bien, maintenant qu'on en parle. Qui aurait cru qu'il suffisait qu'on communique sur ce qu'on aimait et ce qu'on voulait ? Tommy pensait que j'étais timide, et je pensais qu'il n'avait aucune expérience. Maintenant qu'on a brisé la glace, j'ai découvert que c'était une bête de sexe et je n'ai vraiment plus aucun problème à lui dire ce que je veux. Pas plus que lui n'a de problème à me donner exactement ce dont j'ai envie.

— Wouhou ! s'exclama Shawnelle en levant son verre. Au super sexe et aux hommes qui savent se servir de leur membre.

Elizabeth pouffa en l'imitant.

— Je te suis.

— Parle-nous de ta vie sexuelle à toi, Elizabeth. Quand il s'agit de Gavin, tu as tendance à te montrer secrète.

Elizabeth prit une grande gorgée de margarita, puis remplit à nouveau son verre.

— Hmmm… C'est bon. Très, très bon. Il a des doigts de fée. Il est très doué pour se servir de sa langue. Son endurance est incroyable. Je ne sais pas trop ce que je ferai, quand on ne sera plus ensemble. J'ai vécu sans sexe si longtemps que j'ai l'impression de ne jamais être rassasiée. Je me suis très vite adaptée à tout ça : vivre dans cette maison avec lui, dormir avec lui, coucher avec lui.

Haley posa son menton dans ses mains et battit des paupières, rêveuse.

— Ça a l'air cool.

— Pourquoi est-ce que ça devrait se terminer ? demanda Shawnelle.

Elizabeth haussa les épaules et leva son verre.

— Parce que. C'est comme ça. On ne fait que jouer au papa et à la maman, tu vois ? Ce n'est pas sérieux.

— Qui a dit que ce n'était pas sérieux ?

— Nous deux. Moi. Je ne sais pas. Ça ne l'est pas, c'est tout.

— C'est sérieux pour toi, ma puce, non ? Depuis des années.

Elizabeth rit et but un coup.

— Eh bien, oui, mais il ne le sait pas. Et il ne le saura jamais.

Haley plissa le nez et brandit son verre vide. Elizabeth tenta de le remplir sans rien renverser, bien qu'elle ait l'impression d'avoir deux verres sous le nez au lieu d'un.

Il se pourrait bien qu'elle soit ivre.

— Je pense que tu devrais lui avouer ce que tu ressens pour lui, décréta Haley.

— Oh non ! Ce serait terrible. Si je lui disais la vérité, il aurait le pouvoir de me faire du mal. Je ne peux pas lui donner ce pouvoir.

— Conneries ! rétorqua Shawnelle en pointant un doigt vers Elizabeth. Tu vois, c'est ça le problème avec les femmes, les hommes et les relafions… Merde ! Les frelations… Bordel ! Les relations. Voilà, je l'ai dit. Les mensonges, les jeux, les stratégies. Tu devrais essayer la sincérité. La communication. (Elle désigna Haley d'un coup de tête.) Regarde comme ça a réussi à Haley. Elle a une vie sexuelle d'enfer maintenant.

— C'est déjà mon cas.

Shawnelle rit.

— Tu m'as très bien comprise, jeune fille. N'essaie pas de m'embrouiller. Je suis avocate.

— Oui, mais une avocate bourrée.

— Pas faux.

Shawnelle vida son verre et le remplit sur-le-champ.

Elizabeth fit signe à la serveuse d'apporter un autre pichet, puis sortit son portable pour appeler Gavin. Il répondit à la première sonnerie.

— Salut ! Tu t'amuses bien ?

— Ouep. On a beaucoup trop bu, en revanche. Tu penses que tu pourrais passer chez *Bernards* pour récupérer trois femmes soûles et les ramener chez elles ?

Il rit.

— J'arrive. Ne prends pas le volant.

Elle fit le salut militaire à son téléphone.

— Oui, chef !

— Je ne plaisante pas. Je serai là dans environ vingt minutes.

— Merci, Gavin. Je t'aime.

Elle referma son portable et releva les yeux vers Shawnelle et Haley.

— J'ai appelé Gavin. Il va passer nous chercher. On est soûles, vous savez.

Haley ouvrit de grands yeux.

— C'est vrai ?

Elizabeth hocha la tête.

— Vrai de vrai.

Haley plaqua ses mains sur sa bouche.

— C'est trop drôle.

— Hé, l'ivrogne, appela Shawnelle en tapotant la main d'Elizabeth.

— Quoi ?

— Tu viens de dire à Gavin que tu l'aimais, au téléphone.

Elle fronça les sourcils.

— Même pas vrai.

— Si. Tu l'as fait. J'ai entendu, confirma Haley.

— Sans blague ?

Shawnelle opina du chef.

— Juré-craché.

Elizabeth eut un rire incrédule.

— Alors ça, c'est franchement marrant. Je suis sûre qu'il s'est évanoui sous le choc. Heureusement que la serveuse nous apporte un autre pichet. On risque de l'attendre un moment.

— Tu n'es pas inquiète ? s'étonna Haley.

— De quoi ?

— D'avoir dit à Gavin que tu l'aimais.

Elizabeth fit un geste négligent de la main.

— Chérie, je suis bourrée. Tout ce qu'on dit quand on est bourré, c'est des conneries, ça ne veut rien dire du tout. Il n'y repensera sûrement jamais.

Shawnelle lui lança un regard en coin.

— Hmm, hmm !

Elizabeth sourit en voyant la serveuse arriver, terriblement contente d'être soûle et de savoir qu'elle oublierait ce qu'elle avait dit à Gavin.

— Oh, regardez, les filles ! Des margaritas !

Chapitre 11

« Soûles » était un euphémisme. Gavin était certain que le gérant de chez *Bernards* allait l'embrasser lorsqu'il emmènerait Elizabeth, Shawnelle et Haley.

D'ailleurs, il entendit leurs voix dès qu'il posa un pied dans le bar. Elles riaient. Fort. Elles n'employaient plus que des voix haut perchées, pour parler, crier, couiner et jurer.

Il se demanda si ses amis et lui se montraient aussi insupportables quand ils étaient bourrés.

C'était probable.

Elizabeth hurla et se pendit à son cou lorsqu'elle l'aperçut, puis couvrit son visage de baisers.

Soûle, sans le moindre doute. Ce qui expliquait sans doute le « je t'aime » qu'elle lui avait glissé au téléphone. Les déclarations d'amour alcoolisées ne comptaient jamais, il avait donc supposé que celle-ci ne signifiait rien.

Il parvint à s'extraire de ses bras – il lui sembla qu'elle en avait au moins huit – et poussa les trois femmes jusqu'à sa voiture. Après avoir attaché leurs ceintures, il ramena d'abord Shawnelle et Haley. Il avait déjà prévenu Tommy et Dedrick, ils l'attendaient donc tous les deux devant l'hôtel où ils séjournaient.

— Ma chère, tu es cinglée, déclara Deed en souriant et en secouant la tête.

— Oui, mais tu m'aimes quand même !

Shawnelle rit lorsque son mari la tira hors de la voiture.

Tommy se contenta de soulever Haley dans ses bras pour la porter, car elle s'était endormie sur la route.

— Merci, mec, dit Dedrick par-dessus son épaule.

— Pas de problème.

Gavin remonta dans la voiture et prit la direction de sa maison, au son d'Elizabeth qui chantait – faux – par-dessus l'autoradio.

Ayant décidé que la discussion serait préférable, il baissa le volume.

— Alors, c'était bien ?

Elle sourit jusqu'aux oreilles.

— C'était génial. On a un peu bu, tu sais.

Oui, il savait. Sa voiture empestait la tequila.

— Vraiment… Un peu ?

Elle pouffa en se débarrassant de ses chaussures.

— OK, beaucoup.

Elle se remit à chanter et remonta le volume de la radio.

Une chance que Gavin aimait beaucoup Elizabeth, parce qu'elle chantait comme une casserole.

Il se gara dans l'allée, mais, avant qu'il ait pu déboucler sa ceinture, elle avait ouvert sa portière et jailli hors de la voiture, oubliant ses chaussures et son sac à main. Elle contourna la maison et disparut dans la pénombre.

Seigneur Dieu ! Gavin ramassa le sac et les chaussures, franchit la porte d'entrée, déposa les affaires de Liz et ressortit par l'arrière.

Elle était sur la terrasse, en train de se déshabiller. Elle ne portait plus que ses sous-vêtements, et cela le fit bander de la voir ainsi sur sa terrasse. Il se concentra sur son visage.

— Qu'est-ce que tu fais, chérie ?

— J'enlève mes vêtements.

— Je vois ça. Pourquoi ?

Elle se tourna vers lui et le gratifia d'un sourire espiègle.

— J'ai envie de me baigner toute nue dans l'océan.

Il ne put s'empêcher de lui sourire en retour. Elle était mignonne quand elle était ivre. Stupide et irresponsable, mais mignonne.

— Je ne pense pas que nager soûle dans l'océan soit une très bonne idée.

— Toute seule, non, évidemment. Mais tu seras là pour m'empêcher de me noyer.

Elle dégrafa son soutien-gorge et l'agita à son intention, puis le laissa tomber au sol.

Elle n'avait pas tort. Ses tétons se montraient aussi très convaincants.

— Alors ? Tu te déshabilles et tu viens te baigner avec moi ? insista-t-elle.

— Tu sais que l'eau est glacée, la nuit ?

— Prends sur toi. Je te réchaufferai quand on rentrera. Et après tu pourras me baiser.

Elle retira sa culotte en se dandinant et se tint, nue, devant lui, les mains sur les hanches.

Il soupira, puis ôta sa chemise et son short. Le regard d'Elizabeth se braqua sur son sexe, déjà à demi dressé à l'idée qu'il la ramènerait dans son lit tout à l'heure.

Il aurait dû avoir honte de profiter ainsi de son ébriété.

Mais… l'eau froide allait certainement la dégriser.

Elle rit et lui tourna le dos pour foncer vers la mer. Il se lança à sa poursuite et la rattrapa sans difficulté. Il atteignit l'océan avant elle et plongea, puis l'attendit. Lorsqu'elle sauta dans l'eau, les vagues la heurtèrent et la firent tomber.

Gavin se hâta de la relever, et elle émergea en crachant et en riant.

— Putain, c'est froid !

— Je te l'avais dit.

Elle l'éclaboussa, puis s'agrippa à lui à l'approche d'une nouvelle vague. Elle l'enserra de ses jambes, et il planta les pieds dans le sol sablonneux pour ne pas tomber dans l'eau qui les fouettait.

Elle rit, tandis qu'ils se tenaient là, de l'eau jusqu'à la taille, et se laissaient fouetter.

— Tu trouves ça drôle ? On se les pèle, ici. J'ai les burnes comme des raisins secs.

Elle l'embrassa.

— Je t'ai dit que je te réchaufferais quand on rentrera. Ça, c'est ce que j'appelle vivre, Gavin !

— C'est ce que j'appelle se les geler, Elizabeth. Tes tétons sont glacés, ils me piquent le torse.

Elle les frotta contre lui, rejeta la tête en arrière et fit traîner ses cheveux dans la mer.

— Ça fait du bien.

— Tu es engourdie, tu ne sens rien. Tu me paieras ça.

— Ha ! Même pas vrai.

Elle s'écarta de lui et se laissa flotter sur les vagues.

Il fallait reconnaître qu'elle paraissait bien s'amuser, à rire et à jouer comme une enfant. Il aimait la voir ainsi, libre et sans retenue, même s'il avait fallu qu'elle engloutisse plusieurs pichets de margarita pour se détendre enfin.

Et la tequila la réchauffait, manifestement. Ce n'était pas le cas de Gavin. Il mourait de froid, et il en avait assez. Il la souleva dans ses bras.

— Allez, sirène, il est temps de prendre une douche chaude avant que tous mes membres ne gèlent.

Elle leva la tête et posa sur lui des yeux légèrement vitreux.

— Si tu insistes.

Il la porta hors de l'eau et jusqu'à la maison, où il déposa son corps dégoulinant sur le sol de la salle de bains. Il ouvrit l'eau de la douche et tenta de ne pas grelotter en attendant qu'elle chauffe, puis il y conduisit Elizabeth et entra à sa suite.

Il n'avait jamais autant apprécié l'eau chaude. Le corps d'Elizabeth était glacé. Elle s'adossa à la paroi et sourit tandis qu'il lui lavait les cheveux pour les débarrasser de l'eau de mer, les rinçait puis y ajoutait son machin hydratant. Il lui savonna ensuite le corps.

Au moins, elle se montrait conciliante et se tournait chaque fois qu'il le lui demandait.

— Tu es prête à sortir ? Tu crois que tu es capable de te sécher et de te coucher pendant que je me lave ?

Elle préféra lui prendre le savon des mains et planter son regard dans le sien.

— Je ne veux pas sortir tout de suite. Retourne-toi et laisse-moi te laver.

Il n'avait aucune raison de se faire prier. Il lui présenta son dos, et elle le couvrit de savon. Le seul contact de ses mains sur son corps – même si ce n'était que son dos – le fit bander. Peut-être était-ce dû à leur promiscuité dans la cabine de douche, ou à la chaleur et à la vapeur de l'eau, ou au fait que ses dents avaient cessé de s'entrechoquer.

Ou peut-être que c'était simplement Elizabeth. Elle laissa sa poitrine prendre le relais de ses mains lorsqu'elle se colla à lui, l'entoura de ses bras et se mit à lui savonner le torse et le ventre. Dans le dos de Gavin, ses seins étalaient la mousse sur sa peau à chaque mouvement.

Lorsque les mains d'Elizabeth s'aventurèrent plus bas, Gavin baissa les yeux et vit le savon ruisseler en direction de son membre dur comme l'acier.

— Retourne-toi, Gavin.

Il lui prit le savon des mains, le posa à sa place et se laissa rincer par le jet d'eau. Puis il pivota et s'empara du pommeau de douche, dont il se servit pour débarrasser les seins d'Elizabeth du savon qui les recouvrait. Il s'aida de ses mains pour faire tomber les bulles accrochées à ses mamelons.

Elle pouffa.

— Ça chatouille.

Il dirigea le jet vers son ventre et entre ses jambes. Elle leva les yeux vers lui.

— Ça, ça ne chatouille pas. C'est bon.

— Tu te masturbes avec le pommeau de douche ?

Elle acquiesça.

— C'est une manière facile de jouir. Rapide et intense, pour quand je suis pressée.

Le sexe de Gavin tressaillit. Il remit le pommeau en place, puis glissa une main entre ses jambes. Elle haleta.

— Rapide et intense, hein ? C'est ça que tu aimes ?

Le souffle court, elle lui empoigna les épaules tandis qu'il lui caressait le sexe.

— Parfois, quand j'ai vraiment besoin de jouir.

Il passa son autre bras autour d'elle, puis glissa deux doigts en elle tout en continuant à masser son clitoris.

— Tu as vraiment besoin de jouir, Elizabeth ?

— Je ne pense à rien d'autre depuis qu'on est ici, depuis que je t'ai touché.

Il retira ses doigts, la plaqua contre la paroi, se mit à genoux et souleva une de ses jambes. Il la posa sur son épaule afin de l'ouvrir en grand pour lui.

Elle était la plus belle chose qu'il ait jamais vue. Des lèvres roses et gonflées, couronnées d'une jolie toison rousse. Elle luisait, humide, et il était impatient de la goûter. Il prit ses fesses dans ses mains et l'attira à sa bouche pour faire glisser sa langue sur son sexe.

— Oh, mon Dieu, Gavin ! Oui, c'est bon…

Il lapa son clitoris, y plaqua ses lèvres et le suça, en faisant rouler sa langue sur le bourgeon. Elle poussa son bassin contre lui en un encouragement silencieux. Il promena sa langue sur toute cette zone sensible.

L'eau cascadait sur le ventre d'Elizabeth et le long de son sexe, s'infiltrant dans la bouche de Gavin tandis qu'il la dévorait. Il se demanda si cela exaltait ses sensations. Il l'espérait, car il voulait lui procurer un orgasme d'une intensité étourdissante. Il glissa un doigt en elle, effectua quelques va-et-vient, décrivit des cercles autour de son clitoris avec sa langue, et la sentit se resserrer sur son doigt. Il en ajouta un deuxième, puis un troisième, et chaque fois son sexe se crispa de plus belle, ses gémissements s'accentuèrent, et ses mains frappèrent la paroi.

— Bordel, Gavin ! cria-t-elle.

Il continua de stimuler son clitoris à coups de langue répétés, tout en la baisant plus fort avec les doigts.

— Oh, mon Dieu, je vais jouir ! Suce-moi.

Il se colla à son clitoris et le suça vigoureusement alors qu'elle se reserrait sur ses doigts, et elle trembla sous la force de son orgasme. Elle poussa un cri et enfouit ses mains dans la chevelure de Gavin, le serrant contre elle.

Il se redressa, appuya la jambe d'Elizabeth sur sa propre hanche et la pénétra pendant qu'elle jouissait encore. Elle cria, et il l'embrassa pour s'abreuver de ses râles tout en labourant son sexe encore palpitant.

Seigneur ! Elle était serrée et n'avait pas fini de jouir lorsqu'il la hissa vers un deuxième orgasme. Elle ouvrit brusquement les yeux, enfonça les ongles dans les épaules de Gavin et lui mordit la lèvre, puis jouit dans un gémissement.

Putain, putain ! C'était si bon de la sentir se resserrer sur lui… Quand son propre orgasme déferla sur lui, il s'agrippa à ses fesses, ondulant contre elle tout en éjaculant. Il l'embrassa passionnément, mêlant sa langue à la sienne, grondant avec elle, tandis que son plaisir le heurtait avec une intensité dévastatrice qui faillit le mettre à genoux et le laissa pantelant, en nage.

Il appuya son front contre le carrelage frais de la paroi. Le corps d'Elizabeth s'amollit contre lui lorsqu'il se retira. Il les rinça tous les deux, puis coupa l'eau de la douche. Il la guida hors de la cabine, puis lui sécha les cheveux et le corps.

Elle dormait debout, les yeux réduits à deux fentes ensommeillées. Il la souleva et la porta jusqu'au lit, où il l'installa sous les couvertures. Il grimpa à sa suite et se glissa derrière elle. Elle se dandina, les fesses contre son entrejambe, et marmonna d'un ton satisfait.

C'était exactement ce qu'il ressentait, lui aussi.
Une plénitude totale. Aux côtés d'Elizabeth.
Une sirène d'alarme se déclencha dans son esprit.

Chapitre 12

Elizabeth s'était servi une tasse de café et un énorme verre de jus d'orange.

Qui avait eu la brillante idée de commander des margaritas ?

Elle-même, probablement.

Argh ! C'était le moment de s'auto-sermonner sur les dangers de l'alcool et de se rappeler les raisons pour lesquelles elle n'en abusait que très rarement.

Les bonnes copines n'étaient-elles pas censées vous surveiller et vous empêcher de faire ce genre de bêtise ? Si sa mémoire était bonne, Shawnelle et Haley, ses complices de beuverie, s'étaient joyeusement lancées à sa suite. Son seul réconfort était de savoir qu'elles souffraient probablement autant qu'elle, ce matin.

Elle sortit son portable pour vérifier ses messages. Elle avait un texto de Gavin.

> J'ai un match ce matin. Pas voulu te réveiller. Ne te sens pas obligée de venir. Je comprendrai si la sirène a la gueule de bois. Je t'ai fait ramener ta voiture, au cas où tu en aurais besoin. A+. G

Sirène ? Elle fronça les sourcils, luttant pour se souvenir…

Oh ! Le bain de minuit dans l'océan. Elle sourit en se rappelant qu'il s'était plié à son idée stupide de se baigner tous les deux nus. Ses bijoux de famille n'avaient pas dû être déçus du voyage. Cependant, elle se souvenait très clairement de leurs ébats torrides sous la douche, preuve qu'il ne conservait aucune séquelle de son séjour dans l'eau glacée.

Elle relut l'intégralité de son texto. Puis le relut. Elle s'aperçut alors qu'elle était en train de rêvasser devant ce message comme s'il s'agissait d'une lettre d'amour. Une vraie midinette. Dépitée, elle posa son téléphone sur la table et s'empara de son verre pour avaler prudemment quelques gorgées de jus d'orange.

Son estomac, bien qu'un peu barbouillé, parut accepter le breuvage. Elle s'autorisa à en boire un peu plus, puis se saisit de sa tasse et engloutit plusieurs lampées ultracaféinées.

Elle se rendit à la cuisine et se prépara des œufs accompagnés de toasts. Après avoir mangé, elle se sentit nettement mieux. En revanche, elle avait une mine à faire peur. Être allée au lit sans se sécher les cheveux ni se peigner ne lui avait pas réussi. Elle reprit une douche, se coiffa et se maquilla. Elle but une autre tasse de café, puis ouvrit son ordinateur pour se mettre au travail. Elle passa quelques coups de fil et ne fit plus attention à l'heure.

Son téléphone sonna alors qu'elle tapait une lettre. C'était Shawnelle.

— Hé, pourquoi n'es-tu pas là ?

— Où ça, « là » ?

— Au match, banane.

— Oh ! Je travaille, aujourd'hui.

— N'importe quoi. Tu as la gueule de bois et tu nous as abandonnées, Haley et moi, à souffrir seules sous ce soleil de plomb.

— Non, en fait, ça va bien. Je travaillais et je n'ai pas vu l'heure tourner.

— Eh bien, ton mec ne va pas fort, lui. Son porte-bonheur lui manque. Ramène ton cul par ici.

Elizabeth éclata de rire.

— Je ne suis pas son porte-bonheur. Il est parfaitement capable de jouer sans moi.

— Non. C'est la fin de la quatrième manche, et il joue comme une quiche. Par ailleurs, j'ai besoin de compassion. Je suis au trente-sixième dessous.

Elizabeth leva les yeux au ciel.

— D'accord, d'accord. J'arrive dans une demi-heure.

Elle s'habilla et prit le chemin du stade. Elle y trouva Shawnelle et Haley cachées sous de grands chapeaux et des lunettes noires.

— Alors, la forme ? demanda-t-elle en s'installant sur le siège qu'elles avaient libéré entre elles deux.

— Tu devrais le savoir, grommela Haley. C'est toi, la responsable.

— Ne me rejetez pas la faute. Je ne vous ai pas fourré le verre dans les mains. Et je n'ai pas descendu ces quatre pichets toute seule.

Shawnelle grogna et enfouit son visage dans ses mains.

— Ne me le rappelle pas.

— Alors, comment ils s'en sortent ? s'enquit Elizabeth.

— Ils sont menés deux à zéro, et c'est la sixième manche, annonça Haley. On s'est dit que ta présence rasséréneraitt peut-être Gavin, qui frappe comme un pied aujourd'hui.

Elizabeth eut un petit rire.

— Sans doute parce qu'il a veillé tard hier soir pour s'occuper de son invitée bourrée.

— Petite amie, corrigea Shawnelle.

— Quoi ?

— Tu es sa petite amie. Pas son invitée. Pas sa coloc. Sa petite amie.

— Non.

— Ah ? Qu'est-ce que tu es, alors ?

— Son agent.

Haley s'esclaffa.

— Tu couches avec lui. Tu fais ça avec tous tes clients ?

— Bien sûr que non.

— Dans ce cas, tu n'es pas uniquement son agent. Si ?

— Vous me donnez mal à la tête. Laissez tomber, d'accord ? Gavin et moi, on ne fait que s'amuser. Ce n'est rien du tout.

— Je porte des lunettes noires, mais crois-moi quand je te dis que je viens de lever les yeux jusqu'aux nuages, déclara Shawnelle. Tu es en plein déni, c'est incroyable.

— Oui. Maintenant, on regarde le match. C'est pour ça que je suis là.

D'ailleurs, dans sa précipitation, elle avait oublié d'emporter son ordinateur. Elle allait donc être obligée de se concentrer pleinement sur le jeu. Flûte !

C'était aux Rivers d'attaquer, et Gavin attendait dans le cercle qu'arrive son tour de frapper. Il donna quelques coups de batte en l'air pour s'échauffer, puis balaya la foule du regard. En apercevant Elizabeth, il esquissa un sourire.

Celle-ci sentit la température de son corps grimper. Elle lui rendit son sourire.

Tu es gravement atteinte, Elizabeth.

L'euphorie qu'elle ressentait en présence de Gavin était pathétique. Presque autant que la douleur qu'elle éprouverait lorsqu'il déciderait qu'il s'était lassé d'elle et qu'il l'abandonnerait sur le bord de la route.

C'était à Gavin de frapper. Deux coureurs étaient sur les bases, et un autre joueur avait été éliminé. Elizabeth joignit les mains et se pencha en avant lorsque la première balle dépassa Gavin. L'arbitre la déclara mauvaise. Elizabeth retint son souffle pour le deuxième lancer. Gavin frappa la balle, et celle-ci sortit du terrain, sur la droite. Un strike pour Gavin, une mauvaise balle pour le lanceur. Elle déglutit, regrettant de ne pas avoir acheté une boisson fraîche avant de s'asseoir. Le troisième lancer était trop haut : la faute revenait au lanceur.

Gavin frappa la quatrième balle, qui retomba non loin de la deuxième base. Elizabeth se leva et hurla.

Gavin partit comme une flèche et atteignit la première base. Le coureur en deuxième base marqua, et le coureur en première base dut s'arrêter à la deuxième.

Mais la frappe de Gavin était superbe. Elizabeth, Shawnelle et Haley s'étreignirent en criant d'excitation tandis que Gavin s'éloignait au maximum de la première base, visiblement prêt à courir.

C'était au tour de Dedrick de frapper.

— Oh, mon Dieu ! Ils vont tenter un double vol de base, pas vrai ?

— Il y a des chances, confirma Shawnelle. Dedrick prendra un strike si cela peut permettre à Gavin et à Jose d'avancer.

— Ou alors Dedrick pourrait frapper un *home run* et faire grimper le score de trois points d'un coup.

Shawnelle eut un grand sourire.

— Ça, c'est sûr que ce serait bien. Mais je me contenterais d'un double vol, et mon bébé leur permettrait de marquer ensuite. Les deux me conviennent.

— À moi aussi.

Le lanceur gardait l'œil sur Gavin, il lança quelques balles en première base pour l'empêcher de prendre trop d'avance. Gavin était rapide cependant, il parvint à reculer au bon moment pour rester en sécurité. Dès que le lanceur reporta son attention sur Dedrick et amorça son lancer, Gavin et Jose bondirent, enfonçant leurs pieds dans la terre et courant de toutes leurs forces. Le lanceur se tourna et envoya la balle en deuxième base.

Elizabeth retint son souffle tout au long des vingt-sept mètres. Jose s'arrêta en troisième base, Gavin en deuxième. Ils étaient tous deux en sécurité. Le public laissa éclater sa joie. Elizabeth, Shawnelle et Haley hurlèrent et s'enlacèrent à nouveau en sautillant sur place.

Elizabeth avait envie de pleurer, elle ne croyait pas s'être déjà mise dans un tel état pour un match de base-ball de pré-saison.

Cela allait ruiner sa réputation d'agent froid et indifférent.

Lorsque Dedrick envoya la balle dans le coin gauche du champ extérieur et que les deux coureurs regagnèrent le marbre, elle comprit qu'elle n'aurait plus de voix à la fin du match, car elle ne cessa pas de crier jusqu'à ce que Dedrick atteigne la deuxième base, un large sourire sur le visage.

Le score était désormais de trois à deux pour les Rivers, et, à la fin de la manche, ils avaient marqué deux points de plus.

Les Rivers gagnèrent finalement six à trois. En plus du soleil, ses cris et sa gueule de bois avaient épuisé Elizabeth. Elle savait que Gavin serait occupé, aussi retourna-t-elle à la maison pour continuer à travailler. Malheureusement, dès qu'elle s'installa sur le canapé, elle s'endormit.

Lorsqu'elle s'éveilla, la maison était plongée dans la pénombre. Désorientée, elle alluma la lampe sur la table à côté du canapé et saisit son téléphone pour regarder l'heure.

Il était 20 heures. Elle avait dormi trois heures. Elle se passa les doigts dans les cheveux, se leva et se rendit dans la cuisine pour se servir un thé glacé. Elle emporta son verre sur la terrasse, s'attendant à y trouver Gavin.

Il n'y était pas. Surprise, Elizabeth fit demi-tour et jeta un œil dans la chambre et la salle de bain, songeant qu'il était peut-être en train de dormir ou de se doucher, mais il n'était pas là non plus.

Hmm ! Peut-être était-il sorti avec les autres gars, après le match.

Elle haussa les épaules et repartit sur la terrasse pour y siroter son thé. Elle ressortit son téléphone, mais elle n'avait pas de message de Gavin.

De toute façon, il ne lui devait rien. Il n'avait pas à lui rendre des comptes. Ils ne formaient pas un couple. N'était-ce pas ce qu'elle passait son temps à répéter ?

Cependant, il lui laissait toujours des messages pour lui dire où il allait et ce qu'il ferait ensuite. Alors, pourquoi pas aujourd'hui ? Elle s'était attendue à ce qu'il rentre après le match. Bon, il n'y était pas obligé, mais, en tout cas, cela aurait été sympa de la prévenir afin qu'elle ne s'inquiète pas.

Elle rentra dans la maison et ramassa son ordinateur pour se mettre au travail, mais elle ne pouvait s'empêcher de regarder fixement son portable, dégoûtée d'elle-même et de sa faiblesse.

Bordel ! Elle avait toujours su que cela se passerait comme ça, qu'elle en arriverait là si elle laissait Gavin s'emparer de son cœur. À présent, elle en était réduite à vérifier son portable toutes les cinq minutes en espérant qu'il lui jette un os à ronger.

Elle accordait bien trop de temps à Gavin et pas assez à elle-même, contrairement à ses habitudes. Sa carrière était ce qui garantissait son bonheur. Pas un homme. Se consacrer pleinement à un homme – à l'amour – pouvait avoir des effets déplorables sur une femme, elle le savait. Cela pouvait la conduire à perdre tout intérêt pour elle-même, à anéantir son ambition et à négliger ses priorités.

Il était temps qu'elle change de trajectoire et cesse de se soucier de Gavin plus que de ses autres clients. Elle devait penser avant tout à la carrière de Gavin, car, ce faisant, elle garantissait sa propre carrière. Et ce qui était bon pour lui était… tout, sauf elle.

Tout le monde la considérait déjà comme sa petite amie, ce qui serait désastreux pour son image lorsque la saison commencerait. Gavin Riley, pris ? Voilà qui sonnerait le glas de son succès médiatique.

Gavin avait une réputation d'excellent premièrebase et de célibataire sexy, star de la pub, qui aimait prendre du bon temps.

Il n'avait pas pris de bon temps, récemment. Hormis avec elle. Personne d'autre.

Ce n'était pas bon pour son image. Des hordes de jeunes femmes sculpturales prêtes à se jeter à ses pieds, voilà ce qui était bon pour son image.

Leurs petits jeux étaient terminés. Il était temps que les affaires reprennent. Les affaires : ce qu'Elizabeth aimait le plus au monde et qui devrait rester sa priorité numéro un.

Son travail ne la ferait jamais souffrir. Et au vu des récents événements – la perte de Mick et maintenant celle de Steve Lincoln – jouer au petit couple avec Gavin aurait dû être le cadet de ses soucis.

Passer du temps avec ses clients devrait être sa priorité. S'assurer que Blane McReynolds signe avec Tampa Bay au premier round de la draft était le plus important.

Elle avait négligé son travail parce qu'elle était trop occupée à s'amuser avec Gavin.

Cela devait cesser. Immédiatement.

Elle consulta les horaires des vols sur Internet et trouva un avion pour Saint-Louis, tôt le lendemain matin. Elle pourrait descendre à Miami, passer la nuit dans l'un des hôtels proches de l'aéroport et être prête à partir dès l'aube.

Ce qui voulait dire qu'elle devrait boucler sa valise et quitter la maison rapidement, au cas où Gavin serait déjà en route. Elle n'avait pas envie de l'affronter, de discuter avec lui de son départ.

Elle fit ses bagages, se changea et mit ses sacs dans la voiture. Une fois dans l'entrée, elle hésita et décida à la dernière seconde de lui laisser un petit mot. Un texto aurait été trop immédiat. Il trouverait le mot à son retour.

Elle claqua la porte derrière elle, monta dans sa voiture et empoigna le volant.

— Tu as pris la bonne décision. Ta carrière d'abord. Toujours.

« Ne laisse jamais un homme prendre le pouvoir sur toi, Elizabeth. »

— Je sais, maman, dit-elle en sortant de l'allée.

Dommage que sa mère n'ait jamais eu la force de suivre ses propres conseils.

Gavin,

Il faut que je retourne au bureau. La draft se rapproche, et je dois m'occuper de mes contrats. De toute façon, il est temps que je me remette au travail. C'était super.

E

Super ? C'est tout ? Qu'est-ce que c'était que ce message à la con ?

Gavin froissa le mot d'Elizabeth et le lança à travers la pièce, furieux contre lui-même de ressentir une telle colère.

Il n'avait aucune idée de ce qui avait bien pu la faire fuir cette fois, mais il en avait assez de s'interroger. Ou même de s'en soucier.

Elle avait raison. Cela avait été super. C'est tout.

Il ouvrit le frigo et en sortit une bière, irrité que le propriétaire de l'équipe les ait forcés à assister à une putain de réunion de trois heures après le match, qui lui avait bouffé toute sa soirée. Et il avait laissé son portable dans son casier, ce qui signifiait qu'il n'avait pas pu appeler Elizabeth ni lui envoyer un message pour la prévenir. En effet, en bon esclave de la technologie qu'il était, il ne connaissait aucun numéro par cœur, hormis celui de ses parents, et uniquement parce qu'ils n'en avaient pas changé depuis quarante ans.

Visiblement, cela n'avait aucune importance, puisqu'elle avait décidé de mettre les voiles.

Une fois de plus.

Très bien. Il n'avait pas besoin d'elle. La saison à proprement parler allait bientôt commencer, et il devait s'y préparer. Le base-ball était tout ce dont il devait se préoccuper à l'heure actuelle. Il était temps de se concentrer sur le sport.

Pas sur Elizabeth.

Chapitre 13

Elizabeth contemplait le centre-ville de Saint-Louis depuis son bureau du vingt-septième étage. Le soleil faisait étinceler le fleuve Mississippi. Des remorqueurs descendaient le cours d'eau boueux, et la surface argentée de la Gateway Arch lui renvoyait la lumière, l'aveuglant presque.

Il était temps que le soleil réapparaisse, après deux semaines de pluie ininterrompue. Juste à temps pour la semaine d'ouverture de la saison de base-ball, en plus. Au moins, cela rendrait certaines personnes heureuses.

Pas elle. Mais certaines personnes.

Au-dehors, le temps était magnifique. Mais, dans l'esprit d'Elizabeth, l'atmosphère était grise et maussade.

En soupirant, elle s'écarta de la fenêtre pour faire les cent pas dans son bureau. Ses yeux étaient sans cesse attirés par l'horloge de son ordinateur. Elle attendait un appel d'un client potentiel, le footballeur de ligue nationale Jamarcus Daniels.

On racontait que l'agent de Jamarcus était en pleine crise financière et que Jamarcus était sur le point de le lâcher. Cela signifiait que tous les agents sportifs du pays lui faisaient la cour depuis une semaine, Elizabeth comprise. Elle s'était rendue à Cleveland pour le rencontrer, lui et sa femme. Elle leur avait offert le dîner, le vin, avait discuté contrat et proposé ses services. Elle avait un très bon pressentiment le concernant. Il lui avait paru honnête et sincère, et sa femme était adorable. Elizabeth avait pris le temps de tout expliquer à Jamarcus, détaillant ce qu'elle pourrait apporter à sa carrière et lui conseillant de ne pas traîner pour choisir un nouvel agent. Rod Franklin, son agent actuel, avait d'énormes problèmes d'argent dus à des investissements risqués. Il perdait tous ses clients petit à petit, et les requins lui tournaient autour.

Elizabeth était bien placée pour le savoir, étant elle-même l'un des requins qui espéraient récupérer ses joueurs.

Montrer un signe de faiblesse pouvait se révéler fatal pour un agent sportif, et Rod en avait montré plus d'un. Sa carrière dans le milieu était terminée, il le savait. Tout ce qu'il pouvait espérer, c'était de réussir à payer ses impôts à la fin de l'année, car il était déjà certain qu'il allait perdre tous ses clients.

Ce n'était pas le problème de Liz. Les affaires étaient les affaires, et seuls les forts avaient une chance de survivre.

Elle s'assit à son bureau et consulta ses mails. L'excitation l'envahit lorsqu'elle vit qu'elle avait reçu un message de Jamarcus.

— Putain de merde !

Il la remerciait d'avoir pris le temps de le rencontrer, lui faisait tout un tas de compliments, puis annonçait qu'il avait signé avec l'agence Davis.

Putain !

Elle repoussa son ordinateur, se leva, envoya balader sa chaise d'un coup de pied, croisa les bras et regarda à nouveau par la fenêtre.

Encore un point pour l'agence Davis. Qu'est-ce que Don Davis offrait donc à ces types pour les convaincre de signer avec lui, bordel ? C'était le deuxième client qu'il lui volait sous le nez.

Trois en comptant Mick, qui figurait également parmi ses clients, désormais.

Mick. Elle se demanda s'il avait quelque chose à voir là-dedans. Tout furieux qu'il soit depuis l'affaire avec Tara, elle ne l'aurait pas cru capable d'essayer de la ruiner.

Mick était une icône, un grand nom, et beaucoup d'athlètes se tenaient au courant de qui représentait qui. Les stars du sport obtenaient des contrats avantageux grâce à leurs agents. Les joueurs intelligents savaient qui étaient ces agents.

Elizabeth avait de nombreuses stars à son palmarès, mais il était évident que le départ de Mick lui avait fait du tort et lui en faisait toujours. Le fait que Steve et Jamarcus lui aient préféré l'agence Davis en était la preuve.

Bordel ! Elle détestait devoir soupçonner Mick, mais ce genre d'attitude était ce qui l'avait maintenue au top pendant dix ans. Ce n'était pas en portant des œillères qu'elle avait bâti son succès. Elle était presque sûre que Mick et Don Davis collaboraient derrière son dos.

Elle décrocha son téléphone et pressa un bouton pour appeler son assistante, Colleen.

— Oui ?

— Colleen, j'aimerais la liste des clients de l'agence Davis.

— Ça marche.

Elle pivota et jeta un regard furieux par la fenêtre, regrettant la Floride et les bons moments qu'elle y avait passés.

Gavin lui manquait, lui aussi. Mais finalement les choses n'avaient fait que redevenir comme avant, cette situation lui était donc familière. Elle avait toujours voulu conservé ses distances vis-à-vis de Gavin pour protéger son cœur, mais elle avait baissé sa garde. Elle s'était autorisée à se rapprocher de lui et s'était habituée à sa compagnie.

Grave erreur. Cela ne se reproduirait plus. Leur relation devait demeurer strictement professionnelle.

Elle n'avait eu aucune nouvelle de lui depuis qu'elle lui avait laissé ce mot.

Elle n'en attendait pas, cela dit. Il s'était probablement lassé de sa présence et ne savait simplement pas comment le lui avouer. Heureusement qu'elle était maligne et perspicace, et qu'elle avait compris qu'il était temps pour elle de partir.

Elle inspira, souffla, et revint à son bureau et ses paperasses pour s'enterrer sous une montagne de boulot et éviter de réfléchir.

Son assistante l'appela environ une heure plus tard.

— Tyler Anderson au téléphone, annonça Colleen.

Elizabeth haussa les sourcils. Tyler Anderson était un excellent joueur de hockey, de l'équipe des Ice, de Saint-Louis. Il ne faisait pas partie de ses clients.

— Merci, Colleen.

Elle décrocha le téléphone.

— Elizabeth Darnell à l'appareil.

— Mademoiselle Darnell, ici Tyler Anderson. Je joue pour les Ice, l'équipe de hockey de Saint-Louis.

— Je sais qui vous êtes, Tyler. Que puis-je faire pour vous ?

— Premièrement, vous pouvez m'appeler Ty. Deuxièmement, mon agent est un connard.

Elizabeth sourit. Une bouffée d'adrénaline l'envahit tout entière tandis qu'elle s'asseyait à son bureau et obtenait le CV et les statistiques de Tyler Anderson.

— J'en déduis que vous songez à en changer et à collaborer avec moi ?

— Oui. Eddie Wolkowski m'a dit que vous étiez un bon agent et que je devrais vous appeler.

Intérieurement, elle prit note d'envoyer à Eddie – l'un de ses clients, lui aussi jouant avec les Ice – une bouteille de son whisky préféré.

— C'est aimable de sa part.

— Pourrions-nous prendre rendez-vous ?

Elle cliqua pour faire apparaître son calendrier.

— Quand vous voulez.

— J'aimerais qu'on fasse ça rapidement. J'ai déjà viré mon agent.

Elle convint avec lui d'un rendez-vous, puis raccrocha et tourna sur sa chaise à roulettes.

Enfin, les choses semblaient décidées à s'améliorer. Ty était une star. Mieux encore, lorsque Colleen lui avait apporté la liste des clients de l'agence Davis, Liz avait découvert que Ty Anderson en faisait partie. Cela serait fabuleux de le voler à Don Davis, étant donné que ce dernier avait fait tout son possible pour la saigner à blanc durant les six derniers mois.

Il était temps pour elle de prendre sa revanche.

C'était invariable : lors de la semaine d'ouverture de la saison, Gavin retombait en enfance. Il avait beau jouer au base-ball depuis des années, il redevenait un gamin de six ans ; les bruits et les lumières du stade l'emplissaient de la même excitation qu'il avait ressentie lorsque son père l'avait emmené voir son premier match des Rivers. Les yeux grands ouverts, il avait engrangé avec avidité tout ce qui l'entourait, depuis l'immensité du stade jusqu'à l'odeur des hot-dogs et du pop-corn, ainsi que la clameur assourdissante des fans. Ce jour-là, il était tombé amoureux du base-ball, et la fièvre ne l'avait plus jamais quitté. Et ce, qu'il soit assis dans les gradins pour assister à un match ou debout en première base, prêt à récupérer une balle. Il avait l'amour de ce sport dans le sang, et jamais il ne s'en lasserait.

Revêtir son uniforme était un honneur qu'il ne prenait pas à la légère. Il savait combien les joueurs travaillaient dur pour accéder aux ligues majeures, que peu d'élus y parvenaient un jour et à quel point il était facile de perdre ce privilège. Il savourait chaque minute où on l'autorisait à jouer, car il lui suffirait de se blesser gravement ou de perdre sa niaque pour que tout cela lui soit retiré.

Pour l'instant, cela allait. La pré-saison s'était plutôt bien terminée pour les Rivers, même si Gavin n'avait pas aussi bien batté qu'il l'aurait voulu. Son jeu était en dents de scie. Il s'était montré imprévisible, et pas toujours dans le bon sens. Il avait perdu sa concentration vers le milieu de la pré-saison, et il espérait la retrouver maintenant que la saison avait commencé.

— Tu vas rester les yeux fixés sur ton casier toute la soirée ou tu envisages de bouger ton cul pour jouer au base-ball ?

Gavin regarda Dedrick.

— Je rassemble ma niaque.

Dedrick s'adossa contre les casiers, son gant sous le bras.

— Elle serait pas dans ton cul ? Ça doit être pour ça que tu ne la trouves pas.

Gavin ricana.

— Possible.

— Ou peut-être que ta jolie copine rousse l'a emportée avec elle quand elle a cessé d'assister aux matchs de pré-saison.

Gavin n'avait pas envie de penser à Elizabeth.

— Aucune femme ne m'a jamais pris ma niaque. (Il empoigna sa coque de protection.) J'ai toute la niaque dont j'ai besoin, juste là.

Dedrick rit.

— Ouais, c'est ce qu'on dit tous, jusqu'au jour où une femme nous met à genoux.

— Ce n'est pas parce que ça t'est arrivé que ça doit m'arriver aussi, mon frère.

Gavin se leva et suivit Dedrick le long du couloir menant à l'abri des joueurs.

— Prêt ? demanda-t-il.

Dedrick toucha son gant du sien.

— Plus que prêt. Il est temps que cette saison commence. Et toi ?

— Tu le sais bien.

— Alors allons jouer au base-ball et écraser Milwaukee.

— Gavin Riley, c'est un de tes clients, non ?

Elizabeth était assise dans la loge du propriétaire aux côtés de Ty, son nouveau client. Il avait envie d'assister au match, et elle voulait l'impressionner : elle avait donc obtenu des sièges dans la loge, car elle connaissait bien Clyde Ross, le propriétaire des Rivers.

Elle veillait toujours à entretenir de bonnes relations avec les propriétaires. Pas trop intimes, mais assez pour que les négociations tournent en sa faveur et que ses clients obtiennent de bons contrats. Les propriétaires lui faisaient confiance, car ils savaient qu'elle n'avait aucunement l'intention de les gruger. Elle ne leur donnait pas de joueurs bourrés de drogues ou de stéroïdes, ni de joueurs qui ne rêvaient que de devenir une star de films d'action. Elle représentait des joueurs qui prenaient leur sport au sérieux. C'était la raison pour laquelle elle avait passé plusieurs jours à discuter avec Ty Anderson avant de signer avec lui. Elle avait étudié son passé personnel et sportif, vérifiant qu'il ne cachait pas de squelette dans ses placards, puis elle lui avait posé des questions franches et directes, et lui avait clairement fait comprendre qu'elle ne tolérait aucun écart. Il fallait qu'il soit prêt à tout donner pour jouer au hockey et pour durer dans le milieu. L'argent, c'était très bien, mais, comme elle le disait à tous ses clients, ça ne suffisait pas. Ils devaient aimer leur sport.

Au terme de ces quelques jours, elle était convaincue qu'il vivait, respirait et mangeait pour le hockey. Exactement ce qu'elle aimait chez un client. Ils avaient signé les papiers la veille.

— Oui, Gavin est un de mes clients.

— Il est sacrément bon, en première base. C'est là que je jouais quand j'étais gamin. J'ai été receveur rapproché au football, aussi.

Elizabeth porta son verre de vin à ses lèvres et en prit une gorgée, tout en étudiant Ty du regard.

— Tu étais un peu schizo, en termes de sport, non ?

Ty éclata d'un rire profond et sonore, qui lui ressemblait bien.

— Hé, il fallait bien que je les essaie tous avant de savoir ce que je voulais faire. Il m'a semblé que le hockey, c'était bien pour moi. Sans doute parce que je me bagarrais tout le temps.

— Ça ne m'étonne pas du tout.

Il allait lui rapporter une fortune en sponsors. Don Davis savait peut-être faire entrer un sportif dans une équipe, mais il était rigoureusement incapable de promouvoir leur image à travers les médias.

Les langues des femmes allaient traîner par terre lorsqu'elles découvriraient Ty. Il faudrait qu'Elizabeth lui déniche une pub pour un parfum ou un déodorant. Quelque chose qui mettrait sa photo dans les magazines. Il avait des yeux bleu acier qui semblaient pénétrer votre âme lorsqu'il vous regardait, une mâchoire carrée, le genre de barbe de trois jours dont une femme aimerait sentir les caresses sur les parties les plus tendres de son corps ; il était grand, et bâti comme un homme, tout simplement.

Il était un peu mal dégrossi et parfois vulgaire, mais il n'était pas malpoli. C'était le genre d'homme qui savait qu'il était un homme et ne s'en excusait pas. Si Elizabeth n'avait pas été irrémédiablement accro à Gavin, elle aurait sans doute eu le béguin pour Ty.

Mais, bien qu'elle apprécie sa virilité et son sex-appeal fabuleux, Elizabeth ne se sentait tout simplement pas attirée par lui.

Elle s'attendait à ce que de nombreuses femmes tombent folles amoureuses de Ty. Mais elle n'en ferait pas partie.

— Elizabeth ! Je suis si heureux que tu m'aies appelé aujourd'hui.

Elle se leva pour saluer Clyde, qui l'embrassa sur la joue et lui donna une accolade. À soixante-quatre ans, Clyde était encore robuste et adorait le golf. Elle jouait volontiers avec lui lorsque le temps le permettait et qu'elle avait une journée de libre.

— Salut, Clyde. Merci de nous avoir permis de te rejoindre dans la loge ce soir. Je sais qu'il y a toujours foule le premier jour.

— Mais non, voyons, répondit-il, ses yeux bruns brillant d'excitation. Il y a toujours une place pour toi ici.

Elizabeth présenta Ty à Clyde. Ce dernier eut un large sourire.

— Tu joues au centre pour les Ice, de Saint-Louis. J'assiste souvent aux matchs.

— Merci, monsieur Ross. C'est un honneur de vous rencontrer. Je viens voir les Rivers aussi souvent que je peux. Vous avez là une belle équipe.

Ty était un lèche-cul formidable. Un point de plus en sa faveur.

— Je m'assurerai qu'on te transmette des billets pour la saison, et des bonnes places, dans ce cas. Amène tes amis et fais-nous de la pub.

— Bien, monsieur.

Clyde et Ty s'engagèrent dans une conversation sur leurs sports respectifs, ce qui permit à Elizabeth de converser avec d'autres spectateurs de la loge, dont l'épouse de Clyde, Helen, qui était arrivée en retard avec leur fille Aubry. Aubry était une jolie petite blonde, dont l'intelligence n'avait rien à envier à la beauté. Elle étudiait la médecine à l'université de Washington, et ne trouvait pas souvent le temps de revenir assister aux matchs.

— Alors, la médecine ? demanda Elizabeth.

Aubry leva les yeux au ciel.

— Une vraie torture. C'est l'enfer. J'adore ça !

Elizabeth éclata de rire.

— Évidemment que tu adores ça. Tu es née pour être médecin. Quand ce sera terminé, tu ne regretteras rien.

Aubry soupira et remonta ses lunettes sur son nez.

— À ce stade, j'ai du mal à voir la lueur au bout du tunnel, mais je sais qu'un jour ce sera fini et que je mettrai des bébés au monde.

Elizabeth sourit. Elle avait toujours aimé Aubry. Elle se souvenait de l'avoir rencontrée alors qu'elle n'était qu'au lycée. En se remémorant cela, elle se sentit vieille, comme si le temps lui avait filé sous le nez et que, peut-être, elle avait eu tort de ne pas se marier et fonder une famille. Mais elle n'avait jamais désiré cela.

On ne pouvait pas tout avoir, pas vrai ? Elizabeth avait depuis longtemps décidé que sa carrière serait sa priorité numéro un et que rien ne devrait lui faire obstacle. Ni les hommes, ni le mariage, ni les enfants. Elle devrait faire des sacrifices, car elle ne pouvait pas tout avoir. Personne ne le pouvait.

Mais ces temps-ci…

Enfin, cela ne servait à rien d'y penser. Elle avait fait son choix : elle avait une brillante carrière, et elle était heureuse.

Presque.

Elle concentra son attention sur le match, et sur Gavin en première base. Il avait l'air en forme. Plus que ça, même. Bronzé, musclé… Son uniforme mit en valeur son cul parfait lorsqu'il se pencha pour ramasser une balle, puis fonça toucher la base avant l'arrivée du coureur. Il lança la balle, et ses avant-bras puissants scintillèrent sous les rayons du soleil faiblissant.

Elle inspira, lâcha un petit soupir et resta assise, en extase, durant tout le reste du match. Depuis qu'elle avait fait la connaissance de Shawnelle et de Haley, elle accordait une attention toute particulière à Dedrick et à Tommy. Dedrick jouait en troisième base, et Tommy était lanceur suppléant, destiné à lancer durant les manches du milieu si nécessaire. Il n'avait pas encore l'occasion de beaucoup jouer. Mais Haley leur avait dit qu'ils entraînaient Tommy pour en faire un starter.

Gavin n'avait marqué qu'une fois en quatre tours à la batte, ce qui n'était pas son meilleur score, mais il avait tout de même offert un point à son équipe. Le suspense atteignit son apogée à la neuvième manche : les bases étaient pleines, et c'était à Dedrick de batter. Les deux équipes étaient à égalité, ce qui signifiait que, s'il ne permettait pas aux Rivers de marquer, le match se jouerait lors de manches supplémentaires.

Elizabeth se pencha en avant sur son siège, les mains jointes, alors que Dedrick défiait le lanceur de Milwaukee. Dedrick enfonça la pointe de son pied dans la terre, se pencha et frappa. La balle fila en direction de la troisième base, et Elizabeth retint son souffle, certaine qu'elle allait dépasser les limites du terrain.

Ce ne fut pas le cas. La balle était bonne, et les coureurs s'élancèrent depuis les bases. Elizabeth bondit de son siège et hurla de joie en voyant Jose foncer vers le marbre, tandis que le défenseur du champ droit se hâtait vers la balle. Dès que Jose atteignit son but, le match fut terminé. Ils n'avaient besoin que de ce point pour gagner.

La foule explosa, déchaînée. Les Rivers avaient gagné.

— C'était un très beau match, déclara Ty en lui adressant un sourire.

— Oui, n'est-ce pas ?

— Merci de m'avoir amené ici. Je suis nouveau en ville et je n'ai pas vraiment eu l'occasion de sortir et de rencontrer des gens. Depuis que je suis arrivé aux

États-Unis après avoir été recruté à Saint-Louis, j'ai été trop occupé à chercher un logement et à jouer au hockey. Et ensuite à changer d'agent, bien sûr. C'est agréable de se changer les idées, pour une fois.

— Mais tu es heureux d'avoir changé d'équipe ?

— Bien sûr. C'était moi qui voulais changer. Davis était contre.

Elizabeth s'adossa au mur et croisa les bras.

— Pourquoi ?

Ty haussa les épaules.

— Aucune idée. Il disait juste que je devrais rester à Toronto, que le changement, ça n'apportait que des problèmes.

Elizabeth rit.

— À Toronto, tes statistiques étaient désastreuses. Depuis l'échange, tu fais des merveilles sur la glace. Parfois, le changement, c'est exactement ce dont un joueur a besoin.

— C'est aussi ce que je me disais. Mais bon, c'est pour ça que je travaille avec toi et plus avec lui. Lui et moi, on n'a jamais été sur la même longueur d'onde concernant ma carrière. Tandis qu'avec toi ça colle parfaitement.

Elle sourit.

— C'est vrai. Et je suis contente que tu sois heureux. Maintenant, tu vas pouvoir te détendre, bien jouer au hockey et profiter de la vie à Saint-Louis. Les gars de ton équipe sont super. Tu devrais faire connaissance avec eux.

— C'est fait. On a prévu de sortir ce week-end.

— Prends le temps de t'installer et de faire de cette ville ta nouvelle maison. D'après ce que m'a dit le propriétaire, tu risques d'être là un bon bout de temps. Il t'aime bien, et il aime ta façon de jouer.

— Hé, Ty, tu veux que je te fasse visiter notre beau stade ?

Le visage de Ty s'éclaira à la proposition de Clyde.

— J'adorerais. Tu viens, Elizabeth ?

Elle fit « non » de la tête, déterminée à ne pas s'approcher des vestiaires.

— Je connais l'endroit, mais vas-y, toi.

— Viens avec nous, Elizabeth ! insista Clyde. Après, vous pourrez venir dîner avec Helen, Aubry et moi. Je vous invite.

Flûte ! Faire plaisir au propriétaire était tout en haut de sa liste de priorités, et elle ne refusait jamais une occasion de passer du temps avec lui.

— Comme c'est gentil. Ça nous ferait très plaisir, n'est-ce pas, Ty ?

— Ce serait un honneur. Merci.

Clyde leur fit faire le tour habituel du stade, depuis les bureaux de la direction jusqu'au vestiaire des joueurs. Elizabeth choisit d'attendre à l'extérieur du vestiaire avec Helen et Aubry pendant que les hommes entraient, mais elle était certaine que Ty serait ravi de rencontrer des joueurs.

Elizabeth préférait ne pas croiser Gavin. En fait, elle espérait de toutes ses forces parvenir à l'éviter.

— Ce type est canon, fit remarquer Aubry.

— Quel type ? Oh, Ty ?

— Oui. Il me fait regretter de ne pas avoir une microseconde à consacrer aux hommes. Les seuls que je puisse fréquenter sont les autres étudiants en médecine.

— Au moins, tu as plein de points communs avec eux.

— Tout à fait. Ma mère prétend que mon destin est d'en épouser un. Elle a sans doute raison.

— Ou alors un joueur de base-ball.

Aubry leva les yeux au ciel.

— Le dernier homme que je voudrais épouser, c'est un joueur de base-ball. Je n'ai connu que ça toute ma vie. Je pense que je vais m'en tenir aux médecins. Les joueurs de base-ball ont un ego surdimensionné.

Elizabeth éclata de rire.

— Et pas les médecins ?

— OK. Pas faux. Mais je pense que je vais plutôt tenter les médecins. Je suis capable de supporter leur ego. Tandis que ceux des joueurs… Argh !

— Tu as entièrement raison, Aubry. Nous sommes détestables.

Aubry écarquilla les yeux.

— Gavin ! Tu sais que je ne voulais pas parler de toi.

Merde ! Elizabeth se retourna. Gavin se tenait devant la porte des vestiaires, avec Ty.

Gavin sourit à Aubry, sans un regard pour Elizabeth.

— Je te taquine, Bree.

Il se pencha et l'embrassa sur la joue.

Aubry lâcha un soupir.

— Tu m'as fait peur, bon sang. Tu sais que certains de ces mecs ont une très haute opinion d'eux-mêmes. J'aurais pu vexer quelqu'un.

Gavin l'étreignit familièrement.

— Pas moi. Je n'ai pas de sentiments.

Elle rit, ainsi qu'Helen.

— Gavin, tu as bien joué ce soir.

Gavin haussa les épaules.

— Pas aussi bien que je l'aurais souhaité, mais merci, Helen. Clyde m'a chargé de vous dire qu'il serait là dans une minute. Il fait un discours pour motiver les troupes.

Helen roula des yeux d'un air excédé.

— Oh, Seigneur ! Je meurs de faim. On risque de l'attendre une heure. S'il te plaît, va lui dire de se presser un peu, Gavin.

— Oui, m'dame.

Gavin disparut dans les vestiaires. Cinq minutes plus tard, Clyde en sortait. Accompagné de Gavin.

Bordel ! Elizabeth avait espéré qu'il ne reviendrait pas.

— Enfin ! s'exclama Helen. J'étais sur le point de m'évanouir. Gavin, te joins-tu à nous pour le dîner ?

— À ce qu'il paraît. Clyde a insisté.

— Parfait. Allons-y, dans ce cas. La limousine est à l'extérieur.

Eh bien, quelle merveilleuse assemblée de joyeux drilles ! Gavin coula un regard dans la direction d'Elizabeth lorsque Ty lui donna le bras pour l'escorter jusqu'à la voiture. Elle se demanda si Gavin croyait que Ty et elle sortaient ensemble. Il n'avait pas l'air ravi à cette idée.

Elizabeth, en revanche, était enchantée de voir Gavin un peu moins sûr de lui que d'habitude.

Ils dînèrent dans un élégant restaurant du centre-ville, qui offrait un cadre intime et une vue imprenable sur le fleuve. Clyde commanda du champagne et porta un toast à la nouvelle saison des Rivers.

— Gavin, ta famille était-elle présente ce soir ?

— Non, pas ce soir. Vous savez que ma famille tient un bar dans le quartier sud de Saint-Louis. Ils ont beaucoup de monde, le soir de l'inauguration de la saison.

Clyde sourit en hochant la tête.

— C'est bien. J'aime beaucoup tes parents. J'espère qu'ils participeront à notre pique-nique d'ouverture.

— Ils y seront. Mick devrait se trouver dans le coin à ce moment-là, lui aussi.

— Parfait. Je suis sûr qu'il est sur un petit nuage, depuis qu'il a gagné le Super Bowl.

Gavin eut un large sourire.

— Oui, c'est sûr qu'il était heureux de remporter le Super Bowl, mais je crois qu'il est encore plus enthousiaste à l'idée d'épouser Tara.

Elizabeth s'appliqua à ne pas les regarder, refusant d'écouter ou d'être mêlée d'une quelconque manière à une conversation concernant Mick.

— Alors, Ty, parle-moi de toi, reprit Clyde. Ton installation se passe bien ?

— Oui, monsieur. J'ai trouvé un logement temporaire. J'attends juste la fin de la saison, dans quelques semaines, et puis je me mettrai à la recherche d'une maison.

— Nous connaissons un excellent agent immobilier. Je vous mettrai en contact, proposa Helen. Elle serait ravie de t'aiguiller.

Ty acquiesça.

— Merci, j'aimerais beaucoup. Elizabeth m'a déjà beaucoup aidé. Visiblement, elle connaît bien la région.

Liz sourit.

— J'ai quelques clients dans le coin.

Ty lui rendit son sourire.

— Et maintenant tu en as un de plus.

Gavin toussa. Elizabeth l'ignora, ravie de le savoir à l'autre bout de la table auprès d'Aubry, qui ne cessait de lancer des regards concupiscents en direction de Ty.

La situation aurait été comique si Elizabeth n'avait pas senti les yeux de Gavin posés sur elle du début à la fin. Et d'accord, peut-être en avait-elle profité pour flirter sans vergogne avec Ty. Celui-ci lui adressait des sourires entendus, comme s'il savait parfaitement ce qu'elle faisait. Elle l'avait traité avec un professionnalisme sans faille depuis le début. Jusqu'à ce soir. Ses intentions étaient donc assez évidentes, et Ty n'était pas né de la dernière pluie.

Les hommes… Bordel !

Ty se pencha vers elle pour lui murmurer à l'oreille :

— Jusqu'où tu es prête à aller, pour lui ?

Elle se retourna vers lui.

—Je ne vois pas du tout de quoi tu veux parler.

—Eh bien… est-ce que tu veux que je t'embrasse ou est-ce que te tenir la main serait suffisant ?

—Ni l'un ni l'autre. Je ne joue pas la comédie, Ty.

—Oh, je crois que c'est précisément ce que tu fais, Elizabeth. (Il fit courir son doigt sur le bras nu d'Elizabeth.) Et… ne regarde pas, mais le poisson a mordu à l'hameçon.

Elle ne se tourna pas, mais sentit que Gavin les observait. Elle dévisagea Ty.

—Arrête ça.

—Tu n'as pas envie que je m'arrête. Tu veux qu'il nous regarde. Tu veux le rendre jaloux.

—Pas du tout. Gavin est mon client.

—Et alors ?

—Alors, je ne mélange pas ma vie professionnelle et ma vie privée.

Les lèvres pulpeuses de Ty s'étirèrent en un sourire railleur, alors qu'il levait son verre pour en prendre une gorgée.

—On ne dirait pas.

—Tu es un petit con arrogant, tu le sais ?

—Il paraît, ouais. Mais ton petit copain, là-bas, se fiche pas mal que je sois arrogant. Tout ce qu'il voit, c'est que je fais attention à toi.

—Ce n'est pas mon…

Elle leva les yeux au ciel et laissa tomber. Elle se réjouit de voir leurs plats arriver, ce qui mettrait un terme à sa querelle avec Ty. Cela n'empêcha pas ce dernier de continuer à lui parler, cela dit. Il ne ferma presque pas la bouche tout au long du dîner. Et, vu qu'il s'était montré plutôt taciturne au cours de leurs entretiens précédents, elle en conclut qu'il faisait de son mieux pour irriter Gavin.

Elle ne comprendrait jamais la nature compétitive des hommes, surtout lorsqu'il s'agissait d'une femme. Si l'on ajoutait des athlètes professionnels à l'équation, la compétition devenait quatre fois plus intense. Ty fit tout ce qu'il pouvait, hormis attirer Elizabeth sur ses genoux, et c'était uniquement parce qu'il s'arrêtait de flirter de temps en temps pour prendre une bouchée de son steak.

D'un autre côté, Gavin semblait ravi de tenir compagnie à Aubry. Celle-ci était hilare et absorbée par leur conversation. Peut-être Tyler se fourvoyait-il totalement, car pas une seule fois Elizabeth ne surprit son regard sur eux.

— Il ne me regarde même pas.

— Pas quand toi, tu le regardes, expliqua Ty. Mais, dès que tu détournes les yeux, il t'observe. Fais-moi confiance. Je contrôle la situation. Je sais quand il faut passer à l'action. Et tu sais que je ne me plaindrai pas si tu décides de m'utiliser pour rendre ton amant jaloux.

Lui faire confiance ? Ha ! À ce stade, elle aurait préféré lui donner un bon coup du bout pointu de son escarpin. Elle parvint à survivre au dîner et au retour au stade en limousine, remercia Clyde et Helen lorsqu'ils la déposèrent devant sa voiture, et déclina l'offre de Ty de la raccompagner pour s'assurer qu'elle regagnait son immeuble en toute sécurité. Elle ouvrit sa portière, grimpa dans le véhicule et posa sa tête sur le volant.

Quel fiasco ! Elle ne s'était pas attendue à croiser Gavin, ce soir, lorsqu'elle avait amené Ty au match. C'était un grand stade, bordel ! Elle avait cru que se glisser en douce dans la loge du propriétaire serait un jeu d'enfant, qu'ils pourraient assister au match puis s'éclipser, sans que Gavin s'aperçoive de sa présence.

Sauf que son 4×4 se dirigeait vers elle en ce moment même.

Non. Elle n'avait rien à lui dire. Elle mit le contact, passa la première, tourna à droite et prit le chemin de la sortie du stade, les phares de Gavin derrière elle. Lorsqu'elle sortit du parking et s'engagea sur l'autoroute, il était toujours là.

OK, elle savait qu'ils devaient tous les deux prendre cette autoroute pour rentrer chez eux. Aucune raison d'en faire un plat… Si ? Mais il demeura derrière elle tout du long. Il n'avait tout de même pas décidé de la suivre ? Qu'avaient-ils donc à se dire ? À moins qu'il ne veuille s'assurer qu'elle ne se rendait pas à un rendez-vous clandestin avec Ty ?

Un rendez-vous clandestin ? Elle rit tout haut.

Tu regardes trop de téléfilms de l'après-midi, Elizabeth.

C'était ridicule. Si Gavin s'était intéressé le moins du monde à ce qu'elle faisait ou s'était demandé qui elle voyait, il l'aurait appelée après son départ soudain de sa maison, il y a quelques semaines.

Il ne l'avait pas fait. Ce qui signifiait qu'il s'en fichait. C'était fini.

Écartant son chagrin de ses pensées, elle sortit de l'autoroute.

Il l'imita.

Une boule d'excitation s'installa au fond de son ventre, et elle y était toujours lorsque Elizabeth se gara devant chez elle.

Gavin, lui, ne s'arrêta pas. Il dépassa son immeuble au moment où Elizabeth sortait de sa voiture. Elle attendit, en se demandant s'il allait se garer un peu plus loin.

Ce ne fut pas le cas. Elle le vit s'avancer le long de la rue et reprendre le chemin de l'autoroute, en direction de sa maison.

Eh bien ! Merde !

Chapitre 14

Elizabeth regarda la voiture de Gavin s'éloigner et disparaître.

Qu'est-ce que tout cela signifiait ? Il se foutait d'elle ? Il essayait de lui faire peur ?

Elle rentra chez elle, examina rapidement son courrier et le posa sur la table de la cuisine. Elle fit les cent pas devant la fenêtre de son séjour, certaine qu'elle allait voir Gavin se garer d'une minute à l'autre.

Mais ce ne fut pas le cas.

Bordel ! Elle attrapa ses clés, monta dans sa voiture et reprit l'autoroute.

Lorsqu'elle arriva dans la rue obscure où vivait Gavin, elle n'était déjà plus aussi sûre d'elle. Qu'était-elle en train de faire ? Quel était son plan ? Toquer à sa porte et lui demander pourquoi il l'avait suivie ? Elle aurait pu l'appeler.

Enfin, elle était là, maintenant, sur la longue allée menant au château du Crâne Maudit. La monstrueuse bâtisse à deux étages était masquée par un épais rideau d'arbres, fort peu accueillant. Étrange, inquiétante, la maison était couverte de lierre de tous les côtés.

Elizabeth frissonna. Elle détestait cet endroit, et le fait qu'il soit aussi isolé. Elle ignorait pourquoi Gavin l'appréciait autant. On aurait dit un mausolée. Lorsqu'il avait acheté cette maison, il y a plusieurs années, et qu'il la lui avait montrée, elle avait déclaré que c'était une demeure de vampire et n'y avait plus jamais mis les pieds.

Il lui avait ri au nez. Ce qu'il s'apprêtait sans doute à refaire, ce soir, lorsqu'elle frapperait à sa porte et lui reprocherait de l'avoir suivie.

Tant pis. Il fallait bien mettre les choses au clair.

Après s'être garée devant la maison et avoir coupé le moteur, elle eut envie de faire demi-tour et de rentrer chez elle. Avec un soupir résigné, et un résidu d'indignation suffisant pour aller au bout de sa démarche, elle sortit, lissa sa jupe et s'avança jusqu'à la porte. Elle souleva l'affreux heurtoir en forme de gargouille et frappa trois fois. Elle n'aurait pas été surprise d'entendre des hurlements s'échapper de la demeure, puisque celle-ci semblait sortir tout droit d'un film d'horreur.

La porte s'ouvrit – avec un grincement, bien sûr –, et Gavin la dévisagea d'un air surpris. Elle ne put s'empêcher de l'examiner de la tête aux pieds : il n'était vêtu que d'un vieux pantalon de jogging, sans tee-shirt ni chaussures. Chaque fibre féminine du corps d'Elizabeth se déchaîna subitement en elle, et elle dut lutter pour ne pas se jeter dans ses bras et le lécher intégralement.

— Liz, qu'est-ce que tu fais ici ?

— Je t'ai suivi, tout comme tu m'as suivie.

Il haussa les épaules et ouvrit la porte en grand.

— Entre, maintenant que tu es là.

Elle s'exécuta, et les ombres menaçantes projetées par les appliques murales saluèrent son entrée. Il faisait froid dans cette maison. Elle empoigna les revers de sa veste pour la resserrer sur son corps, tout en suivant Gavin jusqu'au séjour.

Le rouge sombre des murs ne faisait qu'accentuer l'atmosphère hostile.

— Toujours aussi glauque, ici.

Gavin sourit, amusé.

— J'aime cette maison.

— Elle te va bien.

— Tu veux quelque chose à boire ?

— La même chose que toi, répondit-elle en jetant un œil au verre qu'il tenait.

Il se dirigea vers le bar, dans un coin du séjour, et lui servit un whisky auquel il ajouta quelques glaçons, puis remplit à nouveau son propre verre.

— Tu as l'intention de t'asseoir ou juste de me fusiller du regard ?

Elle s'avachit sur le canapé. Il lui tendit son whisky et s'assit dans un fauteuil. Elle prit une gorgée en faisant la grimace. Ce n'était pas son breuvage favori, mais la traînée de feu qu'il décrivit dans sa poitrine eut le mérite de la réchauffer un peu.

— On se gèle, ici.

— Jamais contente, soupira-t-il.

Il attrapa une télécommande sur la table basse et appuya sur un bouton. Un feu s'alluma en rugissant dans la cheminée, répandant dans l'air une chaleur instantanée.

— Merci.

— Ce n'est pas la Floride, ici, hein ?

Il s'était senti obligé de mentionner la Floride, évidemment.

— Tu l'as dit. Il a fait un temps affreux, ici, avant que tu reviennes. Il a plu pendant des semaines.

— Oui, j'ai vu que vous n'aviez pas eu de chance à ce niveau-là.

Ils parlaient du temps. Leur relation se réduisait-elle donc à ça, désormais ? Ils étaient à l'aise l'un avec l'autre, autrefois, avant que le sexe vienne s'en mêler.

— Pourquoi es-tu venue, Liz ?

— Pourquoi m'as-tu suivie jusqu'à chez moi ?

— Je voulais simplement m'assurer qu'il ne t'arrive rien, vu l'heure.

Elle engloutit une grande lampée de whisky.

— Je suis une grande fille, Gavin. Je voyage beaucoup, toute seule, sans garde du corps, et je rentre très souvent chez moi sans escorte.

— Je n'en doute pas. Mais, quand je suis avec toi quelque part, je préfère m'assurer que tu rentres chez toi sans problème.

— Je n'étais pas « avec toi » ce soir.

— Tu joues sur les mots. Tu rentrais chez toi toute seule, et c'était sur mon chemin, de toute façon, alors j'ai fait un petit détour pour être sûr qu'il ne t'arrive rien.

— Pourquoi ?

Il haussa les épaules.

— Je ne sais pas. J'imagine que c'est l'essence de notre relation. Je me sens responsable de toi.

— On n'a pas de relation, Gavin. Tu n'as pas besoin de me protéger.

Il se passa la main dans les cheveux. Elizabeth eut envie d'enfouir ses propres doigts dans ses mèches sombres, se remémora à quel point elles étaient douces, et détesta ne pas pouvoir le faire.

Il releva les yeux sur elle.

— Pourquoi est-ce qu'on n'a pas de relation, Elizabeth ? Que s'est-il passé en Floride ? Pourquoi es-tu partie ?

Elle haussa les épaules.

— Il m'a semblé que le moment était venu.

— Le moment de quoi ? De m'écrire un mot à la con et de prendre tes jambes à ton cou ?

— Tu ne m'as pas appelée.

— Quoi ?

Elle avait parlé si bas qu'elle savait qu'il ne l'avait pas entendue.

— Rien.

Il vint s'asseoir sur le canapé à côté d'elle.

— Répète ce que tu viens de dire.

Elle secoua la tête. Elle avait fait une grosse erreur.

— Rien.

— Elizabeth. (Il la prit par le menton pour la forcer à le regarder.) Parle-moi.

— J'ai eu peur, d'accord ? Tu n'es pas rentré et tu ne m'as pas appelée, ce soir-là. Je n'avais aucune idée d'où tu étais ni de ce que tu faisais. Et j'ai commencé à penser au fait d'être en couple avec un homme. Je ne l'ai jamais fait avant. Tout ce qu'on attendrait de moi. Seigneur, je déteste qu'on attende des choses de moi ! Je ne voulais pas être cette femme.

Elle se leva, marcha jusqu'à l'immense fenêtre et contempla les branches qui se balançaient dans le vent, se tendaient vers la fenêtre, semblant se moquer d'elle, la narguer.

Elle entendit Gavin s'approcher. Il posa ses mains sur elle, et elle inspira, humant son odeur, fraîche et piquante, comme la nature sauvage qui fouettait la fenêtre.

Un orage s'annonçait.

— Quelles attentes ? Tu ne voulais pas être quelle femme ? Je ne comprends pas.

Elle croisa les bras, furieuse d'être en train de parler de cela avec lui.

— Je sais que tu ne comprends pas, Gavin. Parce que c'est complètement fou. Je suis complètement folle. Rien de tout ça n'a de sens. Il faut que j'y aille.

Elle fit mine de se retourner pour partir, mais il lui prit les bras.

— Ne pars pas. J'ai quelque chose à te dire au sujet de ce soir-là. Après le match, j'ai été coincé en réunion et j'avais laissé mon portable dans mon casier.

Et, vu que je suis un tocard qui ne connaît aucun numéro par cœur parce qu'ils sont tous enregistrés dans mon portable, je ne pouvais pas te prévenir. Quand je suis rentré, tu étais déjà partie. J'ai essayé de t'appeler après la réunion pour te dire que j'arrivais. Tu n'as pas décroché.

—Je sais.

—Pourquoi ?

Parce qu'elle souffrait et qu'elle se sentait idiote d'être restée si longtemps. Parce qu'elle lui avait donné le pouvoir de lui faire du mal et de la rendre vulnérable. Parce qu'elle était déjà amoureuse de lui et que c'était en train de la détruire. Elle protégeait son cœur en sa présence depuis des années, et cela marchait très bien. S'ouvrir à lui avait été une erreur. Elle était obligée de s'enfuir.

—Ça ne peut pas marcher entre nous, Gavin. Tu le sais.

Il leva un sourcil.

—Non, je ne sais pas. Je trouvais qu'on s'amusait bien, ensemble. Tu t'es juste mise dans tous tes états parce que je n'ai pas appelé pour prévenir que je serais en retard pour dîner.

Elizabeth sourit malgré elle. Putain de lui ! Elle n'avait pas envie de céder. Elle voulait demeurer ferme et distante. Mais ses yeux verts malicieux et les mèches de cheveux qui lui retombaient sur le front la faisaient fondre, sans parler de la chaleur de ses mains sur ses épaules.

Il lui avait manqué, ces dernières semaines, plus qu'elle n'aurait aimé l'admettre. Son corps brûlait de le toucher à nouveau. Le regarder, dormir à ses côtés lui avaient manqué. Et, malgré sa détermination à le faire rentrer dans la case « client et rien d'autre », ils avaient atteint le point de non-retour, et elle n'allait pas pouvoir le reléguer à nouveau à son ancien statut.

Merde !

— Je me suis peut-être montrée un peu excessive.

— Un tout petit peu. Et moi aussi. J'avoue que j'étais furieux quand je suis rentré et que j'ai vu que tu étais partie. J'aurais dû réessayer de t'appeler. Puis réessayer encore. Au lieu de ça, j'ai laissé le silence radio continuer parce que j'étais blessé que tu m'aies quitté.

— Vraiment ?

— Oh oui ! J'aimais t'avoir en Floride avec moi. Un corps tiède pour partager mon lit, une femme sexy et indépendante qui a sa propre carrière et n'attend pas de moi que j'exauce tous ses désirs ? C'est le rêve de tous les hommes.

Le cœur d'Elizabeth fit un saut périlleux.

— Je suis loin d'être le rêve de tous les hommes, Gavin. Tu l'as dit toi-même. Je suis une vraie emmerdeuse.

— Oui, c'est vrai. Mais pour une raison inconnue je t'aime bien, Lizzie. Malgré toute l'énergie que tu déploies pour m'énerver.

Il fit descendre sa veste sur ses épaules. La pièce s'était réchauffée, et elle n'avait pas froid dans son haut sans manches. Il lui caressa les bras, puis l'attira à lui.

— Ça m'a manqué, de te tenir contre moi.

— Je suis sûre que tu n'as pas souffert de la solitude en mon absence.

Il se figea et l'éloigna de lui.

— Il n'y a eu personne d'autre, depuis toi. Tu peux le croire. Tout ce que j'ai fait depuis ton départ, c'est jouer au base-ball et bouder.

Elle le scruta du regard, incapable d'imaginer que le mauvais garçon du base-ball se passerait de femmes pendant près d'un mois. Elle avait envie de le croire, mais les hommes de sa vie ne s'étaient jamais montrés sincères avec elle.

Gavin, cependant, ne lui avait jamais menti. Pourquoi commencerait-il maintenant ?

— Que tu aies boudé, ça ne m'étonne pas trop.

Il sourit et lui caressa la joue du dos de la main, puis se pencha et effleura ses lèvres des siennes.

— Hé, j'étais occupé. Ce n'est pas comme si j'avais l'habitude de sortir et de choisir une femme au hasard.

Elle désirait plus que tout sentir à nouveau sa bouche sur la sienne.

— Moi non plus.

Il sourit.

— Tu ne choisis pas des femmes au hasard ?

Elle rit.

— Non. Ce n'est pas ce que je voulais dire. Je ne choisis pas des hommes au hasard.

— Pas même Ty Anderson ?

Elle posa les mains à plat sur son torse nu, savourant le contact de sa peau.

— C'est un nouveau client, rien de plus. Il avait envie de voir un match ce soir.

— Il avait l'air d'avoir envie de te voir un peu plus, aussi.

Elle leva son regard vers lui.

— Jaloux ?

Il plissa les yeux.

— Évidemment.

Lorsqu'il l'embrassa, cette fois, sa bouche était dure et possessive. Il l'entoura de ses bras et la plaqua contre lui. Sa langue s'immisça dans sa bouche, et il suça la sienne, exigeant qu'elle s'abandonne.

Aucun problème. Il lui avait tellement, tellement manqué. Rien que de se trouver entre ses bras lui donnait toujours l'impression de rêver. Une aura d'interdit flottait autour de Gavin, comme si elle n'avait pas le droit de l'avoir. Et il avait beau lui susurrer qu'elle lui avait manqué, s'émerveiller que le courant passe si bien entre eux, elle savait que cela ne pourrait jamais durer, pour de nombreuses raisons. Chaque moment passé avec lui était donc comme volé, et elle avait l'intention d'en savourer chaque seconde.

Il fit descendre ses bras dans son dos et lui empoigna les fesses pour la coller à son érection. Elle gémit, brûlant de le prendre en elle dans l'instant, ressentant une bouffée de désir primaire et un besoin intense d'être satisfaite.

Il la fit reculer jusqu'au mur à côté de la fenêtre et arracha son haut hors de sa jupe. Elle se débarrassa de ses chaussures et leva les bras afin qu'il puisse faire passer le chemisier par-dessus sa tête.

Des éclairs embrasèrent le ciel derrière les vitres. Le corps d'Elizabeth, lui aussi, fut parcouru de courant électrique lorsque Gavin passa les mains sur la peau nue de son ventre, puis dans son dos pour baisser la fermeture Éclair de sa jupe et la faire glisser au sol. Elle écarta sa jupe du pied et fit descendre le pantalon de Gavin. Il finit de l'enlever, et elle ne put s'empêcher de baisser les yeux pour admirer son corps puissant.

Les paupières de Gavin étaient alourdies par la passion, ce qui décupla son propre désir. Elle enfouit les doigts dans ses cheveux et l'attira à elle pour un baiser aussi sauvage et déchaîné que l'orage qui s'intensifiait à l'extérieur. Le tonnerre gronda, et la pluie cingla les vitres. Les éclairs illuminèrent la pièce comme en plein jour, et les lampes clignotèrent.

Gavin ne s'écarta que le temps de caresser ses seins à travers son soutien-gorge, alors que l'orage éclairait Elizabeth.

Celle-ci prit un instant pour reprendre son souffle et pour contempler le visage de Gavin, nimbé de lumière et d'ombre. Elle haleta lorsqu'il dégrafa son soutien-gorge et l'agrippa pour la tirer à lui, puis se pencha pour sucer un de ses mamelons dressés.

La force de l'orage ne faisait qu'augmenter son désir, la poussant à l'attraper par les cheveux et à le presser contre ses seins. Le regarder lécher, sucer et mordre ses tétons envoyait des frissons dans son sexe et son clitoris, lui donnant envie de le sentir la pénétrer à coups puissants.

Bon sang, elle avait vraiment besoin qu'il la baise ! Elle avait tellement envie de jouir que, si elle se touchait, elle savait qu'elle exploserait comme les éclairs qui zébraient le ciel sombre.

— Gavin, baise-moi.

Il leva la tête, puis se baissa pour lui enlever sa culotte, laissant ses mains s'attarder longuement sur ses hanches, ses cuisses, ses mollets. Elle frémit en sentant ses doigts sur sa peau. Et, lorsqu'il se mit à lui embrasser les jambes de plus en plus haut, elle les écarta, sachant où il allait et désirant plus que tout le sentir à cet endroit.

— Appuie-toi au mur, Elizabeth.

Elle obéit, les jambes écartées. Gavin lui embrassa les cuisses, prit ses fesses dans ses paumes et posa sa bouche où elle le voulait, en plein sur son sexe. La vue de ses lèvres sur son clitoris la fit frissonner. Sa langue caressant son point sensible lui donna l'impression que ses jambes ne la soutenaient plus. Elle posa les mains sur le mur pour ne pas tomber, ferma les yeux et laissa les sensations déferler en elle.

Son dernier orgasme remontait à si loin qu'elle jouit en une flambée sauvage et rapide, en criant et en resserrant sa prise sur les cheveux de Gavin.

Il se releva et la pénétra alors qu'elle jouissait encore, décuplant son orgasme déjà fabuleux.

Elizabeth posa les mains sur ses cheveux et enfonça ses ongles dans sa chair, les yeux rivés aux siens. Elle n'avait même pas pu quitter la cime de son plaisir, car il la pénétrait avec passion, ondulant du bassin sur son sexe déjà ultrasensible et prolongeant sa fièvre. Elle lui empoigna la nuque et pressa ses lèvres contre les siennes.

Il l'embrassa, et le tonnerre redoubla à l'extérieur, faisant trembler les fondations et les murs de la maison. Elizabeth perdit la raison, car l'orage en elle s'intensifiait, lui aussi. Gavin ne s'arrêta pas, continuant de la labourer d'un mouvement lent et régulier. C'était la torture la plus exquise qui soit, et la façon dont il l'embrassait était incroyable. Il lui coupait le souffle de ses lèvres et de sa langue, la mordillait, la léchait, lui ordonnant de donner tout ce qu'elle avait.

C'était un bombardement total de son corps, de ses sens, de son cœur, et elle secoua la tête. Elle finit par s'arracher à ses lèvres tandis qu'il la labourait ardemment, son torse frottant contre ses mamelons, son bassin massant son clitoris et sa bouche parcourant son cou.

— Gavin !

Il ne répondit pas, se contentant de faire traîner sa langue de son cou à son épaule et de la mordre.

Elle trembla, sentant le tonnerre d'un nouvel orgasme tambouriner en elle et son sexe se resserrer sur lui. Il se figea, et elle sentit son membre enfler jusqu'à une épaisseur impossible. Elle savait qu'il était prêt à jouir en elle. Et, lorsqu'il la prit par les fesses et la souleva, elle l'entoura de ses jambes et se laissa partir.

Il émit un cri guttural et la poussa contre le mur, trouva sa bouche et y fourra sa langue. Elle gémit entre ses lèvres et but les grognements qu'il poussait en l'accompagnant.

Ils se coulèrent au sol tous les deux, et Gavin la plaça au-dessus de lui. Il la serra dans ses bras, lui caressa le dos et écarta ses cheveux de son visage, sans la lâcher malgré le poids qu'elle faisait peser sur lui. Après un moment, elle leva la tête, craignant qu'il ne se soit endormi. Il braqua sur elle ses yeux clairs.

— Je pensais que tu dormais, dit-elle.

— Non. Je savourais le plaisir de te toucher.

— Est-ce qu'on va rester comme ça toute la nuit ?

— J'y ai songé. J'aime bien écouter l'orage.

Elle secoua la tête et se redressa pour s'asseoir sur lui.

— Et j'aime encore plus cette vue.

Il lui empoigna les hanches et souleva les siennes, amorçant un mouvement langoureux.

Elle rit, prit appui sur lui et se leva.

— Je dois y aller.

Il s'assit pour la regarder se rhabiller.

— Pourquoi ?

Elle ramassa sa culotte et son soutien-gorge.

— Pourquoi quoi ?

— Pourquoi est-ce que tu dois y aller ?

— Parce que j'ai un appartement à moi.

— Je le sais bien. Mais pourquoi ne dormirais-tu pas ici, avec moi ?

Elle enfila sa culotte.

— Dans les oubliettes ?

— Ah, ah ! Je ne plaisante pas.

Elle haussa les épaules.

— Je ne sais pas. Je me dis que peut-être ce serait mieux si les choses entre nous restaient légères et sans prise de tête.

Il se leva, et elle trouva délicieusement déconcertant le fait qu'il ne ressente aucun besoin de s'habiller.

— Donc, tu proposes qu'on se voie de temps en temps pour baiser, et c'est tout.

Elle attacha son soutien-gorge et le regarda.

— En gros, oui. Ce sera moins compliqué, comme ça.

Il s'approcha et l'attira à lui.

— Tu pourrais engager un gigolo pour ça. Ou t'adresser à d'autres hommes qui seraient ravis de te satisfaire.

Elle rit.

— Contrairement à ce qu'on pourrait penser, les hommes ne se bousculent pas pour me baiser.

Gavin eut un petit sourire suffisant.

— Alors… il n'y a que moi ?

— Que toi.

— Reste avec moi. Dors avec moi.

Elle frémit lorsqu'il fit descendre sa main le long de son dos, le bout de ses doigts effleurant le haut de ses fesses.

— Je ne peux pas.

— Tu ne veux pas. Tu as peur.

Elle haussa un sourcil.

— Je n'ai pas peur, Gavin. J'ai déjà dormi avec toi.

— Et ensuite tu t'es enfuie. Tu as peur de te rapprocher de moi.

Elle s'esclaffa.

— Tu plaisantes ? On était plutôt proches, à l'instant.

— Ce n'est pas ce que je veux dire, et tu le sais.

Elle ramassa sa jupe et l'enfila.

— C'est ridicule. Je refuse d'avoir cette conversation avec toi.

Et il se tenait toujours devant elle, nu. Il discutait avec elle, nu. Bah, qu'il aille se faire voir ! Elle passa son chemisier, puis glissa ses chaussures à ses pieds et se mit en quête de son sac et de ses clés.

— Tu es consciente que je ne te laisserai pas prendre le volant sous cette pluie battante.

Elle leva les yeux au ciel.

— Tu n'es pas mon père. Tu ne peux pas me contrôler.

— Je n'essaie pas de te contrôler, Elizabeth. Mais c'est un sacré orage, dehors. Si tu ouvrais les yeux deux minutes pour penser rationnellement, tu t'apercevrais que tu ne devrais pas conduire par un temps pareil.

Ignorant le coup de tonnerre et l'éclair aveuglant qui ponctuaient son propos, elle chercha ses clés dans son sac à main.

— J'ai déjà conduit sous la pluie. Ça fait longtemps que j'habite dans cette ville. Ne t'inquiète pas pour moi.

Comme il restait muet, elle ouvrit la porte et reçut une rafale de vent glacé, chargée d'une pluie qui la trempa jusqu'aux os. En frissonnant, elle fit un pas à l'extérieur et tenta de renfermer la porte, mais le vent qui la cinglait l'en empêcha.

— Bordel, Gavin, tu me donnes un coup de main, ou quoi ?!

— Avec joie.

Il la rejoignit, la prit par le bras pour la tirer à l'intérieur, puis referma la porte et la verrouilla.

— C'est bon, j'ai compris la leçon, ajouta-t-il. Ne fais pas l'idiote.

Elle laissa tomber son sac et ses clés, puis écarta les mèches trempées qui collaient à ses paupières.

— J'avais oublié ma veste, de toute façon.

Gavin sourit.

— Ouais, ça aurait fait une énorme différence ! (Il lui prit la main.) Allez, ma puce. Viens prendre une bonne douche chaude.

Il la mena à l'étage, puis sous la douche. Et OK, le château du Crâne Maudit avait beau être un mausolée médiéval géant, la salle de bains était moderne, spacieuse... et, Dieu merci ! pourvue d'un radiateur et d'une grande douche à jets multiples. Gavin lui retira ses vêtements détrempés et la poussa dans la douche, la frictionna avec un savon au miel délicieusement parfumé et lui lava même les cheveux.

Ensuite, pendant qu'elle se les séchait, il descendit lui préparer un chocolat chaud accompagné de vraie crème fouettée. Elle se glissa dans le peignoir moelleux qu'il avait sorti pour elle, et ils s'installèrent tous deux dans le lit. Il avait allumé la cheminée de sa chambre, et il faisait bien chaud. Les derniers frissons d'Elizabeth se dissipèrent.

Elle s'assit en tailleur au milieu du lit pour boire son chocolat chaud, un peu honteuse d'avoir piqué une colère digne d'une petite fille.

— Pourquoi est-ce que tu t'efforces de me supporter, Gavin ?

Il haussa les épaules et lui prit la tasse des mains pour en boire une gorgée.

— Tu es un défi, Lizzie. J'adore les défis.

— Je suis un problème géant pour toi.

Il lui rendit sa tasse.

— Oui.

Elle posa la tasse sur la table de nuit, retira son peignoir et se glissa avec lui sous les couvertures. Il éteignit les lumières et ouvrit les rideaux. L'orage s'était considérablement calmé, et seuls quelques coups de tonnerre et de rares éclairs subsistaient encore. La pluie s'était réduite à un léger clapotis sur la porte-fenêtre du balcon.

Gavin l'attira contre lui. Elle posa sa tête sur son torse et regarda par la fenêtre.

— Je pense que tu vaux la peine qu'on se batte pour toi, Elizabeth. Même si c'est contre toi que je dois me battre.

Elle ne sut pas quoi répondre.

Personne ne s'était jamais battu pour elle.

Elle ne pensait pas le mériter.

Chapitre 15

— Sacré *home run*, l'autre soir à Atlanta, mon fils. Tout le bar s'est mis à t'acclamer. On a vendu un paquet de bières après cette frappe !

Gavin sourit tout en desserrant les écrous de la tondeuse.

— Merci, papa. On m'a pas mal félicité pour ça.

Il était passé, après une semaine de voyages, aider son père à effectuer quelques travaux de réparation. Ce dernier, en sueur, luttait pour détacher les roues de la tondeuse.

— Papa, laisse-moi faire.

— C'est bon. Desserre juste celui-ci, au fond, et on pourra enlever les roues.

Gavin tendit la main et força sur sa clé anglaise, déroulant intérieurement un chapelet de jurons lorsque cette saloperie d'écrou rouillé lui résista. Enfin, il se débloqua, et Gavin parvint à le desserrer.

— Papa, demanda-t-il en s'essuyant le front, pourquoi est-ce que tu ne rachètes pas tout simplement une nouvelle tondeuse ? Ce machin-là doit être plus vieux que moi.

— Hé, on ne se débarrasse pas comme ça des vieilleries. Elle marche encore. Elle a juste besoin d'une révision.

— Ou d'un enterrement. Tu pourrais prendre un tracteur de jardin. Ou une tondeuse autoportée.

Le visage de son père vira au violet tandis qu'il forçait sur la clé. Gavin retint son souffle, s'attendant à voir son père s'écrouler sous ses yeux en tentant de faire entendre raison à un écrou rouillé.

— Bon sang, ce truc a besoin d'un bon coup de dégrippant !

— Ce truc a besoin d'un bon coup de décharge municipale.

Son père se releva lentement et se mit à fouiner dans le garage.

— Vous, les jeunes, vous voulez tout jeter dès que ça cesse de marcher. Il suffit de traiter les choses avec amour.

— Non, Jimmy. Il faut savoir reconnaître que quelque chose a fait son temps et qu'il faut l'échanger contre un modèle plus récent.

Gavin lança à sa mère un regard reconnaissant.

— Amen, maman. Dis-lui qu'il faut qu'il achète une nouvelle tondeuse.

Sa mère leva les yeux au ciel.

— Si tu crois qu'il m'écouterait ! Quand il s'agit du jardin et du garage, il est le roi du monde.

— Exactement. (Le père de Gavin lui jeta un regard déterminé.) On va la réparer.

Gavin tourna vers sa mère des yeux suppliants.

Elle rit.

— Gavin, viens prendre le thé glacé que j'ai préparé. Toi et ton père avez l'air assoiffés.

Gavin l'aurait embrassée.

— D'accord. Je reviens tout de suite, papa.

Son père agita la main en signe d'acquiescement. Gavin suivit sa mère dans la cuisine et s'assit à la table.

— C'est quoi, cette histoire ?

Sa mère haussa les épaules.

— Aucune idée. Il a toujours aimé réparer des choses, mais dernièrement il s'est mis en tête de remettre à neuf la tondeuse et la débroussailleuse, et il a même trouvé un vieux climatiseur dans le grenier qu'il a commencé à trafiquer, pour une raison que j'ignore.

— La maison est déjà climatisée.

— Exactement. (Elle leva les mains au ciel.) Peut-être prévoit-il de climatiser le garage. Je n'y comprends rien.

Gavin prit le thé que sa mère lui offrait.

— Il s'ennuie. C'est sûrement ça.

— S'il s'ennuie, j'ai une longue liste de tâches bien plus urgentes à lui confier, à commencer par une nouvelle clôture. Mais il les ignore et se concentre sur des bêtises.

— Mais ces tâches-là ne sont pas très amusantes, maman.

Elle rit.

— Tu n'as pas tort. Et je ne sais pas comment il parvient à s'ennuyer. Il y a tout de même le bar.

— Jenna est sans doute capable de s'en occuper toute seule, désormais. Et on a d'excellents cuisiniers et serveuses. Papa a sans doute l'impression d'être en trop.

— Hmmm ! Tu sais, je crois que tu as peut-être raison. Je ne sais pas quoi faire pour y remédier, en revanche.

— Dis à Jenna de lui donner plus de travail au bar. N'importe quoi, du moment que ça le dissuade de tout démonter par ici. Ou alors trouve quelque chose qui l'intéresse à la maison.

Elle inspira, puis souffla.

— Oui, c'est une idée.

Elle prit une gorgée de thé et dévisagea Gavin.

— Quoi ?

— C'est agréable de t'avoir ici.

Il savait ce que cela signifiait : quelque chose la tracassait.

— Allez. Crache le morceau.

Elle s'assit à la table.

— Mick est passé, et il a dit qu'il t'avait croisé avec Elizabeth.

Gavin s'était douté que ce sujet viendrait sur le tapis.

— Et ?

— Tu aurais pu me dire que vous sortiez ensemble.

— Parce que c'est dans mes habitudes de parler avec toi des femmes avec qui je sors ?

— Elizabeth n'est pas qu'une des innombrables femmes qui défilent dans ta vie, Gavin. C'est… Elizabeth. Elle fait pratiquement partie de la famille.

— Je ne sais pas vraiment ce qu'il y a entre moi et Liz, pour l'instant, donc je n'ai pas jugé bon de t'en parler. Mick m'a dit que tu étais en colère après elle.

Elle plissa les yeux.

— Il a dit ça ?

— Ouais.

— À propos de ce qui s'est passé avec Tara et Nathan ?

— Ouais.

— Elizabeth s'est excusée ?

— En effet.

— Mick a dit qu'elle avait réparé son erreur.

— C'est vrai, elle l'a fait.

— Alors pourquoi serais-je en colère après elle ? Elle s'est trompée. Cela arrive à tout le monde. Michael l'a renvoyée. J'imagine que perdre un client important tel que lui l'a dissuadée d'essayer d'en manipuler un autre, à l'avenir.

— Je pense que ça lui a servi de leçon.

— Michael n'est pas en position de jeter la première pierre.

Gavin haussa les épaules.

— Il est rancunier, et très protecteur vis-à-vis de Tara et de Nathan.

— C'est compréhensible. Mais Elizabeth a fait de grandes choses pour lui et pour sa carrière. Il faut qu'il surmonte sa rancœur.

— Ouais. Eh bien, dis-lui ! Il m'a engueulé à ce sujet et il m'a conseillé de la plaquer.

Sa mère ouvrit de grands yeux.

— Tu plaisantes !

— Il a employé moins de mots, mais le fond de sa pensée ne faisait aucun doute.

Elle soupira.

— Je ne sais pas pourquoi vous vous êtes toujours chamaillés de cette façon, tous les deux. Cette rivalité permanente… Je vais lui en parler.

Il posa une main sur la sienne.

— Merci, maman, mais je n'ai pas besoin de t'envoyer au front à ma place. Comme tu l'as dit, il va devoir surmonter ça. Je fréquenterai Elizabeth aussi longtemps que ce qu'il y a entre nous subsistera. Si Mick n'est pas content, tant pis. Il va devoir s'y faire.

— Et Tara ? Comment réagit-elle à l'idée que vous sortiez ensemble ?

Gavin haussa les épaules.

— Aucune idée. Je ne l'ai pas vue depuis mon retour de Floride.

— Tu devrais peut-être en discuter avec elle. Si Elizabeth doit avoir une place importante dans ta vie, elles seront obligées de se croiser, tôt ou tard. Tu devrais la préparer – les préparer toutes les deux – afin d'adoucir le choc.

— Je suis sûr que Mick a déjà dit à Tara que je fréquentais Liz.

Sa mère croisa les bras.

— Mais peut-être ne l'a-t-il pas fait.

Il hocha la tête.

— Pas faux. Je parlerai à Tara.

Il ferait de son mieux pour éviter que les deux femmes ne se rencontrent, ce qui serait bien plus facile que de tenter d'expliquer à Tara pourquoi il sortait avec une femme qu'elle haïssait.

Ils tressaillirent tous les deux en entendant un fracas métallique en provenance du garage.

— Qu'est-ce que c'est que ça ? demanda Gavin.

Sa mère secoua la tête.

— Je n'en sais rien du tout. Ton père t'a-t-il dit qu'il prévoyait de rénover la toiture ?

Gavin roula des yeux et posa son verre vide sur la table.

— Merci pour le thé, maman. Je ferais mieux d'aller voir ce qu'il fabrique.

— J'ai un truc, ce soir.

Elizabeth se retourna dans le lit et fit courir ses ongles le long de son torse, sur son ventre, puis glissa la main sous les couvertures pour s'emparer de son sexe déjà à demi dressé.

— Tu as un truc ? Quel truc ?

Ils avaient passé l'après-midi au lit. Les jours de congé étaient rares pour Gavin, et ils en avaient profité un maximum. Elizabeth l'avait retrouvé chez lui, et ils s'étaient débarrassés de leurs vêtements comme s'ils étaient en feu. Ils avaient foncé au lit et n'en étaient pas sortis depuis plusieurs heures. Gavin était éreinté.

Son membre n'avait pas l'air de s'en soucier, car il durcit sous la main d'Elizabeth.

Il eut un mal fou à se concentrer sur ce qu'il essayait de lui dire lorsqu'elle se mit à lui caresser les testicules.

— Oui. Un truc. Chez mes parents.

— Oh ! (Elle lâcha son sexe et s'assit dans le lit.) OK. Je vais prendre une douche et rentrer chez moi.

Il la prit par la main.

— Non, attends. (Il la tira pour qu'elle s'étende à nouveau.) C'est l'anniversaire de Mick. On fait la fête chez mes parents. Ma mère voudrait que tu viennes.

Elizabeth eut l'air aussi horrifiée que s'il lui avait demandé de tuer un poulet.

— Je ne crois pas que ce soit une bonne idée, Gavin.

— Je lui ai dit que tu ne souhaiterais pas venir… pour des raisons évidentes.

— Hmm, oui !

Gavin se gratta le nez.

— Mais elle insiste. Elle dit qu'il est temps que toi et Mick enterriez la hache de guerre.

Elizabeth eut un petit rire moqueur.

— Oui, il est tout à fait prêt à enterrer la hache de guerre. Entre mes omoplates.

Elle se leva et s'étira. Ses jolis mamelons se tendirent lorsque son dos se cambra vers lui.

— Écoute, Gavin, dis à ta mère que j'apprécie son invitation et les raisons qui la motivent, mais jamais je n'accepterai de gâcher la fête d'anniversaire de ton frère en m'incrustant.

Il s'adossa à la tête de lit et croisa les mains derrière sa tête.

— Pas même si c'est moi qui te le demande ?

— Pourquoi est-ce que tu ferais ça ? Tu sais ce qui se passerait. Mick se mettrait dans une colère noire.

— On n'en sait rien.

Elle leva les yeux au ciel.

— Si, on sait. Je vais m'habiller et rentrer chez moi. Tu as besoin d'une douche avant d'aller chez tes parents.

Une heure plus tard, il s'avançait vers la porte de la maison de ses parents, navré qu'Elizabeth ne se trouve pas à ses côtés. Il avait tout mis en œuvre pour la convaincre, mais le seul moyen d'y parvenir aurait été de la kidnapper pour la faire entrer de force dans son 4×4.

Il ne pouvait pas lui en vouloir. Elle n'aurait pas passé un très bon moment.

Et cela le rendait furieux. Quoi qu'il arrive, il continuerait à la fréquenter, et son frère allait bien être obligé de l'accepter.

Ce qui signifiait qu'Elizabeth et lui étaient un lot. Pas d'Elizabeth, pas de Gavin. Il tourna les talons et descendit du porche, mais fit la grimace en entendant la porte s'ouvrir.

— Gavin !

Merde ! Il pivota et sourit à sa future belle-sœur.

— Salut, Tara.

— Tu partais ? Tu viens juste d'arriver.

— Oui. Je m'en vais.

Elle sortit et referma la porte derrière elle.

Seigneur, c'était une vraie beauté, avec ses cheveux blonds tirés en une longue queue-de-cheval et ses yeux bruns pleins de franchise ! C'était la femme la plus adorable qu'il connaisse.

Mick ne la méritait pas.

— Qu'est-ce qui ne va pas, Gavin ?

Il lui prit les mains.

— Mon frère et moi sommes en désaccord, et je ferais probablement mieux de ne pas entrer.

Elle croisa les bras.

— Qu'est-ce qu'il a fait ?

Gavin rit.

— Il n'a rien fait. C'est moi. Je sors avec Elizabeth.

— Oh ! Et ça pose un problème à Mick ?

— Ça ne t'en pose pas, à toi ?

Elle éclata de rire.

— Tu tiens à elle ?

— En fait, oui. Je ne sais pas vraiment pourquoi, vu qu'elle me pousse à bout, mais je ne suis pas facile non plus. Alors je crois qu'on va bien ensemble, du moins pour l'instant. Maman voulait que je l'amène ici ce soir.

— Et tu as refusé, à cause de Mick.

— Eh bien, j'ai demandé à Elizabeth de venir. Elle s'est dérobée parce que… eh bien, à cause de tout ce qui s'est passé. Elle n'avait pas envie de gâcher la fête de Mick.

Tara pianota sur ses avant-bras.

— Mick doit apprendre à lâcher prise. Ce qui s'est passé, c'est de l'histoire ancienne. Elizabeth a réparé son erreur et s'est excusée. Pour l'amour du ciel, il l'a virée ! Qu'est-ce qu'il veut qu'elle lui donne de plus ? Un rein ?

Gavin rit.

— Je crois que j'ai posé la même question à Mick.

— Va la chercher et ramène-la ici. Si maman veut qu'elle vienne, elle doit venir.

— Je peux essayer, mais je ne suis pas sûr qu'elle accepte.

— Alors essaie. Personnellement, je n'y vois aucune objection, Gavin.

— Tu es quelqu'un de bien, Tara. Plus que la plupart des gens que je connais.

Elle l'embrassa sur la joue.

— Promets-moi de rappeler à ton frère à quel point je suis merveilleuse, d'accord ?

Il rit.

— Promis.

— Je vais aller parler à Mick.

— J'ai changé d'avis. Je n'y vais pas, Gavin. Ça va être un vrai désastre. Pourquoi est-ce que tu ne m'attaches pas face à un peloton d'exécution, plutôt ?

— Tu ne crois pas que tu dramatises légèrement ?

— Non, je fais preuve de réalisme. Ils me détestent tous.

Gavin leva les yeux au ciel et sortit de la voiture. Ils étaient immobiles dans l'allée depuis quinze minutes. Il avait faim. Il contourna le véhicule et ouvrit la portière d'Elizabeth.

— Allez, descends. Sinon, je te jette par-dessus mon épaule et je te porte jusqu'à la maison.

Elle darda sur lui un regard obstiné.

— Tu n'oserais pas.

— C'est un défi ? Tu sais que j'en suis capable.

— Bordel, Gavin Riley ! (Elle sortit de la voiture et resta debout sans bouger.) Je n'arrive pas à croire que j'ai accepté.

Il la prit par la main et traîna son corps raide comme un piquet jusqu'à la porte.

— Au moins, essaie de sourire et fais semblant d'être aimable.

La porte d'entrée s'ouvrit, et sa mère les accueillit.

— J'ai cru que vous n'arriveriez jamais, tous les deux. (Elle prit Elizabeth dans ses bras.) Lizzie ! Ça fait bien trop longtemps qu'on ne t'a pas vue.

Le maintien guindé d'Elizabeth s'évanouit à l'instant où la mère de Gavin l'enlaça. Elle s'agrippa à elle comme à un gilet de sauvetage sur un bateau en train de couler.

— Tu m'as manqué, Kathleen.

Gavin oubliait toujours à quel point les deux rousses étaient mignonnes lorsqu'elles s'étreignaient. On aurait juré voir une mère et sa fille. C'était sans doute pour cela que sa mère avait toujours recherché la compagnie de Liz. Et, bien sûr, Liz était toujours une vraie crème en présence de sa mère, ce que Gavin n'avait jamais compris. Sa personnalité tout entière se transformait au contact de sa famille. Elle était tout aussi attachée à son père.

À présent qu'il connaissait son histoire, il comprenait que, si elle chérissait à ce point la chaleur de son foyer, c'était parce qu'elle-même n'en avait pas.

Sa mère prit Elizabeth par la main pour la conduire à l'intérieur.

— Tu devrais avoir honte de nous avoir délaissés aussi longtemps. Tu nous as manqué, pendant les fêtes.

— Je ne pensais pas être la bienvenue. Je me suis montrée tellement détestable avec Mick.

— Bah ! Tu as fait une erreur. Qui, parmi nous, n'en a pas fait ? Tu l'as réparée. Tout est pardonné.

— Je suis tellement désolée, Kathleen. Ma carrière me fait faire n'importe quoi, parfois…

Gavin n'entendit pas la suite, car le bruit dans la maison était assourdissant. Elle était envahie de monde. Et sa mère venait de disparaître avec Liz. Il se lança donc à la recherche de Mick ou de son père.

Ils étaient tous les deux dans la cuisine. Son père avait une bière à la main, et Mick une bouteille d'eau minérale. Nathan se trouvait avec eux, et ils riaient en parlant de sport, bien sûr.

— Joyeux anniversaire, vieillard, dit Gavin à Mick.

Mick le salua d'un sourire méfiant.

— Salut. Merci.

Ils se serrèrent la main. Gavin n'avait pas oublié leur récente dispute.

Leur père parut remarquer qu'ils ne se donnaient pas l'accolade habituelle.

— Salut, Nathan, ravi de te revoir !

— Salut, Gavin !

Nathan le gratifia d'un grand sourire. Il semblait avoir grandi d'au moins trente centimètres depuis leur dernière rencontre et il avait également pris du muscle.

— Tu as l'air en pleine forme. Tu fais du sport ?

— Ouais. Je fais pas mal de foot. Et m'entraîner avec papa… Mick… Papa m'a vraiment fait progresser.

Gavin braqua son regard sur Mick, dont les yeux s'emplissaient de fierté lorsque Nathan l'appelait « papa ».

Putain ! Son grand frère avait un fils adolescent, maintenant. Les choses avaient changé, et pas qu'un peu.

— Ça ne m'étonne pas. Je suis sûr que tu es heureux que ta maman et Mick se marient.

— Oui. Je ne pourrais pas rêver d'un meilleur père. Il est tout ce que j'ai toujours souhaité.

— Et tu es le fils dont j'ai toujours rêvé.

Le père de Gavin s'éclaircit la voix. Lui aussi avait les yeux brillants.

— Bon, les gars, avant qu'on se mette tous à sangloter et que ça finisse en embrassade générale, on ferait mieux de se remettre à parler base-ball.

— Je vais vous laisser parler de moi derrière mon dos, proposa Gavin. Il faut que je retrouve Elizabeth. Maman me l'a volée.

— Alors, tu l'as vraiment amenée ici.

Gavin se figea.

— Oui, en effet.

— Je n'y crois pas, mec. Vous sortez encore ensemble ?

Gavin lança un regard à Nathan, qui les observait en fronçant les sourcils.

— Je préférerais ne pas en parler maintenant.

— Pourquoi ? Nathan est concerné, lui aussi.

— Mick, sois poli avec ton frère, intervint leur père.

— Oh, il faut que je reste courtois envers Gavin ! Et son attitude à lui, alors ? Elle est respectueuse envers moi ?

Ah oui ! Parce que c'était toujours Mick, l'important. Le bien-être de Mick. « Fais attention à ce que tu dis à Mick. » « Ne contrarie pas Mick. » « Mick a un problème, il faut qu'on soit très gentils avec lui. » « Prends exemple sur Mick. » « Fais comme Mick. »

Vis dans l'ombre de Mick.

Merde !

Toute sa vie, il avait dû se plier aux intérêts de Mick.

Mais plus maintenant.

Gavin tourna les talons et sortit de la cuisine.

— Hé, on n'a pas terminé !

— Michael !

Le père de Gavin dut parvenir à capter l'attention de Mick, car ce dernier ne suivit pas son frère dans le couloir.

Gavin s'en félicita, car, vu son humeur, il était impossible de prévoir jusqu'où ils iraient, tous les deux. Et, anniversaire ou pas, il en avait plus qu'assez que son frère lui dicte ses actes. Il ne lui avait pas demandé son avis sur la femme avec qui il devait sortir, et Mick ferait mieux d'arrêter de le lui donner.

Maintenant, il fallait qu'il retrouve Elizabeth avant que la situation empire encore davantage.

Par exemple, si elle croisait Tara.

Elizabeth adorait Kathleen. Elle était ce qui se rapprochait le plus d'une mère pour elle, et Kathleen avait toujours fait en sorte qu'elle se sente à sa place au sein de son foyer.

Bien sûr, cela avait changé lorsque Elizabeth avait tout gâché et que Mick l'avait virée.

Perdre Kathleen et Jimmy Riley avait été plus dur pour elle que de perdre un client.

Les fêtes en compagnie des Riley lui avaient terriblement manqué. Au fil des ans, elle s'était habituée à célébrer Thanksgiving et Noël chez eux.

L'hiver dernier avait été douloureux. Elle avait passé les fêtes toute seule.

Elle ne s'était jamais sentie aussi abandonnée, et elle n'avait pas compris à quel point elle considérait la famille de Mick et de Gavin comme la sienne jusqu'au moment où elle se l'était vue retirer.

Stupide ! Et qu'avait-elle fait ensuite ? Elle s'était mise à coucher avec Gavin, ce qui ne servirait qu'à couper les derniers ponts entre elle et la famille Riley lorsque leur histoire se terminerait.

Kathleen l'avait conduite à l'étage, à l'écart de la foule, et l'avait fait entrer dans sa chambre. Elle l'avait ensuite fait asseoir sur une des deux vieilles chaises disposées dans un coin de la pièce encombrée.

— Maintenant que nous sommes seules, pourquoi ne m'expliquerais-tu pas ce qui se passe ?

— Avec Mick, tu veux dire ?

Kathleen écarta sa proposition de la main.

— Non. Je pense que cette situation-là est très claire. Tu as fait une faute professionnelle grave, et tu en as payé le prix. Tu as perdu un client. Je suis sûre que tu es assez maligne pour en tirer les leçons qui s'imposent.

— Oui, répondit Elizabeth d'une voix contrite.

Kathleen avait la faculté, en ne prononçant que quelques mots, d'exprimer beaucoup de choses. Elizabeth se sentait toute petite, en cet instant.

— Je suis vraiment navrée d'avoir fait souffrir Mick, Tara et Nathan.

Kathleen lui prit la main.

— Je sais. Mais tu en as subi les conséquences, n'est-ce pas ?

— Oui. Mick n'était pas qu'un client. C'était mon ami. Et j'ai perdu aussi son amitié.

— Eh bien, pas pour toujours, j'espère. Mon fils est une tête de mule, mais il finira par se faire une raison.

— Je le souhaite. Je dois réparer mes torts envers lui. Et envers Tara.

Kathleen hocha la tête.

— C'est certain. Mais ce que je voulais dire, c'est : qu'est-ce qui se passe entre toi et Gavin ?

Elizabeth déglutit.

— Oh ! Ça.

Kathleen posa sur elle un regard d'une grande sagesse.

— Oui. Ça. Je ne m'étais jamais aperçue que vous étiez attirés l'un par l'autre.

Seigneur !

— C'est arrivé comme ça, d'un coup. Mais on ne fait que se voir de temps en temps. Ce n'est pas sérieux, Kathleen.

— Vraiment.

— Oui.

— Alors, tu ne tiens pas à lui ?

Liz se prit la tête dans les mains, puis se tourna vers elle.

— Tu ferais un excellent procureur, tu sais ? Tu es très douée pour mettre les gens au pied du mur.

Kathleen éclata de rire et lui tapota la main.

— Allons, allons. Tu sais que je te taquine. Ça m'a prise au dépourvu, c'est tout. J'ai été stupéfaite d'apprendre que vous sortiez ensemble.

— Ça m'a prise par surprise, moi aussi.

— Pas moi. Je l'ai vu le soir où je t'ai rencontrée. J'ai su que tu étais amoureuse de Gavin.

Elizabeth se retourna et découvrit Tara, appuyée contre le chambranle de la porte. Jenna, la sœur de Gavin, l'accompagnait.

— Quoi ?

— Entrez, toutes les deux. Saviez-vous qu'Elizabeth et Gavin sortaient ensemble ?

Tara s'assit au bord du lit.

— Je l'ignorais jusqu'à ce que Gavin me l'apprenne. Mais, comme je l'ai dit, ça ne me surprend pas. J'ai vu les étincelles voler ce soir-là, au bar, lorsque j'ai débarqué en ville et que je vous ai rencontrés tous les deux pour la première fois.

— Les étincelles ? Quelles étincelles ?

Tara posa les yeux sur Elizabeth. Celle-ci s'attendait à y lire de l'animosité, voire de la haine. Mais elle ne décela que… de l'intérêt.

— J'ai vu la manière dont tu le regardais. Il m'a semblé évident que tu étais amoureuse de lui.

Elle se rappelait que Tara lui en avait parlé, à l'époque, mais Liz avait nié, pensant parvenir à dissiper ses soupçons. Elle avait cru qu'elle avait réussi à cacher ses sentiments.

— Amoureuse… Non. Non, vraiment, pas du tout.

Jenna lâcha un ricanement.

— Tu es amoureuse de Gavin ?

Elle tripota les nombreuses boucles qui ornaient son oreille et se laissa tomber à plat ventre sur le lit.

— Ça devient intéressant.

— Je ne suis pas amoureuse de lui.

Tara rit.

— Si, tu l'es. Et je parie que ça dure depuis un sacré bout de temps.

— Est-ce vrai, Elizabeth ? Es-tu amoureuse de Gavin ?

Elle regarda Kathleen, puis Jenna, puis Tara, et, pour la première fois de sa vie, elle ne sut pas comment réagir. La pièce lui parut se resserrer sur elle, et elle eut du mal à respirer. C'était pour cela qu'elle n'avait pas d'amies. Avec les mecs, son bagou lui suffisait à se dépêtrer de n'importe quelle situation.

Mais les femmes ne se laissaient pas avoir aussi facilement. Toutes les trois dardèrent sur elle leurs regards d'acier, et elle sut qu'elle ne pourrait pas s'échapper. Le vertige qu'elle ressentait raccourcit son souffle, et ses respirations se firent de plus en plus rapides, ce qui ne servit qu'à lui donner de plus en plus chaud.

— Je ne me sens pas très bien, dit-elle en portant une main tremblante à son front moite.

— Oh, merde ! Maman, elle est toute blanche, s'exclama Jenna. Je n'y connais rien, mais on dirait qu'elle est sur le point de s'évanouir.

— Que quelqu'un lui fasse baisser la tête. Je vais chercher un linge frais.

La voix de Tara lui parut très lointaine, comme si elle se trouvait à l'autre bout d'un tunnel. La pièce se mit à tournoyer, et Elizabeth ne sentit plus ses doigts. Elle tenta de respirer plus vite, car elle avait l'impression d'étouffer.

— Jenna, ferme la porte. Elizabeth, penche-toi en avant et mets ta tête entre tes jambes.

— Je n'arrive pas à respirer.

Elle croisa les bras sur son ventre, prise de nausée.

— Elizabeth, écoute-moi.

Elle tenta de relever la tête, mais elle ne pouvait penser à rien d'autre qu'à respirer. Il fallait absolument qu'elle parvienne à aspirer de l'air. Elle se sentit près de tomber de sa chaise.

Des mains fraîches se posèrent sur sa nuque et la penchèrent en avant. Elle sentit qu'on pressait quelque chose d'humide et de glacé sur son cou.

— Respire lentement et calmement, chérie. Pas si vite. C'est ça qui te donne le vertige.

La voix douce de Kathleen pénétra jusqu'à elle. Elizabeth obéit, et cela marcha. Les fourmillements dans ses mains et ses pieds se calmèrent, et enfin la sensation d'engourdissement qui avait envahi son visage s'atténua.

— C'est ça. Concentre-toi sur chaque respiration. Pas trop vite. Doucement.

Elle s'exécuta, fermant les yeux pour que la pièce cesse de tournoyer autour d'elle.

— Maintenant, lève la tête. Tu penses que tu peux le faire sans te sentir mal ?

— Aucune idée.

— Essaie. On verra. Si ça ne va toujours pas, on t'étendra sur le lit.

Elle ouvrit les yeux et regarda ses pieds, puis releva lentement la tête. Elle avait toujours le tournis, mais rien à voir avec les montagnes russes d'il y a quelques minutes.

Tara écarta les cheveux d'Elizabeth de son visage.

— Ça va mieux ?

Elizabeth hocha la tête.

— Oui.

— Tiens, dit Kathleen en lui tendant un verre d'eau. Bois quelques gorgées.

Elizabeth se saisit du verre, mais Kathleen le tint pour elle tandis qu'elle buvait. Elle releva la tête et tenta de sourire.

— Merci.

Elizabeth tourna son regard vers Tara, puis vers Jenna, agenouillée devant elle.

— Merci aussi à toutes les deux. Je me sens tellement gênée…

Tara sourit.

— Rien de tel qu'une bonne petite crise d'angoisse, pas vrai ?

— C'était ça ? C'est la première fois que ça m'arrive.

Elizabeth soupira longuement, puis inspira à nouveau, calmement cette fois, pas comme si elle participait à un championnat de respiration rapide.

— Ça m'a fichu une de ces trouilles.

— Alors, parler de mon fils te donne des sueurs froides ?

Elle regarda Kathleen.

— Oh non ! Pas du tout. Si. Peut-être. Je ne sais pas. Je ne m'étais pas préparée à répondre à des questions concernant mes sentiments pour lui.

— Visiblement pas, répliqua Jenna avec un sourire railleur. Qui eût cru que mon frère provoquait une telle panique chez les femmes ?

Elizabeth parvint à rire.

— Non, vraiment, ce n'est pas lui. C'est moi.

— Je suis désolée, s'excusa Tara. Je n'essayais pas de t'acculer.

Elizabeth s'enfonça dans son siège.

— Tu n'as pas à t'excuser. C'est moi qui devrais te présenter des excuses. Jusqu'au jour de ma mort, probablement.

— Il n'y a aucun problème, vraiment.

Elizabeth n'était pas sûre qu'elle se sentirait quitte un jour, avec Tara.

— Je suis sincèrement désolée, Tara. J'étais tellement à côté de la plaque, tellement concentrée sur ma carrière et celle de Mick que ça m'a aveuglée. Je vous ai fait du mal, à toi et à Nathan, sans réfléchir. Jamais je n'utiliserais un enfant de cette manière. Je ne sais pas ce qui m'a pris, et ce que j'ai fait est impardonnable.

Tara se pencha vers elle et lui prit les mains.

— J'accepte tes excuses. N'y pense plus, Liz. C'est ce que j'ai fait. Et Nathan ne conserve aucune rancœur à ton égard.

Elizabeth lâcha un soupir tremblant.

— Merci. Tu es très généreuse, et bien plus gentille que je ne le serais sans doute à ta place.

Tara rit.

— Eh bien, ne t'évanouis pas dans mes bras chaque fois que tu me vois. Ce sera un bon début.

Elizabeth sourit timidement.

— C'est un peu déconcertant de penser que tu sais ce que je ressens depuis tout ce temps.

— Il faut dire que c'était plutôt évident. Tes sentiments pour Gavin sont écrits sur ton visage.

Liz plaqua ses mains sur ses joues, enflammées par la honte.

— C'est vrai ?

Tara la gratifia d'un sourire compatissant.

— Oui.

— Alors tu es amoureuse de Gavin. Ouah ! Je n'avais rien vu, déclara Jenna. Vous vous connaissez depuis des années, tous les deux. C'est arrivé récemment, ou tu en pinces pour lui depuis longtemps ?

— Longtemps, à mon avis, répondit Tara.

— Est-ce qu'elle a raison ? demanda Kathleen.

Elizabeth acquiesça.

— Gavin le sait ?

Elizabeth secoua la tête.

— Non. Seigneur, non ! Et je ne veux pas qu'il l'apprenne.

Kathleen fronça les sourcils.

— Pourquoi donc ?

Elizabeth examina ses mains.

— C'est difficile à expliquer.

— Parce qu'un homme doit tomber amoureux de son propre gré, pas parce qu'il y est forcé.

Elizabeth releva la tête et acquiesça à l'intention de Tara.

— Oui.

— Ce qui veut dire, maman, qu'on doit prendre un peu de reçul et laisser Elizabeth et Gavin gérer leur relation comme ils l'entendent, affirma Jenna.

— D'accord. Mais je dois te dire, Lizzie, que je t'aime et que j'aime mon fils. Et je ne veux pas que vous souffriez, ni l'un ni l'autre.

Elizabeth prit la main de Kathleen.

— Je t'aime aussi. Et je ne veux pas lui faire de mal. Mais je ne sais pas encore ce que tout cela va donner. Je ne sais pas encore ce qu'on représente l'un pour l'autre. Je te demande donc de nous laisser le temps d'y réfléchir.

Elle se tourna vers Tara.

— Et n'en demande pas trop à Mick, non plus. Il est toujours en colère contre moi, et c'est son droit. Lui et Gavin sont en conflit à ce sujet. Je suis forte et je suis capable d'encaisser des coups. Mais je ne veux pas qu'ils se battent à cause de moi.

Tara haussa les épaules.

— J'ai déjà décidé de ne pas m'en mêler.

Kathleen approuva d'un signe de tête.

— C'est sans doute la meilleure chose à faire. Parfois, les frères doivent trouver eux-mêmes la solution à leurs problèmes. Et lorsqu'il s'agit d'une femme, ou de plusieurs, il vaut mieux garder ses distances.

Ils trouveront le moyen de surmonter cela. Ce ne sera pas la première fois.

Elizabeth espérait qu'elle ne se trompait pas. Elle préférerait quitter Gavin plutôt que de s'immiscer entre lui et Mick.

Elle priait pour ne pas en arriver là.

Chapitre 16

Gavin fouilla toute la maison à la recherche d'Elizabeth. Il finissait par se demander si Mick ne l'avait pas trouvée avant lui et enfermée dans le coffre de sa voiture.

OK, il ne ferait pas ça. Du moins, Gavin supposait que son frère n'irait pas jusque-là.

Tandis qu'il parcourait la maison une troisième fois, il aperçut Elizabeth qui descendait l'escalier en compagnie de sa mère, de Jenna… et de Tara, aussi incroyable que cela puisse paraître.

Toutes les quatre bavardaient, souriantes, apparemment très à l'aise.

Ça, c'était inattendu.

— Hé, je t'ai cherchée partout, dit-il lorsqu'elle arriva en bas de l'escalier.

— On appartient à une société secrète exclusivement féminine. Notre objectif est d'anéantir tous les mâles de la planète, annonça Jenna.

— Petite maligne !

Il embrassa la joue que sa sœur lui présentait, et elle s'éloigna.

Tara s'approcha et l'étreignit fraternellement.

— On papotait entre filles. Tu n'es pas obligé de monopoliser Elizabeth en permanence. Si ?

Il regarda Elizabeth, qui n'avait pas l'air plus perturbée que ça.

— Je suppose que non.

— Alors je suppose que tu peux la reprendre. Ta maman, Jenna et moi allons nous occuper du gâteau de Mick. Vous avez fait griller la viande, ton père et toi ?

— Ouais, dit-il sans parvenir à quitter Elizabeth des yeux, impatient de savoir si elle allait bien. La viande est dans la cuisine.

Elizabeth se tourna vers la mère de Gavin.

— Avez-vous besoin d'aide ?

— Non, affirma Kathleen. Tu peux rester avec Gavin. Nous avons la situation bien en main.

Elles s'éloignèrent, et Gavin emmena Elizabeth devant la maison afin de profiter d'un peu d'intimité.

— Qu'est-ce qui se passe ? Pourquoi étais-tu en haut avec Jenna, Tara et ma mère ?

Elle haussa les épaules.

— Pour rien. On discutait, c'est tout.

— Tara ne t'a pas prise entre quat'z'yeux ? Elle n'a pas été désagréable avec toi ?

Elizabeth eut un petit sourire.

— Non. On a parlé. C'était bien. Ça a dissipé la tension. Tout va bien, maintenant. (Elle posa une main sur le bras de Gavin.) Vraiment, ça va.

— Sûre ?

— Certaine.

— D'accord.

— Alors, est-ce qu'on peut rentrer donner un coup de main plutôt que de raser les murs en évitant tout le monde ?

Il passa un bras autour de ses épaules.

— Oui, j'imagine.

Elle lui enlaça la taille.

— Je t'en prie, Gavin, ne t'inquiète pas pour moi. Ça ira. Même avec Mick.

Celui-ci se trouvait devant la porte avec Tara lorsqu'ils l'ouvrirent pour rentrer. Elizabeth lui adressa son plus beau sourire.

— Joyeux anniversaire, Mick !

Gavin devina que Tara lui avait parlé.

— Merci. Content que tu sois venue.

Elizabeth sourit tristement.

— Je sais que ce n'est pas vrai, mais merci de ta courtoisie. Je vais essayer de ne pas trop te déranger. (Elle lâcha Gavin.) Je vais dans la cuisine aider ta maman.

— Moi aussi, ajouta Tara. (Elle leva la tête pour embrasser Mick.) Sois sage.

— Parce que ça m'arrive de ne pas l'être ?

Tara leva les yeux au ciel, puis les posa sur Gavin.

— Toi aussi.

Tara s'éloigna, et Gavin se retrouva seul avec Mick.

— Merci de ne pas avoir sauté à la gorge d'Elizabeth.

Mick haussa les épaules.

— Je n'ai rien à lui dire, tant qu'elle ne vient pas foutre le bordel dans ma famille. Elle l'a déjà assez fait.

Gavin aurait eu beaucoup de choses à lui répondre, mais c'était l'anniversaire de Mick, et sa mère lui flanquerait une raclée s'il donnait un coup de poing au héros du jour. C'était probablement pour cela que Mick se croyait tout permis.

Cette impunité ne durerait pas éternellement. Seulement aujourd'hui, en fait.

— On devrait aller voir ce que fait papa, suggéra Gavin en ravalant sa colère.

— Ouais, bonne idée.

Leur père les forcerait à rester neutres. Il se trouvait à l'extérieur, dans la fumée du barbecue, en compagnie de leurs oncles. Gavin entendit la fin d'une anecdote au sujet du dernier Super Bowl ; son père détaillait l'une des actions magnifiques de Mick en précisant qu'il ne restait plus une seule place assise dans son bar, ce dimanche-là.

Mick grogna.

— Comme si oncle Robert et oncle Matt n'avaient pas déjà entendu cette histoire une bonne centaine de fois.

— Entendu ? Mick, ils étaient au bar ce soir-là. On y était tous. Ça ne veut pas dire que papa va se priver de la raconter à qui veut bien l'entendre !

Une poignée de voisins entouraient leur père. Eux aussi étaient au bar ce soir-là. Tout comme Gavin, qui avait déjà vu toutes les actions, entendu tous les hourras, et devait tout de même se payer le résumé.

Non pas que Gavin soit jaloux. Gagner le Super Bowl avait été un sacré événement pour son frère. Il ne nourrissait pas de rancœur à cet égard. Si les rôles avaient été inversés, Gavin aurait profité à fond de son prestige et l'aurait fait durer aussi longtemps que possible.

— Mick, mon gars, viens par ici et raconte-leur la passe qui a permis l'essai gagnant.

— Une fois de plus, murmura Gavin.

Mick leva les yeux au ciel.

— Ils n'ont aucune envie de l'entendre.

— Sans doute pas, mais papa a envie que tu leur racontes. Si tu as de la chance, ils lanceront peut-être une pétition pour que tu ne le fasses pas.

Mick ricana et se lança dans la mêlée. Gavin demeura en arrière pour siroter sa bière en écoutant l'histoire qu'il connaissait déjà par cœur.

— Ta saison se passe bien, pour l'instant.

Gavin n'avait pas entendu le fils de Tara, Nathan, s'avancer derrière lui. Ce gosse était toujours si réservé. Mais, bien sûr, un jeune de quinze ans au beau milieu du clan tapageur des Riley avait des chances de se faire bouffer comme un petit poisson parmi des requins.

— Merci, Nathan. Comment ça va, toi ?

— Pas mal.

Gavin sentait que le jeune homme avait quelque chose à lui dire.

— Quelque chose te tracasse ?

Nathan jeta un œil à Mick, qui mimait un lancer de ballon.

— Oui, un peu.

— Vas-y. On est de la même famille, maintenant. Dis-moi à quoi tu penses.

Nathan marqua un court silence, puis déclara :

— C'est à propos de ta petite amie.

— Elizabeth ?

— Oui.

— Tu es en colère après elle ? demanda Gavin.

— Non. Mais Mick, oui. Et il pense que je devrais l'être aussi, mais ce n'est pas le cas.

Gavin se retourna complètement pour faire face à Nathan.

— Personne ne peut te dire ce que tu dois ressentir, Nathan. Ni ta maman, ni Mick, ni moi. Si tu es furieux de ce qu'Elizabeth a fait pour manipuler les médias ce jour-là, c'est ton droit. Si tu t'en fiches, c'est ton droit aussi. Si Mick est encore en colère, c'est un problème qu'il est le seul à pouvoir résoudre.

— Tu dois avoir raison.

— Tu n'as pas besoin de ressentir la même chose que lui en permanence. Il n'arrêtera pas pour autant de tenir à toi. C'est un peu comme quand deux personnes s'aiment, mais qu'elles ne sont pas du même bord politique.

— Tu veux dire quand l'un des deux est démocrate et que l'autre est républicain ?

— Exactement. Ils n'ont pas besoin d'être d'accord pour s'aimer. Si ? Même si leurs avis divergent probablement sur des sujets fondamentaux et très sérieux.

— On a parlé de ça dans mon cours d'éducation civique. Du fait que c'est notre droit de défendre nos opinions, même si on n'est pas du même avis que nos proches.

— Exactement. Tes grands-parents sont à l'opposé l'un de l'autre, politiquement.

Nathan leva les sourcils, surpris.

— Ah bon ?

— Ouep. Mais ils s'aiment plus que tout. Et je n'ai jamais vu des gens capables de débattre avec autant de violence, surtout au moment des élections. Mais attaque-toi à l'un des deux, et l'autre le défendra bec et ongles. Donc, pour ce que tu ressens, c'est un peu pareil. Ce n'est pas parce que tu aimes Mick que tu dois penser la même chose que lui sur tous les sujets.

Nathan regarda Mick un moment, puis acquiesça.

— Je comprends. Merci.

— Je t'en prie.

— J'aime plutôt bien Elizabeth. Elle est venue me voir, aujourd'hui, et on s'est assis ensemble, et elle m'a dit qu'elle avait fait n'importe quoi et qu'elle était désolée. Je pense qu'il faut un sacré courage pour faire un truc pareil.

— Ouais, je trouve aussi.

Nathan leva la tête vers Gavin.

— Je crois qu'elle fait vraiment de son mieux, Gavin.

Celui-ci frappa son épaule contre celle de Nathan.

— Je le crois aussi, Nathan. Peut-être que ton père finira par le comprendre, un de ces jours.

Elizabeth était exténuée. Physiquement, moralement et émotionnellement.

D'abord, elle avait craqué devant Jenna, Kathleen et Tara... Seigneur, rien n'aurait pu rendre ce moment plus épouvantable ! Et puis elle s'était assise pour avoir une conversation à cœur ouvert avec un jeune homme de quinze ans, qui avait accueilli ses excuses avec une maturité étonnante.

Et, pour couronner le tout, elle avait dû passer le reste de la soirée à tout mettre en œuvre pour éviter Mick, ce qui n'était pas facile, vu qu'il s'agissait de sa fête d'anniversaire.

Elle avait envie de se déshabiller, de se planquer sous les couvertures, et que cette journée se termine enfin.

Gavin l'avait ramenée chez lui et était parti prendre une douche. Il avait transpiré lors d'un match de football improvisé avec son frère, son futur neveu et quelques cousins.

Pendant qu'il se lavait, elle déboucha une bouteille de vin et s'en servit un verre. Elle fila à l'étage, ôta ses vêtements et se laissa tomber tête la première sur le lit.

Elle s'était presque endormie lorsqu'elle sentit des mains puissantes glisser le long de son dos, suivies de lèvres tièdes se posant sur sa nuque.

— Je te laisse une heure pour arrêter ça, déclara-t-elle.

Il ne répondit pas, se contentant de mener sur ses épaules un assaut sensuel, son massage dissipant la tension qui s'était accumulée dans ses omoplates, le milieu de son dos, ses reins, puis s'attardant sur ses fesses, ce qui la fit glousser. Il compressa les endroits qui avaient besoin de l'être et effleura avec douceur les zones moins crispées. Faisant suivre ses doigts d'une très légère caresse de ses lèvres, il décrivit un chemin de son dos à ses fesses, puis descendit le long de ses cuisses et de ses mollets. Enfin, il lui souleva les pieds et se mit à en pétrir la plante.

Elle gémit. Ses pieds étaient d'autant plus sensibles qu'elle passait sa vie en talons.

— Mon Dieu, c'est bon ! Ne t'arrête pas, je t'en prie.

Il appuya du pouce sur la plante de son pied et la surprit en passant la langue sur l'un de ses orteils. Elle hoqueta, la double sensation de détente et de sensualité fusant droit vers son sexe. L'excitation la parcourut, brûlante et moite à la fois, la poussant à lever les fesses et à glisser une main entre ses jambes pour masser le noyau ardent de son clitoris.

— Arrête, gronda-t-il. J'y viens dans une minute.

Elle rit.

— J'ai hâte. J'ai envie de jouir.

— Tu n'es pas très patiente, hein ? remarqua-t-il avant de prendre son gros orteil dans sa bouche et de le sucer.

Oh, bordel ! Elle oublia totalement ce qu'elle avait eu l'intention de faire avec ses doigts, médusée par l'habileté de sa langue et de sa bouche. Et, lorsqu'il passa sa langue en travers de la plante de son pied, elle le lui retira brusquement.

— Ça chatouille.

— Alors ça, c'est impardonnable.

Il promena sa langue sur sa cheville et son mollet, lui souleva la jambe et la reposa sur le lit en embrassant le pli d'un genou, puis l'autre, lui écartant les jambes pour s'immiscer entre les deux. Il posa ses lèvres sur ses cuisses puis à l'endroit où son postérieur rejoignait ses jambes, ensuite il lui massa les fesses.

Elle gémit à nouveau lorsqu'il se mit à lui pétrir le bas du dos, surtout à cet endroit-là, où...

— Ooooh !

— À ce point-là ?

— Oui.

— C'est parce que tu t'obstines à porter ces talons de dix centimètres. C'est mauvais pour ton dos.

— Oui, docteur. Tout ce que vous voudrez, docteur. Continuez à me masser là, s'il vous plaît.

— Tu es sûre que c'est là que tu veux que je te touche ? Pas ici, plutôt ?

Il laissa ses doigts errer plus bas sur ses fesses, puis entre ses jambes pour titiller son sexe.

— C'est très bien aussi. Touche-moi là, plutôt.

Il s'exécuta, écartant de trois doigts les lèvres de son sexe et répandant sa liqueur sur son clitoris. Elle accompagna ses mouvements en levant les fesses et en se frottant contre lui comme un chat en manque d'attention.

Peut-être qu'elle s'était même mise à ronronner. Elle savait qu'elle émettait des sons, mais elle ne les entendait même pas. Elle était perdue dans ses sensations, l'esprit absorbé par ses caresses et le contact de son corps, lorsque soudain il se plaça sur elle et la pénétra, tout en passant une main sous son corps pour continuer à stimuler son clitoris.

Il gonfla en elle, devenant de plus en plus épais, étirant son sexe, l'amenant jusqu'à la limite de son plaisir et l'en ramenant sans cesse. Elle empoigna les draps dans ses poings et enfouit la tête dans les couvertures, ignorant tout ce qui n'était pas son souffle et les péchés qu'il lui murmurait à l'oreille. Elle tourna la tête sur le côté et entraperçut ses traits tendus, puis leurs lèvres se rencontrèrent en un baiser enfiévré, et il s'enfonça profondément en elle.

Plaquée contre le matelas, elle était impuissante ; elle lui cédait le contrôle, et ses coups de reins l'électrisaient. La tension rendit les muscles d'Elizabeth aussi durs que l'acier, tant elle luttait contre l'explosion toute proche. Elle voulait prolonger cette extase, où chaque caresse de son membre l'enivrait davantage et où chacun de ses murmures la portait au paradis.

— Vas-y, Elizabeth. Je voudrais te sentir jouir.

Elle secoua la tête, se retenant encore pour quelques instants, le laissant la transformer en une boule de plaisir, le plus doux que l'on puisse concevoir.

Mais, lorsqu'il lui mordit la nuque, une chaleur irrésistible déferla sur elle, et elle jouit dans un cri, trouvant ses lèvres tandis qu'il ondulait contre elle, ses testicules claquant contre son clitoris. Il gronda et explosa en elle. Il était collé à elle, tremblait contre elle, et elle aurait souhaité que cela ne s'arrête jamais, qu'ils restent ainsi unis pour toujours.

Gavin se laissa aller contre elle et roula sur le côté, l'emportant avec lui. Il lui caressa les seins tandis qu'elle s'apaisait peu à peu.

Elle lui donnait toujours tellement d'elle-même à travers le sexe. Elle s'ouvrait à lui et lui offrait tout, sans la moindre retenue. Elle ne s'était jamais comportée de cette façon avec les autres hommes.

Elle n'avait jamais aimé les autres hommes.

Elle se demanda s'il savait à quel point elle se donnait à lui, ou s'il pensait qu'elle était simplement comme les autres femmes qu'il avait connues.

Elle ne lui poserait jamais la question. Elle ne voulait pas savoir. Entre eux, il n'y avait que l'instant présent. Elle ne lui dirait jamais ce qu'elle ressentait. Il avait déjà trop de pouvoir sur elle.

Et chaque jour qui passait lui en accordait davantage.

Elle soupira et se blottit contre lui. Il lui caressa les cheveux dans la pénombre, et elle s'autorisa une larme, une seule, qui coula le long de sa joue.

Petit à petit, elle s'abandonnait à Gavin.

Elle n'allait jamais gagner ce match.

Chapitre 17

S'il s'était agi d'un concert de rock, plutôt que d'un match de base-ball du mercredi après-midi à Milwaukee, la fille aux seins énormes assise au deuxième rang près de la première base aurait soulevé son tee-shirt pour montrer ses atouts à Gavin.

Mais, au lieu de cela, elle brandissait une pancarte clamant son amour pour lui, ses seins bondissant de haut en bas au même rythme que l'écriteau au-dessus de sa tête.

Il adorait les fans, surtout lorsqu'ils étaient en déplacement, car l'équipe des visiteurs se faisait généralement huer.

Mais cette femme était carrément en train de mouiller son siège à la vue de Gavin, et il savourait chaque seconde de ce spectacle, malgré les railleries de ses coéquipiers sous l'abri.

— Mec, tu devrais vraiment prendre son numéro.

— Elle va finir par se jeter sur le toit de l'abri.

— Je te parie 100 dollars qu'elle t'attend à la sortie après le match.

Il n'avait pas envie de parier là-dessus. Ce n'était pas la première groupie qu'il croisait, et cette blondinette était une fanatique de premier ordre. Il se sentait flatté, mais il était trop malin pour satisfaire les fantasmes des cinglées. Elle avait sans doute chez elle une pièce tapissée de photos de lui, et un pic à glace sous son oreiller.

Après le match, il descendit avec les gars au restaurant de l'hôtel pour dîner et boire quelques verres. Ils avaient besoin de se consoler de leur défaite. Parfois, il était plus facile de perdre un match avec un retard de six points que de céder après une quasi-égalité. Celui-ci avait été stressant jusqu'à la fin : ils avaient placé des gars en première et en troisième base durant la neuvième manche, mais n'avaient pas réussi à marquer.

— À la batte, on a été minables, déclara Dedrick. Ou du moins je l'ai été.

— T'es pas le seul, répliqua Gavin. (Il leva sa bière et en avala plusieurs longues gorgées.) J'ai frappé n'importe comment.

Tommy but et reposa sa chope sur la table en grimaçant.

— Aux lancers, c'était pas beaucoup mieux. Bailey n'a pas su retenir ses deux coureurs pendant la troisième manche, je ne l'ai pas aidé pendant la cinquième. J'ai tenu à peine deux manches. Comme relève on a vu mieux. Ce doit être la pleine lune ou un truc comme ça.

Gavin leva son verre.

— À un meilleur match demain.

Ils trinquèrent.

— Ça peut pas être pire qu'aujourd'hui, grommela Dedrick.

— Ben, si, ça pourrait, corrigea Gavin. Mais ce sera pas le cas. Demain, on leur botte le cul.

Ils burent des bières, engloutirent des hamburgers et se lamentèrent de plus belle. Dedrick et Tommy décidèrent d'aller se coucher et remontèrent dans leurs chambres. Gavin s'attarda au bar. Il était trop nerveux pour aller s'enfermer dans une chambre d'hôtel exiguë. Un match nocturne était en cours, Atlanta contre Tampa Bay, il resta donc assis au bar pour le regarder. Il passa au soda après avoir bu une dernière bière.

Une brune canon s'installa sur le tabouret à côté de lui, car le bar était plutôt bondé. Elle commanda une boisson, sortit son téléphone et se mit à pianoter sur les boutons.

Gavin jugea qu'elle devait avoir dans les vingt-cinq ans. Elle devait se trouver en ville pour affaires, car elle avait les cheveux relevés et coiffés comme ceux d'Elizabeth, et elle portait un tailleur et des souliers chics, comme Elizabeth.

Elle fronça les sourcils face à son téléphone.

— Un problème ?

Elle leva les yeux vers lui et lui sourit. Elle avait de beaux yeux bruns.

— Mon client vient d'annuler notre rendez-vous.

Gavin hocha la tête.

— Je déteste quand ça m'arrive.

Elle rit.

— Moi aussi. Vous êtes là pour affaires ?

— On peut dire ça, oui.

Elle lui tendit la main.

— Judith Stafford. Je suis commerciale chez Lincoln Aluminium. Et vous êtes ?

Il lui serra la main.

— Gavin Riley.

— Enchantée, Gavin. Pour qui travaillez-vous ?

— Les Rivers, l'équipe de base-ball de Saint-Louis.

Elle haussa les sourcils.

— Oh ! Vous jouez au base-ball. Pas de match, ce soir ?

— Non. Nous avons joué contre Milwaukee cet après-midi.

Elle eut un petit rire.

— Je suis désolée. Le sport, ce n'est pas ma tasse de thé, comme vous pouvez le voir. Je devrais certainement être en train de baver ou de couiner devant vous, n'est-ce pas ?

Cette femme lui plaisait.

— Ce n'est pas obligatoire, rassurez-vous. Tout le monde n'est pas branché sport.

Elle se tourna un peu dans son siège, assez pour exhiber des jambes spectaculaires.

— Alors, votre équipe a-t-elle gagné ou perdu aujourd'hui ? demanda-t-elle.

— Perdu.

— Je vois. Alors vous êtes venu noyer votre chagrin dans l'alcool.

— Mes coéquipiers et moi l'avons fait tout à l'heure. À présent, je bois un soda en regardant un autre match. Je n'aime pas beaucoup passer la nuit dans une chambre d'hôtel minuscule. Je déteste jouer en journée.

Elle acquiesça.

— Le pire, quand on voyage, ce sont les chambres d'hôtel. En général, je vais au centre commercial pour tuer le temps, ou alors je fais comme vous : je m'installe dans un restaurant ou dans un bar. C'est dommage que vous ayez déjà mangé, sinon je vous aurais invité à sortir. Nous aurions pu découvrir la ville.

— Je n'ai jamais le temps d'explorer les villes où je joue. En général, on ne fait que l'aller et retour…, avec une chambre d'hôtel entre les deux.

— Ça ressemble à ma vie, même si je mange souvent dans les restaurants du coin. Il faut bien faire plaisir aux clients.

— Donc vous voyagez beaucoup ?

Elle hocha la tête.

— Dans tout le pays. Je suis directrice des ventes, donc je passe les trois quarts de l'année sur la route.

— Aïe ! Qu'est-ce que votre mari pense de ça ?

Elle esquissa un sourire.

— C'est pour cela que je n'en ai pas, du moins pas encore. Peut-être que le jour où je trouverai un homme prêt à supporter mon boulot de dingue, je demanderai à voyager un peu moins. Mais franchement je n'en suis pas sûre.

— Vous devriez épouser un joueur de base-ball. Ce genre de vie ne lui paraîtrait pas trop étrange, et il ne resterait pas seul à la maison à vous attendre. Du moins, pas durant la saison.

Elle le gratifia d'un grand sourire, montrant ses dents blanches et régulières.

— Est-ce que c'est une demande en mariage ?

Il s'étouffa avec sa gorgée de soda.

— Vous allez vite en besogne, mademoiselle Stafford.

Elle saisit son propre verre et en but une gorgée, puis croisa les jambes. Gavin avait fréquenté assez de femmes pour savoir que c'était un signe d'intérêt.

Elle était absolument canon, elle sentait bon, et elle lui envoyait des signaux que seul un aveugle n'aurait pas compris. Elle était maligne et amusante. S'il se montrait un peu habile, il pouvait mettre Judith Stafford dans son lit ce soir.

Le problème, c'était qu'une certaine rousse incendiaire ne cessait de s'immiscer dans son esprit. C'était la seule qu'il voulait mettre dans son lit, la seule à laquelle il voulait penser.

Qu'est-ce qui n'allait pas chez lui, putain ?

— Et vous, Gavin Riley ? Comment votre épouse prend-elle le fait que vous voyagiez si souvent ?

— Je n'ai pas d'épouse.

Les yeux de Judith étaient devenus étincelants.

— Mais il y a une femme que je fréquente. En fait, je passe beaucoup de temps avec elle, depuis quelques mois. Elle voyage beaucoup, comme vous, donc mon mode de vie ne la choque pas plus que ça.

Et aussitôt la lueur qui animait son regard s'éteignit. Elle décroisa les jambes et les glissa sous le tabouret. Le signe incontestable qu'elle n'était plus intéressée, même si son sourire n'avait rien perdu de sa chaleur.

Elle restait aimable et polie, mais elle lui faisait clairement comprendre que leur petit échange était terminé.

— Elle a beaucoup de chance. Quant à moi, je crois que je vais monter dans ma chambre, retirer ma tenue de travail et regarder la télévision. Ravie de vous avoir rencontré, Gavin.

— Moi de même, Judith.

Lorsqu'elle fut partie, Gavin finit son soda et paya l'addition, puis il regagna sa chambre. Il sortit son portable et fit défiler les noms. L'un d'eux le fit sourire.

Il avait soudain très envie de parler à Elizabeth.

Rien ne stimulait autant l'esprit de compétition d'Elizabeth qu'une pièce remplie d'agents sportifs.

Ce congrès sur le networking, les négociations et les réseaux sociaux était fait pour elle. Tous ses collègues étaient présents, et c'était l'occasion pour elle de se mettre à la page. Deux jours et deux nuits consacrés exclusivement à ce qui la passionnait.

Elizabeth et les autres agents sportifs ne se voyaient pas très souvent, hormis lors des drafts et des réceptions, durant lesquelles ils étaient en général trop occupés avec leurs clients pour se dire plus qu'un rapide bonjour. Bien sûr, il y avait les autres employés, mais ils demeuraient ses rivaux. Son but était de se maintenir tout en haut de l'échelle, même au sein de sa propre entreprise. Et, pour le moment, c'était le cas.

De plus, le congrès était très instructif. Elizabeth maîtrisait déjà les réseaux sociaux ; elle avait un compte Twitter ainsi que sa propre page Facebook, où elle rendait compte de l'actualité de tous ses athlètes. Elle voulait que ses clients potentiels sachent ce qu'elle faisait et quels sportifs elle représentait. Les jeunes joueurs d'aujourd'hui avaient l'habitude d'Internet, et lorsqu'ils se mettaient en quête d'un agent c'était par là qu'ils commençaient. Elle n'était pas idiote. Elle connaissait les règles du jeu. Tout était dématérialisé, désormais. Les étudiants en sport n'allaient pas chercher leur agent dans les Pages Jaunes.

Mais il y avait d'autres conférences susceptibles de l'intéresser, sur les salaires maximaux des nouveaux joueurs, les techniques avancées de négociation, les conflits d'arbitrage et les lois du travail. Le rôle d'un agent sportif ne se limitait pas à attirer et à garder des clients talentueux, loin de là. Souvent, ce travail revenait à naviguer dans un champ de mines. Un bon agent demeurait vigilant et se maintenait au courant de toutes les ramifications légales et contractuelles du moment.

Bien sûr, son agence disposait d'excellents avocats payés pour analyser l'aspect légal des droits et du contrat d'un joueur. Mais Elizabeth souhaitait en savoir le plus possible. Ces rencontres annuelles lui étaient donc essentielles.

— Tout cela a l'air de te passionner, Elizabeth.

Elle grinça des dents, se retourna et afficha un sourire professionnel à l'intention de son ennemi numéro un, Don Davis.

— Don, quelle joie de te voir !

Il découvrit ses dents terriblement blanches et manifestement fausses, puis rajusta les manchettes de sa chemise parfaitement coupée sous son impeccable veste sombre et tape-à-l'œil, assortie à sa cravate de luxe. Ses cheveux noirs, gominés et lissés en arrière, lui donnaient l'air d'un gangster. Elizabeth l'imaginait bien lui ordonnant de payer si elle ne voulait pas qu'on la retrouve au fond d'une ruelle sombre avec quelques doigts en moins. Ou peut-être ressemblait-il davantage à un maquereau raffiné. Elle n'arrivait pas à se décider. Même son bronzage avait l'air cher. Et artificiel.

— Je suis surpris de te rencontrer ici, Elizabeth, douée comme tu l'es. Je croyais que tu savais déjà tout ce qu'il y a à savoir sur le métier. Bien sûr, tu as connu quelques coups durs, récemment, pas vrai ? Alors peut-être as-tu besoin de te remettre au goût du jour.

Connard ! Elle aurait payé cher pour lui enfoncer un de ses talons aiguilles dans les couilles.

— Oh, je suis parvenue à compenser largement les prétendus coups durs dont tu parles, Don. Mais merci de ta sollicitude.

— Reste sur tes gardes. Et surveille tes arrières.

Elle le gratifia d'un sourire méprisant.

— Tu ferais bien d'en faire autant.

Il rit d'un air condescendant.

— Je n'ai pas besoin de m'inquiéter. Mes clients sont heureux, avec moi.

Elle lui tapota le bras.

— Continue à penser cela, Don. Ravie d'avoir pu bavarder avec toi, comme toujours.

Elle s'éloigna, peu désireuse de poursuivre cette petite bataille puérile. Il lui avait déjà volé assez de son temps, sans parler de ses clients. Il pouvait prendre des airs supérieurs tant qu'il voulait, mais il finirait par récolter ce qu'il avait semé, et Elizabeth n'oubliait pas facilement ceux qui lui avaient fait du tort. D'accord, Mick l'avait virée, et il était normal qu'il engage un nouvel agent. Mais était-il obligé de choisir la personne qu'Elizabeth haïssait le plus ?

Mick l'avait fait exprès.

— Elizabeth !

En entendant son nom, elle se retourna pour balayer du regard le hall bondé de l'hôtel. Elle agita la main en direction de Victoria Baldwin, l'une des rares femmes qu'elle connaissait dans le métier. Tori et elle se rapprochèrent l'une de l'autre.

— Argh ! Cet endroit est saturé de testostérone, se plaignit Tori. Je ne sais pas si mon utérus va survivre bien longtemps.

Elizabeth rit.

— Je comprends totalement ce que tu veux dire. Tu as le temps de déjeuner ?

Tori sortit son portable et pressa quelques boutons, consulta son calendrier, puis releva les yeux vers Elizabeth.

— Oui. La prochaine conférence qui m'intéresse commence à 13 heures. Je meurs de faim, et mes pieds me font atrocement souffrir. (Elle passa un bras sous celui d'Elizabeth.) Je donnerais n'importe quoi pour pouvoir assister à ce congrès en jogging et chaussons à tête de lapin.

Elizabeth haussa un sourcil.

— J'ai du mal à t'imaginer abandonnant tes Louboutin pour des chaussons-lapins roses.

La foule n'ayant pas encore investi le restaurant, on les conduisit aussitôt à une table libre. Tori se laissa tomber dans sa chaise et se débarrassa de ses chaussures.

— Oh, chérie, tu serais surprise de voir à quel point je me néglige quand je suis seule à la maison ! Je ne plaisante pas, pour les chaussons. Toi, en revanche, tu passes sans doute ta vie en talons.

Elizabeth lui adressa un sourire espiègle.

— C'est vrai que je tiens à mes talons. Peut-être parce que je suis constamment sur la défensive, et que j'ai besoin de prouver que je suis une femme.

— Alors là, je ne vais pas te contredire.

Tori repoussa quelques mèches de ses cheveux brun vison et les coinça derrière son oreille.

C'était une femme superbe, la quarantaine tout juste entamée. Elle avait renoncé à se marier et à fonder une famille afin de se consacrer à sa carrière. Lorsque la jeune Elizabeth, fraîchement diplômée, avait débarqué dans le métier, elle avait fait de son mieux pour se montrer aussi ambitieuse et opiniâtre que Victoria Baldwin. Et, bien que Tori travaille pour une agence concurrente, elle avait pris Elizabeth sous son aile et lui avait révélé de nombreux secrets sur ce que cela signifiait d'être une femme dans un milieu où les hommes étaient prédominants.

Elizabeth l'adorait.

— Jamais ces requins ne nous autoriseraient à nous habiller de manière confortable. On est obligées de bosser trois fois plus dur qu'eux pour être considérées avec moitié moins de sérieux. C'est une jungle, et elle ne fait qu'empirer avec le temps. Mais en tant qu'agent sportif, pour attirer les jeunes champions en herbe, au moins les seins servent-ils à quelque chose.

Elizabeth eut un petit rire.

— Et tu n'en manques pas.

Tori accepta le verre de thé glacé que lui apportait le serveur.

— Écoute, chérie, j'ai presque dix ans de plus que toi. J'ai besoin de tout l'arsenal encore à ma disposition pour ferrer les gros poissons, tu vois ?

— Tori, tu es aussi l'un des agents les plus doués que je connaisse. Tu as ouvert la voie aux autres femmes qui désiraient faire ce métier. Tu nous as montré comment y entrer de force et obliger les hommes à nous accepter. Tu nous as prouvé que le sport était un domaine que nous pouvions conquérir, qu'il n'était pas exclusivement réservé aux hommes.

Tori haussa les épaules.

— Merci, Liz, mais la bataille n'est pas terminée. Beaucoup de jeunes préfèrent encore signer avec un homme.

Elizabeth plissa les yeux.

— Oh, vraiment, Tori ! Tu as besoin d'une bonne sieste, parce que ce que tu viens de dire est une énorme connerie. Et c'est toi qui me l'as appris. Les athlètes veulent signer avec l'agent qui leur obtiendra le meilleur contrat. Et c'est notre cas. De plus, on est plus jolies et on sent bon. Et puis il y a les seins.

Tori éclata de rire.

— Tu as tout à fait raison. C'est juste que je passe une journée cauchemardesque. C'est un cocktail dont j'aurais besoin, pas un thé glacé.

— Et pourquoi pas ? (Elizabeth fit signe au serveur et commanda des Martini.) On portera un toast aux femmes agents qui déchirent. Je viens de passer quelques mois plutôt cauchemardesques, de mon côté.

— J'ai entendu dire que ce connard de Don Davis t'avait piqué des clients.

— Eh bien, l'un d'eux est parti par ma faute. J'ai été aveugle et stupide. Et le prestige de Mick a convaincu l'autre de l'imiter, j'en suis sûre.

— Hmmmm !

Tori tapota la table d'un ongle long et manucuré, accepta le Martini que lui offrait le serveur et en but une gorgée.

— Raconte. Quelle a été ton erreur ?

— Je me suis montrée trop calculatrice avec Mick Riley et j'ai essayé d'écarter sa fiancée actuelle, qui était sa petite amie à l'époque. Je pensais qu'il avait tort de la fréquenter et j'ai voulu m'interposer.

— Oh ! Mauvais calcul, princesse. Ne jamais s'immiscer entre un client et la femme qu'il aime.

Elizabeth leva son verre.

— Amen. Je l'ai compris à mes dépens. Et j'ai découvert que je ne savais pas tout. Incroyable, non ?

Tori s'esclaffa.

— C'est vrai que notre amour-propre prend le dessus, parfois, et on se plaît à penser qu'on est capables de marcher sur l'eau, de trouver le remède contre le cancer et de négocier le meilleur contrat pour nos clients…, le tout juchées sur des talons vertigineux.

— Il faudra bien qu'on s'habitue au fait qu'on ne peut pas tout avoir.

— Ah bon ? Pourquoi pas ?

Elizabeth regarda Tori droit dans les yeux.

— C'est ton cas ? Tu as tout ce dont tu as toujours rêvé ?

— Bien sûr. J'ai un boulot que j'adore, des tonnes d'argent, un bel appartement à New York, une garde-robe spectaculaire, des amis géniaux, et je passe mes vacances dans des endroits paradisiaques. Que pourrais-je désirer de plus ?

— Alors tu n'as pas l'impression d'avoir sacrifié le mariage et les enfants pour obtenir ce que tu voulais ?

— Non. Je sors avec des hommes merveilleux, ils me donnent du plaisir, et je les flanque à la porte dès qu'ils cessent de m'intéresser. Par ailleurs, je n'ai jamais eu la fibre maternelle. Ma petite sœur a trois enfants adorables, que j'aime de tout mon cœur et que je vais voir dans le Connecticut dès que l'envie de câliner un marmot se fait sentir. Crois-moi, s'il m'arrivait de nourrir l'impression que ma vie ne me satisfaisait pas pleinement, ça suffirait à me guérir. Et les hommes ont une durée de vie d'environ six mois, dans mon monde.

Elizabeth rit.

— Alors tu es parfaitement heureuse ?

— Tout à fait. Mais on dirait que ce n'est pas ton cas. Ton horloge biologique te joue des tours ?

— Je n'y ai jamais pensé auparavant. J'ai toujours été satisfaite de la vie que je menais.

Tori prit une gorgée de Martini.

— Ça, c'est le signe qu'un homme vient d'y entrer et d'y instiller des envies de mariage et d'enfants.

— Alors là, certainement pas.

Tori s'esclaffa.

— Menteuse ! Ça se voit comme le nez au milieu de ta figure. Mon Dieu, Elizabeth, tu es amoureuse !

— Pas du tout. Ce n'est que du sexe.

— Si c'était vrai, tu n'envisagerais pas d'avoir des enfants, Liz. Peut-être ferais-tu mieux d'analyser ton couple d'un peu plus près.

— Je ne suis pas en couple.

— Encore une fois… menteuse ! C'est écrit noir sur blanc sur ton joli visage. Il est temps pour toi de prendre du recul et de te demander ce que tu veux vraiment dans la vie. Peut-être qu'une brillante carrière d'agent sportif ne te suffit pas.

— Bon sang, Tori ! Il y a des jours où je te déteste.

Tori lui sourit par-dessus le bord de son verre à cocktail.

— Non, c'est faux. Tu m'adores parce que je ne te mens jamais comme tu te mens à toi-même.

Merde ! Elle allait devoir redoubler d'efforts pour éviter que ses expressions faciales ne la trahissent sans arrêt. Sinon, Gavin lui-même découvrirait bientôt ce qu'elle ressentait.

Et cela ne devait pas arriver. Jamais.

Elizabeth se sentit à la fois pensive et revigorée, après son déjeuner avec Tori.

Comment avait-elle pu croire qu'elle n'aimait pas les femmes, ou que ses relations avec les hommes revêtaient plus d'importance à ses yeux ? Elle n'aurait jamais pu discuter avec un homme comme elle avait discuté avec Tori aujourd'hui. Aucun homme n'aurait pu imaginer les trésors d'opiniâtreté, d'ambition et de volonté que Tori avait dû déployer pour se hisser jusqu'au sommet. Pas plus qu'un homme n'aurait compris les désirs d'Elizabeth. Il avait suffi d'un seul regard à Tori. Elle n'entretenait peut-être pas les mêmes envies, mais elle parvenait à se mettre à sa place.

Rien de tel qu'un peu de solidarité féminine pour se rafraîchir les idées… et qu'une bonne claque de réalisme dans la figure pour comprendre qu'on ne peut peut-être pas tout avoir.

Elle aimait son boulot depuis le premier jour où elle avait franchi les portes de l'agence, naïve, inexpérimentée, perdue, mais sûre que c'était ce qu'elle voulait faire de sa vie.

Elle aimait le sport, depuis toujours. Elle aimait le droit des contrats et le marketing. Le métier d'agent sportif, en mariant les trois disciplines, constituait son idéal. Elle n'avait jamais pu s'imaginer faire quoi que ce soit d'autre.

Jusqu'au soir où elle avait couché avec Gavin. Et depuis ses priorités n'avaient cessé de la tirailler. Ses envies et ses besoins commençaient à changer, et elle se mettait à penser à autre chose qu'à sa carrière.

Elle ignorait si elle devait s'en réjouir ou en pleurer.

Tout ce qu'elle savait, c'était qu'elle avait passé trois jours dans ce congrès et que Gavin lui manquait. Il était en déplacement, lui aussi. Il lui avait envoyé des textos et l'avait appelée.

Qu'ils le veuillent ou non, ils étaient en couple. Quoi que cela signifie pour eux.

Elizabeth avait l'impression que cela signifiait énormément.

Et cela la terrifiait, car tout son univers était en train de basculer.

Chapitre 18

Un bouquet de fleurs à la main, Gavin se dirigea vers l'appartement d'Elizabeth. Cela faisait presque une semaine qu'il ne l'avait pas vue, et elle lui manquait tellement que cela lui était douloureux.

Et, à présent, il était planté sur le pas de sa porte avec un bouquet de fleurs. Ridicule ! Il n'était pas le genre d'homme à offrir des fleurs. Une bouteille de Jack Daniel's, d'accord, surtout si la soirée s'annonçait festive. Mais des fleurs ? Jamais, sauf à sa mère le jour de sa fête.

Il envisagea de faire demi-tour pour jeter les fleurs sur la banquette arrière de sa voiture. Elle allait se moquer de lui.

Oh, et puis merde ! Il appuya sur la sonnette.

Quelques secondes plus tard, elle ouvrait la porte avec un grand sourire.

Bordel, elle était belle dans sa robe d'été noire imprimée d'un motif jaune discret ! Elle portait des talons hauts, bien sûr. Et ses cheveux étaient détachés.

Son regard atterrit sur le bouquet, et son sourire se fit plus lumineux encore. Elle releva les yeux.

— Tu m'as apporté des fleurs.

— Ouais.

Elle attrapa sa main libre et le tira à l'intérieur, claqua la porte, l'empoigna par la nuque et l'embrassa, faisant aussitôt grimper son désir. Il avait passé la semaine entière à penser à elle : son parfum, sa saveur, la manière dont ses lèvres et son corps bougeaient contre lui. Il avait rêvé de son sourire, de son rire, de leurs disputes et de sa faculté à le faire sortir de ses gonds.

Elle avait un goût de menthe et de vin, et il prit une grande inspiration ; au même instant, il sentit à quel point elle lui avait manqué. Cela lui fit l'effet d'un coup de poing dans le ventre. Il passa un bras autour d'elle et la serra contre lui, le corps et l'esprit saturés de sensations et d'émotions.

Lorsqu'elle s'écarta, elle se passa la langue sur les lèvres et lui prit le bouquet des mains. Après avoir posé les fleurs sur la console près de la porte, elle prit Gavin dans ses bras.

— Je ne devrais sans doute pas te le dire, mais je n'ai fait que penser à toi.

Il était heureux de l'entendre.

— Pourquoi est-ce que tu ne devrais pas me le dire ? Moi aussi, j'ai pensé à toi. J'ai dû t'envoyer une bonne cinquantaine de textos.

Elle lâcha un soupir tremblant.

— Je sais. Je les ai tous gardés. J'ai l'impression d'être une ado. Pathétique, non ?

— Je ferais aussi bien de déposer mes couilles directement dans ta main.

— Je devrais rendre ma carte de féministe, parce qu'elles vont bientôt me virer du club.

Il rit, la souleva dans ses bras et la porta dans l'escalier, jusqu'à sa chambre. Il était encore tôt, et les rayons du soleil filtraient à travers les rideaux diaphanes de ses fenêtres. Il la reposa au sol dans la lumière et admira la façon dont elle couronnait ses cheveux comme une auréole.

Seigneur, voilà qu'il devenait poète ! S'il ne la baisait pas rapidement, il allait se mettre à pleurer comme une fillette.

— Je sais que tu t'es faite belle pour moi, et tu es superbe…, mais je vais t'enlever ta robe, et tu seras vite toute nue et échevelée.

Elle se rapprocha et ondula contre lui.

— Oooh ! J'ai hâte.

Il fit descendre les bretelles de sa robe sur ses épaules et passa une main dans son dos pour baisser la fermeture Éclair. Le vêtement flotta jusqu'au sol, et, d'un pas, elle en sortit.

Heureusement qu'il était jeune et n'avait pas de problèmes cardiaques, parce qu'elle portait un ensemble de lingerie jaune et noir. Bordel, même ses chaussures étaient assorties ! Elle se jeta sur le lit et écarta les jambes, sans quitter ses dangereux talons aiguilles.

Gavin s'avança et fit courir ses mains le long de ses mollets et de ses cuisses. Il lui souleva les jambes pour examiner ses escarpins.

— Tu achètes des sous-vêtements assortis à tes chaussures, maintenant ?

Elle pouffa.

— Ça m'arrive.

— Tu ne cesseras jamais de me surprendre, femme.

— J'espère bien.

Il caressa la peau douce et lisse de ses jambes, puis les reposa sur le lit en les écartant pour pouvoir s'y loger. Elle campa ses talons sur le cadre de lit en bois et leva son bassin vers lui.

Il passa le pouce sur la soie jaune vif et noir de sa culotte, et trouva son clitoris. Elle feula lorsqu'il effleura le bourgeon dur de son pouce, puis gémit doucement lorsqu'il glissa ses doigts sous la dentelle pour toucher sa chair veloutée. Quand il humidifia ses doigts de sa liqueur et massa son clitoris d'un mouvement circulaire, elle lui agrippa brusquement le poignet.

— Là. Juste là. Ne t'arrête pas.

Il continua à caresser le bourgeon, et elle s'arc-bouta contre lui, dansant sur son doigt.

— Gavin, j'ai besoin de jouir. Je me suis retenue toute la semaine pour t'attendre.

Il n'était pas facile de résister à une femme exigeant qu'on lui donne du plaisir. Mais il avait envie de la goûter, de lui enlever sa culotte et d'enfouir son visage entre ses jambes. C'est ainsi qu'il voulait la faire jouir.

Il retira ses doigts, et elle gémit de frustration, mais, lorsqu'il fit descendre sa culotte le long de ses jambes, ses yeux s'embrasèrent d'un feu émeraude.

Elle se redressa sur les coudes et écarta les jambes pour lui, haletant lorsqu'il s'avança vers elle.

— Oui, lèche-moi. Fais-moi jouir.

Elle tendit la main et enfouit ses doigts dans ses cheveux, le plaquant à son sexe.

Oh oui ! Elle en avait vraiment besoin. La fièvre d'Elizabeth faisait palpiter le membre de Gavin, car cela signifiait qu'elle l'avait attendu, que c'était lui qu'elle voulait. Cette bouffée d'autosatisfaction lui donnait envie de la pénétrer et, presque autant qu'elle, de jouir.

Mais Elizabeth allait en profiter la première.

Il promena sa langue sur sa chair soyeuse, humant le délicieux parfum de son désir, léchant tous ses plis secrets en se dirigeant vers le noyau dur qui la ferait grimper vers l'orgasme. Elle se crispa, souleva ses fesses du matelas et pressa son sexe contre la bouche de Gavin.

— Je t'en prie, murmura-t-elle.

Elle avait cambré le dos, et les jointures de ses mains étaient devenues blanches.

Il passa les bras sous ses jambes et attira son sexe à lui, puis y plongea sa langue pour la baiser lentement, employant son visage tout entier pour la masser. Lorsqu'il la sentit frémir et sut qu'elle était tout près de jouir, il passa la langue sur les lèvres de son sexe jusqu'à son clitoris, puis le couvrit de sa bouche et le suça, la hissant au sommet de son plaisir.

Elle jouit avec un cri enfiévré, en ruant contre lui et en griffant les draps. Il adorait la regarder exploser, sentir sa saveur sucrée lui emplir la bouche et savoir qu'il était capable de provoquer une telle extase. Quand elle s'apaisa enfin, il remonta le long de son corps en le saupoudrant de baisers, pour lui laisser le temps de reprendre son souffle.

Il se pencha sur elle, et elle inspira profondément, souffla, puis sourit.

— OK, ça valait peut-être le coup d'attendre une semaine.

Il haussa un sourcil.

— On n'a pas terminé.

Seigneur, quel cadeau de retrouvailles ! Elizabeth était certaine qu'elle venait d'avoir le meilleur orgasme de sa vie.

D'un autre côté, tous les orgasmes que lui procurait Gavin lui donnaient cette impression.

Gavin était le meilleur coup qu'elle ait connu. Ce n'était pas surprenant. Être amoureux de quelqu'un intensifiait peut-être les orgasmes. Elle avait toujours entendu dire que le sexe était meilleur avec les personnes qu'on aimait. Elle n'y avait simplement jamais cru.

Maintenant, si.

Cet orgasme n'était qu'un début. Elle sentit les cheveux de Gavin effleurer son ventre, et elle glissa les mains dans les mèches douces et luxuriantes. Elle adorait sa chevelure, et ne se lasserait jamais d'y enfouir les doigts.

Il se pencha pour lui lécher les seins, le long de la dentelle qui ourlait son soutien-gorge.

— Hmmm ! C'est bon, ça, murmura-t-elle.

Et, lorsqu'il saisit la bretelle du sous-vêtement entre ses dents pour la faire glisser sur son épaule, elle se sentit fondre, envahie d'un désir furieux.

Bon sang, c'était tellement sexy ! Surtout lorsqu'il répéta l'opération avec l'autre bretelle, puis passa une main dans son dos, dégrafa son soutien-gorge comme un pro et le lui retira, à nouveau avec les dents.

Mazette !

Il se mit à l'embrasser dans le cou, puis promena sa langue le long de sa gorge, sur sa clavicule et enfin sur sa poitrine. Il lécha ses mamelons, les suça, prit ses seins à pleines mains et se servit de ses doigts et de sa bouche, jusqu'à ce que toutes les terminaisons nerveuses du corps d'Elizabeth demandent grâce.

Seigneur Dieu ! Elle avait la chair de poule.

Elle se sentait… vénérée.

Il ne s'éloigna que le temps de se déshabiller, puis il vint s'asseoir sur le lit. Il l'attira sur ses genoux, au-dessus de son membre dur. Elle l'entoura de ses jambes, et sa queue se trouva juste sous le sexe d'Elizabeth. Voilà qui était pratique.

— Baise-moi, dit-il d'une voix rauque et voilée, comme s'il se retenait depuis un moment et n'en était plus capable.

Elizabeth aimait ça. Elle ne voulait pas être la seule au bord de l'orgasme.

Elle posa les mains sur les épaules de Gavin et se laissa glisser sur lui. Elle le regarda disparaître en elle, centimètre après centimètre.

C'était toujours à ce moment-là qu'elle marquait une pause. L'instant où elle le sentait entièrement en elle, épais et palpitant, juste avant qu'il commence à bouger. Chacune de ses terminaisons nerveuses était parfaitement accordée à celles de Gavin, et elle aurait pu jouir sur-le-champ. Mais elle se calma, forçant son corps à attendre le feu d'artifice final, car elle savait que ce serait encore meilleur si elle se montrait un peu patiente.

Puis il se mit à bouger, et elle aussi. Il reculait, et elle avançait, dans un mouvement sensuel de balancier. Il avait posé la main sur ses fesses, et elle s'agrippait à ses épaules tandis qu'ils baisaient en tandem, à l'unisson. Elle regarda l'endroit où leurs corps se rejoignaient. En se penchant en arrière, elle pouvait voir son membre aller et venir en elle. Comme un voyeur, elle observait ces sexes, leurs sexes, ce qui ne faisait que décupler ses sensations.

Et lorsqu'elle plongea son regard dans celui de Gavin, découvrant la tension qui crispait son visage, sa concentration et son désir égaux aux siens, elle enfonça ses ongles dans la chair de ses épaules et se jeta en avant d'un coup de reins rageur, propulsant son corps sur son membre. Gavin plissa les yeux et se plaqua contre elle en retour, plongeant profondément en elle, lui rendant ce qu'elle lui avait donné. Elle haleta, se pencha en arrière, et il s'enfonça à nouveau, encore plus violemment.

Elle lui laboura les fesses de ses talons, puis se mit à caresser son clitoris.

— Putain ! lâcha-t-il en la regardant se toucher.

Elle sentit la crispation, son pouls qui martelait chaque fibre de son corps, et sut qu'elle allait jouir.

— Oui, bébé, vas-y, jouis sur moi.

— Oh, Gavin ! gémit-elle.

Puis elle se laissa choir, son orgasme enserrant le membre de Gavin par vagues successives de plaisir qui se muèrent en flots d'extase. Il s'empara de sa bouche en plongeant en elle, et elle savoura l'instant de sa jouissance, ses lèvres sur les siennes, et l'émotion d'une profondeur qui la portait jusqu'à des cimes inconnues, jusqu'à une plénitude qu'aucun homme n'avait jamais su lui procurer auparavant.

Après cela, il la tint contre lui, leurs corps toujours unis, toujours enlacés, comme si aucun des deux n'avait envie de lâcher l'autre.

Il embrassa son épaule et son cou, puis mordilla son oreille, ce qui la fit rire.

— J'ai faim, dit-il finalement.

— Une pizza, ça te tente ?

Il se pencha en arrière.

— Tu vas me faire une pizza ?

— Ha ! Tu peux toujours courir. Je vais commander une pizza.

Ils s'habillèrent et descendirent commander une pizza, puis la mangèrent. Au milieu du repas, Elizabeth se souvint du bouquet de fleurs que Gavin lui avait apporté. Elle se leva d'un bond, les récupéra dans l'entrée et les ramena dans la cuisine où ils s'étaient attablés.

— Elles sont vraiment ravissantes, Gavin. Merci beaucoup.

— Je t'en prie.

Elle attrapa un vase en cristal en haut du réfrigérateur, mit les fleurs dans l'eau et posa le bouquet sur la table de sa cuisine.

Gavin aimait observer Elizabeth chez elle. Il était déjà venu deux ou trois fois, lors de fêtes qu'elle organisait pour ses clients, mais Elizabeth y était en représentation. Aujourd'hui, elle était détendue, elle n'avait pas à se mettre en scène.

Ils terminèrent la pizza et migrèrent vers le séjour.

Son appartement était gigantesque, et, lorsqu'ils s'installèrent sur le canapé, Gavin se souvint de sa surprise la première fois qu'il avait vu sa télévision à écran géant et ses multiples consoles de jeux.

— Tu veux boire quelque chose ? demanda-t-elle.

— Un whisky, ce serait parfait.

Elle se dirigea vers le bar, le long d'une des cloisons du séjour, et lui prépara sa boisson. Elle remplit son propre verre de vin, puis ramena les deux sur le canapé, en écartant une télécommande de son passage.

— Tu joues à *Major League Baseball* sur Xbox ?

Elle haussa les épaules.

— Il y a un meilleur jeu sur PlayStation. Mais j'aime me tenir au courant des dernières sorties et de la manière dont mes joueurs sont mis en scène.

Il s'assit et s'empara d'une manette.

— N'importe quoi. Tu as juste l'esprit de compétition et tu adores gagner.

Elle rit.

— Tu me connais beaucoup trop bien.

Bientôt, ils s'absorbaient tous les deux dans une partie endiablée, ponctuée de coups de coude et d'obscénités lancées dès que l'un frappait une balle ou marquait un point.

Elizabeth riait si fort qu'elle fut éliminée sur strikes… deux fois.

— Merde ! Tu me perturbes délibérément.

— Ce n'est pas ma faute si tu es nulle en base-ball.

Elle lui donna un coup de pied.

— C'est faux. Je te ferai remarquer que mon équipe s'est qualifiée trois fois pour les World Series.

— Visiblement, tu triches.

Elle leva le menton.

— Je ne triche jamais. Je suis bonne, c'est tout.

Il posa la manette sur la table et bondit sur elle. Elle glapit et tenta de lui échapper, mais il l'attrapa et l'immobilisa à plat ventre sur le canapé, son corps étendu sur le sien.

— Si bonne que ça ?

Elle laissa sa manette tomber au sol.

— Hmmm, hmmm ! Si bonne que ça.

— Montre-moi à quel point tu es bonne.

— Dis-moi ce que tu veux.

Le corps de Gavin sur le sien, tout de muscles puissants mais parvenant à ne pas l'écraser, fit se durcir les mamelons d'Elizabeth. Surtout lorsqu'elle sentit son membre commencer à se dresser contre ses fesses.

Elle n'était pas difficile à exciter. Son sexe était déjà trempé à la seule pensée de Gavin la prenant ainsi sur le canapé. Tout de suite.

— N'importe quoi ? demanda-t-il.

Oh. Seigneur, oui !

— N'importe quoi.

Il souleva sa robe. Elle n'avait pas pris la peine de remettre sa culotte.

— Et si j'ai envie de t'enculer, Elizabeth ?

Elle sentit son clitoris frémir. Elle le frotta contre le canapé.

— Ça t'excite ? demanda-t-il.

— Oui.

— Est-ce que tu l'as déjà fait ?

— Non.

Il glissa une main entre eux et lui écarta les fesses pour y faire danser son doigt. Rien que ce léger contact l'excitait.

Elle était prête à lui offrir n'importe quoi.

— Est-ce que tu veux que je t'encule ?

Elle avait le souffle court. L'excitation la transperçait, la rendait folle, lui donnait envie de caresser son clitoris et de jouir immédiatement.

— Oui. Vas-y.

— Où est ton lubrifiant ?

— En haut. Tiroir de gauche.

— Je reviens. Mets-toi à quatre pattes sur le sol.

Lorsqu'il fut parti, elle se laissa glisser par terre et écarta les jambes. Elle attendit, le cœur tambourinant d'impatience. Elle glissa une main sous son corps et se mit à caresser son clitoris, incapable de résister à l'envie de glisser deux doigts en elle pour se baiser toute seule.

Bon sang, la pensée de Gavin allant et venant dans son cul l'excitait tellement qu'elle pourrait jouir en une ou deux minutes !

Gavin descendit l'escalier et resta un instant immobile, à la regarder.

— Mon Dieu, tu es magnifique ! Tu es en train de te baiser avec les doigts ?

— Oui. Je n'ai pas pu attendre.

— Ne jouis pas encore. Attends que je sois en toi.

— Dépêche-toi.

Il se rapprocha d'elle et retira son pantalon. Elle ne ralentit pas le rythme de ses doigts sur son clitoris, faisant monter la tension et l'excitation.

Gavin lui écarta les fesses et étala du lubrifiant sur son anus, puis le massa, l'excita, y introduisit le bout de son doigt. La pression était intense, excitante, et totalement inattendue. Elle voulait qu'il la baise.

— Gavin ! C'est tellement bon…

— Quand je serais en toi de cette façon, je vais te faire jouir comme jamais.

Elle frissonna et se pencha le plus possible vers le sol.

— Mets-moi ton doigt. En entier. Je veux le sentir en moi.

Il s'exécuta, et elle fut prise d'un spasme. Elle retira ses doigts de son sexe. Elle aurait pu jouir très facilement, dès maintenant. La sensation du doigt de Gavin et de ses propres doigts en elle était incroyable.

Baisée des deux côtés. C'était ce qu'elle voulait. Ses doigts à elle et son membre à lui.

Elle allait jouir tellement fort.

— Vas-y. Baise-moi. Maintenant.

Il versa encore un peu de lubrifiant sur ses fesses, et elle l'entendit déchirer un emballage de préservatif. Gavin se pencha sur son dos pour lui murmurer à l'oreille :

— Je vais y aller doucement. Si ça te fait trop mal, dis-le-moi et je m'arrêterai. C'est toi qui contrôles la situation, d'accord ?

— Oui.

Elle sentit son gland contre son anus. Il s'inséra à l'intérieur, dépassa le muscle de l'entrée. Cela brûlait, mais oh, quelle douce brûlure ! Elle ne cessa pas de masser son clitoris d'une main légère. Elle prit un peu du lubrifiant qui avait coulé jusqu'à son sexe et l'étala sur le bourgeon sensible, se hissant à nouveau au bord de la jouissance. Et, lorsqu'il s'enfonça en elle, elle plongea à nouveau ses doigts en elle.

Elle sentit ses pulsations lorsqu'il s'immobilisa, la laissant s'adapter à l'épaisseur de son sexe. Mais elle voulait le sentir bouger en elle.

— Gavin, baise-moi.

— Tu as le cul tellement étroit, Elizabeth. Tu sais combien ça va être bon quand on jouira tous les deux ?

Elle accéléra le mouvement de sa main sur son clitoris, en plongeant trois doigts dans son sexe. Elle gémissait, transpirait, rendue folle par un désir primitif et tout-puissant. Elle ne s'était jamais sentie aussi… remplie. Elle sentait le pénis de Gavin, énorme et brûlant, aller et venir dans son cul au rythme doux de ses coups de reins.

Son orgasme était de plus en plus proche. Elle n'eut plus envie qu'il y aille doucement.

— Plus fort. Baise-moi plus fort, Gavin. Jusqu'à ce que ça fasse mal.

— Tu es sûre que c'est ce que tu veux ?

— Oui ! Allez, baise-moi et jouis en moi.

Il s'écarta, puis s'enfonça profondément en elle par derrière. Elle cria, enfouit ses doigts dans son sexe et pressa sa paume contre son clitoris. Tandis qu'il collait ses hanches à ses fesses, elle sentit monter son orgasme et précipita son corps contre le sien.

— Je jouis, Gavin…

— Je vais jouir dans ton cul… tout de suite.

Il plongea en elle d'un coup puissant et explosa dans un râle de plaisir. Elle rejeta la tête en arrière et cria, jouissant elle aussi, massant son membre de ses convulsions tandis qu'ils s'envolaient ensemble, frissonnant l'un contre l'autre.

C'était sauvage, incontrôlé, insupportable d'intimité. Il l'avait amenée où elle n'était jamais allée auparavant, les sensations parcouraient son corps comme des flammes embrasant chaque terminaison nerveuse. Elle n'arrivait plus à penser, parvenait tout juste à respirer en s'écroulant, épuisée.

Cela avait été merveilleux de se sentir si proche de lui, de lui donner ce qu'elle n'avait jamais donné à aucun autre homme. Et il l'avait accompagnée d'un bout à l'autre, l'avait tenue contre lui, embrassée, avait caressé tout son corps.

À présent que c'était terminé, Gavin se pencha et lui embrassa le dos, puis la souleva comme si elle était plus légère qu'une plume. Il la porta à l'étage, la posa dans la salle de bains et ouvrit le jet de la douche. Avec des gestes d'une infinie tendresse, il lava chaque centimètre de son corps, puis l'aida à se sécher. Elle enfila un tee-shirt et une culotte, puis ils se mirent au lit et regardèrent un film tous les deux. Quand elle se réveilla, il était 1 heure du matin, et Gavin était vautré sur le ventre, un pied dépassant du lit.

Elle le voulait dans son lit toutes les nuits.

Toutes les nuits, pour toujours.

Pourquoi ne pouvait-elle pas tout simplement le lui avouer ? Lui dire qu'elle l'aimait ?

Elle savait pourquoi. Parce que leur relation était basée sur la légèreté et le plaisir. D'accord, il lui disait qu'elle lui avait manqué, et il passait le plus clair de son temps avec elle. Et, à sa connaissance, il ne fréquentait personne d'autre.

Mais l'amour ? C'était une autre paire de manches.

Et pour ce qui était du « toujours »… Elle ne pensait pas que Gavin et elle y parviendraient.

Elle se blottit contre lui, et il se tourna sur le côté pour l'attirer contre lui, passant un bras autour d'elle.

Ils étaient faits l'un pour l'autre. Elle le savait.

Mais Gavin, le savait-il ?

Elle avait trop peur de le lui demander.

Parfois, il valait mieux ne rien dire du tout.

Chapitre 19

La sonnerie stridente du portable de Gavin lui fit regretter de ne pas l'avoir mis sur vibreur. Il se retourna et enfouit la tête dans l'oreiller. Le son ne cessa pas pour autant.

Bordel ! Quelle heure était-il, d'ailleurs ?

— Gavin, ton téléphone sonne.

La voix d'Elizabeth lui parvint, étouffée mais toute proche.

— Je fais semblant de ne pas l'entendre. Ça finira par s'arrêter.

— Il a déjà sonné trois fois. C'est peut-être important.

— C'est sûrement un type bourré qui se trompe de numéro.

Il était fatigué, bien installé contre le corps chaud de sa chérie, et il n'avait pas envie qu'on le dérange.

— Ou alors c'est important.

Il soupira, jeta l'oreiller au loin et se mit à fouiller dans le noir pour tenter de retrouver ses affaires et localiser ce foutu portable. Il finit par le découvrir sur la table de nuit.

La table de nuit d'Elizabeth. Ah oui ! Il se trouvait dans son appartement.

Il battit des paupières et s'efforça de les ouvrir assez pour distinguer la liste des appels manqués.

Il sortit de sa torpeur en découvrant le nom de l'appelant.

— Merde ! C'est Jenna.

Elizabeth alluma la lumière pendant que Gavin rappelait sa sœur. Elle se glissa à côté de lui et lui caressa le dos.

Elle avait l'air aussi inquiète que lui.

Ses entrailles se crispèrent. Quelque chose clochait.

— Oui ?

Jenna avait répondu à la première sonnerie.

— Qu'est-ce qui se passe ?

— C'est papa. On pense qu'il a fait une crise cardiaque.

Gavin passa les jambes hors du lit, le cœur serré. Cent visions d'horreur envahirent son esprit.

— C'est grave ?

Elizabeth était juste derrière lui, son corps faisant office de bouée de secours. Il était en train de se noyer.

— On ne sait pas encore. Il est à l'hôpital Barnes.

— J'arrive tout de suite, dit-il en ravalant sa panique.

— OK.

Il perçut un tremblement dans sa voix.

— Tu as réussi à joindre Mick ?

— Il arrive, lui aussi.

— Comment va maman ?

— Très mal, mais elle essaie de le cacher.

— Et toi ?

— Ça va, Gavin. Viens, c'est tout.

— Je serai là dans vingt minutes.

Il raccrocha. Elizabeth était déjà debout et ramassait les vêtements de Gavin.

Il leva les yeux vers elle.

— Ils pensent que mon père a fait une crise cardiaque.

Les yeux d'Elizabeth se remplirent de larmes. Elle vint s'asseoir près de lui sur le lit et l'enlaça.

— Oh, mon Dieu, Gavin ! Je suis désolée.

Il s'accorda quelques secondes pour s'imprégner de sa chaleur réconfortante. Puis il s'écarta.

— C'est grave ?

— On ne sait pas encore. Tout le monde a été prévenu. Je vais aller les retrouver là-bas.

Il se leva et enfila ses vêtements. Elizabeth était assise au bord du lit, les yeux baissés sur ses mains crispées.

— S'il y a quoi que ce soit que je puisse faire, quelqu'un que tu voudrais que j'appelle, dis-le-moi.

— Lizzie.

Elle leva les yeux vers lui.

— Oui ?

— J'ai besoin de toi. Tu viens avec moi ?

Des larmes argentées roulèrent sur ses joues.

— Oui. Bien sûr.

Elle se leva d'un bond et alla s'habiller.

Gavin détestait les hôpitaux. Il les avait beaucoup fréquentés – du moins, beaucoup de services d'urgence – à la suite de blessures, au fil des ans. Pour lui, ils représentaient la fin potentielle de sa carrière.

Aujourd'hui, l'hôpital lui évoquait quelque chose de très différent, cependant. Il n'avait pas envie de penser à ce qui pouvait arriver à son père. Celui-ci était un roc, l'âme de la famille Riley. James Riley avait toujours été invincible et indestructible. C'était l'homme le plus fort que Gavin ait jamais connu. Rien ne pouvait l'ébranler.

Il n'avait que soixante-cinq ans. Trop jeune pour une crise cardiaque, non ? D'accord, son père avait pris un peu de poids ces dernières années, et la cuisine de sa mère n'était pas vraiment du genre diététique. Et peut-être n'aimait-il pas beaucoup faire de l'exercice. Il préférait s'installer dans son fauteuil et regarder des matchs lorsqu'il était à la maison. Mais il se démenait pas mal quand il travaillait au bar. Et il jouait au basket avec eux quand ils venaient à la maison. Et il était toujours dehors à faire des choses.

OK, peut-être était-ce surtout Jenna qui se démenait au bar, ces temps-ci. Son père avait levé le pied. Il passait de plus en plus de temps avec les clients, à discuter, s'occupant aussi de promouvoir l'établissement. Ils avaient engagé des cuisiniers et des serveuses afin que Kathleen et Jimmy n'aient plus à effectuer les tâches les plus éprouvantes. La mère de Gavin continuait à enseigner la danse à temps partiel ; elle était toujours active, toujours occupée.

Quand elle était au bar, elle supervisait le personnel et mettait la main à la pâte. Mais son père…

Merde!

Elizabeth lui prit la main lorsqu'ils sortirent de la voiture et franchirent les portes du service des urgences. Il lui lança un regard, et son sourire le rasséréna. L'avoir à ses côtés l'aidait énormément. Il n'avait pas envie d'affronter cela tout seul.

— Il va s'en sortir. Il faut que tu gardes la foi. Si tu arrives avec cette expression sinistre sur le visage, ça ne va rien arranger.

Il acquiesça.

— Tu as raison.

Il redressa la tête et fit de son mieux pour chasser sa peur.

Les portes s'ouvrirent en coulissant, et la première chose qui le frappa fut l'odeur du désinfectant. Puis les visages de la foule, anxieux, las, désespérés, lui firent regretter de ne pas pouvoir tourner les talons, rentrer chez lui et prétendre qu'il ne s'était rien passé.

Elizabeth le tira par la main et le mena jusqu'au guichet d'accueil.

— Nous venons voir James Riley, dit-elle.

La femme tapa quelque chose sur son clavier.

— Il se trouve dans la chambre 14A. Merci d'éteindre vos téléphones portables. Prenez cette porte sur votre gauche. Appuyez sur le bouton à droite et donnez le nom du patient. Ils vous feront entrer, et vous demanderez au guichet qu'on vous indique la direction de sa chambre.

— Merci, dit-elle en entraînant Gavin.

Ils franchirent la porte de sécurité et atteignirent l'autre guichet.

Comment aurait-il fait si Elizabeth n'avait pas été là pour le guider à travers ce labyrinthe de portes et de couloirs qui zigzaguaient dans tous les sens ? Enfin, ils trouvèrent la chambre. Mick, Tara, Jenna et sa mère étaient debout dans le couloir. Elizabeth lui lâcha la main, et il s'approcha de sa famille.

— Le médecin est avec lui en ce moment, lui dit sa mère tandis qu'il la serrait avec force dans ses bras.

Il hocha la tête.

— D'autres nouvelles ?

Mick secoua la tête.

— On attend l'avis du docteur.

Mick lança un regard à Elizabeth par-dessus l'épaule de Gavin, fronça les sourcils et passa un bras autour de la taille de Tara.

— Qu'est-ce qu'elle fait là, elle ?

La mère de Gavin lança un regard sévère à Mick.

— Pas maintenant, Michael. Pense d'abord à ton père.

Gavin tendit la main vers Elizabeth et mêla ses doigts aux siens.

— Je peux aller m'asseoir dans la salle d'attente, proposa-t-elle.

Gavin la cloua au sol du regard.

— J'ai besoin de toi ici, avec moi.

Elle hocha la tête.

— Je resterai aussi longtemps que tu le souhaiteras.

Le médecin finit par sortir de la chambre.

— On va faire des examens. Je ne pourrai rien affirmer avec certitude avant un bon moment.

— Était-ce une crise cardiaque ? demanda la mère de Gavin.

Gavin et Mick passèrent tous deux un bras autour de leur mère.

Le médecin acquiesça.

— Oui. Nous allons déterminer l'étendue des dégâts, en premier lieu. Nous le saurons une fois les examens effectués. Je vous propose de vous rendre dans la salle d'attente, et j'enverrai quelqu'un vous chercher lorsque ce sera terminé.

— Est-ce que je peux aller voir mon père avant que vous l'emmeniez passer les examens ? Je viens d'arriver.

— Bien sûr. Mais seulement pour quelques instants.

Gavin poussa la porte de verre. Son cœur se fendit lorsqu'il vit son père, pâle et relié à plusieurs machines émettant des bips. Il avait les yeux fermés.

C'était la première fois de sa vie que Gavin voyait son père dans un tel état de faiblesse. Il refoula ses larmes, se força à sourire et alla lui prendre la main.

— Salut, papa.

Son père battit des paupières et ouvrit les yeux.

— Salut, gamin. On dirait que j'ai été un peu trop ambitieux en matière de bricolage.

Gavin se détendit, soulagé. Le sens de l'humour caractéristique de son père était intact.

— À mon avis, c'est la tondeuse, la coupable, déclara Gavin.

Son père rit.

— Ce foutu machin. Je finirai bien par l'avoir un jour.

— Bien dit. Tu vas t'en remettre.

— Oui, en effet. N'oublie pas ça. Je ne vais pas vous quitter de sitôt.

— Je n'en ai jamais douté.

S'effondrer devant son père aurait été la pire chose à faire.

— Reste fort pour ta mère. Elle a besoin de toi et de ton frère plus que de quiconque.

Gavin leva le menton et hocha la tête.

— Compris, papa. Ne te tracasse surtout pas.

Une infirmière entra.

— Nous allons devoir préparer votre père.

Il serra les doigts de son père dans sa main.

— Bon courage. On se voit très bientôt.

Son père lui serra la main en retour.

— À plus tard.

Gavin sortit dans le couloir et attendit. Lorsqu'on emmena son père, sa mère lui donna un baiser, puis ils le regardèrent tous s'éloigner sur son brancard. Quand sa mère craqua et s'effondra contre le torse de Mick, Tara et Jenna la consolèrent.

Gavin se sentait… perdu.

Ils se rendirent dans une salle d'attente que le personnel leur indiqua. La pièce était pourvue de magazines et d'une télévision. Ils s'assirent en silence, chacun absorbé par ses propres pensées. Après un quart d'heure environ, Gavin se leva et se mit à faire les cent pas dans la pièce.

— Tu veux bien ne pas faire ça devant la télé ?

— Étant donné que la télé est au milieu de la pièce, c'est un peu dur, à moins de partir.

Mick lui lança un regard glacial.

— Dommage, déclara Gavin. Tu vas devoir faire avec.

Mick se leva.

Leur mère aussi.

— Les garçons, s'il vous plaît. J'ai assez de soucis comme ça.

Tara se leva et fit asseoir Mick en lui murmurant quelque chose à l'oreille. Il paraissait furieux. Gavin s'en foutait.

Elizabeth se leva et mêla ses doigts au sien.

— J'aimerais bien aller prendre un café. Tu viens avec moi ?

Il savait qu'elle essayait de désamorcer la bagarre qui se préparait entre lui et Mick. C'était sans doute plus sage, en effet. Il n'avait pas envie de se montrer tolérant avec son frère, à l'heure actuelle.

Il se tourna donc vers elle et hocha la tête.

— On revient tout de suite.

Personne ne lui répondit, il quitta donc la pièce en compagnie d'Elizabeth. Elle le guida à travers le labyrinthe jusqu'à ce qu'ils tombent sur un distributeur. Ils achetèrent deux cafés. Ayant trouvé une salle d'attente déserte, ils s'y assirent et sirotèrent leur café au calme.

— Ce café est immonde, dit-elle.

— Ouais, répondit-il bien qu'il n'en ait même pas remarqué le goût.

Il s'agissait d'une dose de caféine : ça lui suffisait. D'ailleurs, il n'avait même pas vraiment besoin de ça. Il était parfaitement réveillé, et il le resterait jusqu'à ce que…

Que quoi ? Qu'on ait soigné son père ? Combien de temps fallait-il pour soigner une crise cardiaque ? Y avait-il un remède, ou fallait-il seulement modifier son mode de vie et voir comment les choses évoluaient ?

Merde ! Il n'y connaissait rien. Il se pencha en avant, les avant-bras sur les genoux.

Elizabeth lui caressa le dos.

— Ça fait du bien.

— Ton cerveau tourne à plein régime.

— Comment tu le sais ? Il me sort par les oreilles, c'est ça ?

Elle eut un petit rire.

— Non. Mais tu as tendance à rester de longs moments sans rien dire quand tu réfléchis. Tu veux en parler ?

Il se redressa sur son siège et lui fit face.

— Je ne connais rien aux crises cardiaques. Qu'est-ce qui va se passer, maintenant ? Est-ce qu'il doit faire un régime et de l'exercice, et puis ça ira ? Ou est-ce qu'on va devoir l'opérer ?

— J'imagine que ça dépend de la gravité de l'obstruction. Si ce n'est pas trop grave, le régime et l'exercice suffiront peut-être.

— Et si c'est plus sérieux ?

— Alors ils devront faire autre chose.

— Du genre ?

— Une angioplastie. Un pontage, peut-être.

Il s'affaissa sur son siège, prit une grande gorgée de café au goût nauséabond et la dévisagea.

— Depuis quand es-tu experte en matière de maladies cardiaques ?

Elle eut un demi-sourire.

— Ne le répète à personne, mais je suis accro aux émissions de télé-réalité sur la médecine. J'en sais juste assez pour être dangereuse. Les diagnostics médicaux m'intriguent, alors je regarde ce genre d'émissions dès que j'ai une minute à perdre.

— Arrête de te foutre de moi.

— Non, je suis sérieuse.

Il la regarda fixement, en se demandant ce qu'il ignorait d'autre à son sujet.

— Certaines facettes de ta personnalité continuent de me surprendre.

Elle prit une gorgée de café.

— Tant mieux. Je déteste être prévisible.

— Tu es tout sauf prévisible, Lizzie.

Il se pencha vers elle et frôla ses lèvres des siennes.

— Merci d'être venue ici avec moi. Sans toi, je n'y serais jamais arrivé.

— Je ne voudrais être ailleurs pour rien au monde, aussi longtemps que tu auras besoin de moi.

Ses paroles le firent reculer pour la regarder. La regarder attentivement. Il y avait quelque chose dans ses yeux…

— Gavin.

Gavin leva la tête vers Jenna. Il se leva, et Elizabeth l'imita.

— Le médecin est revenu. Il nous a dit de nous réunir dans une de leurs salles réservées aux familles. Il va venir nous parler dans dix minutes environ.

Ils suivirent Jenna jusqu'à la pièce en question et s'assirent. Ils attendirent. Les dix minutes en devinrent trente. Gavin avait la chair de poule, et il était à deux doigts d'escalader les murs. Il tenait la main d'Elizabeth d'un côté et celle de sa mère de l'autre.

Enfin, le médecin entra.

— Je suis le docteur Miles Spinelli, l'un des spécialistes en chirurgie cardiaque de cet établissement. Madame Riley, trois des artères de votre mari sont obstruées.

Sa mère serra la main de Gavin. Très fort.

— Qu'est-ce que ça signifie ? demanda-t-elle.

— Ça veut dire que nous allons devoir effectuer un triple pontage.

— Oh, mon Dieu !

Des larmes coulèrent sur ses joues. Gavin passa un bras autour des épaules de sa mère, et Mick l'étreignit, lui aussi, tout en tenant la main de Jenna. Ils écoutèrent le médecin décrire l'opération de pontage et ce qu'elle impliquerait dans le cas de leur père. Les médecins allaient prélever des veines de sa jambe et s'en servir pour contourner l'obstruction de ses artères. C'était une intervention complexe et dangereuse, mais le médecin affirma qu'ils l'effectuaient régulièrement avec un taux de succès élevé. Il devrait rester environ cinq jours à l'hôpital après l'opération, et il serait ensuite renvoyé chez lui avec des instructions détaillées en termes d'alimentation et d'exercice. Sa guérison serait lente et nécessiterait des changements dans son mode de vie.

— L'important, c'est qu'il soit en vie. Il a survécu à sa crise cardiaque. Ce n'est pas le cas de tout le monde. À présent, nous allons l'installer dans une chambre du service de cardiologie, le surveiller attentivement durant les prochaines vingt-quatre heures et le préparer pour l'intervention de lundi.

Tout le monde se leva au départ du médecin.

— Bon. Il est passé à côté du pire, déclara Mick.

La mère de Gavin était blême. Gavin ne supportait pas la vue de son visage strié de larmes. Si son père avait toujours été un roc, sa mère était le mont Everest. Elle soutenait toute la famille à elle toute seule, et, si elle s'écroulait, les autres la suivraient.

En cet instant, elle semblait aussi fragile qu'une coquille d'œuf fêlée.

Jenna prit les deux mains de sa mère dans les siennes.

— Il est vivant, maman, dit-elle. Souviens-toi de ça. Il est toujours avec nous. Il va s'en tirer.

— C'est vrai, renchérit Gavin. Papa est un des types les plus durs à cuire que je connaisse. Il va lutter.

Elle acquiesça et les regarda tous l'un après l'autre.

— Je suis si heureuse de vous avoir, tous. (Elle se tourna vers Tara et Elizabeth.) Et vous deux aussi. Je ne sais pas ce que je ferais si vous ne faisiez pas tous partie de ma vie. Vous me donnez tant de force. Je vais avoir besoin de vous tous pour surmonter tout cela. Pour aider Jimmy à le surmonter.

— On est tous là pour toi, maman, dit Gavin. Quels que soient tes besoins.

Elle lui caressa la joue, puis l'embrassa et le serra dans ses bras.

— Je vais aller voir votre père tout de suite, avant qu'ils préparent sa chambre.

Gavin soupira et se passa la main dans les cheveux. Il ne savait même pas quelle heure il était, ni à quelle heure ils s'étaient endormis la veille, pas plus que l'heure à laquelle Jenna l'avait appelé. Il avait l'impression de ployer sous le poids d'un boulet attaché à son cou.

— Il faut que quelqu'un persuade maman de rentrer et de dormir un peu.

— Je vais l'emmener, déclara Jenna. Elle va sûrement vouloir rester avec papa ici ce soir. Elle va avoir besoin de prendre une douche et de se changer. Je lui préparerai quelque chose à manger.

Mick hocha la tête.

— On pourra se relayer auprès d'elle ici, pour qu'elle ne soit pas toute seule.

— Je ne suis pas sûre qu'ils autorisent plus d'un membre de la famille à la fois, intervint Elizabeth. En soins intensifs, c'est généralement un ou deux au maximum. L'unité de soins intensifs de cardiologie n'a peut-être pas les mêmes règles. Il faudrait peut-être se renseigner.

Mick lui adressa un regard mauvais.

— Tu es experte en hôpitaux, maintenant ? Tu sais vraiment tout sur tout, pas vrai ?

Tara posa une main sur son bras.

— Mick…

Il l'écarta d'un geste.

— Qu'est-ce qu'elle fait là, Gavin ? Ce n'est pas parce que tu la sautes qu'elle fait partie de la famille.

Fatigué, dopé au mauvais café et inquiet pour son père, Gavin n'avait pas besoin de ça maintenant. Mais il savait que Mick était sans doute soumis à un stress similaire.

— Tes problèmes avec Elizabeth n'ont pas leur place dans les couloirs d'un hôpital. Ce n'est pas ce que papa voudrait, et maman n'en a certainement pas besoin non plus. Laisse tomber.

— Ce n'est pas grave, intervint Elizabeth. Je peux m'en aller. Je ne veux pas provoquer de tensions dans la famille alors que vous avez besoin de vous serrer les coudes et de soutenir votre mère.

Gavin pivota sur lui-même et la prit par le bras avant qu'elle ait pu s'éloigner.

— Tu es là parce que je t'ai demandé de m'accompagner. Tu as tout autant le droit d'être ici que n'importe qui.

— Gavin, vraiment, ce n'est pas un problème. Ton frère ne veut pas de moi ici. Je m'en vais.

— Sottises, Elizabeth. Moi, je veux que tu sois là. Tu restes.

Gavin se retourna en entendant sa mère. Elle se tenait devant la porte de la chambre de son père. Elle avait l'air minuscule et perdue, mais ses yeux brûlaient de colère lorsqu'elle regarda Mick.

— Michael, c'est la dernière fois que je t'entends prononcer une parole désagréable à l'encontre d'Elizabeth. C'est compris ?

Mick hocha sèchement la tête.

— J'ai besoin de vous tous ici. Il va me falloir tout le soutien que vous pourrez me donner, et cela concerne aussi Elizabeth, que je considère comme un membre de la famille. Dans des moments comme celui-ci, plus que jamais, il est important de savoir pardonner. Viens ici, Elizabeth.

Elizabeth s'approcha lentement de la mère de Gavin, qui passa un bras autour de sa taille.

— Tu fais partie de notre famille depuis longtemps. Souviens-toi de notre conversation. Tu es toujours la bienvenue auprès de nous. Gavin va avoir besoin de toi, encore plus qu'auparavant.

Elizabeth leva les yeux vers Kathleen.

— Je ferai tout ce que je peux pour vous aider, tous.

Kathleen l'embrassa sur le sommet de la tête.

— Merci.

— Maman, laisse-moi te ramener à la maison pour que tu puisses prendre une douche et te changer, dit Jenna. Je suppose que tu vas vouloir rester ici avec papa.

Elle hocha la tête.

— Je vais attendre qu'il soit installé dans sa nouvelle chambre. L'infirmière a dit que cela pourrait prendre plusieurs heures, et je ne veux pas le laisser seul d'ici là. Tu pourras me ramener à la maison quand ce sera fait. Les autres, rentrez vous reposer et manger quelque chose. Lorsque Jenna et moi serons prêtes à partir, je vous appellerai, et l'un de vous viendra tenir compagnie à votre père.

C'était dur de quitter son père – et sa mère –, mais Elizabeth entraîna Gavin, et ils retournèrent chez elle afin qu'il récupère son 4×4. Elizabeth mit quelques affaires dans un sac et le suivit jusqu'à chez lui.

Une fois arrivé, il n'avait plus envie que de s'écrouler et de dormir pendant douze heures. Ou peut-être vingt-quatre heures.

— Je vais te préparer un truc à manger.

Il se passa la main dans les cheveux, incapable ne serait-ce que de réfléchir.

— Je vais juste dormir un peu.

— Tu devrais manger quelque chose d'abord, parce que si ta maman appelle, tu ne mangeras rien.

Il s'assit à table, trop épuisé pour la contredire. Elle se dépêcha de lui préparer une assiette d'œufs au bacon et du pain grillé. Il vida d'un trait son verre de jus d'orange et se mit à manger, sans s'apercevoir à quel point il avait faim avant d'avoir fini son assiette.

— J'étais affamé.

Elle ramassa ce qui restait de ses propres œufs avec sa fourchette.

— Je vois ça. Tu en veux d'autres ?

— Non, ça m'a suffi. Merci d'avoir cuisiné pour moi.

— Je t'en prie. Je ne suis pas une experte comme toi, mais je maîtrise les bases.

Il se pencha vers elle et l'embrassa.

— Tu cuisines très bien. Maintenant, laisse-moi t'aider à faire la vaisselle.

Elle rit.

— Je peux m'en occuper toute seule. Je suis sûre que tu as envie de prendre une douche, peut-être de te changer.

Il l'attira contre lui.

— Ce dont j'ai vraiment besoin, c'est de dormir. Quelques heures, au moins.

Elle le prit par la main et l'entraîna jusqu'à sa chambre. Il avait l'impression d'être en pilote automatique, comme si rien de tout cela n'était vraiment arrivé.

Il s'assit au bord du lit et se débarrassa de ses chaussures, puis regarda fixement ses pieds.

Elizabeth s'assit près de lui, silencieuse mais présente.

— Il n'est pas assez vieux pour ça, Lizzie.

Elle lui caressa le dos.

— Je sais.

— Il est tellement fort, toujours dehors à jouer avec nous ou à bricoler quelque chose, ou bien au bar à travailler. Je le croyais immortel.

— Il est toujours là, Gavin. Il va s'en sortir.

Il se leva et marcha jusqu'à la fenêtre. Il faisait jour à présent. Bon sang, il ne savait pas quelle heure il était ! Il n'était même pas sûr du jour qu'il était. Dimanche ? Il avait un match aujourd'hui.

— Il faut que j'appelle mon entraîneur, pour lui expliquer ce qui s'est passé. J'ai un match cet après-midi.

— C'est déjà fait.

Il se retourna vers elle.

— Je l'ai appelé pendant que tu étais avec ton père. Ils t'ont remplacé. Ton entraîneur a dit que tu ne devais surtout pas t'inquiéter.

Il hocha la tête.

— Merci.

— Tu peux craquer, tu sais, Gavin.

Il cilla, sans la quitter du regard.

— Quoi ?

— Tu n'es pas obligé de jouer les gros durs. Pas devant moi. Je te connais depuis trop longtemps.

— Je ne sais pas de quoi tu veux parler.

Elle s'approcha de lui.

— Tout ça t'a bouleversé. Ton père aurait pu mourir.

La douleur était constante, mais il était content qu'elle soit là pour le soutenir. Il mit un bras autour de sa taille.

— Il n'y a rien de plus terrifiant que le risque de perdre quelqu'un qu'on aime, ajouta-t-elle.

Où voulait-elle en venir ? Il fronça les sourcils et l'étudia du regard. Des larmes brillaient dans ses yeux.

Elle n'avait pas de famille, ou, en tout cas, aucune qui compte à ses yeux.

Excepté la sienne.

Il lui tourna le visage pour l'obliger à le regarder.

— Tu as le droit de les aimer comme si c'étaient les tiens, Lizzie.

Sa lèvre inférieure tremblota.

Son Elizabeth forte et solide, qui ne montrait jamais de signe de faiblesse. Elle devait toujours être le roc auquel les autres pouvaient se raccrocher. Qui était le sien ?

— Je tiens le coup, ma belle, promit-il.

— Tu es sûr ?

— Oui.

Il la serra contre lui, et elle poussa un sanglot. Il comprit alors que c'était elle qui avait besoin de craquer.

— Vas-y. Laisse-toi aller.

Elle eut un frisson, hoqueta, puis l'enlaça, agrippa le dos de son tee-shirt et se mit à pleurer franchement.

Oh, bordel ! L'entendre sangloter ainsi, à cause de son père, lui déchirait le cœur. Les larmes piquèrent les yeux de Gavin alors qu'il l'étreignait. Il lui caressa les cheveux, lui embrassa la tête, la serra avec force et la laissa pleurer tout son soûl. Et, à chaque larme qu'elle versait, il comprenait mieux à quel point la carapace dont elle s'était entourée depuis toutes ces années n'était qu'une façade destinée à la protéger.

Là, c'était la vraie Elizabeth.

Elle avait un cœur. Elle avait des sentiments. Elle tenait aux gens.

Elle s'était attachée à sa famille, à lui-même. Elle tenait à son père et à sa mère. Elle tenait même à Mick, et elle avait fait une erreur, qu'elle avait payée au prix fort.

Elle n'avait eu personne à qui se raccrocher en tombant.

Elle renifla, s'écarta et rejeta la tête en arrière pour le regarder. Malgré ses joues zébrées de larmes, il vit qu'elle avait revêtu sa carapace, car elle souriait à nouveau.

— Je crois que c'est moi qui suis censée prendre soin de toi.

Il passa son pouce sur sa joue, essuyant une larme qui s'y était figée.

— Tu l'as fait.

— Je suis désolée, Gavin. Je n'avais pas l'intention de m'effondrer comme ça.

Elle tenta de reculer, mais il l'en empêcha, l'emprisonnant dans ses bras.

— Tu as parfaitement le droit d'aimer mon père.

— Bien sûr que j'aime ton père.

Elle essayait de minimiser l'importance que tout cela avait pour elle. Il n'allait pas la laisser s'en tirer aussi facilement.

— Parfois, le monde s'écroule. Parfois, ton monde s'écroule. Et tu es autorisée à partager cela avec quelqu'un, à laisser cette personne te voir craquer.

Elle leva le menton, ses barrières à nouveau dressées.

— Toi, tu n'as pas craqué.

— Ah bon ? C'est toi qui me traînes partout depuis des heures. Je n'aurais jamais été capable d'aller jusqu'à l'hôpital, sans parler de trouver la chambre de mon père, si tu ne m'avais pas guidé. J'étais dans les vapes, Lizzie. Je n'y serais pas arrivé sans toi.

Elle battit des paupières, les cils parsemés de gouttelettes. Ses yeux étaient deux lacs vert d'eau, qui l'hypnotisèrent. Elle entrouvrit les lèvres, et il eut soudain envie de lui procurer un peu de réconfort, ainsi que d'en prendre un peu pour lui.

Il caressa ses lèvres des siennes. Sans poser de questions, elle l'embrassa à son tour, ses mains douces dans son dos se transformant en griffes lorsque leur baiser, doux d'abord, se fit plus avide.

La passion s'éveilla, le désir aussi. Leur faim mutuelle crépita entre eux, et Gavin la poussa sur le lit. Elizabeth retira son haut et ses sandales, puis recula sur le lit. Elle ôtait déjà son corsaire alors qu'il faisait passer sa propre chemise par-dessus sa tête et déboutonnait son jean.

Lorsque Gavin fut nu, elle s'était déjà débarrassée de son soutien-gorge et de sa culotte. Il grimpa sur le lit et la prit dans ses mains, avide de sentir sa peau contre la sienne. Cela ne faisait que quelques heures qu'ils avaient fait l'amour, mais son désir pour Elizabeth était un appétit qui n'avait jamais paru devoir s'apaiser. Elle seule pouvait lui donner ce qu'il voulait. Il voulait se perdre en elle, oublier ce qui s'était passé ne serait-ce qu'un court instant, ne ressentir que le plaisir, que son cœur battant contre le sien, son membre gonflant en elle, sa chaleur autour de lui.

Elle tendit les bras, et il s'y jeta, le sexe déjà dressé. Il se glissa en elle et plaqua sa bouche sur la sienne, repoussant tout ce qui n'était pas son contact, son goût, sa peau contre sa peau. Ses gémissements et la façon dont elle se cambrait sous lui étaient tout ce dont il avait besoin en ce moment.

Elle l'entoura de ses jambes, et il la pénétra de plus belle, en se hissant sur ses mains pour la contempler. Leurs regards se trouvèrent. Elle entrouvrit les lèvres, ses paupières à demi closes, tandis qu'il bougeait en elle, s'assurant de faire frotter son corps contre son clitoris. Il voulait la faire s'envoler, la faire jouir afin qu'elle éclate en mille morceaux autour de lui.

Elle fit courir ses ongles le long des bras de Gavin, et la sensation se répercuta jusque dans ses testicules. Il ondula et la pénétra plus profondément, puis empoigna l'une de ses jambes pour pousser son genou contre sa poitrine afin de s'enfoncer encore davantage.

— Embrasse-moi, murmura-t-elle.

Il se pencha sur elle, glissa une main sous son corps et pressa ses lèvres contre les siennes. Ses testicules se crispèrent lorsqu'il sentit le flot déchaîné de son orgasme approcher. Elle mêla sa langue à la sienne, et il n'eut plus qu'une chose en tête : il était en vie. La seule chose qui lui importait, en cet instant, était d'être avec Elizabeth, de ne faire qu'un avec elle, de s'abîmer en elle, dans son corps. Elle gémit contre ses lèvres. Son vagin se resserra par spasmes sur son membre, et elle jouit, tout comme lui. Il raffermit son emprise sur elle et se laissa emporter. Il jouit en grondant, à coups de reins puissants, le visage dans son cou, sachant qu'il ne se laisserait aller de cette façon avec personne d'autre qu'Elizabeth.

Après cela, il lui embrassa le cou et le lobe de l'oreille, puis enfouit les doigts dans ses cheveux. Enfin, il se redressa pour la regarder.

— Merci.

Elle lui caressa le front.

— Je t'en prie.

Au lieu de sauter du lit pour prendre une douche et se changer, il l'attira contre lui et lui embrassa la nuque.

— Est-ce que tu dois partir ? Tu as du travail ? interrogea-t-il.

— Rien d'urgent.

Elle se tourna vers lui, tira les couvertures pour les recouvrir tous les deux et posa la tête sur son torse.

— Dors, Gavin.

À peine avait-il fermé les yeux qu'il s'endormit.

Chapitre 20

Elizabeth était restée vissée aux côtés de Gavin durant les deux dernières semaines. Elle lui avait dit que rien, dans son travail, n'était pressant au point qu'elle ne puisse pas le reporter ou s'en charger par téléphone et mail.

Les Rivers avaient très bien compris la situation et avaient fait venir un joueur de ligue mineure pour le remplacer en première base. Rien n'aurait pu convaincre Gavin de quitter son père pour le moment.

L'opération s'était bien passée, Dieu merci ! La vue de son père après l'intervention lui avait fait l'effet d'un coup de poing. Relié à une bonbonne d'oxygène, à des perfusions et à des machines clignotantes, son père naguère robuste, son roc, se réduisait à un être dont Gavin ne voulait pas admettre la nature.

Son père était humain. Vulnérable. Il pouvait mourir. La mort n'était pas un sujet de réflexion que Gavin appréciait particulièrement, à plus forte raison lorsqu'il s'agissait de ses parents. Ce n'était pas encore à l'ordre du jour. Et cela ne le serait pas avant longtemps. Très, très longtemps.

Il passa autant de temps que possible à l'hôpital, aidant sa mère jusqu'à ce qu'elle lui dise qu'il commençait à l'agacer. Il ne s'en formalisa pas, sachant à quel point elle était tendue. Entre lui, Mick, Tara et Jenna, ils firent en sorte de ne jamais la laisser seule. L'un d'eux était toujours là pour la soutenir. Son père dormit beaucoup après l'intervention, ou du moins il essaya. Quand il ne dormait pas, il était soit soumis au tripotage intensif des infirmières, soit traîné Dieu sait où pour passer des examens.

Comment s'attendaient-ils à ce que les patients guérissent, dans cet hôpital, si le personnel ne les laissait jamais dormir ?

Ils avaient tiré son père du lit dès le lendemain de l'opération, ce qui avait considérablement surpris Gavin. Mick et lui questionnèrent même le personnel à ce sujet, et Mick se mit en quête du chirurgien, certain que les infirmières étaient complètement cinglées. Mais on leur assura que plus vite leur père sortirait de son lit et se remettrait à marcher, plus vite il guérirait.

Quatre jours après l'intervention, son père se promenait dans les couloirs, débarrassé de ses tubes et de ses perfusions, et mangeait à nouveau des repas solides, ce qui le réjouissait au plus haut point. Il avait hâte de rentrer chez lui. Le médecin avait dit qu'il l'y autoriserait peut-être dès le lendemain, s'il continuait d'être un emmerdeur de première et un miracle de la nature, et que ses résultats demeuraient excellents.

Son père répondit qu'il ferait le tour du service au pas de course si cela pouvait garantir sa sortie.

Cela avait fait sourire Gavin. Son père, grincheux et impatient ? Oui, cela lui paraissait tout à fait normal.

Fidèle à sa parole, son père avait parcouru le service en entier. Ils l'avaient laissé sortir le lendemain.

Peut-être sa mère allait-elle enfin pouvoir dormir un peu.

Cela faisait trois jours que son père était rentré chez lui. Tous passaient leur temps en allées et venues, ne laissant jamais la maison vide. Jenna, Tara et Elizabeth étaient allées faire des courses le jour du retour de son père, afin que sa mère n'ait pas à s'inquiéter de l'état des placards. Le convalescent étant pour l'instant incapable de monter l'escalier, la chambre d'amis du rez-de-chaussée avait été temporairement transformée en chambre principale. Cela contrariait beaucoup Jimmy, mais il allait devoir s'y habituer. Au moins, il était de retour chez lui, à sa grande satisfaction.

Kathleen n'avait aucunement l'intention de le laisser s'avachir dans son fauteuil préféré et paresser toute la journée, cela dit. Elle l'emmenait deux fois par jour faire le tour de la maison et du jardin à pied, ce qui était l'exercice recommandé pour la première semaine. Elle ressemblait à un sergent instructeur. Elle avait établi son emploi du temps et savait exactement ce qu'il devait manger, les horaires de ses exercices à la minute près, les médicaments qu'il devait prendre et les dates de ses rendez-vous médicaux. Au moins, elle laissait ses enfants l'aider un peu.

Jenna était retournée s'occuper du bar. Ils avaient recruté des oncles, des tantes et des cousins pour faire tourner la boutique pendant qu'ils se relayaient à l'hôpital. Mais, tôt ou tard, il fallait qu'elle reprenne du service, et elle avait hâte de le faire.

Gavin, beaucoup moins.

Il était assis dans le séjour en compagnie de son père, de Mick et d'Elizabeth. Tara avait emmené sa mère faire quelques courses.

Ils regardaient un match de base-ball. Un match des Rivers, pour être exact. C'était un programme double contre San Francisco.

— Il est plutôt bon, ce première-base qu'ils ont recruté en ligue mineure.

Gavin prit note du commentaire de son père, en essayant de ne pas accorder trop d'attention au jeune prodige de vingt et un ans qui ramassait la balle et fonçait vers la base pour empêcher le coureur de l'atteindre.

— Il est correct.

Elizabeth lui serra doucement l'épaule. Elle était assise au bord de son fauteuil, tout près de lui.

— Il serait peut-être temps que tu retournes travailler, continua Jimmy, avant qu'ils te remplacent par un petit jeune.

Gavin rit.

— Je suis encore loin de la retraite, papa. J'ai vingt-neuf ans. J'ai un contrat en béton armé. Ce gamin, c'est un stagiaire. Ils le renverront en ligue mineure dès que je reviendrai.

Son père attrapa son verre d'eau.

— Je me porte bien, fiston. Il faut que tu retournes travailler.

— J'y retournerai bien assez tôt. Ne t'inquiète pas, papa. Et ne te tracasse pas au sujet de mon poste. Il ne va pas s'envoler. J'ai un excellent agent.

Il tapota la main de Liz et leva les yeux vers elle. Elle eut un demi-sourire.

— Quoi ? Tu penses que je devrais y retourner, toi aussi ?

— Je pense que ton père va bien. Mick est en vacances. Il peut rester veiller sur lui.

— Ouais, Elizabeth n'a pas envie de perdre un autre de ses gagne-pain, lâcha Mick.

Elizabeth se crispa, mais ne dit rien.

Gavin se tourna vers Mick.

— Reste en dehors de cette conversation, s'il te plaît.

Mick haussa les épaules.

— Je suis dans la pièce. C'est difficile d'y échapper.

— Mick, arrête ça, intervint leur père. (Il se retourna vers Gavin.) Mais Elizabeth a raison. J'ai raison. Tu as besoin de jouer au base-ball.

— J'y retournerai, papa.

— Quand ?

— Bientôt.

C'était aux Rivers de batter. Le gamin – Chris Stallings – envoya une balle qui dépassa le shortstop puis courut vers la base. Gavin fit de son mieux pour ne pas grimacer.

— Il sait frapper, aussi. Il a eu la balle chaque fois qu'il est venu au marbre.

— Parce que les lanceurs ne le connaissent pas. Quand ils auront identifié ses tactiques, ils le feront sortir. Il a eu de la chance jusqu'ici, c'est tout.

Mick émit un reniflement moqueur.

Heureusement, Tara et Kathleen revinrent. Elizabeth se leva pour les aider à ranger les courses, et Gavin s'enfonça plus profondément dans son fauteuil. Il regarda Stallings plonger pour rattraper des balles, puis s'offrir un *home run* durant la huitième manche, permettant aux Rivers de mener de deux points face à San Francisco.

Merde !

Bien sûr, Gavin ne voulait pas que ce gosse joue mal. Son équipe avait besoin de gagner. Mais Stallings était-il obligé d'être aussi bon ? Gavin aurait préféré que d'autres joueurs fassent triompher les Rivers.

— Allez ! C'est l'heure de ta promenade, déclara sa mère à son père dès la fin du match.

— C'est un programme double.

— Tu seras de retour avant le deuxième match. (Elle regarda Gavin et Mick.) Les filles commencent à préparer le dîner. Vous pouvez allumer le barbecue.

— Oui, m'dame.

Mick et lui emportèrent le poulet dans le jardin. Gavin prit une bière au passage, et Mick un soda.

— Alors, tu es d'accord avec papa ? Je devrais y retourner, tu crois ?

Mick retourna le poulet, puis ferma le couvercle du barbecue.

— Je pense que tu devrais faire ce que tu as envie de faire.

— Si c'était la saison du football, qu'est-ce que tu ferais ?

Mick leva les yeux vers lui.

— Ce n'est pas la saison du football.

— Ce n'est pas une réponse.

— C'est ta carrière, mon gars. On est assez nombreux à la maison, mais je te comprends. Si c'était moi, je ne voudrais sans doute pas partir tout de suite non plus. C'est flippant, ce qui est arrivé à papa.

Gavin hocha la tête.

— J'ai peur de partir parce que je ne veux pas que quelque chose tourne mal en mon absence.

— Tu ne peux pas rester toute la vie, cela dit. En sport, c'est ton nom et ta présence qui font tout.

— Quand ce sera l'heure d'y retourner, je le saurai.

— Ouais, tu sauras.

Après le dîner, Elizabeth aida à faire la vaisselle, puis partit à la recherche de Gavin. Elle le trouva dehors en train de nettoyer le barbecue.

— Le poulet était délicieux, dit-elle.

Il lui sourit.

— Oui, c'est vrai.

— Ta mère est géniale. Elle contrôle vraiment la situation. La façon dont elle gère tout ça…

— Elle tient bien le coup. Elle l'a récupéré chez elle, et son état ne peut que s'améliorer.

Elizabeth s'assit sur l'un des sièges du patio.

— Oui, ça va aller. Ce qui signifie que tu dois retourner travailler.

Il se figea, les yeux rivés sur le barbecue.

— Pas encore.

— Gavin, tu as besoin de travailler.

— Je ne suis pas encore prêt, Lizzie. Juste quelques jours de plus, pour être sûr qu'il va bien.

— Tu ne fais pas grand-chose ici, Gavin, à part te torturer l'esprit. Ton père se remet doucement. Mick est là pour aider ta mère. Jenna s'occupe du bar. Tara habite dans le coin, elle aussi. Ton père a toute l'aide dont il a besoin.

Il planta son regard dans le sien.

— J'ai dit que je n'étais pas prêt.

— De quoi est-ce que tu as peur ?

— La question, Elizabeth, c'est de quoi tu as peur, toi ? Que Gavin soit remplacé et qu'il te fasse perdre de l'argent ?

Elle se retourna vers Mick, qui poussait la moustiquaire et sortait de la maison.

Elle savait que cette conversation aurait dû attendre qu'ils soient rentrés chez Gavin. Mais il était si tendu ces jours-ci…, et le match d'aujourd'hui avait été un coup dur.

Il avait besoin de retourner bosser. Pas pour elle. Seigneur, pas pour elle !

Pour lui-même.

— Mick, s'il te plaît. J'ai besoin de parler à Gavin une minute.

— Pourquoi ? Pour que tu le harcèles ? Que tu lui rappelles à quel point c'est important qu'il joue pour les Rivers ? Bordel, Elizabeth, tu ne te reposes jamais ? Le boulot passe toujours en premier pour toi ?

Elle se leva, s'essuya les mains sur son pantalon.

— Ce n'est pas ça. Je voulais juste…

— Je sais ce que tu voulais juste. Tu voulais juste convaincre Gavin que le temps, c'est de l'argent. Les matchs, c'est de l'argent. L'image fait tout, et, s'il ne retourne pas sur le terrain, il perd des points de prestige. Il n'est plus en position de renégocier son contrat. Je connais ta façon de penser.

Elle secoua la tête.

— Non, c'est faux. Si tu me laissais seulement…

— L'espace d'une seconde, tu ne peux pas essayer de penser à quelqu'un d'autre qu'à toi-même et à ta carrière, à ce qui est important pour toi ? Qu'est-ce que tu fais de Gavin, de ma mère et de mon père ? De ce qui est important pour eux ? Est-ce que tu as pensé un seul instant que peut-être ma mère avait besoin du soutien moral de Gavin ?

— Oui. J'ai pensé…

— Non, ça ne t'a jamais traversé l'esprit. Tout ce que tu vois, c'est la nécessité de renvoyer Gavin sur le terrain pour que des millions de gens le voient jouer.

Parce qu'attention, Dieu sait quelle catastrophe internationale ce serait s'il n'était pas partout en gros plan, à la télé, dans les médias. Je connais les règles du jeu, Liz. Je sais comment tu fonctionnes. Et cette fois je ne vais pas te laisser manipuler Gavin à ta convenance.

Elizabeth lança un regard à Gavin qui n'avait pas dit un mot.

N'avait-il pas compris ? Ne savait-il pas ce qu'elle essayait de faire ?

Non. Il croyait tout ce que Mick venait d'expliquer. Il pensait que c'était une histoire d'argent, de promotion, d'image. Pas des intérêts de Gavin en tant que personne, pas de ce dont il avait besoin, au fond de lui-même.

Les larmes lui piquèrent les yeux, et elle se serait damnée plutôt que de pleurer devant eux.

— Je suis désolée.

Elle contourna Mick et ouvrit la moustiquaire, dépassa Tara et la mère de Gavin.

— Elizabeth ? Qu'est-ce qui ne va pas ?

— Je suis désolée. Je dois partir.

Aveuglée par les larmes, elle attrapa son sac à main et se rua vers la porte d'entrée. Elle l'ouvrit et courut à sa voiture, quitta l'allée et s'engagea dans la rue. Elle espérait de toutes ses forces que Gavin n'essaierait pas de la rattraper.

Mais il ne le ferait pas. Elle savait déjà qu'il ne le ferait pas.

Gavin avait cru Mick. Les paroles de Mick lui avaient paru crédibles, l'avaient convaincu. Sinon, il serait intervenu. Il aurait dit quelque chose, il aurait empêché Mick de débiter de telles horreurs.

Mais non.

Au fond de lui, Gavin croyait qu'Elizabeth était aussi vénale que l'affirmait Mick.

Elle aurait dû s'en apercevoir plus tôt. Elle aurait dû s'en douter.

Au moins, maintenant elle savait.

C'était fini.

Gavin se traita intérieurement de connard. Il était resté là, les bras ballants, pendant que Mick crachait toutes ces accusations à la figure d'Elizabeth, et il n'avait pas dit un mot.

C'était vraiment typique, non ? Mick, le grand frère, qui savait toujours mieux que lui ce qu'il fallait faire, pas vrai ?

Sauf que, cette fois, il avait peut-être raison.

Gavin n'était pas prêt à retourner jouer. Sa mère avait besoin de lui. Son père aussi. Et Elizabeth était sans doute anxieuse à l'idée de tous les matchs qu'il avait ratés. Elle ne pensait qu'au boulot, pas à ce qu'il ressentait.

Si ?

Mick était resté un instant à le regarder, après qu'Elizabeth s'était enfuie à l'intérieur. Puis il avait dit :

— Tu sais que j'ai raison à ce sujet. Ouvre les yeux et vois-la telle qu'elle est vraiment, avant qu'elle te fasse souffrir.

Puis il était rentré, laissant Gavin seul avec ses pensées.

Toutes ses pensées.

Il n'arrivait pas à décider lesquelles étaient vraies.

— Gavin, que s'est-il passé ?

Sa mère sortit de la maison, un torchon à la main.

Gavin se pencha sur le barbecue et se remit à frotter.

— Rien.

— Elizabeth s'est enfuie d'ici en courant, et il m'a bien semblé qu'elle pleurait. Ce n'est pas ce que j'appelle « rien ».

Il haussa les épaules.

— Je m'en occuperai.

— Michael lui a-t-il dit quelque chose ?

— Sans doute rien d'autre que la vérité.

Elle s'assit.

— Développe un peu.

— Elle voulait que je retourne jouer.

— Et ?

— Mick l'a accusée de n'avoir que ses propres intérêts à l'esprit. De ne penser qu'à éviter que je sois remplacé.

— Et qu'as-tu répondu à cela ?

Il leva les yeux vers sa mère.

— Je n'ai rien dit.

— Donc, si je comprends bien, tu as laissé ton frère insulter la femme que tu aimes sans piper mot.

Il fronça les sourcils.

— Je ne suis pas amoureux d'elle.

— Vraiment ?

— Oui.

— Tu en es sûr ? Parce que, d'après ce que j'ai pu voir de votre relation, il m'a semblé que tu l'étais bel et bien.

— Ne me dis pas ce que je ressens, maman. Elizabeth et moi, on s'est bien amusés. C'est tout.

Sa mère pencha la tête sur le côté et lui lança le regard qu'elle réservait aux baratins les plus risibles.

— Tu es très doué pour nier tes propres sentiments.

Il ne répondit pas.

— Mais Elizabeth est aussi ton agent. C'est son travail de protéger ta carrière.

— C'est vrai.

— Et, pour l'avoir fait, elle mérite d'être descendue en flammes par ton frère, simplement parce qu'il est incapable de lui pardonner ?

— C'est à lui de régler ce problème.

— Et tu l'as laissé faire, aux dépens d'une femme que tu fréquentes et dont tu devrais te soucier au moins assez pour la défendre. Je t'ai élevé mieux que ça, Gavin.

Il inspira, souffla, referma le barbecue et se passa la main dans les cheveux.

— Je ne sais pas. Tout ça est tellement compliqué. Ce n'était pas censé le devenir.

Il s'assit sur le siège à côté d'elle. Elle lui sourit et lui prit la main.

— Les relations amoureuses sont toujours compliquées, Gavin.

— On n'était pas censés en avoir une, avec Lizzie. On devait seulement s'amuser.

— Est-ce que tu t'es amusé avec elle ?

— Oui.

— Alors, que s'est-il passé ?

— Aucune idée. Je suppose qu'au bout d'un moment quelque chose a changé la donne.

— Quelque chose comme… l'amour ?

Il n'avait jamais souhaité que ce soit le cas. Pas avec Elizabeth. Mais peut-être était-ce arrivé tout de même, sans qu'il s'en aperçoive. En tout cas, il n'avait aucune envie d'en discuter avec sa mère.

— Je ne sais pas, maman. Franchement, je ne sais pas. Je ressens quelque chose pour elle. Je ne sais pas ce que c'est.

— Peut-être le temps est-il venu d'arrêter de le fuir et de comprendre de quoi il s'agit.

— Je ne sais pas si j'en ai envie. Elizabeth n'est pas facile.

Elle rit.

— Mais toi non plus, mon chéri. Toi non plus.

Le deuxième match était bien entamé lorsque Gavin rejoignit son père dans le séjour.

Ils restèrent assis en silence, à le regarder. Mick et Tara étaient rentrés chez eux, et Jenna était au bar.

Les Rivers avaient un point de retard à la septième manche. C'était à eux de batter, et on en était au milieu de l'ordre de frappe.

— Ton remplaçant a marqué deux fois sur trois, pour l'instant, au cours de ce match. Il a volé une base en troisième manche et marqué en cinquième manche.

— C'est bien. Espérons qu'on peut encore gagner.

Le silence reprit tandis qu'un joueur envoyait une balle au sol en troisième base et que le second batteur en envoyait une autre verticalement dans le champ droit.

C'était au tour de Stallings. Gavin se pencha en avant pour l'examiner. Sa posture était correcte. Il n'avait pas peur d'affronter un lancer rapide ou recourbé. Il ne se laissait pas non plus duper trop facilement : sur trois lancers, deux avaient été déclarés mauvais contre un seul strike. Lorsqu'une balle arriva en plein au-dessus du marbre, il la propulsa par-dessus la clôture du champ gauche en un beau *home run*.

Merde ! Ce gamin était doué.

— Dommage qu'il n'y ait personne sur les bases, commenta son père.

— Ouais. Dommage.

Gavin s'affaissa dans son fauteuil.

— J'ai vu Elizabeth partir d'ici en trombe tout à l'heure. C'est toi qui l'as mise en colère ?

— Non. C'est Mick.

— À quel propos ?

— Ne te tracasse pas, papa. Tu as besoin de te reposer.

Son père se pencha vers lui.

— Arrête de me traiter comme un infirme. Je n'ai jamais fait d'hypertension, alors tu n'as pas à craindre de me voir exploser d'un coup.

Gavin lança un regard à sa mère, assise dans son fauteuil et occupée à coudre. Elle n'eut pas l'air inquiète ni ne lui adressa un regard d'avertissement. En fait, elle ne leva même pas les yeux.

— Alors ?

— Elizabeth m'a suggéré de retourner jouer. Mick l'a accusée de vouloir me manipuler afin de servir ses propres intérêts.

Son père renifla d'un air désapprobateur.

— Ton frère est incapable de réfléchir clairement lorsqu'il s'agit d'Elizabeth, et il serait grand temps que ça cesse. Et puis je t'ai dit la même chose, non ? Ce gamin est un vrai champion en première base. Je parie qu'il est nettement moins bien payé que toi, par-dessus le marché.

Gavin s'avachit dans son fauteuil sans rien dire. Les Rivers furent éliminés lorsque le frappeur suivant manqua un lancer de trop.

— Alors, qu'est-ce que tu as dit pendant que Mick enguirlandait Elizabeth ?

— Rien.

— Tu sors avec elle, et tu ne l'as pas défendue ?

Gavin avait l'impression d'être redevenu un gamin de huit ans. Le temps n'avait pas rendu les savons de son père moins douloureux.

— Non.

— Parce que tu penses qu'elle te manipule, qu'elle ne pense qu'à sa carrière et pas à toi ?

— Je ne sais pas quoi penser.

— Et moi qui croyais avoir élevé des fils intelligents. Vous me paraissez tout à coup bêtes à manger du foin.

Gavin n'était pas loin de penser la même chose.

Chapitre 21

Si Elizabeth avait eu les idées un peu plus claires, elle aurait riposté lorsque Mick l'avait attaquée. Elle ne se laissait jamais malmener par les athlètes. S'ils décidaient de l'agresser, elle leur rendait aussitôt la pareille. Alors pourquoi avait-elle laissé Mick la traiter ainsi ? Elle aurait dû lui tenir tête et lui expliquer tout ce qui n'allait pas dans son raisonnement. Et puis lui dire de se foutre au cul ce qu'il pensait d'elle, une bonne fois pour toutes, parce qu'elle en avait marre de l'entendre.

Bordel !

C'était à cause de Gavin. Et d'accord, aussi parce qu'elle ne voulait pas déclencher une Troisième Guerre mondiale chez ses parents. Pas alors que son père était convalescent. Pour rien au monde elle n'aurait souhaité le contrarier.

Elle se gara sur le parking du *Riley's*, sans bien savoir ce qu'elle fichait là. N'avait-elle pas vu assez de Riley pour le moment ? Avait-elle besoin de se faire botter les fesses par un autre membre de la famille ?

Peut-être désirait-elle être punie, au fond. Jenna ne lui avait pas encore sonné les cloches. Pourquoi lui refuser ce plaisir ?

C'était le milieu de la semaine, le bar était donc plutôt tranquille. Elle trouva Jenna au comptoir, en train de servir quelques clients. Dans un haut à bretelles noir et en jean, elle était en pleine discussion avec ses habitués, aussi Elizabeth prit-elle place à l'extrémité du bar. Jenna finit par la rejoindre.

— Ton chien est mort ? lui demanda-t-elle.

— Tes frères sont des cons.

Jenna eut un petit rire.

— Ça ne date pas d'hier. Qu'est-ce que je te sers ?

— Un bon verre de vin. Je te laisse choisir.

— Ça roule.

Jenna lui servit un verre de vin rouge et le posa devant elle.

— Alors, je pourrais te débiter la longue liste des raisons qui font que mes frères sont des salauds, mais ce n'est pas moi qui suis triste. Explique-moi pourquoi toi, tu en es arrivée à cette conclusion.

Elizabeth prit une gorgée de vin.

— Il est délicieux.

— Bien sûr. C'est mon boulot. Maintenant, crache le morceau.

— Tu es sûre que tu ne préfères pas prendre leur défense ?

Jenna s'appuya au bar et afficha un rictus sardonique.

— Ça m'arrive rarement.

— Gavin est comme un lion en cage depuis l'opération de ton père. Quand on a regardé le match, cet après-midi, j'ai bien vu que ça le dérangeait de voir ce première-base jouer à sa place. Il est doué, ce gamin, et je sais que Gavin se sent menacé. Vu que l'état de ton père s'améliore de jour en jour, je lui ai dit qu'il devrait peut-être retourner travailler. Et Mick m'a sauté à la gorge en m'accusant d'avoir des arrière-pensées.

Jenna leva les yeux au ciel.

— Il n'est toujours pas passé à autre chose ?

— Apparemment pas. Le pire, c'est que Gavin est resté les bras ballants et n'a pas dit un mot, tandis que Mick m'engueulait en prétendant que tout ce qui m'intéressait, c'était de me remplir les poches aux dépens de Gavin.

Jenna avait blêmi.

— Quel blaireau ! Tu as raison. Ils sont aussi cons l'un que l'autre.

Elizabeth rit, leva son verre et fit mine de trinquer avec Jenna, avant d'en reprendre une gorgée.

— Et moi qui croyais que c'était une erreur de venir ici te déballer tout ça. Tu es leur sœur, après tout.

— Hé, je suis prête à les défendre jusqu'à la mort quand c'est eux qui ont raison. Le problème, c'est que ça n'arrive pas souvent. Ce sont des hommes : par conséquent, ils ont le handicap de la testostérone. Ça les empêche de réfléchir.

— J'espère que ce n'est pas notre lot à tous, quand même, intervint une voix masculine.

Elizabeth se tourna sur son tabouret et sourit à Ty Anderson.

— Salut, Ty. Qu'est-ce qui t'amène ?

— Je venais prendre un verre et je t'ai tout de suite repérée. Je peux m'asseoir, ou c'est une réunion anti-mâles ?

Elizabeth consulta Jenna du regard. Celle-ci haussa les épaules.

— C'est ta réunion anti-mâles, pas la mienne. Mais, quand il s'agit de mes frères, je suis toujours prête à jouer le jeu.

Elizabeth rit.

— Ty, voici Jenna Riley, la sœur de Gavin. Jenna, je te présente Tyler Anderson. Il joue au hockey pour les Ice.

— Ah ! Enchanté, Jenna !

Jenna étudia Ty du regard, puis soupira.

— Un sportif de plus. Mon cœur s'affole.

Il sourit.

— Tu es fan, à ce que je vois.

— Ouais, c'est tout à fait ça.

Elizabeth pouffa et se tourna vers Ty.

— Je pense que les sportifs qui viennent ici la harcèlent à cause de ses frères.

— Oh ! Je suis foutu avant même d'avoir ouvert la bouche, c'est ça ?

— J'en ai peur, mon gars. Qu'est-ce que je te sers ?

— Je vais prendre une bière. En bouteille. Pas light.

— Fais attention, Ty, commenta Jenna en décapsulant la bière avant de la faire glisser vers lui. Faudrait pas que tu prennes du poids, ou tu vas avoir du mal à manier ton grand bâton.

Il attrapa la bouteille et la porta à ses lèvres.

— Jusqu'ici, personne n'a jamais remis en question la manière dont je me sers de mon bâton.

Jenna haussa un sourcil.

— Et tu viens ici tout seul ? Avec un charme pareil ? Surprenant.

Pendant que Jenna s'éloignait pour servir un autre client, Ty se tourna vers Elizabeth.

— Quelqu'un a pissé dans ses corn-flakes ?

— Elle est toujours un peu rude avec les types qui viennent ici. C'est ça d'avoir des frères célèbres et de devoir repousser les avances de tous ces sportifs… Et d'appartenir à une famille qui ne vit que pour le sport. Je ne pense pas que les mecs comme toi soient son type.

Ty prit une longue lampée de sa bière, sans quitter des yeux Jenna qui travaillait.

— Ça me va, vu que ce n'est pas mon type non plus.

— Tiens donc ?

Elizabeth considéra les cheveux courts et sombres de Jenna, sa silhouette élancée, ses tatouages et ses multiples boucles d'oreilles. Elle la trouvait sexy et adorable.

— Qu'est-ce qui te déplaît, chez elle ?

— Je préfère les gros seins.

Elizabeth leva les yeux au ciel. Vu la manière dont Ty n'avait pas lâché Jenna des yeux une seule seconde, elle estima qu'il lui racontait des craques et n'avait juste pas aimé se faire rembarrer.

— Je crois que je vais aller tenter ma chance aux fléchettes. À plus tard, Elizabeth.

— À plus.

Elizabeth vida son verre, et Jenna vint aussitôt le remplir.

— Encore un gros costaud égocentrique. Juste ce dont on avait besoin.

— Hein ? Oh, tu parles de Ty ?

— Ouais.

— En fait, il est plutôt sympa une fois qu'on le connaît.

— C'est un de tes gars ?

— Oui.

— Pas mon type.

Heureuse de parler d'autre chose que d'elle-même et du désastre de sa relation avec Gavin, Elizabeth rétorqua :

— Oh, vraiment ! C'est quoi, ton type, Jenna ?

Celle-ci posa les mains à plat sur le bar.

— J'aime les mecs cérébraux. Poètes. Intellos. Lyriques. Mélomanes. Et passionnés de n'importe quoi, sauf de sport. Grandir avec des sportifs et ne voir que ça dans ce bar, ça me donne envie de sortir avec un homme qui s'en fiche complètement.

— Je comprends. Alors ce serait plutôt un type qui travaillerait dans un bureau, ou un prof. Ou peut-être un avocat.

— Je me fiche de savoir comment il gagne sa vie, tant que je ne suis pas obligée de parler de sport avec lui.

Mais le regard de Jenna erra en direction de Ty tandis qu'elle essuyait le comptoir. Elizabeth se tourna pour observer Ty, désormais en pleine partie de billard avec une poignée d'autres mecs. Son jean épousa son cul magnifique lorsqu'il se pencha sur la table pour tirer. Son tee-shirt moulant mettait en valeur ses biceps gonflés, et il aurait fallu que Jenna soit morte pour ne pas le remarquer.

Lorsque Elizabeth se retourna vers le bar, il était clair que Jenna n'était pas morte.

— Ty n'est pas ton type, hein ?

Jenna haussa les épaules.

— Il a un beau cul, et un petit air rebelle qui me fait mouiller. C'est la dèche, ces temps-ci. Je ne suis qu'humaine. Mais je ne sors pas avec les sportifs. Dommage, parce que je l'aurais bien invité à faire un tour dans mon lit.

— Je suis sûre qu'il aurait accepté d'ailleurs. Il te matait, tout à l'heure, quand tu ne regardais pas.

Jenna jeta un nouveau coup d'œil à Ty.

— Pourquoi est-ce que cet endroit n'attire que des types comme lui ? Peut-être qu'on devrait lancer une campagne de pub pour appâter les hommes avec lesquels j'ai envie de sortir, plutôt que les autres.

— C'est une bonne idée. Tu devrais bosser là-dessus.

— Ouais, ironisa Jenna avec un petit sourire. Pendant mon temps libre.

— Je pourrais t'aider. Je suis plutôt bonne pour tout ce qui est promotion.

Jenna se pencha sur le bar.

— C'est vrai. C'est ton domaine. Mais tu es sûrement trop occupée.

— Pas tant que ça. J'adorerais te donner un coup de main.

— Tu essaies juste d'éviter tout ce qui a trait à Gavin.

— Oui. Exactement.

Elizabeth leva son verre et en but une gorgée.

— Alors, comment tu vas faire pour te sortir de ce guêpier ?

— Je n'en ai aucune idée. Je ne pense pas qu'il me fasse confiance. Et j'ignore sincèrement quels sont ses sentiments pour moi. Être à la fois son agent et amoureuse de lui fait tout foirer, tant du point de vue personnel que professionnel.

— Comment ça ?

— En tant qu'agent, je devrais l'envoyer bosser à coups de pied au cul. Ça fait bien trop longtemps qu'il n'a pas joué. Mais en tant que femme amoureuse je comprends ce qu'il ressent. Je compatis à son inquiétude pour ton père et à son besoin de rester dans le coin.

— Mon père se remet doucement mais sûrement, jour après jour. Toute cette histoire nous a foutu les jetons à tous, alors on ne peut pas s'empêcher de s'attarder à ses côtés.

— C'était à prévoir, je pense. Moi aussi, j'ai eu peur. J'adore tes parents.

Jenna sourit et lui prit la main.

— Je sais. Tu fais partie de la famille depuis longtemps.

— Mais tu as raison, il va de mieux en mieux. Vous vous occupez bien de lui. Et Gavin tourne en rond. Je le vois, je sens à quel point il est tendu. Il regarde les matchs et il sait qu'il doit y retourner, mais quelque chose le tire en arrière. Un sentiment de responsabilité, combiné à la peur que s'il s'en va il se passera quelque chose de terrible.

— Alors remets ta casquette d'agent sportif et renvoie-le au boulot. Tu vas devoir accepter de ne pas toujours être à la fois son agent et sa petite amie. Parfois, tu es obligée d'être son agent et de lui faire comprendre qu'il est temps de retourner bosser.

Elizabeth soupira.

— Ou alors je risque de m'apercevoir que c'est impossible de cumuler les deux. Que je vais devoir choisir un seul rôle. Ou c'est lui qui le fera.

Jenna la regarda droit dans les yeux.

— Oui, c'est possible. S'il t'aime, ça n'aura aucune importance.

— Mais, s'il ne m'aime pas, ça en aura beaucoup.

— Tu as peur de le découvrir ?

— Je crois que c'est ça, la question à 1 million de dollars.

Chapitre 22

Gavin et Mick étaient occupés à déblayer les gouttières lorsque Gavin vit la voiture d'Elizabeth s'engager dans l'allée. Une pointe de culpabilité ainsi qu'un autre sentiment lui tordirent le ventre. Son père était assis dans le patio, à les regarder. C'était une journée superbe. Le soleil était de sortie, accompagné d'une brise caressante. Sa mère et Tara étaient sorties faire des courses.

— Tu sais pourquoi elle est venue.

— Laisse tomber, Mick.

Son père se leva lorsque Elizabeth arriva dans le jardin.

— La porte était ouverte.

— Salut, Lizzie.

Elle étreignit son père et s'assit près de lui, sans un regard pour Gavin ni pour Mick.

— Elle se sert de toi, mec. Tout comme elle m'a manipulé, ainsi que Tara et Nathan.

Gavin fusilla Mick du regard.

— Ça n'a rien à voir avec toi. Tout ne tourne pas toujours autour de toi.

Mick haussa les épaules et dirigea le jet du tuyau d'arrosage vers la gouttière, tandis que Gavin ramassait les feuilles accumulées sur un autre tronçon. Mick descendit de son échelle pour la déplacer, et Gavin continua à travailler en faisant de son mieux pour ignorer Elizabeth et son père, qui discutaient et riaient tous les deux.

— Hé, les garçons, Lizzie va m'emmener faire une petite promenade. On ne sera pas longs.

— Je peux t'emmener, papa, dit Gavin.

— Je pense qu'elle en est tout à fait capable. Continuez à nettoyer les gouttières. Tout ira bien.

Gavin jeta un coup d'œil à Mick, qui fronça les sourcils, mais ils terminèrent leur besogne. Lorsque Gavin descendit de son échelle et se mit en quête de son père, celui-ci était installé dans le séjour avec un verre d'eau, les pieds posés sur un tabouret. Elizabeth était assise près de lui.

Bordel, elle était belle dans son tailleur couleur crème et son chemisier en soie bleu pâle ! Ses talons mettaient en valeur ses jambes superbes, et il eut envie de la manger toute crue. Soudain, il brûlait de se retrouver seul avec elle, de lui parler, de franchir la distance qui les séparait pour comprendre ce qui clochait entre eux. Mais il s'en sentait… incapable. Il y avait des choses qu'elle n'arrivait pas à comprendre.

Elle leva les yeux et lui adressa un sourire, mais ce n'était pas le sourire qu'il désirait. Elle se tenait sur ses gardes, tout comme lui.

— Ton père va de mieux en mieux. Il a marché jusqu'au bout de la rue et il est revenu.

Son père sourit.

— Je vais bientôt pouvoir vous mettre une raclée au basket, surtout avec le régime de poulet, de dinde et de poisson que ta mère me force à observer.

Gavin sourit à son tour.

— Ça te fait du bien, papa.

— Ouais, ouais. Mais les frites me manquent.

— Ça finira par passer, affirma Gavin. Et tu perdras ta bedaine de buveur de bière.

— La bière aussi, ça me manque.

— Ça aussi, ça passera, intervint Mick. Je sais de quoi je parle.

— Vous avez fini les gouttières ?

— Ouep, répondit Gavin. Elles sont comme neuves.

— Bien. Hé Mick, si on allait se faire un sandwich à la dinde ? J'ai faim.

— Bien sûr, papa.

Son père se leva et suivit Mick jusqu'à la cuisine. Gavin s'assit sur le canapé en face de Liz.

— Il a l'air en forme, dit-elle.

— Oui, c'est vrai.

— Cela fait une semaine et demie qu'il est rentré, Gavin. Son état s'améliore de jour en jour.

— En effet.

— Il est temps pour toi de retourner jouer. Tu as manqué assez de matchs.

Le sourire de Gavin s'évanouit, et il se leva.

— Ne me dis pas ce que j'ai à faire.

Elle se leva, elle aussi.

— Je suis ton agent. C'est mon boulot. Il ne faut pas que tu restes absent trop longtemps. Ton équipe compte sur toi. Tu es payé pour jouer, ne l'oublie pas.

— Je n'oublie rien du tout. Les Rivers m'ont dit que je pouvais prendre tout le temps dont j'avais besoin. Pourquoi est-ce que tu insistes à ce point ?

— J'insiste parce que tu n'as plus besoin de rester ici. Mick et Tara sont là pour veiller sur ton père et donner un coup de main à ta mère. Jenna s'occupe du bar. Ton père se porte bien. La moitié de tes matchs se jouent dans la région, ce qui te permettrait de venir voir ton père régulièrement. Cette stratégie d'évitement n'est pas bonne pour ta carrière.

— Je ne suis pas encore prêt.

— Ce n'est pas toi qui as fais une crise cardiaque et subi une opération, Gavin. Il est temps pour toi de retourner sur le terrain.

— Et je vous préviendrai, toi et l'équipe, quand je serai prêt à revenir. Pour l'instant, ce n'est pas le cas.

— Pourquoi te montres-tu aussi buté ?

— Pourquoi te montres-tu aussi pressante ?

— Je vais te le dire, moi. Parce qu'elle te manipule afin de s'enrichir sur ton dos.

Gavin se tourna vers Mick, qui se tenait dans l'embrasure de la porte.

Elizabeth l'imita.

— Ne te mêle pas de ça, dit-elle à Mick. Ce ne sont pas tes affaires.

Mick eut un rictus mauvais.

— À partir du moment où c'est de mon frère qu'on parle, ça devient mes affaires. Et je ne te laisserai pas agir avec lui comme tu as agi avec moi.

— Laisse-nous tranquilles, Mick. Ça ne te concerne pas. Gavin est mon client, et j'essaie de lui faire comprendre qu'il faut qu'il retourne travailler.

— Oh, bien sûr ! Comme si c'était pour lui que tu t'inquiétais. Arrête. Je te connais trop bien, Liz. Je sais que tu flippes de perdre ta poule aux œufs d'or. Tu as peur que, s'il ne retourne pas jouer, les Rivers n'acceptent pas ses futures exigences, qu'ils refusent de le payer aussi cher qu'avant.

Elle se retourna brusquement vers Mick.

— Tu sais quoi ? Ce que tu viens de dire est vrai. Et tu sais qui en souffrira ? Gavin. Et je vais te dire autre chose. Si tu sortais la tête du sable et que tu pensais à quelqu'un d'autre qu'à toi-même ne serait-ce qu'une seconde, tu verrais que ton frère est malheureux et que ça ne date pas d'hier, que chaque fois que Stallings vient se placer au marbre, ça le tue, qu'il a tellement envie de se retrouver sur ce terrain que ça lui fait mal. Mais non, tu es tellement content de te battre contre moi que tu es incapable de dépasser ta colère et ta rancœur pour voir ce dont Gavin a besoin. Tout ce que tu veux, c'est continuer de te venger de moi, et, ce faisant, tu sabotes la carrière de ton frère, alors que tu devrais le virer d'ici à coups de pied au cul et l'encourager à retourner faire ce pour quoi il est né.

Tu me fais honte, Mick. Je croyais que tu aimais ton frère.

Elle se tourna vers Gavin.

— Écoute, j'ignore ce qui te bloque à ce point, mais je t'aime, et tout ce que je veux, c'est que tu sois heureux.

Il la regarda fixement.

— Est-ce que tu dis à tous tes clients que tu les aimes pour les convaincre de t'obéir ?

Elle en resta bouche bée.

— Quoi ?

— Tu m'as très bien entendu. C'est ta nouvelle technique de manipulation ? Une déclaration d'amour ? Tu as couché avec combien de clients pour obtenir ce que tu voulais ?

Elle blêmit. Même alors qu'il prononçait ces mots, Gavin n'arrivait pas à croire ce qu'il était en train de lui dire.

— Gavin, tu devrais le savoir mieux que quiconque. Je n'ai jamais couché avec un client avant toi. Mais tu sais quoi ? C'était une erreur. Ce qui s'est passé entre nous était une erreur depuis le début.

Elle braqua son regard sur Mick.

— C'est ça que tu voulais ? Eh bien, devine quoi : tu l'as. Tu as gagné. Je me retire. Salue Don Davis de ma part quand il signera avec Gavin.

Elle regarda à nouveau Gavin.

— Gavin, je ne peux plus représenter tes intérêts, puisqu'il est manifeste que ce que tu désires ne correspond pas à ce que j'ai à t'offrir. Dès que tu le souhaiteras, je t'enjoins de trouver un collègue apte à me remplacer. Tu recevras dans les plus brefs délais un courrier actant cette décision.

Elle se retourna et quitta la maison avant qu'il ait pu formuler une réponse cohérente.

Qu'est-ce qui venait de se passer ?

Elle lui avait dit qu'elle l'aimait, et il l'avait accusée d'avoir couché avec tous ses clients ?

Et puis elle l'avait viré.

Évidemment qu'elle l'avait viré, puisqu'il était un salaud.

Il se laissa tomber dans un fauteuil et écouta le bruit de sa voiture qui reculait dans l'allée.

— Qu'est-ce que c'était que ce bazar, bon sang ? demanda son père en revenant s'asseoir dans le séjour.

Gavin ne trouva pas les mots pour expliquer à son père ce qu'il avait fait.

— Mes oreilles me jouent-elles des tours, ou ai-je entendu Elizabeth te renvoyer ?

— Tu as bien entendu, papa.

— Et quel rôle as-tu joué là-dedans ? demanda son père à Mick.

— Un rôle important, je pense.

— Michael, j'essaie de ne pas me mêler de ta vie privée, et je sais qu'Elizabeth a commis des erreurs vis-à-vis de toi, de Tara et de Nathan. Mais ne crois-tu pas qu'il serait temps de mettre tout cela derrière toi ? Je ne t'ai jamais connu rancunier.

Mick s'assit et enfouit ses mains dans ses cheveux.

— J'étais en rogne. Très, très en rogne. J'aime Tara et Nathan comme je n'ai jamais aimé personne d'autre. Et ce qu'Elizabeth a fait, la manière dont elle les a manipulés, m'a fait souffrir. Ça les a fait souffrir.

— Elle s'est excusée et a réparé son erreur, non ? demanda son père.

— Oui, en effet.

— Mais tu n'as pas lâché prise pour autant.

— J'ai eu peur, quand Gavin a commencé à la fréquenter.

Gavin leva la tête pour regarder Mick.

— Pourquoi ?

— Parce que j'avais peur qu'elle te fasse du mal.

Gavin lâcha un petit rire.

— Tu ne pensais pas que j'étais capable de me défendre tout seul ?

Mick haussa les épaules.

— Tu seras toujours mon petit frère, quel que soit ton âge. Je voulais te protéger. Je crois que je suis allé trop loin. Merde ! J'ai vraiment déconné. Je suis désolé. Il faut que je répare mes bêtises.

Gavin secoua la tête.

— Non, je crois que tu en as assez fait. C'est à moi de redresser la situation. Mais je ne suis pas sûr d'y parvenir. Ce que je lui ai dit… Elle m'a dit qu'elle m'aimait, et je l'ai poignardée en plein cœur.

— J'espère que tu comprends que tout ce qu'elle a fait, elle l'a fait pour ton amour du sport.

Gavin regarda son père.

— Elle sait à quel point tu aimes jouer. Nous en avons parlé, pendant notre promenade. Elle voit, comme moi, combien tu aimes le base-ball. Ça n'a jamais été une question d'argent pour toi, et ce, depuis que tu as commencé à jouer. Tu aurais joué gratuitement. Heureusement que tu avais Elizabeth avec toi pour te négocier un bon contrat, parce que tu aurais signé pour rien. Elle m'a dit qu'elle ne connaissait personne d'autre qui serait prêt à jouer pour l'amour du jeu uniquement. Et à te voir, ces dernières semaines, elle a eu le cœur brisé, tout comme moi, parce qu'elle a vu l'étincelle s'éteindre dans ton regard. Elle voulait que tu retournes jouer parce que tu ne ressentais plus la moindre joie. Je lui ai dit de faire tout ce qu'elle pouvait pour te convaincre de te remettre au travail.

Gavin se leva et se passa la main dans les cheveux. La sensation de brûlure, au fond de son ventre, était si intense qu'il ne croyait pas pouvoir y survivre.

Seigneur, il lui avait fait du mal ! Il avait si peur de quitter son père, peur de le perdre. Et s'il partait et que quelque chose arrivait en son absence ?

Et cependant son père et Elizabeth avaient décelé le manque qui le rongeait.

Le sport lui manquait.

Il devait y retourner.

Il fit face à son père.

— Il faut que je recommence à jouer.

Son père lui sourit.

— Je sais. Je veux que tu y retournes. C'est ta vie. C'est ce que tu aimes. Je serais très déçu si tu restais ici à cause de moi.

Il s'approcha de son père et s'agenouilla devant lui.

— J'avais peur qu'il t'arrive à nouveau quelque chose si je partais.

Son père se pencha en avant et lui caressa l'épaule.

— Ne t'inquiète pas pour moi, fiston. Je ne suis pas fait de fer, mais je ne suis pas fait de yaourt non plus. J'ai entendu la sonnette d'alarme. Je vais faire très attention à moi et je te promets de ne pas tomber. Mais tu ne peux pas veiller sur moi vingt-quatre heures sur vingt-quatre. Il faut que tu cesses de te faire du souci.

Gavin prit une inspiration tremblante et se leva. Son père l'imita. Ils tombèrent dans les bras l'un de l'autre. Gavin prit garde de ne pas serrer son père trop fort, à cause de son incision.

— Je ne suis pas en sucre, gamin.

Gavin refoula les larmes qui lui piquaient les yeux, puis s'écarta et hocha la tête.

— Bon. Il est temps pour moi de retourner bosser.

— Gavin…

Il se tourna vers Mick.

Son frère avait l'air terriblement malheureux.

— Je suis désolé. J'ai déconné, j'ai aggravé la situation.

— C'est vrai. Mais c'est toi que ça concerne. C'est entre toi et Elizabeth. Et je dois endosser la responsabilité de ne pas t'avoir arrêté à temps. Je t'ai laissé continuer bien trop longtemps.

Mick eut un sourire en coin.

— C'est impossible de m'arrêter quand j'ai décidé de faire ma tête de con.

Gavin sourit.

— C'est vrai.

— Je vais réparer ça. Du moins, la partie qui me concerne. Tu l'aimes, alors ?

Gavin avait cru qu'il hésiterait au moment de le dire à voix haute, mais les mots quittèrent ses lèvres sans qu'il doive fournir le moindre effort.

— Oui, je l'aime. Et tu vas devoir vivre avec.

Mick saisit Gavin par les épaules.

— Je suis prêt à vivre avec, si elle, elle est capable de me supporter. Maintenant, va la reconquérir. Et ramène ton cul sur le terrain.

Gavin quitta la maison de ses parents et rentra chez lui. Il avait appelé les Rivers pour leur dire qu'il était prêt à revenir. Ils étaient en déplacement, mais ils seraient de retour dès ce week-end, et son entraîneur lui dit d'être prêt à reprendre du service à ce moment-là. Dans l'intervalle, il allait retrouver Elizabeth et tenter de recoller les morceaux.

Il l'appela. Elle ne répondit pas. Il la rappela, laissa un message et attendit. Elle ne le rappela pas. Il appela une troisième fois. Puis une quatrième. Elle refusait toujours de décrocher.

Bordel !

Il se rendit chez elle en voiture. Il frappa à la porte. Pas de réponse. Peut-être était-elle partie à son bureau. Il fonça là-bas, mais la réceptionniste affirma qu'elle n'était pas là. Cela pouvait signifier deux choses : soit elle n'était vraiment pas dans son bureau, soit elle refusait de le voir.

Il examina le parking, mais n'y trouva pas sa voiture.

Eh bien, on ne pouvait pas dire qu'elle lui facilitait la tâche ! En même temps, vu ce qu'il lui avait dit, il ne l'aurait pas mérité. Et il n'était pas question qu'il s'excuse par téléphone ou par texto. Il devait le faire en personne.

Le soir venu, il reprit le chemin de l'appartement de Liz. Sa voiture n'était pas garée sur le parking, et ses fenêtres n'étaient pas illuminées. Il l'attendit trois heures sur le parking, ce qui lui donna l'impression d'être un pauvre type affligé d'une obsession malsaine pour Elizabeth. Il essaya plusieurs fois de l'appeler, mais elle ne répondait toujours pas.

Et elle ne rentra pas chez elle. Il attendit jusqu'à 1 heure du matin avant d'abandonner et de rentrer chez lui.

Cela allait être difficile de s'excuser auprès d'elle s'il ne savait même pas où elle se trouvait. Son agence ne lui fut d'aucune utilité, refusant de lui indiquer où elle était. Et, le lendemain, elle n'était pas non plus à son bureau.

Il ne disposait plus que d'un jour avant de reprendre le travail, et il ne savait pas où trouver Elizabeth.

Mais il connaissait quelqu'un qui pourrait l'y aider.

Heureuse d'avoir pu quitter Saint-Louis, Elizabeth contempla la vue depuis la fenêtre de son hôtel new-yorkais. Les contrats et les négociations liés à son nouveau client potentiel l'avaient considérablement occupée depuis deux jours, et elle s'en félicitait. La dernière chose dont elle avait besoin, c'était de temps libre pour réfléchir.

Réfléchir signifiait se torturer l'esprit au sujet de Gavin, et elle avait déjà perdu trop de temps avec cet homme-là.

Elle grimpa sur le lit et attrapa son ordinateur afin de peaufiner l'ébauche de contrat qu'elle avait dressée pour son nouveau client. Ce dernier, une étoile montante du basket new-yorkais, n'avait pas le prestige de Gavin, mais quelques joueurs supplémentaires suffiraient à compenser ce qu'elle avait perdu en virant Gavin. Elle avait déployé ses antennes et appris le nom de quelques sportifs qui n'étaient pas satisfaits de leur agent actuel, et elle était bien partie pour contrebalancer cette perte de quelques gains non négligeables. Après le basketteur, elle se consacrerait à un footballeur de Baltimore, qu'elle devait rencontrer en début de semaine prochaine. Et ce type était une mine d'or. Le convaincre de signer constituerait non seulement une prouesse personnelle, mais l'occasion de rire au nez de son agent actuel, Don Davis.

Il s'agissait de ne pas se laisser déstabiliser. Et elle était déterminée à y arriver.

Son portable sonna sur la table, et elle s'en empara, espérant que ce n'était pas un énième appel de Gavin.

Ce n'était pas lui. C'était sa mère.

Merde! Ses entrailles se crispèrent, et elle décrocha, en priant de toutes ses forces pour que le père de Gavin n'ait pas fait une rechute.

— Allô ?

— Elizabeth ? C'est Kathleen Riley.

— Bonjour, Kathleen. Est-ce que Jimmy va bien ?

— Il va très bien, ma chérie, ne t'inquiète pas.

Elle lâcha un soupir de soulagement.

— Oh, Dieu merci ! Je suis ravie de l'entendre.

— Je t'appelle au sujet de Gavin.

— Oh !

— L'as-tu vraiment renvoyé ?

Cette conversation s'annonçait difficile.

— Ça devenait trop dur, Kathleen.

— Tu n'as pas besoin d'essayer de me ménager. Je comprends. Est-ce qu'il a été horrible avec toi ?

Elle ne pouvait pas tout révéler à sa mère.

— Le conflit d'intérêts était devenu trop intense pour être ignoré. J'étais amoureuse de lui. Je n'étais plus capable de le représenter, pas dans cette situation. J'ai dû y couper court.

— Il dit que tu ne réponds pas à ses appels.

Et il avait demandé à sa mère de jouer les messagères ? Sérieusement ?

— Je travaille, en ce moment. J'étais occupée.

— Il dit qu'il ne t'a pas trouvée chez toi ni à ton bureau.

Il l'avait cherchée, alors ? Bien.

— Non, je suis à New York pour affaires. Quoi que nous ayons à nous dire, ça devra attendre.

— Je lui ai dit que je refusais de faire pression sur toi ou de prétendre que je n'étais pas envoyée par lui pour recueillir des informations.

Elle sourit à ces mots.

— Merci, Kathleen.

— J'espère que vous parviendrez à vous réconcilier, tous les deux.

Ce n'était pas près d'arriver.

— Je suis contente que tu aies appelé. Embrasse Jimmy pour moi.

— Bien sûr, ma grande. Prends soin de toi.

Elizabeth posa le portable sur la table de nuit et regarda fixement son écran d'ordinateur, mais elle avait perdu tout intérêt pour son contrat. Elle referma l'ordinateur et se glissa sous les couvertures, puis attrapa la télécommande pour allumer la télévision. Elle zappa de chaîne en chaîne en espérant trouver une émission idiote pour se distraire jusqu'à s'endormir.

Son téléphone sonna. Elle s'en empara, et son cœur se serra lorsqu'elle vit s'afficher le nom de Gavin. Elle le reposa et se concentra sur le documentaire animalier à l'écran.

Lorsque son téléphone se remit à sonner, elle laissa couler ses larmes, incapable de les retenir plus longtemps.

Chapitre 23

Se rendre au bar des Riley était très certainement une erreur, mais Elizabeth voulait parler à Jenna. Ce n'était pas comme si elle croulait sous les amies. Shawnelle et Haley lui manquaient, mais elle risquait de ne plus les croiser avant un bon bout de temps, maintenant que Gavin et elle n'étaient plus ensemble et qu'elle n'était plus son agent. Étant donné qu'elle ne représentait aucun autre joueur des Rivers, pour le moment du moins, elle n'avait aucune raison d'assister à leurs matchs.

N'était-ce pas drôle que quelqu'un comme elle, qui n'avait jamais eu de copines, ne puisse soudain plus s'en passer ?

Elle s'installa au bar et attendit Jenna, qui lui adressa un signe de la main. Après avoir servi quelques clients, la sœur de Gavin s'approcha.

— Quoi de neuf, ma belle ?

— Je viens d'arriver en ville. J'étais partie quelques jours. Et toi ?

Jenna ouvrit grands les bras.

— Une journée ordinaire au paradis des Riley. Qu'est-ce que je te sers ?

— Quelque chose de fort et de corsé.

— C'est un homme ou un verre que tu veux ?

Elizabeth rit.

— Un verre, pour commencer. Après, on verra bien.

Jenna remplit un verre de glaçons et de whisky sec.

— Bien fort, bien dur. C'est le whisky préféré de Gavin.

— Aïe !

— Oui, maman m'a dit que vous vous étiez disputés et que tu l'avais viré. Tu veux m'en dire plus ?

Elizabeth prit une longue gorgée, qui lui fit monter les larmes aux yeux. Le whisky descendit le long de son gosier en laissant derrière lui une traînée de feu.

— Waouh !

Jenna éclata de rire.

— Petite joueuse ! Ne te lance jamais dans un concours de boisson avec moi. Jamais.

— C'est noté.

— OK, poulette. Vas-y. Dis-moi comment mon connard de frère s'est débrouillé pour tout faire foirer.

— Je ne suis pas sûre que ce soit entièrement sa faute.

— Oh, je suis sûre que si ! Continue.

— Je l'ai poussé à retourner jouer. C'est mon travail, en tant qu'agent.

— En effet.

— Enfin, bref, ton autre frère a fourré son nez dans nos affaires et m'a accusée encore une fois de manipuler Gavin. J'ai dit à Gavin que je l'aimais.

— Waouh ! C'est pas rien, ça, commenta Jenna.

— C'est vrai. Mais je voulais qu'il comprenne que je tenais à lui et que je ne pensais qu'à son bonheur. Je voyais qu'il n'allait pas bien.

Jenna acquiesça.

— On le voyait tous.

— Alors il m'a demandé si je disais ça à tous mes clients pour obtenir ce que je voulais et avec combien d'autres clients j'avais couché.

Jenna ouvrit de grands yeux et se redressa brusquement.

— Arrête tes conneries. Il n'a pas dit ça !

Elizabeth leva son verre, le vida et le reposa sur le comptoir.

— J'ai bien peur que si.

Jenna remplit à nouveau son verre.

— Celui-là, c'est cadeau. Quel putain d'enfoiré ! Je n'arrive pas à croire qu'il t'ait dit ça. Qu'est-ce qui lui est passé par la tête ?

— Aucune idée.

Liz descendit son verre cul sec, cette fois. Jenna le remplit aussitôt.

— Je suis désolée, Liz. Je sais que Gavin peut se montrer obtus et insensible, parfois, mais ça, c'était vraiment déplacé. Je sais qu'il tient à toi. Où avait-il donc la tête ?

Elizabeth haussa les épaules et engloutit son verre. Elle avait chaud et commençait à se sentir pompette.

— Je ne sais pas. Je m'en fous. Quand il a dit ça, je me suis sentie choquée, énervée et terriblement déçue. Je lui ai dit que visiblement on n'était plus sur la même longueur d'onde d'un point de vue personnel et professionnel, je l'ai viré et je suis partie.

— C'est bien, ma grande.

Jenna remplit le verre d'Elizabeth, puis en versa un autre.

— Je vais trinquer avec toi, cette fois.

Elizabeth gloussa.

— Tu as le droit de faire ça pendant le service ?

Jenna leva son verre.

— Chérie, je fais ce que je veux. Cet endroit m'appartient, du moins en partie. À ta santé ! Les hommes sont des cons.

Elles trinquèrent, et Elizabeth engloutit le contenu de son verre. Son visage lui semblait comme engourdi, mais elle se sentait nettement mieux, d'un coup. Elle savait que c'était une bonne idée de venir ici. Elle allait oublier Gavin Riley en un rien de temps.

Gavin, assis dans son séjour, jouait à la Xbox en essayant de ne pas penser à Elizabeth. Bientôt, elle rentrerait, et il pourrait arrêter de surveiller son appartement.

D'accord, peut-être y retournerait-il quand même ce soir pour voir si sa voiture était de retour. Il essaierait vers minuit. Elle ne pouvait pas être partie pour toujours. Il faudrait bien qu'elle rentre chez elle un jour. Et elle serait obligée d'affronter Gavin.

Gavin serait obligé de l'affronter, elle.

Son téléphone sonna. Il s'en empara. C'était Jenna.

— Salut, petite sœur, quoi de neuf ?

— Salut, petit con. J'ai besoin que tu viennes au bar récupérer un colis.

Il fronça.

— Quel genre de colis ?

— Ta copine – ou devrais-je dire ton ex-copine – ; Elizabeth est en mode total freestyle, là, et c'est à cent pour cent ta faute, enfoiré.

Son cœur tambourina dans sa poitrine.

— Lizzie ? Elle est là-bas ? Pourquoi ?

— Elle se bourre la gueule parce que tu es un sale con. Tu viens, ou j'appelle des renforts pour pouvoir la ramener moi-même ?

— J'arrive. Ne la laisse pas partir.

Jenna rit.

— Aucun risque.

Il bondit hors de chez lui, en remerciant le ciel que le match d'aujourd'hui ait eu lieu tôt dans la journée. Il n'était que 23 heures, mais, s'il avait joué ce soir, il aurait peut-être manqué l'appel de Jenna. Et il ne voulait pas rater l'occasion de parler à Elizabeth.

Quinze minutes plus tard, il poussait la porte du bar et se précipitait vers le comptoir, sans prêter attention aux clients qui lui adressaient des signes en l'interpellant joyeusement.

— Où est-elle ?

Du menton, Jenna désigna le fond du bar.

— Au billard, entourée de sa cour.

Il pivota, mais Jenna lui attrapa le poignet.

— Quoi ?

— Tu t'es très mal comporté.

Il acquiesça.

— Je sais. Je suis un connard. Je lui ai fait mal, très mal. Tu pourras me passer un savon plus tard, et je le mérite amplement. Je vais faire de mon mieux pour réparer mes torts.

Jenna hocha la tête.

— Tu ferais bien, oui.

Misère ! La solidarité féminine. Il allait douiller. Comme si sa mère ne l'avait pas déjà longuement enguirlandé à ce sujet. Sa propre famille se retournait contre lui. Mais il ne pouvait pas leur en vouloir. Il l'avait bien cherché.

Il s'avança vers le groupe amassé autour du billard et s'arrêta net à la vue d'Elizabeth. Elle était penchée sur la table. Environ huit paires d'yeux masculins, captivés et lubriques, étaient rivés sur son cul. Elle portait un corsaire noir, un haut moulant et de petites chaussures en toile. Ses cheveux étaient tirés en queue-de-cheval. Elle était extrêmement sexy, et oh, Seigneur ! pas étonnant qu'ils soient tous en train de lui mater les fesses. Son pantalon y adhérait comme une seconde peau. Elle avait décidément un cul magnifique, surtout lorsqu'elle se penchait en avant de cette façon.

Elle était nulle au billard quand elle était soûle, en revanche. Il grimaça en voyant sa queue gratter le tapis. Elle empocha la boule blanche… deux fois. Mais les types qui l'observaient se foutaient probablement pas mal de sa manière de jouer. C'était la femme qu'ils admiraient, celle qui riait avec eux, flirtait avec eux et s'accrochait à eux, sans doute parce qu'elle tenait à peine debout.

Que cherchait-elle à accomplir en se soûlant et en traînant avec tous ces hommes ?

En y réfléchissant, il dut admettre que la réponse ne le regardait pas, vu qu'il lui avait jeté sa déclaration d'amour à la figure et l'avait implicitement traitée de salope. Une fois de plus, il grimaça à cette pensée. Cela lui arrivait tous les jours depuis qu'il avait balayé ses paroles d'un revers de main, comme si elles ne signifiaient rien. Elle lui avait dit qu'elle l'aimait, devant son frère, qui pouvait aisément la blesser, et devant son père.

Il l'avait écrasée comme un insecte. Gavin était un sale fils de pute sans cœur, et il ne la méritait pas.

Il se sentait plus bas que terre. Il ne pourrait pas lui en vouloir si elle décidait de ne plus jamais lui adresser la parole. Et il ne pouvait certainement pas la blâmer de l'avoir viré.

À présent, il était temps pour lui de se comporter en homme et d'encaisser tous les revers qu'elle déciderait de lui envoyer.

Il s'immisça parmi l'assemblée qui entourait le billard.

— Excusez-moi, les gars, mais il faut que je ramène ma chérie à la maison.

Ils reculèrent tous, peut-être parce qu'ils le connaissaient ou bien parce qu'ils ne voulaient pas s'attirer d'ennuis. Gavin l'ignorait. Il s'en fichait.

Elizabeth se mit en position pour viser. Gavin vit qu'elle n'allait pas réussir son coup. Il se plaça derrière elle et pressa son corps contre le sien. Elle gloussa.

— J'espère que tu ne crois pas qu'en collant ton entrejambe à mes fesses pour m'aider au billard tu vas me persuader de t'inviter chez moi ce soir.

Elle ne se doutait pas une seconde que c'était lui. Il n'avait pas dit un mot. Il fit glisser son bras le long de celui d'Elizabeth, stabilisa sa main, visa et frappa. La boule fila dans le coin, sans la boule blanche.

— Ouiiiii ! s'exclama-t-elle en se retournant avec un large sourire.

Sa joie s'évanouit dès qu'elle le découvrit.

— Qu'est-ce que tu fais là ?

— Jenna m'a appelé. Je suis venu te chercher.

Elle lança un regard furibond en direction du bar. Jenna fit un signe de la main.

— Traîtresse !

Il posa la queue de billard sur la table.

— Allez, chérie, je te ramène.

Elle s'écarta de lui.

— Je n'irai nulle part avec toi. Je reste ici avec mes copains. Pas vrai, les gars ?

Gavin dévisagea un à un les hommes qui entouraient le billard. Aucun n'avait l'air prêt à se dévouer pour la soutenir. Ils n'étaient pas idiots. Ils n'avaient surtout pas envie de se mêler de ce qu'ils prenaient sans doute pour une scène de ménage.

— La fête est finie, Elizabeth. Allons-y.

Il voulut lui prendre la main, mais elle la lui arracha.

— Laisse-moi tranquille. Tu ne m'aimes pas. Et je t'ai viré.

— On est obligés de faire ça ici ?

Elle se mit à branler du chef comme une figurine à l'arrière d'une voiture.

— Oui. Oui, on est obligés. Ici. Maintenant.

Mauvaise idée. Elle tenait à peine debout toute seule. Elle chancelait, et on aurait dit qu'elle allait s'écrouler d'un instant à l'autre. D'ailleurs…

Il la rattrapa juste avant qu'elle s'effondre.

— Allez, c'est parti.

Il la souleva dans ses bras. Jenna l'attendait avec le sac à main d'Elizabeth. Elle embrassa son frère sur la joue.

— Tiens. Bonne chance !

Elle lui tint la porte.

— Merci, sœurette.

Elizabeth leva la tête pour le fusiller du regard.

— Je ne veux pas que tu me ramènes. Tu es viré.

— Tu me l'as déjà dit. Je te ramène quand même. Tu pourras me virer encore une fois quand on sera arrivés.

— OK.

Elle posa la tête sur son épaule et observa un silence reposant pendant tout le long du trajet. Sauf qu'au lieu de la ramener chez elle il prit la direction de sa propre maison, d'où il lui serait plus difficile de s'échapper lorsqu'il tenterait de lui parler.

Elle s'endormit sur le chemin et ne se réveilla pas quand il la porta à l'intérieur, puis dans l'escalier jusqu'à sa chambre. Il lui retira ses chaussures et la recouvrit d'une couverture. Elle ne broncha pas.

Elle était KO. Au sens propre du terme. Quoi qu'il veuille lui dire, cela devrait attendre jusqu'à demain.

Merde !

Il éteignit la lumière et ferma la porte.

Il descendit au rez-de-chaussée, reprit sa partie de Xbox là où il l'avait abandonnée et se dit qu'il allait sûrement veiller tard ce soir, afin de décider ce qu'il lui dirait le matin venu.

Elizabeth se réveilla au son d'une porte qui se fermait, se redressa d'un coup et papillonna des paupières.

Argh ! Elle avait la bouche toute cotonneuse.

Le whisky.

Tout ça, c'était la faute de Jenna.

Non, c'était faux, mais il était toujours plus facile de faire endosser à quelqu'un d'autre ses propres bêtises.

Elle avait besoin d'un café, et fissa. Elle se força à ouvrir les yeux en grand, et c'est alors qu'elle s'aperçut qu'elle n'était pas dans sa chambre.

Pire : c'était la chambre de Gavin.

Double merde !

Elle se souvenait vaguement de son arrivée au bar des Riley, hier soir. Heureusement que Jenna avait eu la présence d'esprit de ne pas la laisser rentrer seule en voiture. Elle n'aurait sans doute pas été assez stupide pour le faire, mais les ivrognes n'étaient pas connus pour leur bon sens.

Elle ne se rappelait pas avoir échangé des tonnes de paroles avec Gavin hier soir, alors peut-être n'avaient-ils pas discuté du tout. Elle était sûrement trop ivre pour mener une conversation intelligente, de toute façon.

C'était aussi bien, parce qu'elle n'avait rien à lui dire.

Elle jeta un coup d'œil au réveil sur la table de nuit.

Bordel, 10 heures!

Elle devrait vraiment arrêter l'alcool. Ou au moins les beuveries après des déceptions sentimentales.

Heureusement qu'elle ne tombait pas souvent amoureuse. Jamais, en fait.

En tout cas, elle n'avait pas l'intention de retomber amoureuse. Les dégâts occasionnés, au niveau du corps, du cœur et de l'âme, étaient bien trop graves. Elle avait déjà abandonné suffisamment d'années de sa vie à Gavin, et tout cela pour quoi ? Pour se faire traiter de pute ?

Elle aurait dû écouter sa mère. L'amour n'avait pas fonctionné pour elle, et le moins qu'on puisse dire, c'est qu'Elizabeth ne s'en sortait pas mieux. Elle allait adopter le même mode de vie que Tori, à l'avenir. Le boulot d'abord ; les hommes comme simples outils de divertissement ; l'amour n'existait pas.

Elle sortit les jambes du lit et se leva, analysant son état.

Elle se sentait un peu chancelante, vaguement nauséeuse et en manque de caféine. En dehors de ça, elle allait bien. Maintenant, il fallait qu'elle se tire d'ici.

Elle trouva ses chaussures et les enfila, puis ouvrit la porte.

Elle sentit une odeur de café. Oh, Seigneur ! Tant pis si cela lui coûtait cinq minutes de conversation courtoise avec Gavin. Elle avait désespérément besoin d'une tasse de café. Elle descendit les marches sur la pointe des pieds, espérant qu'il serait endormi ou, mieux encore, absent.

En se tournant pour entrer dans la cuisine, elle découvrit Gavin appuyé contre le plan de travail. Il leva les yeux de son journal pour la regarder. Il portait un jean délavé et un tee-shirt. Bon Dieu, il était beau ! Ses cheveux étaient coiffés n'importe comment, et elle eut envie de le rejoindre, de l'enlacer et de le décoiffer encore davantage avec les doigts. Elle voulait l'embrasser et lui demander pourquoi il était incapable de l'aimer autant qu'elle l'aimait, elle.

C'était pour ça qu'Elizabeth était une salope avec un cœur de pierre. L'amour faisait trop mal, beaucoup trop mal pour qu'elle souhaite s'y risquer. Elle avait essayé. Cela n'avait pas marché. C'était horrible.

Elle entra dans la pièce.

— Tu es réveillée, dit-il en posant son journal sur le plan de travail.

— Il semblerait bien.

— Comment tu te sens ?

— Je survivrai.

— Café ?

— J'en meurs d'envie.

Il saisit une tasse, la remplit et la lui tendit.

— Merci.

Il n'essaya pas d'engager la conversation tandis qu'elle engloutissait le breuvage salvateur et dégrisant. Elle lui en fut reconnaissante. Elle aurait pu descendre toute une cafetière, mais pas ici. Pas avec lui.

Elle posa sa tasse et chercha son téléphone portable dans son sac.

— Je vais appeler un taxi pour aller récupérer ma voiture.

— Je t'emmène.

— Non.

Il posa une main sur la sienne.

— Elizabeth…

Elle retira sa main.

— Gavin, c'est bon. Je n'ai pas envie de t'entendre.

— Je ne te laisserai pas tranquille tant que tu ne m'auras pas écouté.

Elle appela la compagnie des taxis, leur donna l'adresse de Gavin, puis raccrocha.

En soupirant, elle le contourna pour accéder à la cafetière, remplit sa tasse, puis s'appuya contre le plan de travail.

— Très bien, alors. Parle, que je puisse rentrer chez moi. Ils ont dit que le taxi serait là dans quinze minutes.

Il se tourna pour la regarder en face et lui sourit d'un air hésitant. Comme elle ne lui rendait pas son sourire, il se passa les mains dans les cheveux.

— Tu n'as pas l'intention de me faciliter la tâche, hein ?

Elle n'avait rien à répondre.

Il inspira, souffla.

— OK. Écoute, je sais que je t'ai blessée, l'autre jour. Quand tu m'as dit que tu m'aimais, je n'étais pas en état de réfléchir. La seule chose que je comprenais, c'est que tu me disais ce que je devais faire. Tu me disais de retourner travailler. J'avais déjà entendu la même chose dans la bouche de mon père, dans celle de ma mère. Et puis, de l'autre côté, j'avais Mick qui me répétait que tu me manipulais, que tu n'étais intéressée que par l'aspect financier et professionnel des choses, que tu te fichais de moi.

À ces mots, elle lâcha un petit ricanement, mais ne s'abaissa pas à répliquer.

— Je sais, je sais. Je n'aurais jamais dû écouter mon frère. Crois-moi, j'ai beaucoup de choses à lui reprocher, dans l'histoire. Mais c'est tout de même ma faute. Tout est ma faute. Et je suis désolé. Tu m'as offert ton cœur, et je l'ai piétiné comme si cela ne signifiait rien. Je crois que ça m'a fait un peu peur, que tu me dises que tu m'aimes.

Elle attendit qu'il ajoute quelque chose. Rien ne vint.

— C'est tout ? Ça t'a fait un peu peur ?

— Oui. Je savais que toi et moi, on allait vers… quelque chose. Tôt ou tard. Mais je ne suis pas sûr que j'étais prêt pour… ça.

Elle haussa un sourcil.

— « Ça » ?

— Ouais. Tu vois, quoi. L'amour.

Elle leva les yeux au ciel.

— À t'entendre, on jurerait que l'amour est une maladie contagieuse, Gavin.

Il secoua la tête.

— Ce n'est pas ce que je voulais dire. Je m'exprime mal. C'est juste que je n'étais pas préparé à ce que tu me dises que tu m'aimes au beau milieu d'un sermon sur le fait que je devais retourner au boulot. Je veux dire : tu es mon agent et tu étais ma petite amie. Ou un truc comme ça. Je ne savais pas trop ce qu'on était l'un pour l'autre. Et là, d'un coup, tu me dis que tu m'aimes devant mon frère et mon père, et je ne suis plus sûr de rien. Et je savais que je ressentais quelque chose de fort à ton égard, mais je n'étais pas bien à cause de mon père, aussi, et je…

Elle ignorait à quoi elle s'était attendue de sa part, mais pas à ça. Il balbutiait, cherchait ses mots… alors qu'Elizabeth rêvait d'autre chose : peut-être de plates excuses suivies d'une déclaration d'amour…

Stupide ! Une fois de plus, la réalité n'était pas à la hauteur de ses attentes.

N'était-ce pas toujours le cas ?

Le son d'un klaxon, à l'extérieur, lui procura un intense soulagement. Toute cette situation était humiliante. Elizabeth n'était pas sûre de pouvoir supporter les explications vaseuses de Gavin plus longtemps.

— Écoute, Gavin. Je vais te faciliter la tâche. Je ne suis plus ton agent et je ne suis pas ton « quelque chose », ni ton « truc comme ça », non plus. Tu es libre. Je suis désolée de t'avoir mis dans l'embarras face à ton frère et à ton père avec ma déclaration d'amour ridicule. Crois-moi, ça ne se reproduira plus.

Il fronça les sourcils.

— Ce n'est pas ce que j'essayais de…

Elle posa sa tasse et saisit son sac à main.

— C'est fini. Tu veux savoir ce qu'on représentait l'un pour l'autre ? Un plan cul. Une passade. Appelle-ça comme tu veux. J'ai confondu ça avec l'amour. C'est ma faute, alors ne te sens pas responsable. Je m'en remettrai. Je te conseille de faire pareil.

— Elizabeth, attends !

Elle n'attendrait pas. Elle avait assez attendu. Depuis cinq ans, elle était amoureuse d'un homme qui ne lui rendrait jamais ses sentiments. Pas comme elle l'aurait voulu.

Car il était incapable de l'aimer. Peut-être même incapable d'aimer quiconque.

Elle franchit la porte et grimpa dans le taxi, les yeux rivés droit devant elle. Elle ne regarderait pas en arrière.

Plus jamais.

Gavin était assis dans la cuisine et regardait fixement la tasse de café d'Elizabeth, froide à présent. Il aurait dû la mettre au lave-vaisselle, mais il n'arrivait pas à se mettre en mouvement.

Comment avait-il pu tout foirer à ce point ? Une fois de plus. Cela faisait deux fois qu'il la blessait.

Putain ! Il avait toujours été si doué avec les femmes : pour les séduire, les amadouer, les persuader.

Et, face à la seule femme qu'il avait réellement besoin d'impressionner, il se comportait comme un adolescent timide, incapable de prononcer une simple syllabe et encore moins de se montrer convaincant. Il n'avait pas réussi à lui dire ce qu'il ressentait. Il avait essayé, mais était passé à côté.

C'était quoi, son problème, bordel ? Il ne pouvait pas s'excuser, tout simplement ? Il ne pouvait pas dire à une femme qu'il l'aimait, putain ? Tout cela aurait dû être tellement simple. Les mots étaient dans sa tête, mais il n'arrivait pas à les prononcer. C'était la conversation la plus importante de sa vie, et il s'était pris un strike.

Non, plus qu'un strike.

C'était la fin de la neuvième manche, les bases étaient pleines, et il était à la batte.

Affronter Elizabeth était plus important que les World Series.

Et il avait perdu. Le match le plus important de sa vie.

Il avait perdu la femme qu'il aimait.

C'était terminé.

Chapitre 24

— Est-ce que tu vas rester ici à te lamenter pour le restant de tes jours ou est-ce que tu vas tenter de faire quelque chose ?

Gavin savait qu'il aurait dû rester chez lui aujourd'hui, plutôt que de se rendre chez ses parents pour voir son père. Il venait de passer une semaine en déplacement, durant laquelle il avait noyé son chagrin dans le base-ball et les soirées au bar. Il avait joué comme un manche, ce qui n'avait pas amélioré son humeur, et le bar ne lui avait pas offert la moindre réponse non plus. Pas plus que les femmes qui avaient tenté de l'aborder. Elles ne l'intéressaient pas, car elles n'étaient pas des rousses magnifiques aux yeux émeraude et au tempérament exigeant.

À présent, il était rentré, mais sa maison lui rappelait aussi Lizzie. Alors il s'était réfugié chez ses parents, en se disant que son père aurait peut-être des réparations à lui confier. Il avait pris des nouvelles de son père, qui n'avait pas mentionné Elizabeth. Sa mère, en revanche…

— Il n'y a rien à faire, maman. C'est fini. J'ai essayé de lui parler et je n'ai réussi qu'à tout faire rater une nouvelle fois.

Sa mère, occupée à hacher des légumes dans la cuisine, s'interrompit pour lui lancer un regard fort peu compatissant.

— Je ne savais pas que tu étais du genre à abandonner si facilement, Gavin.

— À force de prendre des strikes, on finit par être éliminé.

Elle agita son couteau dans sa direction.

— N'essaie pas de me servir ta petite métaphore du base-ball, jeune homme. Elizabeth n'est pas une balle ; tu ne peux pas essayer de frapper trois fois, puis aller t'asseoir si tu n'as pas réussi. C'est la femme que tu prétends aimer. Retournes-y et continue d'essayer de la reconquérir jusqu'à ce que ça marche.

— À t'entendre, on croirait que c'est facile.

— Ce n'est pas facile. C'est difficile. L'amour, c'est difficile, comme le base-ball. Toi, tu es convaincu que ça devrait t'arriver tout cuit dans le bec, comme toutes les autres femmes qui ont défilé dans ta vie depuis que tu es célèbre.

Il rit.

— Je ne suis pas célèbre, maman.

— Tu n'es pas anonyme non plus. Et tu admettras que les gens te connaissent, surtout dans la région. Ce n'est pas comme si tu avais été obligé de partir à la chasse aux poulettes depuis que tu es passé en ligue majeure.

Sa mère venait de dire « partir à la chasse aux poulettes ». Misère !

— OK, je t'accorde que je n'ai pas eu besoin de courir après les femmes.

— C'est bien ce que je dis. Et puis tu as commencé à fréquenter Elizabeth, et tout d'un coup ce n'est plus aussi facile. Une relation, ça demande de faire des efforts.

— Non, c'est sûr qu'elle n'est pas facile. En fait, elle me rend complètement cinglé depuis qu'on a commencé à sortir ensemble.

Sa mère continua à émincer les carottes.

— Oui, tandis que toi, tu es formidablement facile à vivre.

— Hé !

Elle posa son couteau et le regarda droit dans les yeux.

— Mets-toi un peu à sa place. C'est ton agent, et elle est amoureuse de toi depuis des années, mais elle est obligée de regarder toutes ces bimbos se succéder à ton bras sans jamais rien dire. Puis soudain tu t'intéresses à elle. Elle se dit sûrement que pour toi elle ne sera jamais qu'une conquête de plus. Comment est-elle censée réagir ? Il me semble normal qu'elle garde une certaine distance.

Gavin fronça les sourcils.

— Attends. Quoi ? Elle est amoureuse de moi depuis des années ? D'où tu sors ça ?

Sa mère leva les yeux au ciel.

— Dieu que les hommes sont obtus, parfois ! Je suppose que je n'étais pas censée en parler, mais oui, Gavin, Elizabeth est amoureuse de toi depuis des années. Elle ne t'a jamais rien dit à cause de votre relation professionnelle.

— Je ne savais pas.

— Bien sûr que non, puisqu'elle pensait qu'il ne se passerait jamais rien entre vous.

Jusqu'au soir, en Floride, où il avait fait le premier pas. Tout avait changé entre eux. Et avant cela… Il se remémora le soir où Mick l'avait virée. Ce baiser qui lui avait coupé le souffle. Et le regard d'Elizabeth, qui l'avait conduit à se demander ce qui se passait exactement. Pas étonnant qu'elle se soit montrée si méfiante et si réticente à l'idée que leur relation devienne plus sérieuse.

Elle ne voulait pas qu'il sache. Et elle avait peur.

— Je ne m'en suis jamais aperçu, maman. Pourquoi ne me l'a-t-elle pas dit ?

— Parce qu'elle voulait protéger son cœur de toi. Parce que tu avais le pouvoir de la blesser.

Oh, putain !

— Et c'est exactement ce que j'ai fait.

— Oui, en effet. Maintenant, voici ce que j'aimerais savoir : vas-tu la laisser tomber maintenant ou es-tu prêt à te battre pour elle ?

Elizabeth se réfugia sous une montagne de travail. Le fait d'avoir deux nouveaux clients l'y aida. Elle dut examiner certains points délicats de leurs contrats et les rencontrer afin d'étudier leur situation actuelle ainsi que leurs objectifs à long terme, ce qui l'obligea à voyager. Sur la route, elle fit également quelques escales pour assister aux matchs de ses autres clients, les voir et leur accorder un peu d'attention.

Encore une fois, cela lui avait fait du bien de s'éloigner un peu. Elle avait besoin de s'éclaircir les idées.

Maintenant qu'elle était de retour, elle prévoyait de se concentrer sur ses clients et de leur consacrer toute son énergie. Elle avait réservé une trop grande part de son temps à un seul client, pendant une période bien trop longue.

C'était fini et bien fini. L'heure était venue pour elle de revenir à sa carrière, à ce qu'elle aimait, la seule chose capable de la satisfaire et de la gratifier en retour.

De plus, son assistante avait pris deux semaines de congés, et Elizabeth était tout bonnement débordée.

Parfait. C'était l'occasion de nettoyer et de ranger son bureau, une tâche qu'elle repoussait depuis trop longtemps.

Elle était assise par terre, la tête enfouie dans un carton de dossiers, lorsque sa porte s'ouvrit.

— J'espère que c'est soit mon déjeuner, soit d'autres cartons.

— Ni l'un ni l'autre, désolé.

Elle se retourna brusquement et découvrit Mick dans l'embrasure de la porte.

Elle se leva et s'essuya les mains sur sa jupe. Elle n'était absolument pas en état d'affronter une bataille avec Mick.

— Écoute, j'ai gardé mes distances. Qu'est-ce que tu veux de moi, maintenant ?

— Est-ce que je peux entrer ?

Circonspecte, elle lui fit signe d'avancer. Il ferma la porte derrière lui.

— Ta réceptionniste m'a envoyé ici. Elle avait l'air pressée de partir déjeuner.

Foutue Felicia et ses régimes à la noix ! La faim la rendait stupide.

— Maintenant que tu es là, assieds-toi. Tu veux un verre d'eau ?

— Je veux bien, oui, merci.

Il se montrait poli. C'était nouveau. Elle servit deux verres, lui tendit le sien et prit place derrière son bureau. La pièce spacieuse lui parut soudain trop petite, alors qu'elle attendait qu'il ouvre enfin la bouche. Elle finit par se lasser de ce suspense.

— Qu'est-ce que tu fais là, Mick ?

— Je suis venu m'excuser d'avoir été si dur avec toi. Je n'ai jamais été rancunier, mais, sans savoir pourquoi, je l'ai été vis-à-vis de toi.

Il se leva et se passa la main dans les cheveux.

— Je n'ai jamais été amoureux avant. Ça me rend un peu cinglé, et j'ai tendance à surprotéger Tara et Nathan. Et ce que tu as fait, ça m'a vraiment fait enrager.

— Je…

Il leva la main.

— Laisse-moi finir, s'il te plaît.

— D'accord.

— Tu leur as fait du mal. Et je sais que tu l'as compris, que tu as réparé ton erreur. Tu t'es excusée des dizaines de fois et tu as fait la paix avec eux. Tu es même devenue amie avec Tara. Mais je n'arrivais pas à m'en remettre. Sans savoir pourquoi, j'en étais incapable. Je continuais à te punir. Et, quand toi et Gavin avez commencé à vous voir, ça ne m'a pas plu. Je voulais que tu sortes de ma vie, et de celle de Tara et de Nathan. De voir Gavin heureux avec toi, ça m'a donné l'impression qu'on ne serait jamais débarrassés de toi. Ça m'a aussi donné à penser que j'avais eu tort de te virer.

Elle ne savait pas quoi répondre à cela. Elle resta donc muette et le regarda faire les cent pas tout en parlant.

Il s'arrêta et se tourna vers elle.

— Je déteste Don Davis. J'ai signé avec lui parce que toi aussi, tu le détestes. Je savais que c'était ton grand rival, que son but numéro un dans la vie était de te voler des clients. Je l'ai fait pour me venger de toi, pour te faire souffrir comme tu avais fait souffrir les personnes que j'aime. Et ça a sans doute marché, mais à moi aussi ça m'a fait du mal. Il est incapable de me mettre en valeur et de promouvoir ma carrière comme toi, tu le faisais.

Waouh ! Tout simplement… waouh !

— Je veux dire : évidemment, je ne peux pas te laisser me présenter des femmes comme avant. Plus maintenant que j'ai Tara. Mais tu me comprends vraiment, moi, et mes objectifs de carrière, et ce qui est important pour moi. Et tu m'écoutais. Davis n'écoute jamais. Il ne me connaît pas, il ne connaît pas ma famille et ma vie comme toi.

Il se rassit et la regarda droit dans les yeux.

— Je suis désolé, Elizabeth.

Elle se leva et contourna le bureau pour s'asseoir sur la chaise à côté de la sienne.

— Moi aussi, je suis désolée, Mick. Je suis sincèrement navrée de ce que j'ai fait à Tara et à Nathan. Je fais de mon mieux pour apprendre de mes erreurs et ne jamais les reproduire à l'avenir. J'ai souffert de ne plus t'avoir en tant que client et en tant qu'ami. Te perdre en tant qu'athlète, ça m'a fait du tort dans mon travail. Perdre ton amitié m'a blessée bien plus profondément.

» Si tu veux, je peux te recommander de très bons agents. Pas des fumistes comme Don Davis, mais des gens qui t'écouteraient et qui feraient fructifier ta carrière.

Il haussa un sourcil.

— Tu ferais ça ?

— Bien sûr. J'ai toujours voulu servir au mieux tes intérêts. Et Tara est mon amie. Ta carrière lui est profitable à elle aussi.

— Et si je signais à nouveau avec toi dès que je serai parvenu à me débarrasser de l'agence Davis ?

Elle se laissa aller contre le dossier de sa chaise.

— Tu voudrais retravailler avec moi ?

— Oui.

— Je ne sais pas si c'est une bonne idée, Mick. On a un passé compliqué, et pas toujours très heureux.

— Et parfois il faut apprendre à mettre son passé derrière soi. On s'entend très bien, du point de vue professionnel. Tu me comprends. Et tu es la meilleure négociatrice dans le métier.

Elle sourit.

— Ah, tu trouves aussi ?

Il rit.

— C'est ça que j'aime chez toi : ta modestie.

— On ne peut pas être modeste quand on fait mon boulot. Pas quand c'est important.

— J'ai signé avec lui pour un an, en lui disant que je voulais tâter le terrain. Quand le contrat sera terminé, toi et moi, on pourra discuter. Si tu es intéressée…

— Tu sais que je le serai.

Il se leva.

— Désolé de t'avoir mené la vie dure. Et désolé de m'être immiscé entre toi et Gavin.

Le sourire d'Elizabeth s'évanouit.

— Tu ne l'aurais pas fait s'il ne t'avait pas permis de le faire. On n'était pas faits pour être ensemble, c'est tout. Trop de conflits.

— C'est Gavin qui dit ça ? Ou c'est toi qui décides pour lui ?

Elle haussa les épaules.

— Ça n'a pas vraiment d'importance. Si ? Tu l'as entendu, ce jour-là, chez tes parents.

— Oui, c'est vrai. Et j'y ai participé. J'ai déclenché tout ça. Je ne m'excuserai jamais assez. Tu es en droit de me le faire payer toute ma vie, à coups de pied au cul.

Elle planta son regard dans le sien.

— Je crois qu'on a échangé assez de coups de pied au cul ces derniers temps, non ?

— Sans doute, mais je le mérite quand même. Tara ne s'en est pas privée quand elle l'a appris. Elle était furieuse contre moi.

Elizabeth sourit.

— Dans ce cas, ça suffit. Je n'ai pas besoin d'en rajouter une couche.

— Je me sens tout de même coupable. J'aurais dû vous laisser en paix. Ce qu'il y a entre toi et Gavin, ce n'est pas mes affaires et je n'aurais jamais dû m'en mêler.

Elle se tourna pour regarder par la fenêtre.

— Il n'y a rien entre nous. Plus maintenant.

— Il t'aime, Liz.

— Non.

Il posa les mains sur ses épaules et l'obligea à lui faire face.

— Si, il t'aime. C'est la première fois qu'il tombe amoureux, et ça lui a foutu les jetons, tout autant que la crise cardiaque de mon père. Il ne savait pas comment réagir à ça. Donne-lui une deuxième chance.

— Merci, mais je lui ai déjà donné assez de chances comme ça. C'est mieux ainsi.

— Qui a peur, maintenant ?

Elle écarquilla les yeux.

— Moi ? Je n'ai pas peur. Je suis triste. Et peut-être un peu lassée de tout ça. J'ai tout donné, et ça n'a pas fonctionné. Il ne m'aimait pas.

— Encore un effort.

— Quoi ?

— Fais encore un effort. Tu ne t'es pas assez battue.

Elle s'esclaffa.

— Arrête. J'ai tout donné à Gavin. Je lui ai offert mon cœur, et il me l'a jeté à la figure. Je ne vois pas ce que je pourrais faire de plus.

— Donne-lui une chance. D'une, c'est un homme. Et de deux, il n'a jamais été amoureux auparavant.

— Oh, alors que moi, si ?

— Non, mais tu es une femme. C'est comme être une femme agent dans le domaine du sport, entourée de tous ces hommes. Tu es obligée de travailler deux fois plus dur qu'eux pour être prise au sérieux. Mais tu es aussi deux fois plus compétente que la majorité d'entre eux.

— Merci.

— L'amour, c'est pareil. Les femmes sont tellement plus douées pour ça. Elles parviennent mieux à exprimer ce qu'elles ont au fond de leur cœur, à montrer à la personne qu'elles aiment ce qu'elles ressentent. Alors d'accord, c'était une première pour toi aussi, mais tu t'en es beaucoup mieux sortie que lui, visiblement. Et il est complètement paumé, il a déconné, et maintenant il ne sait pas comment réparer son erreur, mais il essaie. Du moins, il veut essayer. Il a peur de tout faire foirer une nouvelle fois.

Elizabeth croisa les bras sur son ventre.

— Je ne peux pas. Je… je ne peux pas.

Mick hocha la tête.

— C'est à toi de voir, mais j'espère que tu y réfléchiras. Il en vaut la peine, Liz. Et je pense vraiment que vous seriez bien ensemble, tous les deux. Redonne-lui une chance.

— Merci, Mick. D'être venu, de m'avoir parlé et de m'avoir donné une deuxième chance.

Il l'étreignit.

— Tu es de la famille, Elizabeth. Je suis désolé de l'avoir oublié pendant quelque temps.

Il partit, et elle se laissa tomber sur son fauteuil de bureau, encore un peu abasourdie par la visite de Mick. Elle pensa à tout ce qu'il avait dit, à son sujet et au sujet de Gavin.

Elle luttait si désespérément pour l'oublier. Ce n'était pas un plaidoyer de son frère en sa faveur qui la ferait changer d'avis.

Et elle n'irait pas le voir. Elle l'avait déjà fait trop souvent.

Peu importe ce que disait Mick ou combien elle souffrait, ou à quel point Gavin lui manquait… Elle était incapable de faire ce pas dans sa direction.

Pas cette fois.

Elle retourna à son ménage, jusqu'à entendre son téléphone sonner. Elle décrocha et fut surprise d'entendre la voix de Dedrick Coleman au bout du fil.

— Dedrick ! Comment vas-tu ?

— Bien, et toi, Elizabeth ?

— Très bien, merci. Que puis-je faire pour toi ?

— Tu peux devenir mon agent, si ça t'intéresse.

Waouh ! Sa journée s'améliorait de minute en minute.

— Un peu, que ça m'intéresse. Le contrat qui te lie à ton agent actuel touche à sa fin ?

— Ouais. Ce type est un connard. Il a négligé de lire certaines clauses de mon contrat avec l'équipe, et je me retrouve avec des obligations qui ne me font pas très plaisir.

— Aïe !

— Je lui ai donné son préavis, donc il sait que je cherche quelqu'un d'autre. On peut se voir pour en parler ?

— Bien sûr. Comment se présente ton emploi du temps ?

— Eh bien, tu peux consulter notre programme de matchs, si tu veux. Le problème, c'est que mes grands-parents arrivent samedi – on organise une grande fête pour leur anniversaire de mariage –, et j'aimerais bien que ce soit décidé avant. Je n'ai pas envie d'avoir ça à l'esprit pendant qu'ils seront là, et Shawnelle me presse un peu. Elle est déjà assez stressée en ce qui concerne la fête.

— Je comprends. Je n'ai rien de prévu dans les jours qui viennent. Dis-moi quand tu veux qu'on se retrouve.

— On a un match demain. Tu pourrais venir ? Shawnelle adorerait te voir, et on pourrait aller quelque part après pour discuter et mettre les choses à plat.

— Euh… Dedrick, je suppose que tu sais que Gavin et moi ne sommes plus ensemble.

— Oui. Crois-moi, on est tous au courant. Il erre comme une âme en peine au club-house depuis que tu l'as plaqué.

— Je ne l'ai pas plaqué.

— Ouais, si tu le dis. Écoute : je t'aime bien. Tes histoires avec Gavin, ça ne me concerne pas. Tout ce que je veux, c'est un bon agent. Mais si tu penses que le fait que je sois ami avec Gavin créerait des problèmes…

— Je n'ai pas dit ça. Je pourrais te retrouver à la fin du match.

— Shawnelle serait déçue de ne pas te voir. Tu ne vas pas arrêter d'être son amie simplement à cause de Gavin. Si ?

Maintenant qu'Elizabeth l'entendait le dire, cela lui paraissait mesquin. Et égoïste.

— Bien sûr que non.

— Bien. Je laisserai un billet pour toi à l'entrée et je te verrai après le match demain après-midi.

— Très bien, Dedrick.

— Et merci d'accepter de faire ça à la dernière minute.

— Aucun problème. À demain.

Elle raccrocha, posa son téléphone et s'assit. Bon... OK. Elle avait espéré éviter les Rivers, et Gavin, au moins jusqu'à parvenir à apaiser le tumulte émotionnel qui la tourmentait.

Pas de bol. Elle allait devoir prendre sur elle. Il n'était pas question de laisser passer une telle opportunité, juste par peur de croiser Gavin.

Et puis il serait sur le terrain. Elle serait dans les gradins. Il ne s'apercevrait sans doute même pas qu'elle était là.

Il régnait dans les gradins une chaleur inhabituelle pour la saison. Elizabeth aurait largement préféré s'asseoir dans la loge du propriétaire, ombragée et climatisée.

Mais, d'un autre côté, les sièges situés derrière l'abri des joueurs offraient une vue imprenable sur le match. Et c'était merveilleux de retrouver Shawnelle et Haley. Ses amies lui avaient manqué, et les voir si heureuses de sa présence lui fit chaud au cœur.

— On avait peur que tu ne veuilles plus de nous, vu que tu avais viré Gavin et rompu avec lui, déclara Haley.

Ah, rien de tel que la franchise de la jeunesse !

— Je ne ferais jamais ça.

— Ça fait un moment qu'on ne t'a pas vue, fit remarquer Haley.

— J'étais très occupée.

— Occupée à nous éviter, ainsi que Gavin. Tu ne prévoyais pas de nous revoir, rétorqua Shawnelle.

— Mais non, pas du tout.

C'était pourtant bien ce qu'elle avait décidé. À présent qu'elle était là cependant, elle avait honte de l'avoir pensé. Gavin et elle n'étaient plus ensemble, et alors ? Cela ne signifiait pas qu'elle ne pouvait pas aller au spa avec Shawnelle et Haley, ou déjeuner avec elles, ou même aller dîner et boire un coup de temps en temps.

Elle n'avait jamais eu de copines auparavant. Mais aujourd'hui elle avait trouvé Shawnelle, Haley, et même Jenna. Elle ne voulait pas couper les ponts simplement parce que ces femmes étaient, de près ou de loin, liées à Gavin.

Elle serait obligée de s'y faire. Et lui aussi.

C'était agréable de revoir un match des Rivers. Elle soutenait l'équipe depuis qu'elle s'était installée à Saint-Louis il y a dix ans, et elle n'allait pas prétendre le contraire. Bien sûr, en tant qu'agent, elle n'était pas censée jurer allégeance à une équipe professionnelle, étant donné qu'elle représentait de nombreux joueurs issus d'équipes différentes.

Mais les gens n'avaient pas à savoir que les Rivers étaient ses préférés… Si ?

Elle dégusta un hot-dog et un soda, tout en prenant des nouvelles de Shawnelle et de Haley.

— Où sont tes enfants, Shawnelle ? Je croyais que tu les amènerais au match.

— Ils ont assisté au dernier match en journée, mais aujourd'hui mes parents les ont emmenés à la piscine pendant que mes beaux-parents préparent la maison avant l'arrivée des grands-parents de Dedrick. On a coordonné nos efforts pour organiser leur soixante-cinquième anniversaire de mariage.

— Oooh, c'est mignon ! Et c'est gentil de votre part d'organiser une fête en leur honneur.

— Dedrick adore son papi et sa mamie. Ils ont beaucoup aidé à payer ses études, alors il se sent redevable envers eux. Et ils sont tellement fiers de lui.

— C'est génial d'être soutenu par sa famille, pas vrai ?

— Oui, en effet.

— Et toi, Haley ? Quoi de neuf ?

— Tout va bien. Je suis inscrite à l'université pour le semestre d'été, et j'ai vraiment hâte de commencer les cours.

— Super. Tu as déjà choisi le diplôme que tu allais préparer ?

Haley sourit.

— Je voudrais enseigner. À l'école primaire.

Elizabeth serra la main de Haley dans la sienne.

— Je t'imagine tellement bien dans ce rôle. C'est merveilleux.

Shawnelle acquiesça.

— Je lui ai dit qu'elle ferait une instit géniale. Elle est super avec mes enfants. Bien plus patiente que moi.

Haley rit.

— C'est toujours plus facile quand ce sont ceux des autres. On n'est pas obligé de les garder ensuite. Mais c'est vrai que j'adore les enfants, depuis toujours.

Shawnelle lui donna un coup de coude.

— Prête à en faire un ou deux ?

— Non. Pas avant d'avoir fini mes études. Je suis encore trop jeune pour me poser et fonder une famille. J'ai d'autres objectifs en tête.

— Et tu dois avoir envie de te rebeller contre ta famille et ton village, analysa Elizabeth.

Haley haussa un sourcil.

— Peut-être un tout petit peu.

— Le plaisir de la revanche, c'est l'idéal pour se motiver, approuva Shawnelle.

Elizabeth rit. Elle le savait mieux que quiconque. Sa famille ne saurait peut-être jamais tout ce qu'elle avait accompli, mais elle-même le savait, et c'était ce qui comptait.

Le match allait bientôt commencer. Lorsque les Rivers firent leur apparition, Gavin attira aussitôt le regard d'Elizabeth. Elle s'était juré de ne pas faire attention à lui, mais comment aurait-elle pu s'en empêcher ? Elle l'aimait.

Tandis qu'il bondissait pour attraper les balles d'entraînement en première base, elle soupira. Elle connaissait par cœur chaque centimètre de son corps, et il était d'une perfection absolue. Son uniforme moulait ses cuisses musclées et son cul splendide. Ses biceps gonflèrent sous son tee-shirt lorsqu'il récupéra une balle dans son gant et la lança en deuxième base.

Shawnelle caressa le dos d'Elizabeth.

— Il te manque ?

Elle acquiesça.

— Oui.

— Alors bats-toi pour le reconquérir.

Elle secoua la tête.

— J'ai essayé. C'est terminé.

— Qui est parti, lui ou toi ?

— Moi.

— Est-ce qu'il a essayé de te recontacter ?

— Oui.

— Mais tu refuses de lui parler.

— Oui.

— Alors c'est des conneries. Si tu as encore des sentiments pour lui – et je sais que c'est le cas, parce que je te vois retenir tes larmes – alors ce n'est pas fini. Même s'il a déconné, et Dieu sait que les hommes sont coutumiers du fait, redonne-lui sa chance. Si lui n'a pas laissé tomber, pourquoi le ferais-tu ? Chérie, tu l'aimes, c'est évident.

Les larmes brouillèrent la vue d'Elizabeth, et elle cilla en essuyant celles qui s'échappaient de ses yeux.

— C'est compliqué.

Shawnelle s'esclaffa.

— Ma puce, l'amour, c'est toujours compliqué. Si c'était facile, ce ne serait pas amusant de gagner à la fin.

— Shawnelle a raison, Elizabeth, ajouta Haley. Il y a tellement de choses qui peuvent peser sur un couple. Souvent, c'est le monde extérieur, des trucs qui n'ont rien à voir avec vous deux, qui se mêlent de votre histoire et peuvent tout faire foirer. Il faut dépasser tout ça et se concentrer sur ce qui est vraiment important.

Si tu l'aimes et qu'il t'aime, c'est le principal, non ? Le reste, on s'en fiche.

Elizabeth inspira, tremblante. Elle avait la sensation de se tenir en équilibre sur un fil, sans filet pour la rattraper.

Peut-être se montrait-elle trop bornée, trop peureuse. Peut-être devrait-elle discuter avec Gavin et tenter de comprendre ce qu'il y avait entre eux. Peut-être avait-il peur, lui aussi. Il était allé vers elle, avait essayé de lui parler et s'était excusé. Elle n'avait pas fait preuve de beaucoup d'indulgence à son égard. Elle avait décrété que ses excuses n'étaient pas suffisantes, lui avait coupé la parole et était partie. La peur et la colère qu'elle ressentait les avaient empêchés de communiquer. Alors peut-être lui devait-elle – leur devait-elle, à tous les deux – une nouvelle chance.

— Merci, vous deux. Je vais y réfléchir.

Shawnelle sourit et serra sa main dans la sienne.

— C'est bien. Maintenant, sèche tes larmes, et encourageons les gars jusqu'à ce qu'ils gagnent.

Elizabeth fit exactement ce que suggérait Shawnelle. Elle écarta temporairement Gavin de ses pensées et se concentra sur les Rivers. Lorsque arriva la pause au milieu de la septième manche, les Rivers menaient de trois points. Elizabeth se sentait détendue et à fond dans le match.

— Mesdames et messieurs, votre attention, s'il vous plaît. L'un de nos joueurs des Rivers a demandé à ce qu'en remplacement de la traditionnelle chanson

Take Me Out to the Ballgame nous lui permettions de prendre la parole afin de poser une question.

La foule se tut brusquement. Elizabeth fronça les sourcils et se tourna vers Shawnelle et Haley.

— Qu'est-ce qui se passe ?

Shawnelle haussa les épaules.

— Aucune idée.

Haley secoua la tête.

— Elizabeth Darnell, pouvez-vous vous lever ?

Oh, putain !

Shawnelle lui donna un coup de coude.

— Debout.

Elizabeth secoua la tête.

— Non.

— Allez, debout !

Elle secoua à nouveau la tête avec véhémence.

Shawnelle et Haley la poussèrent toutes les deux, et les gens qui les entouraient se mirent à applaudir en criant et en la montrant du doigt. Elle n'avait pas le choix. Elle se leva, et soudain son visage apparut en gros plan sur l'écran géant.

Oh, bordel !

Puis Gavin grimpa sur le toit de l'abri des joueurs, pour le plus grand bonheur des fans. D'un geste de la main, il fit taire le vacarme.

Il trouva Elizabeth dans les gradins et se tourna vers elle.

— Elizabeth, tu sais que, la dernière fois que nous nous sommes vus, ça ne s'est pas très bien passé.

Seigneur, il tenait le micro devant sa bouche, et tout le monde pouvait l'entendre !

— Et c'était ma faute. Cette fois, j'espère pouvoir me montrer un peu plus éloquent.

Ce n'était pas le public qui l'intéressait. Il avait les yeux fixés sur elle. Il sauta de l'abri, et Shawnelle poussa Elizabeth en avant. Celle-ci quitta sa place et alla rejoindre Gavin dans l'allée.

Il lui prit la main, et, lorsqu'elle le vit déglutir, elle comprit qu'il était aussi nerveux qu'elle. Cela la réconforta un peu.

— Elizabeth, je t'aime. Je t'aime depuis un bon moment déjà, mais j'avais peur de l'avouer. Peut-être que j'avais peur que ce ne soit pas réciproque. Mais je n'ai plus peur, désormais, et je veux que tu le comprennes. Alors je me suis dit que le meilleur moyen de te le prouver, ce serait de te le dire devant quarante-cinq mille personnes.

Alors, il mit un genou à terre.

Oh, mon Dieu !

Elle avait les jambes qui tremblaient.

— Elizabeth, veux-tu m'épouser ?

Les exclamations attendries et les hourras de la foule retentirent en un chœur assourdissant.

Mais elle ne voyait que Gavin. Lui seul l'intéressait. Elle décela l'étincelle de sincérité dans ses yeux. Elle y lut son amour.

Cette fois, elle le crut.

Elle éclata en sanglots et se jeta dans ses bras.

Alors, il l'embrassa. Oh, ce baiser ! Son cœur était si gonflé d'amour qu'elle avait l'impression de rêver. C'était son plus grand fantasme, ce qu'elle avait toujours désiré. L'homme qu'elle avait toujours désiré.

Les cris et les applaudissements de la foule lui prouvèrent que tout cela était bien réel.

Il mit fin à leur baiser et essuya les larmes sur les joues d'Elizabeth.

— Désolé, on va devoir attendre un peu avant de continuer.

Elle rit.

— Va gagner le match.

— Ça veut dire que c'est oui ?

Elle lui prit le micro des mains.

— Oui.

Les hourras redoublèrent, et Gavin redescendit sur le terrain.

Le reste du match lui parut très flou. Les Rivers gagnèrent. Ce qui surprit Elizabeth encore davantage fut de découvrir Kathleen et Jimmy Riley, Jenna, Mick et Tara après le match. Ils n'étaient assis qu'à quelques rangées d'elle. Gavin leur avait révélé ses projets, et ils avaient décidé de ne pas se montrer à elle avant qu'il ait fait sa demande. Elle se jeta dans les bras de Kathleen, qui l'étreignit.

Même Mick la serra dans ses bras et souhaita la bienvenue à sa nouvelle sœur.

— Et si j'avais dit non ? demanda-t-elle à Kathleen.

Celle-ci lui lança un regard plein de sagesse.

— Tu n'allais pas dire non. Tu aimes mon fils, et je lui faisais confiance pour ne pas tout gâcher, cette fois.

Elizabeth se tourna vers Mick.

— Alors, tu crois qu'on va réussir à se supporter ?

— Hé, si j'arrive à supporter Jenna, alors tout est possible.

Jenna lui envoya son coude dans les côtes.

— Salaud !

Tara était enchantée pour elle.

— On en a fait, du chemin, n'est-ce pas ?

Elizabeth l'enlaça.

— Tu es la plus clémente de tous, et je t'en suis reconnaissante. J'ai besoin d'une famille et de sœurs. (Elle passa ses bras sous ceux de Tara et de Jenna.) Je vais avoir des sœurs, maintenant. J'en ai toujours rêvé.

Jenna lui adressa un sourire narquois.

— Tu n'as aucune idée de ce qui t'attend.

Elizabeth rit.

Après avoir fait ses adieux aux Riley, elle se dirigea vers les vestiaires en compagnie de Shawnelle et de Haley, pour attendre leurs hommes.

Shawnelle lui confirma que Dedrick désirait vraiment changer d'agent, mais ce n'était pas aussi urgent qu'il l'avait prétendu. Ils savaient que Gavin allait faire sa demande, et Dedrick avait eu l'idée de se servir de ce prétexte pour l'attirer ici.

— Sale petite cachottière, accusa Elizabeth.

Shawnelle remua les sourcils d'un air comique.

— J'ai agi au nom de l'amour. Et en parlant d'amour…

La porte s'ouvrit, et Gavin apparut. Le reste du monde cessa d'exister lorsqu'elle se rua dans ses bras et fut saluée par un baiser qui la fit chavirer.

— Hmm ! Je crois qu'on devrait les laisser seuls, Haley. Je vais aller retrouver mon gars.

— Moi aussi, déclara Haley.

— On se parle demain, chérie, dit Shawnelle à Elizabeth.

Elizabeth leur adressa un signe de la main ; ses lèvres, son esprit et son cœur étaient captivés par Gavin.

Chapitre 25

Miraculeusement, Gavin avait réussi. Il était parvenu à éviter le strike lorsqu'il s'était placé au marbre lors du match le plus important de sa vie.

À présent, il se trouvait à la sortie des vestiaires, et il embrassait la femme qu'il aimait.

Il avait finalement réussi à avoir cette fille pour lui.

Elizabeth enfouit les doigts dans ses cheveux et se cambra contre lui. Seigneur ! Il avait l'impression que cela faisait des mois qu'il ne l'avait pas touchée, qu'il n'avait pas senti son parfum de miel, qu'il ne l'avait pas pénétrée.

Ils étaient debout dans un couloir, devant les vestiaires d'un stade de base-ball, et il avait la gaule.

Pas bon. Pas bon du tout.

Il mit fin au baiser et plongea son regard dans celui d'Elizabeth, encore incrédule à l'idée qu'elle lui avait pardonné toutes ses erreurs, qu'elle avait dit oui. Il avait encore l'impression d'avoir énormément de conneries à rattraper.

Du temps. Il allait lui falloir beaucoup de temps.

— Il faut qu'on se tire d'ici. J'ai besoin de t'avoir à moi tout seul.

Elle sourit.

— Voilà une excellente idée.

— Tu me suis jusqu'à chez moi ?

Elle acquiesça.

— Essaie de ne pas faire d'excès de vitesse…, mais dépêche-toi.

Il se maintint à la vitesse maximale, ou à peine au-dessus, tout le long du trajet, en jetant un coup d'œil dans le rétroviseur toutes les cinq secondes pour vérifier qu'Elizabeth le suivait toujours. Il s'attendait encore à ce qu'elle le laisse tomber, que toute cette journée se révèle n'avoir été qu'un rêve.

Ils s'engagèrent tous les deux dans l'allée et sortirent de leurs voitures. Il entremêla ses doigts aux siens pour marcher jusqu'à la porte d'entrée. Il la tint pour la laisser entrer, son cœur ne cessant de lui marteler les côtes.

— Tu as les mains moites, remarqua Elizabeth une fois la porte refermée derrière eux.

— Je me sens nerveux.

Elle leva un sourcil.

— Pourquoi ?

— J'ai l'impression que tu vas t'enfuir d'une minute à l'autre. Je n'arrive pas à croire que tout cela soit vrai.

Elle se tourna vers lui et lui mit ses bras autour du cou.

— Je ne vais pas te quitter, Gavin. Ni maintenant ni jamais.

Il posa les mains sur les hanches d'Elizabeth.

— J'ai vraiment déconné. J'avais tellement de choses à te dire, aujourd'hui, pour te faire comprendre à quel point je suis désolé pour ce que j'ai dit. Mais je n'ai aucune excuse pour t'avoir blessée de cette manière.

Elle pressa un doigt sur ses lèvres.

— Et parfois il n'y a rien d'autre à faire que de lâcher prise. On pourrait ressasser chaque mot qu'on a échangé au fil de notre relation, toutes les bêtises qu'on a dites et faites, mais à quoi bon ? Tous nos pas n'ont fait que nous mener jusqu'ici, non ?

— Oui.

— Est-ce que tu m'aimes, Gavin ?

— Oui.

— Je t'aime aussi. Je t'aime depuis tant d'années et j'avais peur de te l'avouer. J'avais peur de te perdre si je te disais ce que je ressentais.

— Pourquoi ?

Elle laissa retomber ses bras et fit un pas en arrière.

— Je ne sais pas. Parce que j'étais ton agent, parce que j'ai quelques années de plus que toi, parce que tu changeais de copine comme tu changeais de chemise.

— Hé !

Elle rit.

— C'est vrai, non ?

— J'ai eu quelques aventures.

Elle haussa les sourcils.

— Quelques-unes ? Gavin, tu passais ton temps à sortir avec des femmes. Et ça ne me posait pas de problème. C'était bon pour ton image et ça te faisait de la pub. J'en profitais un maximum.

Il se rapprocha d'elle et lui caressa les cheveux.

— Et tu m'aimais. Ça ne te faisait pas souffrir ?

Elle haussa les épaules.

— Un peu. Mais je faisais mon boulot. Je faisais de mon mieux pour servir tes intérêts.

Il inspira, souffla, lui prit la main et la guida jusqu'au canapé. Elle s'assit, et il s'agenouilla devant elle.

— Je suis désolé de ne jamais m'en être aperçu, de ne jamais avoir compris. Quel genre d'homme ça fait de moi ?

— Ça fait de moi un très bon agent qui a réussi à te le cacher.

Il ne sourit pas, mais lui prit la main.

— Je vais passer le reste de ma vie à me faire pardonner.

— Ce n'est pas nécessaire. Tu es à moi, maintenant. C'est tout ce qui compte.

— Je ne te mérite vraiment pas.

— Si, Gavin. Tout comme je te mérite. On est faits l'un pour l'autre.

Il se redressa et lui caressa les lèvres des siennes. Il était l'homme le plus chanceux de la planète. Son cœur était si gonflé d'amour qu'il lui semblait prêt à éclater.

C'était donc ça, être amoureux. Ce sentiment de joie, la certitude de ne plus jamais être seul, de ne plus jamais avoir l'impression que quelque chose manquait.

La sensation d'avoir quelqu'un à protéger, à garder du danger.

Il comprenait, désormais, ce que ressentait son frère.

Gavin était prêt à mourir pour protéger Elizabeth.

Il sortit une petite boîte de sa poche.

— Ça, je n'ai pas voulu le faire au stade. Je voulais attendre qu'on soit tous les deux.

Elizabeth regarda fixement la boîte de velours noir.

Elle ne s'attendait pas à cela. Elle porta une main à son cœur, puis regarda Gavin.

— Oh !

Il ouvrit la boîte. Elle contenait un diamant taille princesse, surmontant une bague de platine. Et… waouh ! Le diamant était énorme, et l'anneau lui-même était couvert de petits diamants étincelants.

C'était parfait. Elle n'aurait pas pu rêver d'une bague plus splendide.

— Oh, Gavin ! C'est la plus belle chose que j'aie vue de ma vie.

Il lui prit la main.

— Elizabeth Darnell, je t'aime. Je me fiche de ton âge et du mien. Je veux que tu sois ma femme. Je veux avoir des enfants avec toi, si tu en veux aussi. Je veux que tu continues d'aimer ton travail autant que j'aime le mien. Je veux que nous nous aimions et que nous nous respections pour l'éternité. Veux-tu m'épouser ?

Cette fois, elle ne tenta pas de retenir ses larmes. Elle les laissa ruisseler sur ses joues et hocha la tête avec enthousiasme.

— Oui, Gavin. Je t'aime aussi. Et je serais honorée de t'épouser.

Il glissa la bague à son doigt et l'attira du canapé jusque dans ses bras. À genoux, elle l'embrassa avec la même passion. Sa coiffure soigneusement élaborée s'écroula en un instant lorsqu'il retira les épingles de ses cheveux et les répandit sur ses épaules. Il enfouit ses doigts parmi les mèches et se laissa tomber au sol, sur le dos, en la tirant à lui.

Seigneur, c'était bon de sentir à nouveau son corps contre le sien ! Tout cela lui avait tellement manqué. La façon dont il lui caressait le dos et les hanches, dont il empoignait sa chair comme si son désir pour elle ne connaissait pas de bornes.

Sa passion, son besoin d'elle presque déchirant lui avaient manqué, parce qu'elle aussi avait besoin de lui. Seraient-ils un jour rassasiés l'un de l'autre ? Elle espérait que non.

Elle se souleva légèrement pour le contempler, écarta ses cheveux de son front et écouta son souffle haché, sentant son cœur s'emballer contre le sien.

Il pencha la tête sur le côté et lui sourit.

— Quoi ?

— Je me demandais juste si ce serait toujours comme ça, entre nous. Ce désir impérieux qu'on ressent l'un pour l'autre.

Il prit son visage dans ses mains et l'attira vers le sien.

— Oh oui !

Il l'embrassa avec tant d'avidité qu'elle le crut sans peine. Elle sentit son cœur se liquéfier, et sa culotte subit le même sort lorsqu'il se cambra contre elle, plaquant son érection sur son sexe. Elle posa les mains à plat sur son torse et se pressa contre lui, en frémissant du besoin de le sentir en elle.

Il mit fin à leur baiser. Elle haleta de plus belle en lisant la passion dans ses yeux. Elle se redressa sur lui et se mit à déboutonner son chemisier d'une main tremblante. Gavin la regarda défaire chaque bouton, et elle eut beau essayer de le faire lentement pour l'exciter, elle n'arrivait qu'à s'escrimer dessus.

Peut-être la façon dont il se soulevait pour la caresser de son érection y était-elle pour quelque chose.

— Tu m'empêches de me concentrer.

Il haussa un sourcil.

— Dépêche-toi.

— J'essaie.

Elle laissa le chemisier tomber sur ses épaules. Aussitôt, il porta les mains à sa poitrine pour faire passer ses pouces sur ses seins, puis ses tétons. La soie de son soutien-gorge formait une barrière dérisoire, et ses mamelons durcirent sous ses doigts.

Il se redressa pour dégrafer le sous-vêtement, et elle s'en débarrassa. Puis il l'attira à lui et captura l'un des boutons sensibles entre ses lèvres. Il la téta et la titilla de sa langue, de ses dents et de ses lèvres, tout en faisant rouler l'autre téton entre ses doigts. Elle enfouit les mains dans ses cheveux et s'y agrippa tandis qu'un flot de sensations la submergeait, envoyant des éclairs de plaisir au plus profond d'elle-même.

Cela n'allait pas assez vite. Elle s'écarta de lui et recula le long de ses cuisses pour s'attaquer au bouton de son jean. En appui sur ses bras, il la regarda défaire sa braguette. Elle effleura son érection, et il tressaillit en réponse.

Oui, il était aussi affamé qu'elle. Elle le désirait de toutes les manières, tout à la fois. Elle lui retira son jean et ses chaussures, les jeta au loin et baissa son boxer.

Son sexe jaillit, chaud, dur et délicieux. Elle l'enserra dans ses mains, savourant ce contact doux et dur en même temps, la façon dont sa peau glissait sur le membre dressé, son gland gonflé qui ne demandait qu'à être goûté. Elle se pencha sur lui, posa ses lèvres sur son pénis et le caressa de sa langue. Elle adora le sentir s'arc-bouter contre sa bouche et l'entendre gronder, puis lui empoigner les cheveux comme s'il n'arrivait plus à se contrôler.

C'était ce qu'elle voulait. Elle voulait voir jusqu'où elle pouvait le pousser.

— Je n'ai pas joui depuis la dernière fois qu'on a fait l'amour, Lizzie. Si tu me suces, je vais jouir dans ta bouche.

Elle leva les yeux vers lui, puis engloutit son sexe tout entier. Il se cambra, lui en offrant davantage encore.

Elle le prit et enserra la base de son pénis dans sa main pour le caresser tout en faisant tourner sa langue autour de son membre. Elle le lécha sur toute sa longueur, jusqu'à ses testicules, qu'elle prit dans sa bouche et titilla de sa langue. Gavin émit un grognement guttural.

Elle fit à nouveau courir sa langue le long de son sexe, puis le reprit entre ses lèvres.

—Suce-moi. Suce-moi plus fort.

Elle pressa son membre entre sa langue et son palais, et le suça comme il le demandait, tout en prenant ses testicules dans ses paumes pour les masser.

Il resserra sa prise sur ses cheveux.

—Oui, mon Dieu, oui ! Tu vas me faire jouir, Lizzie.

Elle se mit à bouger de haut en bas sur son sexe, les mains posées sur ses cuisses. Elle sentit ses muscles se crisper et la sueur perler sur sa peau, tandis qu'il se soulevait pour plonger dans sa bouche.

—Oui, comme ça. Suce-moi. Je vais jouir…

Elle aimait l'écouter et savoir qu'elle pouvait lui procurer un tel plaisir. Lorsqu'il émit un grondement sourd et qu'il éjacula dans sa bouche en tremblant de la tête aux pieds, elle avala, en serrant ses cuisses dans ses mains, prenant tout ce qu'il lui offrait.

Il lui caressa les cheveux, et elle lécha son membre, puis s'avança pour lui embrasser le ventre. Elle écarta son tee-shirt et déposa des baisers sur ses abdos, savourant l'acier trempé de ses muscles. Il se souleva pour lui permettre de lui enlever son tee-shirt, puis la surprit en la retournant pour l'allonger sur le dos.

Il lui donna un baiser si langoureux et enfiévré qu'elle en eut le souffle coupé. Il dévora sa bouche, lui donna des coups de langue et caressa ses lèvres des siennes jusqu'à lui faire oublier où elle était et lui donner l'impression que tous ses os avaient fondu.

— À mon tour, maintenant, dit-il en promenant ses lèvres le long de son cou.

Arrivé à ses seins, il lécha ses mamelons en prenant son temps jusqu'à ce que les deux tétons soient dressés, mouillés et brûlants. Il se mit alors à descendre le long de son corps, la faisant vibrer tout entière de ses caresses et de ses baisers. Il tira sur son corsaire jusqu'à ce qu'elle n'ait plus que sa culotte pour tout vêtement.

— C'est joli, ça, dit-il.

Il lui embrassa la hanche, près de l'un des nœuds qui fermaient sa culotte de soie crème.

— Merci.

— On dirait un cadeau pour moi.

Il défit l'un des nœuds, déposa un baiser tout près de son sexe, puis tira sur l'autre nœud, faisant tomber le tissu et révélant son intimité.

Elle frissonna.

— Gavin, je n'ai pas joui non plus depuis la dernière fois.

Il leva les yeux vers elle.

— Je vais y remédier tout de suite.

Il pressa sa bouche sur son sexe et y plaqua sa langue.

— Oh ! parvint-elle seulement à dire.

Il se mit à lécher son clitoris, l'empêchant de formuler la moindre pensée cohérente. Désormais, elle n'était plus que plaisir, concentrée sur la langue chaude et humide de Gavin, qu'il promenait sur son sexe.

La tension grimpait de seconde en seconde, et, lorsqu'il glissa un doigt en elle, elle frémit et sut qu'elle ne tiendrait pas longtemps. Il connaissait si bien son corps qu'il était capable de la hisser jusqu'à l'orgasme en quelques minutes. Il imprima à son doigt un mouvement de va-et-vient et fit tourner lentement sa langue sur son clitoris. Cette sensation lui évoquait un dimanche après-midi, calme et paresseux ; sa réaction en était l'exact opposé.

— Plus fort. Plus vite. Fais-moi jouir, Gavin !

Docile, il enfonça un autre doigt en elle, accéléra le tempo, posa ses lèvres sur son clitoris et le suça.

— Oui… C'est ça.

Elle s'arc-bouta contre lui et jouit, dans un torrent sensuel presque insoutenable. C'était tellement bon ! Elle s'agita, et il posa une main sur son ventre pour la maintenir en place tandis qu'il continuait à la lécher et qu'elle jouissait sur son visage et ses doigts, passant d'un orgasme à l'autre sur une vague ininterrompue de pulsations qui la laissèrent épuisée et tremblante.

Quand il se redressa sur elle en souriant, elle l'attira contre elle, et il la recouvrit de son corps et de ses lèvres. Gavin les fit rouler sur le côté en l'embrassant, la plaçant à nouveau au-dessus de lui.

Son sexe était dur, et elle le glissa dans son vagin encore palpitant, puis se redressa et mêla ses doigts aux siens en s'empalant sur lui jusqu'à la garde.

Il plissa les yeux et se souleva sous elle.

— Baise-moi, dit-il.

Elle posa les mains sur son torse et se pencha en avant, puis souleva son bassin et lui imprima un va-et-vient rythmé, étirant chaque mouvement pour exalter les sensations, appréciant de sentir son membre gonfler en elle.

Gavin prit ses seins dans ses paumes, faisant glisser ses pouces sur ses tétons. Elle se cambra contre ses mains, les remplissant de sa poitrine. Il se redressa et prit ses mamelons dans sa bouche l'un après l'autre, les suçant avidement, la faisant trembler et envoyant des éclairs de plaisir jusqu'à son sexe.

S'unir à lui de cette façon était un avant-goût du paradis. Elle aurait aimé que cela ne s'arrête jamais, mais alors qu'elle le chevauchait, se balançait sur lui et sentait l'orgasme monter à nouveau en elle, elle ne put s'empêcher de se ruer vers cette extase… avant de s'écarter et de s'arrêter un instant pour le contempler. Elle tenta de graver son visage dans sa mémoire, d'y fixer ses traits alors qu'il était en elle. Ses muscles étaient bandés, tendus, sa mâchoire serrée ; ses yeux mi-clos fixaient sur elle un regard intense, et cependant son emprise sur elle était douce et tendre. Il serra et desserra les doigts sur ses hanches tandis qu'elle s'avançait et reculait sur lui. Les cheveux de

Gavin retombaient sur son front, et elle les écarta, puis se pencha pour presser ses lèvres contre les siennes.

Elle n'avait voulu que les effleurer, mais oh ! comme elle aimait sa bouche, et la profondeur de son baiser. Il était si profondément ancré en elle, physiquement et émotionnellement. Il faisait partie d'elle, et cela ne changerait jamais. Faire l'amour ainsi scellait leur union.

Elle se souleva, le visage à quelques centimètres du sien, et s'empala une fois de plus sur son sexe, si proche de l'orgasme qu'elle devait lutter pour s'empêcher de jouir.

— Je t'aime, Gavin.

Il serra les dents, écarta les cheveux d'Elizabeth de son visage et lui caressa la joue. Il la retourna, puis plongea profondément en elle. Elle cria de plaisir, et tandis qu'elle jouissait il répondit :

— Je t'aime, Elizabeth.

Il jouit à son tour, en grondant et en répétant son nom, serrant ses mains dans les siennes.

Les yeux pleins de larmes, Elizabeth sut qu'elle n'oublierait jamais cet instant.

Après cela, ils demeurèrent l'un contre l'autre, les jambes entrelacées. Elle n'avait pas envie de bouger, et Gavin ne semblait pas pressé de le faire non plus.

— Accepterais-tu de venir vivre au château du Crâne Maudit avec moi ?

Elle rit en l'entendant prononcer le surnom qu'elle avait donné à sa maison.

— Oui. Accepterais-tu de me laisser refaire la décoration ?

— Bien sûr, comme tu voudras.

Elle leva la tête et posa le menton sur son torse.

— Tu me fais confiance ?

— Bien sûr. (Il fronça les sourcils.) Tu ne vas pas peindre une pièce en rose ? Si ?

— Beurk ! Tu plaisantes ? Enfin, peut-être la chambre du bébé, si on a une fille.

Il écarquilla les yeux.

— Tu es enceinte ?

Elle rit.

— Pas encore, mais j'imagine qu'en t'appliquant tu finiras par y arriver. Je ne rajeunis pas, tu sais. On devrait commencer sans trop tarder.

Il roula sur le côté et se plaça au-dessus d'elle.

— Si tu es prête, moi aussi.

Elizabeth contempla cet homme qu'elle aimait, et soudain elle s'aperçut qu'en dépit de sa conviction qu'elle n'aurait jamais une vie parfaite elle avait miraculeusement reçu tout ce qu'elle désirait. Elle avait travaillé dur pour bâtir la carrière qu'elle souhaitait. Et, pendant un temps, cela lui avait suffi. Elle ne pensait pas tomber amoureuse un jour.

Mais elle se trompait.

Elle avait frappé un *home run*. Ensemble, ils avaient mené à la perfection le match de l'amour.

Elle gloussa de sa métaphore de base-ball.

— Qu'est-ce qui te fait rire ?

— On a gagné.

Il la regarda, perplexe.

— Gagné quoi ?

— Le match de l'amour.

Il leva les yeux au ciel.

— C'est ridicule.

— N'est-ce pas ? Allez, lève-toi.

Elle se redressa en s'aidant du canapé et lui donna une claque sur les fesses. Il haussa un sourcil.

— Hein ? Pourquoi ?

— Il faut qu'on aille faire des courses.

— Mais pourquoi ?

— Parce qu'il est grand temps que je te fasse une tarte.

Il rit et se redressa.

— Voilà qui vaut le coup de se lever. Allons-y.

EN AVANT-PREMIÈRE

Découvrez la suite des Idoles du stade dans :

Les Règles de l'engagement
(version non corrigée)

Bientôt disponible chez Milady Romance

Traduit de l'anglais (États-Unis) par Claire Allouch

Chapitre premier

Jenna Riley ne voulait pas entendre parler de sport.

Ce qui semblait ironique sachant que l'affaire de famille dont elle était propriétaire et patronne n'était autre qu'un bar sportif. Et plus encore si on ajoutait que l'un de ses frères était attaquant d'une grande équipe de football américain et l'autre, joueur de baseball professionnel. Et que sa tribu tout entière était fan de sport au sens large.

Pour sa part, elle en avait assez du baseball, du hockey, du foot américain, des courses automobiles, du basket, du tennis, et de tout ce qui avait trait de près ou de loin à une balle – ou à une voiture de course, du moins si elle n'était pas elle-même au volant. Cela venait sans doute du fait qu'elle était tombée dedans dès sa naissance. Et maintenant, elle devait vivre avec vingt-quatre heures sur vingt-quatre, et n'entendre que ça chaque soir au boulot. Au bar, on ne parlait jamais de rien d'autre que de sport.

Elle s'était trompée de métier. Elle ferait mieux de rendre son tablier pour devenir machiniste d'un groupe de rock. Non, elle pouvait abandonner cette idée sans hésitation. Elle pouffa discrètement.

Comme s'il lui était possible de s'affranchir un jour de ses engagements vis-à-vis de sa famille… Depuis que son père avait dû lever le pied, le Riley's était sous sa responsabilité, ce qui signifiait que le sport était présent à chaque instant de sa vie, qu'elle le veuille ou non. Des grands écrans retransmettaient tous les matchs, les voix surexcitées de ces infernaux commentateurs nommant chaque geste devant elle, derrière elle, et tout autour d'elle. Des fans enthousiastes remplissaient le bar après chaque rencontre, la contraignant écouter le récit du jeu après avoir subi le commentaire en temps réel.

Et comme si ça ne suffisait pas, les chaînes sportives déversaient également une litanie de statistiques et d'analyses ainsi que des retransmissions en différé avec avis d'expert.

Pour quelqu'un qui détestait le sport, elle en connaissait un rayon sur chaque joueur de n'importe quelle discipline que ce soit.

C'est pour ça que tout le monde l'adorait, au Riley's.

— Eh, Jenna !

Occupée à essuyer le comptoir, elle leva les yeux. Steve Mahoney, l'un des habitués, fit signe qu'il voulait une autre bière. Elle prit une bouteille, la décapsula et la fit glisser vers lui, avant de la noter sur son ardoise.

— Tu as vu le match de ce soir ?

— Bien sûr, répondit-elle avec un sourire.

Comme si elle avait eu le choix !

— Anderson a marqué deux buts. Les Ice ont eu le nez creux en le recrutant, l'année dernière, pas vrai ?

— Oui, il est bien.

Dick Mayhew vint se mêler à la conversation. Il s'installa sur un tabouret que quelqu'un venait de libérer et leva un doigt pour réclamer une bière.

— Avec Eddie, ils font une bonne équipe. À mon avis, ils sont imbattables.

Steve acquiesça.

— Je crois que nous avons toutes nos chances pour la coupe, cette année. Qu'est-ce que tu en penses, Jenna ?

Ce qu'elle en pensait, c'est qu'elle aimerait vraiment s'excuser de cette conversation pour aller resservir quelques clients à l'autre bout du comptoir. Au lieu de ça, elle fit comme d'habitude : elle sourit, s'accouda au zinc, et joua le jeu à fond.

— Je suis de ton avis. Anderson patine vite et il ne rate jamais ses tirs. Il sait toujours exactement où viser. Je n'ai jamais vu quelqu'un lancer le palet avec une telle précision. Il n'a peur de rien. C'est un dur à cuir. Et nous sommes tous d'accord qu'Eddie est un vrai champion sur l'aile droite. C'est pour ça que les Ice font tout ce qu'ils peuvent pour le garder. Ils forment un duo de choc. Avec Victor à gauche, ils sont imbattables. Leur nombre de buts, à eux trois, est phénoménal.

— Sans parler de leur endurance. Quand l'un faiblit, les autres montent à l'assaut, ajouta Steve.

Dick et lui se plongèrent dans leur conversation, libérant ainsi Jenna qui en profita pour servir les autres clients au comptoir et préparer les commandes pour les serveuses qui s'occupaient de la salle.

Après un match, le bar était toujours bondé, et elle perdait la notion du temps. Elle était arrivée avant midi, et il était à présent minuit. Elle avait mal aux pieds, ses vêtements étaient imprégnés d'odeurs de cuisine et d'alcool, et elle avait envie de rentrer chez elle pour s'écrouler dans son lit et dormir vingt-quatre heures d'affilée.

Malheureusement, elle devait revenir le jour suivant, et revivre exactement la même chose.

On était en semaine. Peut-être que le bar allait commencer à se vider. Après tout, il fallait bien que les gens aillent bosser le lendemain.

Mais les acclamations rauques qui fusaient lui arrachèrent une grimace. Elle jeta un regard vers la porte et vit ses pires craintes se réaliser : une poignée de joueurs des Saint Louis Ice faisaient leur entrée.

Merde. Maintenant, personne ne partirait avant la fermeture, ce qui impliquait encore presque trois heures de travail pour elle et son équipe. En plus, les hockeyeurs avaient sans doute faim. Elle se dirigea vers la cuisine.

— On a des sportifs qui viennent d'arriver, dit-elle à Malcolm, le chef cuistot.

Malcolm, avec sa patience d'ange et sa capacité à prendre les choses comme elles se présentaient, se contenta d'acquiescer.

— Je sors les steaks du frigo.

Elle éclata de rire et retourna au bar en secouant la tête avec amusement, resservit quelques personnes et décida de laisser les serveuses prendre les sportifs en charge. Elle irait les saluer quand elle aurait une minute. Pour l'instant, elle était trop occupée à préparer les commandes à toute vitesse. L'arrivée des joueurs provoquait une vague d'excitation qui donnait soif à tout le monde.

C'était bon pour les affaires, cela dit. Elle adorait le fait que les équipes fréquentent le Riley's. C'était grâce à Mick et Gavin – ainsi qu'Elizabeth.

— Tu as l'air débordée.

Elle leva la tête et rencontra le regard gris acier de Tyler Anderson. Il avait des cheveux d'un noir de jais qu'il portait un peu longs et ébouriffés, juste comme elle aimait…

Non. Elle n'aimait pas ce type. C'était un play-boy, un hockeyeur professionnel et elle n'aimait pas du tout les sportifs professionnels. Ty moins que tout autre.

— Oui, Ty. Je suis un peu occupée. Que puis-je faire pour toi ?

— Je pensais que tu apprécierais un peu d'aide. Pourquoi est-ce que tu n'embauches pas un deuxième barman ?

— Parce que je m'en sors très bien toute seule. C'est Lydia qui sert votre table ?

— Oui. Tout va bien. Elle a pris la commande.

Elle s'appuya sur le zinc et respira tant bien que mal.

— Dans ce cas, qu'est-ce qui te manque ?

Il entra par l'ouverture du comptoir.

— Rien du tout. Je suis venu te donner un coup de main.

Elle écarquilla les yeux.

— Quoi ?! Sors d'ici ! C'est réservé au personnel.

— Mais non. Tu as besoin d'aide.

— Pas du tout.

Elle le poussa, mais autant essayer de déplacer une voiture.

— Fiche le camp !

Une fois Ty installé derrière le bar, la foule vint s'y agglutiner. Sous le regard abasourdi de Jenna, il se mit à préparer les commandes. Il décapsulait les bouteilles comme s'il avait fait ça toute sa vie, emplissait les verres à liqueur, mixait les cocktails, et s'en tirait comme un pro. Il encaissait aussi les paiements en liquide ou par carte et tenait la caisse.

Mais qu'est-ce que c'était que cette histoire ?!

Il lui lança un regard en biais.

— Tu as des clients de l'autre côté.

Elle finit par abandonner pour aller s'occuper d'eux tandis que Ty continuait à servir là où il était.

— Eh, Ty, ton steak est prêt, appela Malcolm une demi-heure plus tard.

— Pose-le derrière le comptoir, je vais manger ici.

— OK.

Avec un soupir exaspéré, Jenna regarda Ty dîner debout tout en discutant avec les habitués. Puis elle retourna à ses commandes.

À deux heures et demie, elle annonça la fin du service et l'assistance commença à se diriger vers la sortie. Jenna se mit au ménage alors que les derniers clients partaient. Elle appela des taxis pour ceux qui en avaient besoin, aida les serveuses à débarrasser les tables et vida la caisse.

Elle dit au revoir à son personnel, verrouilla la porte d'entrée et entra dans la cuisine. Elle était en ordre, et tout le monde était déjà rentré, à l'exception de Malcolm – et de Ty – en grande conversation footballistique.

— Qu'est-ce que tu fous encore ici ? demanda-t-elle à Ty.

— Désolé. Malcolm m'a embarqué dans une discussion sur les matchs en retard.

— Mais j'y vais, maintenant, dit l'intéressé en bâillant. Tu veux que je t'attende, Jenna ?

— Non merci. J'ai un ou deux trucs à faire.

Malcolm lui adressa un regard sévère.

— Va te coucher. Ne passe pas la nuit à remplir des paperasses.

— Ce n'est pas mon intention, répondit-elle en riant.

Elle verrouilla la porte derrière lui, puis se tourna vers Ty pour lui intimer l'ordre de partir, mais il n'était plus dans la cuisine. Elle le trouva au comptoir, en train de se servir un whisky.

— Eh ! Le bar est fermé depuis une heure.

Cela ne sembla pas le troubler. Il lui sourit, porta le verre à ses lèvres et avala le breuvage cul sec, avant de poser de l'argent sur le zinc. Elle attrapa son paiement et le glissa dans sa poche.

— Tu empoches les bénéfices, à ce que je vois, commenta-t-il.

— Mais non, idiot ! J'ai fermé la caisse. Je le rajouterai demain.

Il secoua la tête et s'appuya au comptoir.

— C'est comme ça qu'on parle aux clients ?

— Tu n'es plus un client depuis que tu es passé derrière le bar pour servir.

— Tu avais besoin d'un coup de main.

— C'est faux.

Il croisa les bras.

— Tu es toujours aussi désagréable, ou c'est un traitement spécial que tu me réserves ?

— C'est juste pour toi. Maintenant, débarrasse le plancher, et laisse-moi fermer.

Au lieu de paraître vexé, il lui sourit, exhibant des dents parfaites. Ne disait-on pas, pourtant, que les hockeyeurs avaient des trous dans leur dentition à cause des chocs reçus sur la glace ? Pourquoi fallait-il qu'il soit si magnifique ? Ce satané bonhomme lui faisait un effet pas possible. Et il avait la mauvaise habitude de venir régulièrement, ce qui la rendait grincheuse car il la mettait en émoi, et que ça faisait trop longtemps qu'elle n'avait pas mis un gars dans son lit.

Elle avait besoin d'un coup d'un soir, et vite. Avec un gars qui bosse dans autre chose que le sport.

Elle pressa l'interrupteur général, plongeant le bar dans l'obscurité.

— Tu as peur du noir ?

Elle sursauta. Ce n'est qu'en sentant le souffle de Tyler sur sa nuque qu'elle prit conscience de sa présence. Comme elle avait éteint le chauffage, elle était gelée, et lui était chaud. Elle dut lutter contre la tentation de se serrer contre lui. Elle se pencha pour attraper son sac à sa main et son sweat-shirt, frôlant involontairement le bas-ventre de Ty avec ses fesses. Il était en érection. Très dur. Et très attirant.

Merde ! Elle se redressa, ses yeux s'accoutumant à la pénombre.

— Non.

— Non quoi ? demanda-t-il.

— Non, je n'ai pas peur du noir.

Il la fit tourner vers lui. Un rayon de lune le baignait de sa lumière grise. Mais elle distinguait tout de même son visage et son sourire.

— Dommage…

— Pourquoi ?

— Parce qu'alors tu aurais dû t'accrocher à moi.

Elle recula d'un pas.

— Pourquoi tu insistes comme un gros lourd, Ty ?

— Allons, Jenna. Tu n'es plus un bébé. Tu sais très bien pourquoi. Je n'arrête pas de traîner dans ce bar, autour de toi… Tu me plais.

— Mais toi, tu ne me plais pas.

— Menteuse ! rétorqua-t-il en riant. Je vois bien comme tu me regardes.

— Ce que tu peux être prétentieux, Anderson ! Trouve-toi une autre fille. Je ne suis pas du tout intéressée.

Elle le planta là et se dirigea vers la porte où elle l'attendit pour mettre l'alarme en route.

Il arriva, son manteau à la main. Elle avait déjà les doigts sur le digicode.

— Juste une seconde, dit-il.

— Tu as oublié quelque chose ?

— Oui.

Sans lui laisser le temps de réagir, il la prit dans ses bras et posa sa bouche sur la sienne.

Pendant une fraction de seconde, elle pensa à protester et à le repousser, mais non, ça faisait trop longtemps qu'on ne l'avait pas embrassée. On était en février, il faisait un froid polaire, et les lèvres de Ty étaient chaudes. Son corps était brûlant, et quand il la serra contre lui, elle sentit sa chaleur se répandre en elle.

Elle laissa tomber son sac et son manteau et s'abandonna, lui offrant ses lèvres.

Ce baiser était exactement comme elle l'avait imaginé, et elle devait bien admettre qu'elle avait passé du temps à en rêver. Il avait une bouche ferme et dominatrice, parfumée d'un soupçon de whisky. Il embrassait comme un mec, un vrai, sans la moindre trace de timidité. Il se contenta de lui prendre ce baiser, glissant sa langue dans la bouche de Jenna.

Elle fut parcourue d'un frisson érotique qui lui fit crisper les orteils et déclencha des pulsations au plus profond de son être, où un désir dévorant s'alluma. Il n'aurait fallu à Ty qu'une ou deux caresses entre les jambes pour la faire jouir, tant son baiser était délicieux.

Il posa les mains sur ses seins, lui arrachant un gémissement alors qu'elle se cambrait au-devant de lui. Elle en voulait davantage, elle voulait aller jusqu'au bout, tout de suite. Des images de Ty en train de l'allonger par terre derrière le bar ou de la courber sur le billard défilaient dans sa tête.

Mais ce serait contraire à tout ce qu'elle souhaitait. Et à tout ce qu'elle ne souhaitait pas.

Elle ne le laisserait pas remporter la partie. Pas lui. Jamais. Elle le repoussa, mettant un terme au baiser.

— Arrête. On ne peut pas faire ça.

Il recula, les yeux obscurcis par la passion.

— Et pourquoi pas ?

Elle lutta pour reprendre son souffle, retrouver ses repères et un peu de sa santé mentale.

— Parce que je ne veux pas.

Elle se lécha les lèvres, puis se pencha pour ramasser ses affaires. Elle se détourna de lui, et, d'une main tremblante, programma l'alarme avant de sortir et de verrouiller la porte d'entrée, Ty juste derrière elle.

Elle fit mine de s'écarter, mais il l'attrapa par le poignet et lui adressa un regard qui la fit fondre au point de s'imaginer former une flaque sur le froid trottoir de ciment.

Puis il lui sourit.

— Bonne nuit, Jenna.

Elle tourna les talons et se dirigea vers sa voiture, consciente qu'il la regardait toujours. Il resta là, mains dans les poches, tandis qu'elle s'installait au volant et s'éloignait.

Quel con ! Elle était littéralement en feu après ce baiser, et elle allait devoir se faire plaisir toute seule en arrivant à la maison.

Plus jamais elle ne le laisserait l'embrasser.

BRAGELONNE – MILADY,
C'EST AUSSI LE CLUB :

Pour recevoir le magazine *Neverland* annonçant les parutions de Bragelonne & Milady et participer à des concours et des rencontres exclusives avec les auteurs et les illustrateurs, rien de plus facile !

Faites-nous parvenir votre nom et vos coordonnées complètes (adresse postale indispensable), ainsi que votre date de naissance, à l'adresse suivante :

Bragelonne
60-62, rue d'Hauteville
75010 Paris

club@bragelonne.fr

Venez aussi visiter nos sites Internet :
www.bragelonne.fr
www.milady.fr
graphics.milady.fr

Vous y trouverez toutes les nouveautés, les couvertures, les biographies des auteurs et des illustrateurs, et même des textes inédits, des interviews, un forum, des blogs et bien d'autres surprises !

The Fell Types are digitally reproduced by Igino Marini.
www.iginomarini.com

Achevé d'imprimer en mars 2014
Par CPI Brodard & Taupin - La Flèche (France)
N° d'impression : 3003880
Dépôt légal : avril 2014
Imprimé en France
81121178-1